U0647840

丰子恺译文集

第七卷

丰陈宝　丰一吟　杨朝婴　杨子耘　丰睿　编

ZHEJIANG UNIVERSITY PRESS
浙江大学出版社

本卷说明

本卷收录丰子恺先生翻译的日本长篇物语小说《源氏物语》(上册)，根据人民文学出版社一九八〇年十二月第一版刊出。

本卷目录

源氏物语（上）

［日］紫式部　著
丰子恺　译

前　言

《源氏物语》是日本的一部古典文学名著,对于日本文学的发展产生过巨大的影响,被誉为日本文学的高峰。作品的成书年代至今未有确切的说法,一般认为是在一〇〇一年至一〇〇八年间,因此可以说,《源氏物语》是世界上最早的长篇写实小说,在世界文学史上也占有一定的地位。

作者紫式部,本姓藤原,原名不详。因其长兄任式部丞,故称为藤式部,这是宫里女官中的一种时尚,她们往往以父兄的官衔为名,以示身份;后来她写成《源氏物语》,书中女主人公紫姬为世人传诵,遂又称作紫式部。作者生卒年月也无法详考,大约是生于九七八年,殁于一〇一五年。紫式部出身中层贵族,是书香门第的才女,曾祖父、祖父、伯父和兄长都是有名的歌人,父亲兼长汉诗、和歌,对中国古典文学颇有研究。作者自幼随父学习汉诗,熟读中国古代文献,特别是对白居易的诗有较深的造诣。此外,她还十分熟悉音乐和佛经。不幸家道中落,她嫁给了一个比她年长二十多岁的地方官藤原宣孝,婚后不久,丈夫去世,她过着孤苦的孀居生活。后来应当时统治者藤原道长之召,入宫充当一条彰子皇后的女官,给彰子讲解《日本书纪》和白居易的诗作,有机会直接接触宫廷的生活,对妇女的不幸和宫廷的内幕有了全面的了解,对贵族阶级的没落倾向也有所感受。这些都为她的创作提供了艺术构思的广阔天地和坚实的生活基础。

《源氏物语》产生的时代，是藤原道长执政下平安王朝贵族社会全盛时期。这个时期，平安京的上层贵族恣意享乐，表面上一派太平盛世，实际上却充满着极其复杂而尖锐的矛盾。藤原利用累代是皇室外戚，实行摄关政治〔1〕，由其一族垄断了所有的高官显职，扩大了自己的庄园，而且同族之间又展开权力之争；皇室贵族则依靠大寺院，设置上皇"院政"，以对抗藤源氏的势力；至于中下层贵族，虽有才能也得不到晋身之阶，他们纷纷到地方去别寻出路，地方贵族势力迅速抬头；加上庄园百姓的反抗，使这些矛盾更加激化，甚至爆发了多次武装叛乱。整个贵族社会危机四起，已经到了盛极而衰的转折时期。

《源氏物语》正是以这段历史为背景，通过主人公源氏的生活经历和爱情故事，描写了当时贵族社会的腐败政治和淫逸生活，以典型的艺术形象，真实地反映了这个时代的面貌和特征。

首先，作者敏锐地觉察到王朝贵族社会的种种矛盾，特别是贵族内部争权夺利的斗争。作品中以弘徽殿女御(地位最高的妃子)及其父右大臣为代表的皇室外戚一派政治势力，同以源氏及其岳父左大臣为代表的皇室一派政治势力之间的较量，正是这种矛盾和斗争的反映，是主人公源氏生活的时代环境，而且决定着他一生的命运。源氏是桐壶天皇同更衣(次于女御的妃子)所生的小皇子，母子深得天皇的宠爱，弘徽殿出于妒忌，更怕天皇册立源氏为皇太子，于是逼死更衣，打击源氏及其一派，促使天皇将源氏降为臣籍。在天皇让位给弘徽殿所生的朱雀天皇之

---

〔1〕 即摄政关白。八八八年，宇多天皇即位时，对群臣说："政事万机，概关白于太政大臣。"关白之称由此而来。以后凡幼君即位，由太政大臣摄政，都叫关白。直至幕府兴起后，权移将军，关白才失去作用。

后,右大臣掌政,源氏便完全失势;弘徽殿一派进而抓住源氏与右大臣的女儿胧月夜偷情的把柄,逼使源氏离开宫廷,把他流放到须磨、明石。

后来朝政日非,朱雀天皇身罹重病,为收拾残局才不顾弘徽殿的坚决反对,召源氏回京,恢复他的官爵。冷泉天皇继位以后,知道源氏是他的生父,就倍加礼遇,后源氏官至太政大臣,独揽朝纲。但是,贵族统治阶级内部的斗争并没有停息,源氏与左大臣之子围绕为冷泉天皇立后一事又产生了新的矛盾。

作者在书中表白:"作者女流之辈,不敢侈谈天下大事。"所以作品对政治斗争的反映,多采用侧写的手法,少有具体深入的描写,然而,我们仍能清晰地看出上层贵族之间的互相倾轧、权力之争是贯穿全书的一条主线,主人公的荣辱沉浮都与之密不可分。总之,《源氏物语》隐蔽式地折射了这个阶级走向灭亡的必然趋势,可以堪称为一幅历史画卷。

在《源氏物语》中,作者虽然主要描写源氏的爱情生活,但又不是单纯地描写爱情,而是通过源氏的恋爱、婚姻,揭示一夫多妻制下妇女的悲惨命运。在贵族社会里,男女婚嫁往往是同政治利益联系在一起的,是政治斗争的手段,妇女成了政治交易的工具。在这方面,紫式部做了大胆的描写。左大臣把自己的女儿葵姬许配给源氏,是为了加强自己的声势,朱雀天皇在源氏四十岁得势之时,将年方十六岁的女儿三公主嫁给源氏,也是出于政治上的考虑,就连政敌右大臣发现源氏和自己的女儿胧月夜偷情,也拟将她许配给源氏,以图分化源氏一派。地方贵族明石道人和常陆介,一个为了求得富贵,强迫自己的女儿嫁给源氏;一个为了混上高官,将自己的女儿许给了左近少将,而左近少将娶他的女儿,则是为了利用常陆介的财力。

作者笔下的众多妇女形象,有身份高贵的,也有身世低贱的,但她们的处境都是一样,不仅成了贵族政治斗争的工具,也成了贵族男人手中的玩物、一夫多妻制的牺牲品。

小说着墨最多的是源氏及其上下三代人对妇女的摧残。源氏的父皇玩弄了更衣,由于她出身寒微,在宫中备受冷落,最后屈死于权力斗争之中。源氏依仗自己的权势,糟蹋了不少妇女:半夜闯进地方官夫人空蝉的居室玷污了这个有夫之妇;践踏了出身低贱的夕颜的爱情,使她抑郁而死;看见继母藤壶肖似自己的母亲,由思慕进而与她通奸;闯入家道中落的末摘花的内室调戏她,发现她长相丑陋,又加以奚落。此外,他对紫姬、明石姬等许多不同身份的女子,也都大体如此。在后十回里出现的源氏继承人薰君(他名义上是源氏和三公主之子,实际上是三公主同源氏的妻舅之子柏木私通所生)继承了祖、父两辈人荒淫的传统,摧残了孤苦伶仃的弱女浮舟,又怕事情败露,把她弃置在荒凉的宇治山庄。在这里,读者通过这些故事,可以看出这种乱伦关系和堕落生活是政治腐败的一种反映,和他们政治上的没落与衰亡有着因果关系。

作者同情这些受侮辱、受损害的妇女,着力塑造了空蝉和浮舟这两个具有反抗性格的妇女形象。空蝉出身于中层贵族,嫁给一个比她大几十岁的地方官做继室。源氏看中了她的姿色,她也曾在年轻英俊的源氏的追求下一度动摇,但她意识到自己是有夫之妇,毅然拒绝源氏的非礼行为。特别是在她丈夫死后,虽然失去惟一的依靠,源氏又未忘情于她,但她仍然没有妥协,最后削发为尼,坚持了贵族社会中一个妇女的情操和尊严,表现出弱者对强者的一种反抗。浮舟的反抗性格更为鲜明。浮舟的父亲是天皇兄弟宇治亲王,他奸污了一个侍女,生下浮舟,遂又将母女一并抛弃。母亲带着浮舟改嫁地方官常陆介。浮舟许配人家后,因身世卑贱被退婚。后来她又遭到薰君、匂亲王两个贵族公子的逼迫,走投无路,跳进了宇治川,被人救起后也在小野地方出家,企图在佛教中求得解脱。当然,无论空蝉还是浮舟,她们的反抗都是绝望无力的。这也说明作者在那个社会中,找不到拯救这些可怜妇女的更好办法,只有让她们遁入空门或一死了之。

紫式部的创作不可避免地有其历史和阶级的局限性。她既不满当时的社会现实,哀叹贵族阶级的没落,却又无法彻底否定这个社会和这个阶级;她既感到"这个恶浊可叹的末世……总是越来越坏",可又未能自觉认识贵族阶级灭亡的历史必然性,所以她在触及贵族腐败政治的时候,一方面谴责了弘徽殿一派的政治野心和独断专行,另一方面又袒护源氏一派,并企图将源氏理想化,作为自己政治上的希望和寄托,对源氏政治生命的完结不胜其悲。书中第四十一回只有题目《云隐》而无正文,以这种奇特的表现手法来暗喻源氏的结局,正透露了作者的哀婉心情。另外在写到妇女命运的时候,她一方面对她们寄予深切的同情,另一方面又把源氏写成一个有始有终的妇女的庇护者,竭力美化源氏,在一定程度上对源氏表示同情与肯定。此外,作品中还充满了贵族阶级的美学情趣、佛教的因果报应思想,以及虚空感伤的情调。

《源氏物语》在艺术上也是一部有很大成就的作品,它开辟了日本物语文学的新道路,使日本古典现实主义文学达到一个新的高峰。

日义"物语"一词,意为故事或杂谈。物语文学是日本古典文学的一种体裁,产生于平安时代(公元十世纪初)。它在日本民间评说的基础上形成,并接受了我国六朝、隋唐传奇文学的影响。在《源氏物语》之前,物语文学分为两个流派:一为创作物语(如《竹取物语》《落窪物语》等),纯属虚构,具有传奇色彩;一为歌物语(如《伊势物语》《大和物语》等),以和歌为主,大多属客观叙事或历史记述。这些物语,脱胎于神话故事和民间传说,是向独立故事过渡的一种文学形式,它的缺点就是缺乏内在的统一性和艺术的完整性。紫式部第一次把创作物语和歌物语结合起来,并在物语的创作方法上继承了物语的写实传统,摒弃物语只重史实,缺少心理描写的缺陷,认为物语不同于历史只记述表面的粗糙的事实,其真实价值和任务在于描写人物的内心世界,因而对物语的创作进行了探索和创新。

《源氏物语》全书共五十四回,近百万字。故事涉及三代,经历七十余年,出场人物四百余人,给读者留下鲜明印象的也有二三十人,其中主要是上层贵族,也有下层贵族,乃至宫廷侍女、平民百姓。作者对其中大多数人物都描写得细致入微,使其各具有鲜明个性,说明作者深入探索了不同人物的丰富多彩的性格特色和曲折复杂的内心世界,因而写出来的人物形象栩栩如生,富有艺术感染力。在小说结构上,《源氏物语》也很有特色。前半部四十四回以源氏为主人公,后半部十回以薰君为主人公,铺陈复杂的纠葛和纷繁的事件。它既是一部统一的完整的长篇,也可以成相对独立的故事。全书以几个大事件作为故事发展的关键和转折,有条不紊地通过各种小事件,使故事的发展与高潮的涌现彼此融会,逐步深入揭开贵族生活的内幕。在体裁方面,《源氏物语》颇似我国唐代的变文、传奇和宋代的话本,采取散文、韵文相结合的形式,以散文为主,织入近八百首和歌,使歌与文完全融为一体,成为整部小说的有机组成部分。散文叙事,和歌则抒情、状物,这不仅使行文典雅,而且对于丰富故事内容,推动情节发展,以及抒发人物感情,都起到良好的辅助作用。作者在继承本民族文学传统的基础上,广泛地采用了汉诗文,单是引用白居易的诗句就达九十余处之多;此外还大量引用《礼记》《战国策》《史记》《汉书》等中国古籍中的典故,并把它们结合在故事情节之中,所以具有浓郁的中国古典文学气氛,使中国读者读来更有兴趣。

《源氏物语》问世以来,已经过去近千年了。尽管它在结构上显得有些庞杂、冗长,相同场面和心理描写重复过多,有损于作品的艺术完美性,但它毕竟是一部思想性和艺术性都很高的日本古典文学作品,在今天仍保持着它的艺术生命力,对日本文学继续产生着影响。

叶 渭 渠

目　录

(上)

第一回　桐　壶

话说从前某一朝天皇时代,后宫妃嫔甚多,其中有一更衣[1],出身并不十分高贵,却蒙皇上特别宠爱。有几个出身高贵的妃子,一进宫就自命不凡,以为恩宠一定在我;如今看见这更衣走了红运,便诽谤她,妒忌她。和她同等地位的、或者出身比她低微的更衣,自知无法竞争,更是怨恨满腹。这更衣朝朝夜夜侍候皇上,别的妃子看了妒火中烧。大约是众怨积集所致吧,这更衣生起病来,心情郁结,常回娘家休养。皇上越发舍不得她,越发怜爱她,竟不顾众口非难,一味徇情,此等专宠,必将成为后世话柄。连朝中高官贵族,也都不以为然,大家侧目而视,相与议论道:"这等专宠,真正教人吃惊!唐朝就为了有此等事,弄得天下大乱。"这消息渐渐传遍全国,民间怨声载道,认为此乃十分可忧之事,将来难免闯出杨贵妃那样的滔天大祸来呢。更衣处此境遇,痛苦不堪,全赖主上深恩加被,战战兢兢地在宫中度日。

---

〔1〕 妃嫔中地位最高的是女御,其次为更衣,皆侍寝。又次为尚侍(亦可侍寝)、典侍、掌侍、命妇等女官。尚侍为内侍司(后宫十二司之一)的长官,典侍为次官,掌侍为三等官,命妇又次之。

这更衣的父亲官居大纳言[1]之位,早已去世。母夫人也是名门贵族出身,看见人家女儿双亲俱全,尊荣富厚,就巴望自己女儿不落人后,每逢参与庆吊等仪式,总是尽心竭力,百般调度,在人前装体面。只可惜缺乏有力的保护者,万一发生意外,势必孤立无援,心中不免凄凉。

敢是宿世因缘吧,这更衣生下了一个容华如玉、盖世无双的皇子。皇上急欲看看这婴儿,赶快教人抱进宫来[2]。一看,果然是一个异常清秀可爱的小皇子。

大皇子是右大臣之女弘徽殿女御所生,有高贵的外戚作后盾,毫无疑义,当然是人人爱戴的东宫太子。然而讲到相貌,总比不上这小皇子的清秀俊美。因此皇上对于大皇子,只是一般的珍爱,而把这小皇子看做自己私人的秘宝,加以无限宠爱。

小皇子的母亲是更衣,按照身份,本来不须像普通低级女官这样侍候皇上日常生活。她的地位并不寻常,品格也很高贵。然而皇上对她过分宠爱,不讲情理,只管要她住在身边,几乎片刻不离。结果每逢开宴作乐,以及其他盛会佳节,总是首先宣召这更衣。有时皇上起身很迟,这一天就把这更衣留在身边,不放她回自己宫室去。如此日夜侍候,照更衣

---

〔1〕 当时的中央官厅称为太政官。左大臣为太政官之长官,右大臣次之。太政大臣在左右大臣之上,为朝廷最高官。左右大臣之下有大纳言、中纳言、宰相(即参议)。太政官下设少纳言局、左弁官局、右弁官局。少纳言局的官员有少纳言三人,外记次之,外记有左右大少各一人。弁官有左右大中少弁各一人。左弁官局统辖中务、式部、治部、民部四省;右弁官局统辖兵部、刑部、大藏、宫内四省。统称八省。省下面是各职和各寮,均属省管。省的长官称卿,次官称大辅、少辅,三等官称大丞、少丞。职的长官称大夫,次官称亮,三等官称大进、少进。寮的长官称头,次官称助,三等官称大允、少允。

〔2〕 按那时制度,坐月子照例是在娘家的。

身份而言,似乎反而太轻率了。自小皇子诞生之后,皇上对此更衣尤其重视,使得大皇子的母亲弘徽殿女御心怀疑忌。她想:这小皇子可能立为太子呢。

弘徽殿女御入宫最早,皇上重视她,决非寻常妃子可比。况且她已经生男育女。因此独有这妃子的疑忌,使皇上感到烦闷,于心不安。

更衣身受皇上深恩重爱,然而贬斥她、诽谤她的人亦复不少。她身体羸弱,又没有外戚后援,因此皇上越是宠爱,她心中越是忧惧。她住的宫院叫桐壶。由此赴皇上常住的清凉殿,必须经过许多妃嫔的宫室。她不断地来来往往,别的妃嫔看在眼里怪不舒服,也是理所当然。有时这桐壶更衣来往得过分频繁了,她们就恶意地作弄她,在板桥〔1〕上或过廊里放些龌龊东西,让迎送桐壶更衣的宫女们的衣裾弄得肮脏不堪。有时她们又彼此约通,把桐壶更衣所必须经过的走廊两头锁闭,给她麻烦,使她困窘。诸如此类,层出不穷,使得桐壶更衣痛苦万状。皇上看到此种情况,更加怜惜她,就教清凉殿后面后凉殿里的一个更衣迁到别处去,腾出房间来给桐壶更衣作值宿时的休息室。那个迁出外面去的更衣,更是怀恨无穷。

小皇子三岁那一年,举行穿裙仪式〔2〕,排场不亚于大皇子当年。内藏寮〔3〕和纳殿〔4〕的物资尽行提取出来,仪式非常隆重。这也引起了世人种种非难。及至见到这小皇子容貌漂亮,仪态优美,竟是个盖世无双

---

〔1〕 板桥是从一幢房子通到另一幢房子之间的桥。

〔2〕 旧时日本装,男子是穿裙的,现在仅用于礼服。穿裙仪式为男童初次穿裙时举行的仪式,古时在三岁,后来也有在五岁或七岁时举行的。女子亦举行此种仪式。

〔3〕 内藏寮是管理金银珠宝、绫罗绸缎以及服装等物的机构,属中务省。

〔4〕 纳殿为收藏历代御物之所。

的玉人儿,谁也不忍妒忌他。见多识广的人见了他都吃惊,对他瞠目注视,叹道:“这神仙似的人也会降临到尘世间来!”

这一年夏天,小皇子的母亲桐壶更衣觉得身体不好,想乞假回娘家休养,可是皇上总不准许。这位更衣近几年来常常生病,皇上已经见惯,他说:“不妨暂且住在这里养养,看情形再说吧。”但在这期间,更衣的病日重一日,只过得五六天,身体已经衰弱得厉害了。更衣的母亲太君啼啼哭哭向皇上乞假,这才准许她出宫。即使在这等时候,也得提防发生意外、吃惊受辱。因此决计让小皇子留在宫中,更衣独自悄悄退出。形势所迫,皇上也不便一味挽留,只因身份关系,不能亲送出宫,心中便有难言之痛。更衣本来是个花容月貌的美人儿,但这时候已经芳容消减,心中百感交集,却无力申述,看看只剩得奄奄一息了。皇上睹此情状,茫然失措,一面啼哭,一面历叙前情,重申盟誓。可是更衣已经不能答话,两眼失神,四肢瘫痪,只是昏昏沉沉地躺着。皇上狼狈之极,束手无策,只得匆匆出室,命左右准备辇车,但终觉舍不得她,再走进更衣室中来,又不准许她出宫了。他对更衣说:“我和你立下盟誓:大限到时,也得双双同行。想来你不会舍我而去吧!”那女的也深感隆情,断断续续地吟道:

“面临大限悲长别,
留恋残生叹命穷。

早知今日……”说到这里已经气息奄奄,想继续说下去,只觉困疲不堪,痛苦难当了。皇上意欲将她留住在此,守视病状。可是左右奏道:“那边祈祷今日开始,高僧都已请到,定于今晚启忏……”他们催促皇上动身。

皇上无可奈何,只得准许更衣出宫回娘家去。

桐壶更衣出宫之后,皇上满怀悲恸,不能就睡,但觉长夜如年,忧心如捣。派往问病的使者迟迟不返,皇上不断地唉声叹气。使者到达外家,只听见里面号啕大哭,家人哭诉道:"夜半过后就去世了!"使者垂头丧气而归,据实奏闻。皇上一闻此言,心如刀割,神智恍惚,只是笼闭一室,枯坐凝思。

小皇子已遭母丧,皇上颇思留他在身边。可是丧服中的皇子留侍御前,古无前例,只得准许他出居外家。小皇子年幼无知,看见众宫女啼啼哭哭、父皇流泪不绝,童心中只觉得奇怪。寻常父母子女别离,已是悲哀之事,何况死别又加生离呢!

悲伤也要有个限度,终于只得按照丧礼,举行火葬。太君恋恋不舍,哭泣哀号:"让我跟女儿一同化作灰尘吧!"她挤上前去,乘了送葬的众侍女的车子,一同来到爱宕的火葬场,那里正在举行庄严的仪式呢。太君到达其地,心情何等悲伤!她说得还算通情达理:"眼看着遗骸,总当她还是活着的,不肯相信她死了;直到看见她变成了灰烬,方才确信她不是这世间的人了。"然而哭得几乎从车子上掉下来。众侍女忙来扶持,百般劝解,她们说:"早就担心会弄到这地步的。"

宫中派钦差来了。宣读圣旨:追赠三位[1]。这宣读又引起了新的悲哀。皇上回想这更衣在世时终于不曾升为女御,觉得异常抱歉。他现在要让她晋升一级,所以追封。这追封又引起许多人的怨恨与妒忌。然而知情达理的人,都认为这桐壶更衣容貌风采,优雅可爱,态度性情,和

---

〔1〕 位是日本朝廷诸臣爵位高低的标志,从一位到八位(最低位)共三十级,各有正、从之分,四位以下又有上、下之分。女御的爵位是三位,更衣是四位。追赠三位,即追封为女御。

蔼可亲,的确无可指责。只因过去皇上对她宠爱太甚,以致受人妒恨。如今她已不幸身死,皇上身边的女官们回想她人品之优越、心地之慈祥,大家不胜悼惜。“生前诚可恨,死后皆可爱。”此古歌想必是为此种情境而发的了。

光阴荏苒,桐壶更衣死后,每次举行法事,皇上必派人吊唁,抚慰优厚。虽然事过境迁,但皇上悲情不减,无法排遣。他绝不宣召别的妃子侍寝,只是朝朝暮暮以泪洗面。皇上身边的人见此情景,也都忧愁叹息,泣对秋光。只有弘徽殿女御等人,至今还不肯容赦桐壶更衣,说道:“做了鬼还教人不得安宁,这等宠爱真不得了啊!”皇上虽然有大皇子侍侧,可是心中老是记惦着小皇子,不时派遣亲信的女官及乳母等到外家探问小皇子情况。

深秋有一天黄昏,朔风乍起,顿感寒气侵肤。皇上追思往事,倍觉伤心,便派韧负[1]命妇[2]赴外家存问。命妇于月色当空之夜登车前往。皇上则徘徊望月,缅怀前尘:往日每逢花晨月夕,必有丝竹管弦之兴。那时这更衣有时弹琴,清脆之音,沁人肺腑;有时吟诗,婉转悠扬,迥非凡响。她的声音笑貌,现在成了幻影,时时依稀仿佛地出现在眼前。然而幻影即使浓重,也抵不过一瞬间的现实呀!

---

〔1〕 京中武官有左右近卫、左右卫门、左右兵卫,共称六卫府。近卫府负责警卫皇宫之门内,左右近卫府的长官称大将,次官称中将、少将,三等官称将监,四等官称将曹。左右近卫大将、中将等,略称左近大将、右近中将、右大将、左中将等。中将、少将亦称佐、助等。卫门府负责警卫皇宫之门外,左右卫门府的长官称督,次官称佐、权佐,三等官称大尉、少尉。卫门府又特称韧负司,其佐、尉称韧负佐、韧负尉。兵卫府负责警卫皇宫之门外,并巡检京中。其官名与卫门府同。

〔2〕 当时宫中较下级之女官或贵族家的侍女,均以其父或其夫之官名来称呼。

韧负命妇到达外家，车子一进门内，但见景象异常萧条。这宅子原是寡妇居处，以前为了抚育这珍爱的女儿，曾经略加装修，维持一定的体面。可是现在这寡妇天天为亡女悲伤饮泣，无心治理，因此庭草荒芜，花木凋零。加之此时寒风萧瑟，更显得冷落凄凉。只有一轮秋月，繁茂的杂草也遮它不住，还是明朗地照着。

命妇在正殿[1]南面下车。太君接见，一时悲从中来，哽咽不能言语，好容易启口："妾身苟延残喘，真乃薄命之人。猥蒙圣眷，有劳冒霜犯露，驾临蓬门，教人不胜愧感！"说罢，泪下如雨。命妇答道："前日典侍来此，回宫复奏，言此间光景，伤心惨目，教人肝肠断绝。我乃冥顽无知之人，今日睹此情状，亦觉不胜悲戚！"她踌躇片刻，传达圣旨："万岁爷说：'当时我只道是做梦，一直神魂颠倒。后来逐渐安静下来，然而无法教梦清醒，真乃痛苦不堪。何以解忧，无人可问。拟请太君悄悄来此一行，不知可否？我又挂念小皇子，教他在悲叹哭泣之中度日，亦甚可怜。务请早日带他一同来此。'万岁爷说这番话时，断断续续，饮泪吞声；又深恐旁人笑他怯弱，不敢高声。这神情教人看了实在难当。因此我不待他说完，便退出来了。"说罢，即将皇上手书呈上。太君说："流泪过多，两眼昏花，今蒙宠赐宸函，眼前顿增光辉。"便展书拜读：

"迩来但望日月推迁，悲伤渐减，岂知历时越久，悲伤越增。此真无可奈何之事！幼儿近来如何？时在念中。不得与太君共同抚养，实为憾事。今请视此子为亡人之遗念，偕同入宫。"

---

[1] 当时贵族的宫殿式住宅中的正屋亦称正殿。

此外还写着种种详情。函末并附诗一首：

“冷露凄风夜，深宫泪满襟。
遥怜荒渚上，小草太孤零。”

太君未及读完，已经泣不成声了。后来答道：“妾身老而不死，命该受苦。如今面对松树[1]，尚且羞愧；何况九重宫阙，岂敢仰望？屡蒙圣恩宣慰，不胜铭感。但妾自身，不便冒昧入宫。惟窃有所感：小皇子年齿尚幼，不知缘何如此颖悟，近日时刻想念父皇，急欲入宫。此实人间至情，深可嘉悯。——此事亦望代为启奏。妾身薄命，此间乃不吉之地，不宜屈留小皇子久居也……”

此时小皇子已睡。命妇禀道：“本当拜见小皇子，将详情复奏。但万岁爷专候回音，不便迟归。”急欲告辞。太君道：“近来悼念亡女，心情郁结，苦不堪言。颇思对知己之人罄谈衷曲，俾得略展愁怀。公余之暇，务请常常惠临，不胜盼感。回思年来每次相见，都只为欢庆之事。此次为传递此可悲之书柬而相见，实非所望。都缘妾身命薄，故遭此苦厄也。亡女初诞生时，愚夫妇即寄与厚望，但愿此女为门户增光。亡夫大纳言弥留之际，犹反复叮嘱道：‘此女入宫之愿望，务必实现，切勿因我死而丧失锐气。’我也想到：家无有力之后援人，入宫后势必遭受种种不幸。只因不忍违反遗嘱，故尔令其入宫。岂料入侍之后，荷蒙主上过分宠幸，百般怜惜，无微不至。亡女也不敢不忍受他人种种不近人情之侮辱，而周旋于群妃之间。不料朋辈妒恨之心，日积月累，痛心之事，难于尽述。忧

〔1〕 松树常用作长寿的象征，故如此说。

能伤人,终于惨遭夭死。昔日之深恩重爱,反成了怨恨之由。——唉,这原不过是我这伤心寡母的胡言乱道而已。"太君话未说完,一阵心酸,泣不成声。此时已到深夜了。

命妇答道:"并非胡言乱道,万岁爷也如此想。他说:'我确是真心爱她,但也何必如此过分,以致惊人耳目?这就注定恩爱不能久长了。现在回想,我和她的盟誓,原来是一段恶因缘!我自信一向未曾做过招人怨恨之事。只为了此人,无端地招来了许多怨恨。结果又被抛撇得形单影只,只落得自慰乏术,人怨交加,变成了愚夫笨伯。这也是前世冤孽吧!'他反复申述,泪眼始终不干。"她这番话絮絮叨叨,难于尽述。

后来命妇又含泪禀告道:"夜已很深了。今夜之内必须回宫复奏。"便急忙准备动身。其时凉月西沉,夜天如水;寒风掠面,顿感凄凉;草虫乱鸣,催人堕泪。命妇对此情景,留恋不忍遽去,遂吟诗道:

"纵然伴着秋虫泣,
哭尽长宵泪未干。"

吟毕,还是无意登车。太君答诗,命侍女传告:

"哭声多似虫鸣处,
添得宫人泪万行。
此怨恨之词,

亦请代为奏闻。"

此次犒赏命妇,不宜用富有风趣之礼物。太君便将已故更衣的遗物衣衫一套、梳具数事,赠与命妇,藉留纪念。这些东西仿佛是专为此用而遗留着的。

随伴小皇子来此的众年轻侍女,人人悲伤,自不必说。她们在宫中看惯繁华景象,觉得此间异常凄凉。她们设想皇上悲痛之状,甚是同情,便劝告太君,请早日送小皇子入宫。太君认为自己乃不洁之身,倘随伴小皇子入宫,外间定多非议。而若不见此小皇子,即使暂时之间,也觉心头不安。因此小皇子入宫之事,一时未能断然实行。

命妇回宫,见皇上犹未就寝,觉得十分可怜。此时清凉殿庭院中秋花秋草,正值繁茂。皇上装作观赏模样,带着四五个性情温雅的女官,静悄悄地闲谈消遣。近来皇上晨夕披览的,是《长恨歌》画册。这是从前宇多天皇命画家绘制的,其中有著名诗人伊势〔1〕和贯之〔2〕所作的和歌〔3〕及汉诗。日常谈话,也都是此类话题。此时看见命妇回宫,便细问桐壶更衣娘家情状。命妇即将所见悲惨景象悄悄奏闻。皇上展读太君复书,但见其中写道:“辱承锦注,诚惶诚恐,几无置身之地。拜读温谕,悲感交集,心迷目眩矣。

嘉荫凋残风力猛,
剧怜小草不胜悲。”

---

〔1〕 伊势姓藤原,是十世纪中有名女歌人,乃三十六歌仙之一,著有《伊势集》。

〔2〕 贯之姓纪,亦十世纪中名歌人,曾与纪友则、凡河内躬恒、壬生忠岑编撰《古今和歌集》。

〔3〕 和歌即日本诗歌。

此诗有失言之处[1],想是悲哀之极,方寸缭乱所致,皇上并不见罪。皇上不欲令人看到伤心之色,努力隐忍,然而终于隐忍不了。他历历回想初见更衣时的千种风流、万般恩爱。那时节一刻也舍不得分离。如今形单影只,孤苦伶仃,自己也觉得怪可怜的。他说:"太君不欲违背故大纳言遗嘱,故尔遣女入宫。我为答谢这番美意,理应加以优遇,却终未实行。如今人琴具杳,言之无益矣!"他觉得异常抱歉。接着又说:"虽然如此,更衣已经生下小皇子,等他长大成人,老太君定有享福之日。但愿她健康长寿。"

命妇便将太君所赐礼物呈请御览。皇上看了,想道:"这倘若是临邛道士探得了亡人居处而带回来的证物钿合金钗……"[2]但作此空想,也是枉然。便吟诗道:

"愿君化作鸿都客,
探得香魂住处来。"

皇上看了《长恨歌》画册,觉得画中杨贵妃的容貌,虽然出于名画家之手,但笔力有限,到底缺乏生趣。诗中说贵妃的面庞和眉毛似"太液芙蓉未央柳"[3],固然比得确当,唐朝的装束也固然端丽优雅,但是,一回想桐壶更衣的妩媚温柔之姿,便觉得任何花鸟的颜色与声音都比不上了。以前晨夕相处,惯说"在天愿作比翼鸟,在地愿为连理枝"之句[4],共交盟

---

〔1〕 嘉荫比喻已故更衣,小草比喻小皇子。意思是:遮风的树木已经枯死,树下的小草失却了保护者。这里蔑视了小皇子的父亲皇上,故曰失言。

〔2〕 参看白居易《长恨歌》。

〔3〕〔4〕 参看白居易《长恨歌》。

誓。如今都变成了空花泡影。天命如此,抱恨无穷!此时皇上听到风啸虫鸣,觉得无不催人哀思。而弘徽殿女御久不参谒帝居,偏偏在这深夜时分玩赏月色,奏起丝竹管弦来。皇上听了,大为不快,觉得刺耳难闻。目睹皇上近日悲戚之状的殿上人[1]和女官们,听到这奏乐之声,也都从旁代抱不平。这弘徽殿女御原是个非常顽强冷酷之人,全不把皇上之事放在心上,所以故作此举。月色西沉了。皇上即景口占:

"欲望宫墙月,啼多泪眼昏。
遥怜荒邸里,哪得见光明!"

他想念桐壶更衣娘家情状,挑尽残灯,终夜枯坐凝思,懒去睡眠。听见巡夜的右近卫官唱名[2],知道此刻已经是丑时了。因恐枯坐过久,惹人注目,便起身进内就寝,却难于入寐。翌日晨起,回想从前"珠帘锦帐不觉晓"[3]之情景,不胜悲戚,就懒得处理朝政了。皇上饮食不进:早膳勉强举箸,应名而已;正式御餐,久已废止了。凡侍候御膳的人,看到这光景,无不忧愁叹息。所有近身侍臣,不论男女,都很焦急,叹道:"这真是毫无办法了!"他们私下议论:"皇上和这桐壶更衣,定有前世宿缘。更衣在世之时,万人讥诮怨恨,皇上一概置之不顾。凡有关这更衣之事,一味徇情不讲道理。如今更衣已死,又是日日愁叹,不理朝政。这真是太荒唐了!"他们又引证出唐玄宗等外国朝廷的例子来,低声议论,悄悄地

---

〔1〕 殿上人是被允许上殿的贵族。

〔2〕 宫中巡夜,亥时(十点钟)起由左近卫官值班,丑时(两点钟)起由右近卫官值班。值班时各自唱名。

〔3〕 见《伊势集·诵亭子院长恨歌屏风》。下句是"长恨绵绵谁梦知"。

叹息。

过了若干时日,小皇子回宫了。这孩子长得越发秀美,竟不像是尘世间的人,因此父皇十分钟爱。次年春天,该是立太子的时候了。皇上心中颇思立这小皇子为太子。然而这小皇子没有高贵的外戚作后援;而废长立幼,又是世人所不能赞许之事,深恐反而不利于小皇子。因此终于打消了这念头,不露声色,竟立了大皇子为太子。于是世人都说:"如此钟爱的小皇子,终于不立为太子,世事毕竟是有分寸的啊!"大皇子的母亲弘徽殿女御也放了心。

小皇子的外祖母自从女儿死后,一直悲伤,无以自慰。她向佛祈愿,希望早日往生女儿所在的国土。不久果蒙佛力加被,接引她归西天去了。皇上为此又感到无限悲伤。此时小皇子年方六岁,已经懂得人情,悼惜外祖母之死,哭泣尽哀。外祖母多年来和这外孙很亲密,舍不得和他诀别,弥留之际,反复提及,不胜悲戚。此后小皇子便常住在宫中了。

小皇子七岁上开始读书,聪明颖悟,绝世无双。皇上看见他过分灵敏,反而觉得担心。他说:"现在谁也不会怨恨他了吧。他没有母亲,仅为这一点,大家也应该疼爱他。"皇上驾临弘徽殿的时候,常常带他同去,并且让他走进帘内。这小皇子长得异常可爱,即使赳赳武夫或仇人,一看见他的姿态,也不得不面露笑容。因此弘徽殿女御也不欲摒弃他了。这弘徽殿女御除大皇子以外,又生有两位皇女,但相貌都比不上小皇子的秀美。别的女御和更衣见了小皇子,也都不避嫌疑。所有的人都想:这小小年纪就有那么风韵娴雅、妩媚含羞的姿态,真是个非常可亲而又必须谨慎对待的游戏伴侣。规定学习的种种学问,自不必说,就是琴和笛,也都精通,清音响彻云霄。这小皇子的多才多艺,如果一一列举起来,简直如同说谎,教人不能相信。

这时候朝鲜派使臣来朝觐了,其中有一个高明的相士。皇上闻此消息,想召见这相士,教他替小皇子看相。但宇多天皇定下禁例:外国人不得入宫。他只得悄悄地派小皇子到招待外宾的鸿胪馆去访问这相士。一个官居右大弁的朝臣是小皇子的保护人,皇上教小皇子扮作这右大弁的儿子,一同前往。相士看了小皇子的相貌,大为吃惊,几度侧首仔细端详,不胜诧异。后来说道:"照这位公子的相貌看来,应该当一国之王,登至尊之位。然而若果如此,深恐国家发生变乱,己身遭逢忧患。若是当朝廷柱石,辅佐天下政治呢,则又与相貌不合。"这右大弁原是个富有才艺的博士,和这相士高谈阔论,颇感兴味。两人吟诗作文,互相赠答。相士即日就要告辞返国。他此次得见如此相貌不凡之人物,深感欣幸;如今即将离别,反觉不胜悲伤。他作了许多咏他此种心情的优美的诗文,赠与小皇子。小皇子也吟成非常可爱之诗篇,作为报答。相士读了小皇子的诗,大加赞赏,奉赠种种珍贵礼品。朝廷也重重赏赐这相士。此事虽然秘而不宣,但世人早已传闻。太子的外祖父右大臣等闻知此事,深恐皇上有改立太子之心,顿生疑忌。

皇上心地十分贤明。他相信日本相术,看到这小皇子的相貌,早就胸有成竹,所以一直不曾封他为亲王。现在他见这朝鲜相士之言和他自己见解相吻合,觉得此人实甚高明,便下决心:"我一定不让他做个没有外戚作后援的无品亲王〔1〕,免得他坎坷终身。我在位几年,也是说不定的。我还不如让他做个臣下,教他辅佐朝廷。为他将来打算,这也是得

〔1〕 亲王的等级是一品到四品,四品以下叫做无品亲王。童年封亲王,规定是无品亲王,地位甚低。

策的。”从此就教他研究有关此道的种种学问。小皇子研究学问之后，才华更加焕发了。教这人屈居臣下之位，实甚可惜。然而如果封他为亲王，必然招致世人疑忌，反而不利。再教精通命理的人推算一下，见解相同。于是皇上就将这小皇子降为臣籍，赐姓源氏。

岁月如流，但皇上思念已故桐壶更衣，无时或已。有时为消愁解闷，也召见一些闻名的美人。然而都不中意，觉得像桐壶更衣那样的人，世间真不易再得。他就从此疏远女人，一概无心顾问了。一天，有一个侍候皇上的典侍，说起先帝[1]的第四皇女，容貌姣好，声望高贵；母后钟爱之深，世无其例。这典侍曾经侍候先帝，对母后也很亲近，时常出入宫邸，眼见这四公主长大成人；现在也常隐约窥见容姿。这典侍奏道：“妾身入宫侍奉，已历三代，终未见与桐壶娘娘相似之人。惟有此四公主成长以来，酷肖桐壶娘娘，真乃倾国倾城之貌也。”皇上闻言，想道：“莫非真有其人？”未免留情，便卑辞厚礼，劝请四公主入宫。

母后想道：“哎呀，这真可怕了！弘徽殿女御心肠太狠，桐壶更衣分明是被她折磨死的。前车可鉴，真正教人寒心！”她左思右想，犹豫不决。此事终于不曾顺利进行。不料这期间母后患病身死，四公主成了孤苦伶仃之身。皇上诚恳地遣人存问，对她家人说：“教她入宫，我把她当作子女看待吧。”四公主的侍女们、保护人和其兄兵部卿亲王都想道：“与其在此孤苦度日，不如让她入宫，心情也可以宽慰一些。”便送四公主入宫。她住在藤壶院，故称为藤壶女御。

---

〔1〕 此先帝与皇上的关系不明。或说是皇上的堂兄弟或伯叔父，则此四公主是皇上的侄女或堂姐妹。

皇上召见藤壶女御,觉得此人容貌风采,异常肖似已故桐壶更衣。而且身份高贵,为世人所敬仰,别的妃嫔对她无可贬斥。因此藤壶女御入宫之后,一切如意称心。已故桐壶更衣出身低微,受人轻视,而恩宠偏偏异常深重。现在皇上对她的恋慕虽然并不消减,但爱情自然移注在藤壶女御身上,觉得心情十分欢慰。这也是人世常态,深可感慨也。

源氏公子时刻不离皇上左右,因此日常侍奉皇上的妃嫔们对他都不规避。妃嫔们个个自认为美貌不让他人,实际上也的确妩媚窈窕,各得其妙。然而她们都年事较长,态度老成;只有这位藤壶女御年龄最幼,相貌又最美,见了源氏公子往往含羞躲避。但公子朝夕出入宫闱,自然常常窥见姿色。母亲桐壶更衣去世时,公子年方三岁,当然连面影也记不得了。然而听那典侍说,这位藤壶女御相貌酷似母亲,这幼年公子便深深恋慕,因此常常亲近这位继母。皇上对此二人无限宠爱,常常对藤壶女御说:“你不要疏远这孩子。你和他母亲异常肖似。他亲近你,你不要认为无礼,多多地怜爱他吧。他母亲的声音笑貌,和你非常相像,他自然也和你非常相像。你们两人作为母子,并无不相称之处。”源氏公子听了这话,童心深感喜悦,每逢春花秋月、良辰美景,常常亲近藤壶女御,对她表示恋慕之情。弘徽殿女御和藤壶女御也合不来,因此又勾起她对源氏公子的旧恨,对他看不顺眼了。

皇上常谓藤壶女御名重天下,把她看做盖世无双的美人。但源氏公子的相貌,比她更加光彩焕发,艳丽动人,因此世人称他为“光华公子”(光君)。藤壶女御和源氏公子并受皇上宠爱,因此世人称她为“昭阳妃子”。

源氏公子作童子装束,娇艳可爱,改装是可惜的。但到了十二岁上,照例须举行冠礼[1],改作成人装束。为了举办这仪式,皇上日夜操心,躬亲指挥。在例行制度之外,又添加种种排场,规模十分盛大。当年皇太子的冠礼,在紫宸殿[2]举行,非常隆重;此次源氏公子的冠礼,务求不亚于那一次。各处的飨宴,向来由内藏寮及谷仓院[3]当作公事办理。但皇上深恐他们办得不周到,因此颁布特旨,责令办得尽善尽美。在皇上所常居的清凉殿的东厢里,朝东设置皇上的玉座;玉座前面设置冠者源氏及加冠大臣的坐位。

源氏公子于申时上殿。他的童发梳成"总角",左右分开,在耳旁挽成双髻,娇艳可爱。现在要他改作成人装束,甚是可惜!剪发之事,由大藏卿执行。将此青丝美发剪短,实在不忍下手。此时皇上又记念起他母亲桐壶更衣来。他想:如果更衣见此光景,不知作何感想。一阵心酸,几乎堕泪,好容易隐忍下去。

源氏公子加冠之后,赴休息室,换了成人装束,再上殿来,向皇上拜舞。观者睹此情景,无不赞叹流泪。皇上看了,感动更深,难于禁受。昔日的悲哀,近来有时得以忘怀,而今重又涌上心头。此次加冠,他很担心,生怕源氏公子天真烂漫之风姿由于改装而减色。岂知改装之后,越发俊美可爱了。

加冠由左大臣执行。这左大臣的夫人是皇女,所生女儿只有一人,称为葵姬[4]。皇太子爱慕此葵姬,意欲聘娶,左大臣迁延未许,只因早

---

〔1〕 当时男童十一岁至十六岁时,为表示转变为成年人,举行改装、结发、加冠的仪式。称为冠礼。

〔2〕 紫宸殿为当时皇宫的正殿,又称南殿。

〔3〕 谷仓院是保管京畿诸国的纳贡品和无主官田、没收官田等收获物的官库。

〔4〕 本书原文中人物大都无专名词,后人为便于阅读起见,根据各回题名或诗文内容给某些人物取名。葵姬即其一例。

已有心将此女嫁与源氏公子。他曾将此意奏闻。皇上想道:"这孩子加冠之后,本来缺少外戚后援人。他既有此心,我就此玉成其事,教她侍寝〔1〕吧。"曾催促左大臣早作准备。左大臣正好也盼望早成。

礼毕,众人退出,赴侍所〔2〕,大开琼筵。源氏公子在诸亲王末座就席。左大臣在席上隐约提及葵姬之事。公子年事尚幼,腼腆含羞,默默不答。不久内侍宣旨,召左大臣参见。左大臣入内见驾。御前诸命妇便将加冠犒赏品赐与左大臣:照例是白色大褂一件、衣衫一套。又赐酒一杯。其时皇上吟道:

"童发今承亲手束,
合欢双带绾成无?"

诗中暗示结缡之意,左大臣不胜惊喜,立即奉和:

"朱丝已绾同心结,
但愿深红永不消。"

他就步下长阶,走到庭中,拜舞答谢。皇上又命赏赐左大臣左马寮〔3〕御马一匹、藏人所〔4〕鹰一头。其他公卿王侯,也都罗列阶前,各依身份拜领赏赐。这一天冠者呈献的肴馔点心,有的装匣,有的装筐,概出右大弁

〔1〕 宫中惯例,皇太子、太子加冠之夜,即由公卿之女侍寝,行婚礼。
〔2〕 帝王公卿家中执掌家务之所。
〔3〕 宫中设左右马寮,掌管有关饲养马匹之事。
〔4〕 藏人所是供奉天皇起居、掌管任命仪式、节会等宫中大小杂事之所。

受命调制。此外赐与众人的屯食[1],以及犒赏诸官员的装在古式柜子里的礼品,陈列满前,途几为塞,比皇太子加冠时更为丰富。这仪式真是盛大之极。

是晚源氏公子即赴左大臣邸宅招亲[2]。结婚仪式之隆重,又是世间无比的。左大臣看看这女婿,的确娇小玲珑,俊秀可爱。葵姬比新郎年纪略长,似觉稍不相称,心中难以为情。

这位左大臣乃皇上所信任之人,且夫人是皇上的同胞妹妹,故在任何方面,都已高贵无比。今又招源氏公子为婿,声势更加显赫了。右大臣是皇太子的外祖父,将来可能独揽朝纲。可是现在相形见绌,势难匹敌了。左大臣姬妾众多,子女成群。正夫人所生的还有一位公子,现任藏人少将之职,长得非常秀美,是个少年英俊。右大臣本来与左大臣不睦,然而看中这位藏人少将,竟把自己所钟爱的第四位女公子嫁给了他。右大臣的重视藏人少将,不亚于左大臣的重视源氏公子。这真是世间无独有偶的两对翁婿!

源氏公子常被皇上宣召,不离左右,因此无暇去妻子家里。他心中一味认为藤壶女御的美貌盖世无双。他想:"我能和这样的一个人结婚才好。这真是世间少有的美人啊!"葵姬原也是左大臣的掌上明珠,而且娇艳可爱,但与源氏公子性情总不投合。少年人是专心一志的,源氏公子这秘密的恋爱真是苦不堪言。加冠成人之后,不能再像儿童时代那样穿帘入幕,只能在作乐之时,隔帘吹笛,和着帘内的琴声,借以传达恋慕之情。有时隐约听到帘内藤壶妃子的娇声,聊觉慰情。因此源氏公子一

---

〔1〕 屯食是古代宫中及贵族飨宴时赏赐下僚吃的糯米饭团。

〔2〕 按当时风习,除天皇、皇太子外,男子结婚一般都去女家。婚后女子仍居娘家,男子前往住宿。适当时期后,新夫妇另居他处,或将妻子迎至丈夫邸内。

味喜欢住在宫中。大约在宫中住了五六日,到左大臣邸宅住两三日,断断续续,不即不离。左大臣呢,顾念他年纪还小,未免任性,并不见罪,还是真心地怜爱他。源氏公子身边和葵姬身边的侍女,都选用世间少有的美人;又常常举行公子所心爱的游艺,千方百计地逗引他的欢心。

在宫中,将以前桐壶更衣所住的淑景舍(即桐壶院)作为源氏公子的住室。以前侍候桐壶更衣的侍女,都不遣散,就叫她们侍候源氏公子。此外,桐壶更衣娘家的邸宅,也由修理职、内匠寮〔1〕奉旨大加改造。这里本来有林木假山,风景十分优胜;现在再将池塘扩充,大兴土木,装点得非常美观。这便是源氏公子的二条〔2〕院私邸。源氏公子想道:"这个地方,让我和我所恋慕的人同住才好。"心中不免郁悒。

世人传说:"光华公子"这个名字,是那个朝鲜相士为欲赞扬源氏公子的美貌而取的。

---

〔1〕 修理职和内匠寮是掌管宫中营造和修缮的机构。

〔2〕 京城地区,以条划分,有一条到九条。

第二回　帚　木[1]

"光华公子源氏"(光源氏),只此名称是堂皇的;其实此人一生遭受世间讥评的瑕疵甚多。尤其是那些好色行为,他自己深恐流传后世,赢得轻佻浮薄之名,因而竭力隐秘,却偏偏众口流传。这真是人之多言,亦可畏也。

话虽如此说,其实源氏公子这个人处世非常谨慎,凡事小心翼翼,并无逗人听闻的香艳逸事。交野少将[2]倘知道了,一定会笑他迂腐吧。

源氏公子职位还是近卫中将[3]的时候,经常在宫中侍候皇上,难得回左大臣邸宅。左大臣家的人都怀疑:莫非另有新欢?其实源氏公子的本性,不喜欢世间常见的那种一时冲动的色情行为;不幸而有一种癖好,偶尔发作,便违背本性,不顾遗恨无穷,而做出不应该有的行为来。

梅雨连绵,久不放晴;其时宫中正值斋戒期间,不宜出门,人人连日笼闭室内,以避不祥。源氏公子就长住宫中。左大臣家盼待日久,不免怨恨。然而还是备办种种服饰及珍贵物品,送入宫中供用;左大臣家诸公子也天天到源氏公子的宫中住室淑景舍来奉陪。诸公子中,正夫人所

---

〔1〕 本回写源氏公子十七岁夏天之事。

〔2〕 交野少将是今已失传的一部古代色情小说的主角。

〔3〕 警卫皇宫门内的近卫府武官,其左右长官称大将,次官称中将、少将,三等官称将监,四等官称将曹。

生的那位藏人少将,现已升任头中将[1],此人和源氏公子特别亲昵,每当游戏作乐之时,此人总是最可亲、最熟悉的对手。这头中将与源氏公子相似:右大臣重视他,赘他为婿,但他是个好色之徒,不喜欢去这正夫人家,而把自己家里的房间装饰得富丽堂皇。源氏公子来了,他在此室中招待他;去了,他陪他同行,两人片刻不离。不论昼夜,不论学问或游艺,都两人共同研习。他的能耐竟也不亚于源氏公子。无论到什么地方,一定相与偕往。这样,两人自然非常亲爱,相处不拘礼节。心中感想,也无所不谈了。

一日,下了整天的雨,黄昏犹自不停。雨夜异常岑寂,在殿上侍候的人不多;淑景舍比平日更为闲静。移灯近案,正在披览图书,头中将从近旁的书橱中取出用各种彩色纸写的情书一束,正想随手打开来看,源氏公子说:"这里面有些是看不得的,让我把无关紧要的给你看吧。"头中将听了这句话很不高兴,回答说:"我正想看不足为外人道的心里话呢。普通一般的情书,像我们这种无名小子也能收到许多。我所要看的,是怨恨男子薄情的种种词句,或者密约男子幽会的书信等。这些才有看的价值呢。"源氏公子就准许他看了。其实,特别重要而必须隐藏的情书,不会随便放在这个显露的书橱里,一定深藏在秘密地方。放在这里的,都是些次等的无足重轻的东西。头中将把这些情书一一观看,说道:"有这么多形形式式的!"就推量猜度:这是谁写的,那是谁写的。有的猜得很对,有的猜错了路子,疑惑不决。源氏公子心中好笑,并不多作解答,只是敷衍搪塞,把信收藏起来。随后说道:"这种东西,你那里一定很多吧。

〔1〕 藏人所的长官称为别当,由左大臣兼。下设"头"二人:一人由弁官兼任,称为头弁;另一人由中将兼任,称为头中将。再下面是五位藏人三人,六位藏人四人。

我倒想看些。如果你给我看了,我情愿把整个书橱打开来给你看。”头中将说:“我的,恐怕你看不上眼吧。”说过之后,他就发表他的感想:

“我到现在才知道:世间的女人,尽善尽美、没有缺点可指摘的,实在不易多得啊!仅乎表面上风雅,信也写得漂亮,交际应酬也能干——这样的人不计其数。然而如果真个要在这些方面选拔优秀人物,不落选的实在很少。自己懂得一点的,就拿来一味夸耀而看轻别人,这样令人厌恶的女子,也多得很。

“有的女子,父母双全,爱如珍宝,娇养在深闺中,将来期望甚大;男的从传闻中听到这女子的某种才艺,便倾心恋慕,也是常有的事。此种女子,容貌姣好,性情温顺,青春年华,闲暇无事,便模仿别人,专心学习琴棋书画,作为娱乐,结果自然学得了一艺之长。媒人往往隐瞒了她的短处而夸张她的长处。听者虽然怀疑,总不能全凭推测而断定其为说谎。如果相信了媒妁之言,和这女子相见,终于相处,结果很少有不教人失望的啊!”

头中将说到这里,装作老成模样,叹一口气。源氏公子并不完全赞同这番话,但觉也有符合自己意见之处,便笑道:“真个全无半点才艺的女人,有没有呢?”头中将又发议论了:

“呀,真个一无所长的女人,谁也不会受骗而向她求爱的。完全一无可取的与完全无瑕可指的,恐怕是同样地少有的吧。有的女子出身高贵,宠爱者众,缺点多被隐饰;闻者见者,自然都相信是个绝代佳人。其次,中等人家的女子,性情如何,有何长处,外人都看得到,容易辨别其优劣。至于下等人家的女子,不会惹人特别注意,不足道了。”

他说得头头是道,源氏公子听了深感兴味,便追问道:“这等级是什么意思?分上中下三等,以什么为标准呢?譬如有一个女子,本来门第高贵,后来家道衰微,地位降低,身世零落了。另有一个女子,生于平常人家,后来父亲升官发财了,自命不凡,扩充门第,力求不落人后,这女子就成了名媛。这两人的等级如何判别呢?"正在提问之际,左马头与藤式部丞两人进来参加值宿了。左马头是个好色之徒,见闻广博,能言善辩。头中将就拉他入座,和他争论探讨上中下三等的分别,有许多话不堪入耳。

左马头发表议论说:"无论何等升官发财,本来门第并不高贵,世人对他们的期望总是两样的。还有,从前门第高贵,但是现在家道衰微,经济困难了;加之时势移变,人望衰落了,心中虽然还是好高,但是事与愿违,有时会做出不体面的事来。像这两种人,各有各的原因,都应该评定为中等。还有一种人,身为诸国长官〔1〕,掌握地方行政,其等级已经确定。但其中又有上中下之别,选拔其中等的女子,正是现时的好尚。还有一种人,地位不及公卿,也没有当过与公卿同列的宰相,只是有四位的爵位。然而世间的声望并不坏,本来的出身也不贱,自由自在地过着安乐的日子。这倒真是可喜的。这种家庭经济充足,尽可自由挥霍,不须节约;教养女儿,更是郑重其事,关怀无微不至。这样成长起来的女子之中,有不少才貌双全的美人呢!此种女子一旦入宫,侥幸获得恩宠,便享莫大幸福,其例不胜枚举。"

源氏公子笑道:"照你说来,评定等级完全以贫富为标准了。"头中将也指责他:"这不像是你说的话!"

左马头管自继续说:"过去家世高贵,现在声望隆重,两全其美;然而

---

〔1〕 掌管地方诸国国政的行政机构为国司厅,其长官称国守,次官称介,三等官称掾,四等官称目。

在这环境中成长起来的女子,教养不良,相貌丑恶,全无可取。人们看见了,一定会想:怎么会养成这个样子呢?这是不足道的。反之,家世高贵、声望隆重之家,教养出来的女儿才貌双全,是当然的事。人们看见了,觉得应该如此,毫不足怪。总之,最上品的人物,像我这样的人是接触不到的,现在姑且置之不谈。在另一方面,世间还有这样的事:默默无闻、凄凉寂寞、蔓草荒烟的蓬门茅舍之中,有时埋没着秀慧可喜的女儿,使人觉得非常珍奇。这样的人物怎么会生在这样的地方,真个出人意外,教人永远不能忘记。

"有的人家,父亲年迈肥蠢,兄长面目可憎。由此推察,这人家的女儿必不足道;岂知闺中竟有绰约娇姿,其人举止行动亦颇有风韵,虽然只是小有才艺,实在出人意外,不得不使人深感兴味。这种人比较起绝色无疵的佳人来,自然望尘莫及。然而这环境中有这样的人,真教人舍不得啊!"

他说到这里,回头向藤式部丞一望。藤式部丞有几个妹妹,声望甚佳。他想道:左马头这话莫非为我的妹妹而发?便默默不语。

源氏公子心中大约在想:在上品的女子中,称心的美人也不易多得,世事真不可解啊!此时他身穿一套柔软的白衬衣,外面随意地披上一件常礼服,带子也不系。在灯火影中,这姿态非常映丽,几令人误认为美女。为这美貌公子择配,即使选得上品中之上品的女子,似乎还够不上呢。

四人继续谈论世间种种女子。左马头说:"作为世间一般女子看待,固然无甚缺陷;但倘要选择自己的终身伴侣,则世间女子虽多,实在也不容易选中。就男子而论:辅相朝廷,能为天下柱石而安民治国之人虽然很多,但要选择真能称职之人才,实在难乎其难。无论何等贤明之人,一二人总不能执行天下一切政治;必须另有僚属,居上位者由居下位者协助,居下位者服从居上位者,然后可使教化广行,政通人和。一个狭小的家庭之中,主妇只有一人。如果细考其资格,必须具备的条件甚多。一般主妇,往往长于此,短于彼;优于此,劣于彼。明知其有缺陷而勉强迁就的人,世间很少有吧。这并不是像那好色之徒的玩弄女性,想罗致许多女子来比较选择。只因此乃终身大事,会当白头偕老,所以理应郑重选定,务求其不须由丈夫费力矫正缺陷,完全如意称心。因此选择对象,往往难于决定。

"更有一种人,所选定的对象,未必符合理想;只因当初一见倾心,此情难于摈除,故尔决意成全。此种男子真可谓忠厚之至;而被爱之女子,必有可取之处,此亦可想而知。然而纵观世间种种姻缘配合之状,大都庸庸碌碌,总不见出乎意外之美满姻缘。我等并无奢望,尚且不能找到称心之人;何况你们要求极高,怎样的女子才及格呢?

"有些女子,相貌不恶,年方青春,洁身自好,一尘不染;写信措辞温雅,墨色浓淡适度。受信的男子被弄得魂牵梦萦,于是再度致书,希望清楚地见到她。等得心焦,好容易会面。隔着帘帷,遥寄相思,但也只是微闻娇音,听得三言两语而已。这种女子,最善于隐藏缺点。然而在男子看来,这真是个窈窕淑女,就一意钟情,热诚求爱,却不道这是个轻薄女子! 此乃择配第一难关。

"主妇职务之中,最重要者乃忠实勤勉,为丈夫作贤内助。如此看来,其人不须过分风雅;闲情逸趣之事,不解亦无妨碍。但倘其人一味重视实利,蓬首垢面,不修边幅,是一个毫无风趣的家主婆,只知道柴米油盐等家常杂务,则又如何? 男子朝出晚归,日间所见所闻,或国家大事,或私人细节,或善事,或恶事,总想向人谈谈,然而岂可执途人而语之?

他希望有一个亲爱的妻子,情投意合,心领神会,共相罄谈。有时他满怀可笑可泣之事,或者非关自己而动人公愤之事,颇想对妻子谈论。然而这妻子木头木脑,对她谈了又有什么用处。于是只得默默回思,自言自语,独笑独叹。这时候妻子便对他瞠目而视,骇然问道:'您怎么啦?'这种夫妇真是天可怜见!

“与其如此,倒不如全同孩子一般驯良的女子,可由丈夫尽力教导,养成美好品质。这种女子虽然未必尽可信赖,但教养总有效果。和她对面相处之时,眼见其可爱之相,但觉所有缺陷,都属可恕;然而一旦丈夫远离,吩咐她应做之事,以及别离期间偶尔发生之事,不论玩乐还是正事,这女子处理之时总不能自出心裁,不能周到妥帖,实甚遗憾。这种不可信赖的缺点,也是教人为难的。更有一种女子,平时冥顽不灵,毫无可爱之相,而偶值时机,却会显示高明手段,真乃意想不到。”

左马头详谈纵论,终无定见,不禁感慨叹息。过后又说:“如此看来,还不如不讲门第高下,更不谈容貌美丑,但求其人性情不甚乖僻,为人忠厚诚实,稳重温和,便可信赖为终身伴侣。此外倘再添些精彩的才艺,高尚的趣致,更是可喜的额外收入。即使稍有不如人之处,也不会强求补充吧。只要是个忠诚可靠的贤内助,外表的风情趣致后来自会增添。

“世间更有一种女子:平时娇艳羞涩,即使遭逢可恨可怨之事,亦隐忍在心,如同不见,外表装出冷静之态。到了悲愤填胸、无计可施之时,便留下无限凄凉的遗言、哀伤欲绝的诗歌、令人怀念的遗物,逃往荒山僻处或天涯海角去隐遁了。我儿时听侍女们诵读小说,听到此种故事,总觉得异常悲伤,这真是可歌可泣之事,使我不禁掉下泪来。但是现在回想,这种人也太过轻率,不免矫揉造作了。目前虽有痛苦之事,但抛撇了深恩重爱的丈夫,不体谅他的真心实意而逃隐远方,令人困惑莫解。借此试探人心,这行径正是一失足成千古恨,也可谓无聊之极了。只因听见旁人赞扬道:'志气好高啊!'感伤之余,便毅然决然地削发为尼。立志出家之初,心怀澄澈,对俗世毫无留恋。后来相知者来访,见面时说道:'唉,可怜啊!没想到你竟有这决心!'丈夫情缘未断,闻得她出家的消息,不免流泪。侍女老妈子们见此情状,便对她说:'老爷真心怜爱您呢,出家为尼,太可惜了。'这时候她伸手摸摸削短的额发,自觉意气沮丧,怅惘无聊,不禁双眉紧锁了。虽然竭力隐忍,但一旦堕泪之后,每每触景生情,不能自制。于是后悔之心,日渐滋长。佛见此状,定当斥为秽浊凡胎。这不彻底的出家,反会堕入恶道,倒不如从前委身浊世的好呢。有的前世因缘较深,尚未削发之时,即被丈夫寻获,相偕同归,幸未为尼;然而事后回思,每感不快,此举就变成了怨恨的源泉!不拘好坏,既已成为夫妻,无论何时,必须互相容忍谅解,这才不失为宿世因缘。但是一旦发生此事,今后夫妇双方,都不免互相顾忌,心中已有隔阂了。

"更有一种女子,看见丈夫略把爱情移向他人,便怀恨在心,公然和丈夫离居,这也是下愚之策吧。男子即使稍稍移爱他人,但回想新相知时的热爱,还能眷恋旧情。此心可能使夫妇重新言归于好;如今怀恨离居,此心便起动摇,终于消失,从此情缘断绝了。总之,无论何事,总宜沉着应付:丈夫方面倘有可怨之事,宜向他暗示我已知道;即使有可恨之事,亦应在言语中隐约表示而勿伤感情。这样,丈夫对她的爱情便可挽回过来。在多数情况之下,男子的负心是全靠女子的态度来治疗的。然而女子如果全不介意,听其放恣,虽然丈夫可以自由自在而感谢妻子的宽大,但女子取这态度,亦不免过于轻率吧。那时这男子就像不系之舟,随波逐流,漫无归宿,才真是危险的。你道是与不是?"

头中将听了这话,点头称是,接着说道:"如今有这样的事,女子真心爱慕男子的俊秀与温柔,而男子有不可信赖的嫌疑,这就成了一大问题。这时候女子认为只要自己没有过失,宽恕丈夫的轻薄行为,不久丈夫自必回心转意。可是事实并不如此。那么只有这样:即使丈夫有违心的行为,女子惟有忍气吞声,此外没有别的办法了。"说到这里,他想起自己的妹妹葵姬恰恰符合此种情况;但见源氏公子闭目假寐,并不做声,自觉扫兴,心中好不快快。

于是左马头当了裁判博士,大发议论。头中将想听到这优劣评判的结果,热心地怂恿他讲。他就说:

"且将别的事情来比拟吧:譬如细木工人,凭自己的匠心造出种种器物来。如果是临时用的玩赏之物,其式样没有定规,那么随你造成奇形怪状,见者都认为这是时势风尚,有意改变式样以符合流行作风,是富有趣味的。但倘是重要高贵的器物,是庄严堂皇的装饰设备,有一定的格式的,那么倘要造得尽善尽美,非请教真正高明的巨匠不可。他们的作品,式样毕竟和普通工人不同。

"又如:宫廷画院里有许多名画家。选出他们的水墨画稿来,一一比较研究,则孰优孰劣,一时实难区别。可是有个道理:画的倘是人目所不曾见过的蓬莱山,或是大海怒涛中的怪鱼的姿态,或是中国深山猛兽的形状,又或是眼所不能见的鬼神的相貌等等,这些都是荒唐无稽的捏造之物,尽可全凭作者想象画出,但求惊心骇目,不须肖似实物,则观者亦无甚说得。但倘画的是世间常见的山容水态、目前的寻常巷陌,附加以熟悉可亲、生动活现的点景;或者是平淡的远山景象,佳木葱茏,峰峦重叠;前景中还有篱落花卉,巧妙配合。这等时候,名家之笔自然特别优秀,普通画师就望尘莫及了。

"又如写字,并无精深修养,只是挥毫泼墨,装点得锋芒毕露,神气活现;约略看来,这真是才气横溢、风韵潇洒的墨宝。反之,真才实学之书家,着墨不多,外表并不触目;但倘将两者共陈并列,再度比较观看,则后者自属优胜。

"雕虫小技,尚且如此;何况人心鉴定。依我愚见,凡应时的卖弄风情、表面的温柔旖旎,都是不可信赖的。现在我想讲讲我的往事,虽是色情之谈,也要奉屈一听。"

他说着,移身向前,坐得靠近些。此时源氏公子也睁开眼睛,不再假寐了。头中将大感兴趣,两手撑住面颊,正对着左马头,洗耳恭听。这光景正像法师登坛宣讲人世大道,教人看了发笑。但在此时,各人罄吐肺腑之言,毫不隐讳了。左马头就开始讲:

"早先,我职位还很低微的时候,有一个我所钟情的女子。这女子,就像刚才说的那样,相貌并不特别漂亮。少年人重色,我无意娶此人为终身伴侣。我一面与此人交往,一面颇觉不能满意,又向别处寻花问柳,这女子就嫉妒起来。我很不高兴,心想:你气量宽大些才好,如此斤斤计较地怀疑于我,实在讨厌!有时又想:我身份如此微贱,藐不足数,而这女子对我绝不看轻,如此重视,真是难为她了!于是我的行为自然检点起来,不再浮踪浪迹。

"她的能耐真不错呢:即使是她所不擅长的事,为了我就不惜辛苦地去做。即使是她所不甚得意的艺能,也决不落后地努力下功夫。凡事都尽心竭力地照顾我,丝毫也不违背我的心愿。我虽认为她是个好胜的人,但她总算顺从我,态度日益柔和了。她惟恐自己相貌不扬,因而失却我的欢心,便勉力修饰;又恐被人看见,有伤郎君体面,便处处顾虑,随时躲避。总之,无时不刻意讲究自己的打扮。我渐渐看惯,觉得她的心地也真不坏。只是嫉妒一事,却使我不能堪忍。

“当时我想:‘这个人如此顺从我,战战兢兢地防止失却我的欢心。我如果对她惩戒一番,恐吓一下,她的嫉妒之癖也许会改去,不再噜苏了。’实际上我的确忍无可忍了。于是又想:‘我若向她提出:从此断绝交往,如果她真心向往于我,一定可以惩戒她的恶癖吧。’我就装出冷酷无情的样子来。她照例生气,怨恨满腹。我对她说:‘你如此固执,即使宿缘何等深厚,也只得从此绝交,永不再见。如果你情愿今朝和我诀别,尽请吃你的无名之醋吧。但倘要做久长夫妻,那么即使我有不是之处,你也该忍耐,不可认真。只要你改去了你的嫉妒之心,我便真心爱你。今后我也会升官晋爵,飞黄腾达。那时你作了第一夫人,也不同凡俗了。’我自以为这番话说得高明,便得意忘形,信口开河。岂知这女子微微一笑,回答道:‘你现在一事无成,身微名贱,要我耐心等待你的发迹,我毫无痛苦。但倘要我忍受你的薄悻,静候你的改悔,则日月悠长,希望渺茫,却是我所最感痛苦的!那么现在就是诀别的时候了。’她的语气异常强硬。我也愤怒起来,厉声说了许多痛恨的话。这女子并不让步,拉过我的手去,猛力一咬,竟咬伤了我一根手指。我大声叫痛,威吓她道:‘我的身体受了摧残,从此不能参与交际,我的前程被你断送了。我还有何面目见人?只有入山削发为僧了!那么今天就和你永别吧。’我屈着受伤的手指走出门去,临行吟道:

‘屈指年来相契日,
瑕疵岂止妒心深?
今后你不能再怨恨我了吧。’

那女子听了,终于哭起来,答道:

‘胸中数尽无情恨，

此是与君撒手时。’

虽然如此赠答，其实大家不想永别，只是此后一段时期，我不寄信与她，暂且游荡他处。

“有一天，正是临时祭[1]预演音乐的那天，夜深时分，雨雪纷飞。诸人从宫中退出，各自归家。我左思右想，除那女子的住处之外，无家可归。在宫中借宿一宵，也太乏味；到另外那个装腔作势的女子那里去过夜，又难得温暖。于是想起了那个女子，不知道她后来作何感想，不妨顺便前去一探。便掸掸衣袖上的雪珠，信步前往。到了门口，又蹑手蹑脚，觉得不好意思进去。继而一想，今宵寒夜相访，往日的怨恨大约可解除了吧，便毅然直入。一看，壁间灯火微明，大熏笼上烘着些软软的厚厚的日常衣服，帷屏[2]高高揭起，仿佛今宵正在专候。我觉得很好，心中自鸣得意。但她本人不在，只留几个侍女管家。她们告诉我：‘小姐今晚在她父亲那里宿夜。’原来自从那事件发生之后，她并未吟过香艳的诗歌，也没有写过言情的书信，只是默默地笼闭在家。我觉得败兴，心中想道：难道她是有意叫我疏远她才那样嫉妒的么？然而并无确实证据，也许是由于心情不快而胡乱猜测的吧。向四周一看，替我预备的衣服，染色和缝纫都比以前更加讲究，式样比以前更加称心。足见决绝之后，她还是忠心地为我服务。现在虽不在家，却并非全然和我绝交。这天晚上我终

---

〔1〕 临时祭是节日之一，或称贺茂临时祭，于十一月内第二个酉日举行，前几天预先演习音乐。

〔2〕 帷屏是置于贵妇人座侧以障隔内外之用具：在台座上竖立两根高约三四尺的细柱，柱上架一长条横木，在这横木上挂五幅垂布(冬天用熟绢，夏天用生绢或斜纹织物等)。

于没有见到她。但是此后我多次向她表明心迹,她并不疏远我,也不躲避得使我没处寻找。她温和地对待我,绝不使我难堪。有一次她说:'你倘还像从前一样浮薄,恕我不能忍受。你倘改过自新,安分守己,我便和你相处。'我想:她话虽如此,岂肯和我决绝,我再来惩治一下吧。我不回答她今后改不改,但用盛气凌人的态度对付她。不料这女子大为悲伤,终于郁郁地死去了。我深深领会,此类无心的恶戏,是千万做不得的!

"我现在回想,这真是一个可以委托一切的贤妻。无论琐屑之事或重大之事,同她商量,她总有高明见解。此外,讲到洗染,她的本领不亚于装点秋林的立田姬[1]。讲到缝纫,她的妙手不劣于银河岸边的织女姬。在这些方面她也是全才呢。"

他说到这里,耽于回忆,无限感伤。头中将接口说:

"织女姬的缝纫技术,姑置不论,最好能像她和牛郎那样永缔良缘。你那个本领不亚于立田姬的人,实在不可多得啊!就像变幻无常的春花秋叶,倘色彩不合季节,渲染不得其法,也不会受人欣赏,只得白白地枯死。何况才艺兼备的女性,在这世间实在很难求得。这品定真不容易啊!"他用这话来怂恿,左马头就继续讲下去:

"再说,同时我还有一个相好的女子。这女子人品很好,心地也诚实,看来很有意思。诗歌也会作,字也会写,琴也会弹,手很妙,口齿伶俐,处处可以看出来。相貌也说得过去。我把那嫉妒女子家里作为经常的宿处,有时偶尔悄悄地到这个女子家里去过夜,觉得很可留恋。那嫉妒女子死后,我一时茫然若失,悲哀痛惜,觉得也是枉然,便常常亲近这女子。日子一久,就发见这个人略有浮华轻薄之处,教人看不惯。我觉

---

〔1〕 立田姬是司秋的女神,秋林红叶是她染成的。

得靠不住,就逐渐疏远她。这期间她似乎另有了情夫。

“十月里有一天,月白风清之夜,我正要从宫中退出,有一个殿上人招呼我,要搭我的车子。这时候我正想到大纳言[1]家去宿夜,这贵族说:‘今晚有一个女子在等候我,要是不去,我心里怪难过的。’我就和他同车出发。我那个女子的家,正好位在我们所要经过的路上。车子到了她家门口,我从土墙坍塌之处望见庭中一池碧水,映着月影,清幽可爱。过门不入,岂不大杀风景?岂知这殿上人就在这里下车,我也悄悄地跟着下车了。他大约是和这女子有约的,得意扬扬地走进去,在门旁廊沿上坐下了,暂时赏玩月色。庭中残菊经霜,颜色斑斓,夜风习习,红叶散乱,景色颇有情趣。这贵族便从怀中取出一支短笛,吹了一会,又信口唱起催马乐来:‘树影既可爱,池水亦清澄……’[2]这时候室内发出美妙的和琴[3]声,敢是预先调好弦音的吧,和着歌声,流畅地弹出,手法的确不坏!这曲调在女子手上委婉地弹奏,隔帘听来,好似现代乐器的声音,与目前的月夜景色十分调和。这殿上人大为感动,走近帘前,说了些令人不快的话:‘庭中满地红叶,全无来人足迹啊!’然后折了一枝菊花,吟道:

‘琴清菊艳香闺里,
不是情郎不肯留。

打搅了。’

---

〔1〕 此大纳言是否左马头之父,不详。

〔2〕 催马乐是一种民谣。《飞鸟井》云:“投宿飞鸟井,万事皆称心。树影既可爱,池水亦清澄。饲料多且好,我马亦知情。”

〔3〕 和琴是日本固有的琴,状似筝,但只有六弦。

接着又说:‘再三听赏不厌的人来了,请你尽情地献技吧。’女的被他如此调情,便装腔作势地唱道:

‘笛声怒似西风吼,
如此狂夫不要留!’

他俩就这么说着情话,那女子不知道我听得很生气,又弹起筝来了,她用南吕调奏出流行的乐曲,虽然手法灵敏,不免有些刺耳。

“我有时遇见几个极度俏皮轻狂的宫女,便和她们谈笑取乐。且不管她们如此,偶尔交往,亦自有其趣味。但我和这个女子,虽然只是偶尔见一次面,要把她当作心头意中的恋人,到底很不可靠。因为这个人过分风流了,令人不能安心。我就拿这天晚上的事件为理由,和她决绝了。

“把这两件事综合起来想想,我那时虽然是个少不更事的青年,也能知道过分轻狂的女子不通道理,不可信赖。何况今后年事日增,当然更加确信此理了。你们诸位都是青春年少,一定恣意任情,贪爱着一碰即落的草上露、一摸即消的竹上霜那样的香艳旖旎、潇洒不拘的风流韵事吧。诸君目前虽然如此,但再过七年,定能领会我这道理。务请谅解鄙人这番愚诚的劝谏,小心谨防轻狂浮薄的女子。这种女子会做出丑事,损伤你的芳名!”他这样告诫。

头中将照例点头称是。源氏公子面露微笑,心中大概在想:这话的确不错。后来他说道:“这些都是见不得人的猥琐之谈啊!”说着笑了起来。头中将说道:“现在让我来讲点痴人的话儿吧。”他就说下去:

“我曾经非常秘密地和一个女子交往。当初并不想到长远之计。但是和她熟悉之后,觉得此人十分可爱。虽然并不常常相聚,心中总当她是个难忘的意中人。那女子和我熟悉之后,也表示出想依靠我的意思来。有时我心中自思:她想依靠我,一定会恨我足迹太疏吧?便觉有些对她不起。然而这女子毫无怨色,即使我久不去访,也不把我当作一个难得见面的人,还是随时随地表示殷勤的态度。我心中觉得可怜;也就对她表示希望长聚的意思。这女子父母双亡,孤苦伶仃;每有感触,便表示出想依靠我的样子,教人怪可怜的。我看见这女子稳静可靠,便觉放心,有一时久不去访。这期间,我家里那个人[1]吃起醋来,找个机会,教人把些凶狠毒辣的话传给她听。我是后来才知道这件事的。起初我想不到会发生这等烦恼的事,虽然心中常常惦记,却并不写信给她,只管久不去访。这期间她意气沮丧,更觉形单影只了。我俩之间已经有了一个小孩。她寻思之余,折了一枝抚子花[2]教人送来给我。”头中将说到这里,淌下泪来。

源氏公子问道:“信中怎么说呢?”

头中将说:“没有什么特别的,只这一首诗:

‘败壁荒山里,频年寂寂春。

愿君怜抚子,叨沐雨露恩。’

我得了信,惦念起来,便去访问。她照例殷勤接待,只是面带愁容。我望望那霜露交加的萧条庭院,觉得情景凄凉,不亚于悲鸣的虫声,教人联想起古昔的哀情小说来。我就回答她一首诗:

---

〔1〕 指他的正夫人,右大臣家的四女公子。

〔2〕 抚子花即瞿麦花,此处用以比喻那小孩。

‘群花历乱开，烂漫多姿色。
独怜常夏花，秀美真无匹。’[1]

我姑且不提比拟孩子的抚子花，却想起古歌‘夫妇之床不积尘’之句，不免怀念夫妇之情，就用常夏花来比拟这做母亲的人，给她安慰。这女子又吟道：

‘哀此拂尘袖，频年泪不干。
秋来风色厉，常夏早摧残。’[2]

她低声吟唱，并无真心痛恨之色。虽然不禁垂泪，还是羞涩似地小心隐饰。可知她心中虽然恨我薄情，但是形诸颜色，又觉得痛苦。我看到这情景，又很安心了。此后又有一个时期不去访她。岂知在这期间她已经销声匿迹，不知去向了！

“如果这女子还在世间，一定潦倒不堪了吧！以前如果她知道我爱她，因而常常向我申恨诉怨，表示些缠绵悱恻的神色，那么也不至于弃家飘泊吧。那时我对她就不会长久绝迹，我一定把她看做一个难分难舍的妻子，永远爱护她了。那孩子很可爱，我设法寻找，但至今杳无音信。这和刚才左马头所说的不可信赖的女子，同此一例。这女子表面不动声色，而心中恨我薄情。我却一向不知，只觉此人可怜，这也是一种徒劳的单相思吧。现在我已渐渐忘怀，但她恐怕还是惦记我，更深人静之夜，不

〔1〕 常夏花是野生的抚子花的别名。故后文亦称此女子为常夏。
〔2〕 秋来风色厉，暗指四女公子吃醋之事。

免抚胸悲叹吧。这是一个不能偕老、不可信赖的女子。这样看来,刚才说的那个爱嫉妒的女子,回想她尽心服侍的好处,也觉得难于忘怀,但倘和她对面共处,则又觉得噜苏可厌,甚至可以决绝的了。又如,即使是长于弹琴、聪明伶俐的才女,但其轻狂浮薄是罪不容恕的。刚才我所说的那个女子,其不露声色,也会令人怀疑。究竟如何是好,终于不能决定。人世之事,大都如此吧。像我们这样举出一个一个的人儿来,互相比较,也不容易决定其优劣。具足各种优点而全无半点缺陷的女子,哪里找得到呢? 那么只有向吉祥天女〔1〕求爱,然而佛法气味太重,教人害怕,毕竟是亲近不得的啊!”说得大家都笑起来。

头中将看看藤式部丞,说道:“你一定有好听的话儿,讲点给大家听听吧。”式部丞答道:“像我这样微不足道的人,有什么话儿可讲给你们听呢?”头中将认真起来,连声催促:“快讲,快讲!”式部丞说:“那么教我讲些什么呢?”他想了一想,说道:

“我还是书生的时候,看到过一个贤女之流的人。这个人就像刚才左马头讲的那人一样,国家大事也谈得来,私人生活、处世之道方面也有高明见解。讲到才学,直教半通不通的博士惭愧无地。不拘谈论何事,总使得对方不得开口。我怎么认识她的呢? 那时我到一位文章博士〔2〕家里去,请他教授汉诗汉文。听说这位博士有好几个女儿,我便找个机会,向一个女儿求爱。父母知道了,办起酒来,举杯庆祝,那位文章博士就即座高吟‘听我歌两途’〔3〕。我同这个女子其实感情并不十分融洽,

---

〔1〕 吉祥天女是帝释天中的天女,相貌端丽无比。帝释天是《佛经》中的名称。

〔2〕 文章博士是古代官名。

〔3〕 白居易《秦中吟》十首之一《议婚》:“…… 主人会良媒,置酒满玉壶。四座且勿饮,听我歌两途:富家女易嫁,嫁早轻其夫;贫家女难嫁,嫁晚孝于姑。……”

只因不宜辜负父母好意,也就和她厮混下去。这期间,这女子对我照料得非常周到:枕上私语,也都是关于我身求学之事,以及将来为官作宰的知识。凡人生大事,她都教我。她的书牍也写得极好:一个假名〔1〕也不用,全用汉字,措辞冠冕堂皇,潇洒不俗。这样,我自然和她亲近起来,把她当作老师,学得了一些歪诗拙文。我到现在也不忘记她的师恩。可是,我不能把她看做一个恩爱而可靠的妻子,因为像我这样不学无术的人,万一有时举止不端,在她面前现丑,是很可耻的。像你们那样的贵公子,更用不着此种机巧泼辣的内助。我明知此种人不宜为妻,然而为了宿世因缘,也就迁就了。总之,男子实在是无聊的啊!”说到这里,暂时住口。头中将要他快讲下去,催促着说:“啊,这倒真是一个很有意思的女子!”式部丞明知这是捧场,仍然得意扬扬地讲下去:

“后来有一时,我久不到她家去。有一天我顺便又去访问,一看,变了样子:不像从前那样让我进内室去畅谈,而且设了帷屏,教我在外面对晤。我心中很不舒服,猜量她是为我久疏而生气,觉得有些可恶。又想:既然如此,乘此机会一刀两断吧。可是不然,这个贤女决不轻易露出醋意,她通情达理,并不恨我。但闻她高声说道:‘妾身近患重感冒,曾服极热的草药〔2〕,身有恶臭,不便与君接近。虽然隔着帷屏,倘有要我做的杂事,尽请吩咐。’口气非常温和诚恳。我没有什么话回答,只说了一声‘知道了’,便想退出。大概这女子觉得太简慢了吧,又高声说:‘改天妾身上这恶臭消尽之后,请君再来。’我想:不回答呢,对她不起;暂时逗留一下呢,又忍不住,因为那股恶臭浓重地飘过来,实在难当。我匆匆地念

〔1〕 假名即日本字母。

〔2〕 即大蒜。

了两句诗:

‘蟢子朝飞良夜永,[1]
缘何约我改天来?

你这借口出我意外。’话没有说完就逃出去了。这女子派人追上来,答我两句诗:

‘使君若是频来客,
此夕承恩也不羞。’

到底是个才女,答诗这么快。”他不慌不忙地侃侃而谈。源氏公子等都觉得希奇,对他说道:“你撒谎!”大家笑起来。有的嫌恶他:“哪有这等女子?还不如乖乖地和鬼作伴吧。真令人作呕呢!”有的怪他:“这简直不成话!”有的责备他:“再讲些好听一点的话儿吧!”式部丞说:“再好听的没有了。”说着就溜走了。

左马头便接着说:“不论男女,凡下品之人,稍有一知半解,便尽量在人前夸耀,真是可厌。一个女子潜心钻研三史、五经[2]等深奥的学问,反而没有情趣。我并不是说做女子的不应该有关于世间公私一切事情的知识。我的意思是:不必特地钻研学问,只要是略有才能的人,耳闻目

---

[1] 唐诗人权德舆所作《玉团体》:“昨夜裙带解,今朝蟢子飞。铅华不可弃,莫是藁砧归?”蟢子是蜘蛛之一种,藁砧是丈夫。《古今集》中亦有和歌云:“乐见今朝蟢子飞,想是夜晚我郎来。”

[2] 三史指《史记》《前汉书》《后汉书》;五经指《诗经》《书经》《易经》《春秋》《礼记》。

见,也自然会学得许多知识。譬如有的女子,汉字写得十分流丽。写给女朋友的信,其实不须如此,她却一定要写一半以上的汉字,教人看了想道:‘讨厌啊！这个人没有这个毛病才好！’写的人自己也许不觉得,但在别人读来,发音佶屈聱牙,真有矫揉造作之感。这种人在上流社会中也多得很。

“再说,有的人自以为是诗人,便变成了诗迷。所作的诗一开头就引用有趣的典故。也不管对方感不感兴趣,就装模作样地念给人听。这真是无聊之事。受了赠诗而不唱和,便显得没有礼貌。于是不擅长此道的人就为难了。尤其是在节日,例如五月端阳节,急于入朝参贺,忙得无暇思索的时候,便千篇一律地拉着菖蒲的根为题,作些无聊的诗歌。又如在九月重阳节宴席上,凝思构想,制作艰深的汉诗。心无余暇之时,匆匆忙忙地取菊花的露珠来比拟骚人的泪水,作诗赠人,要人唱和,实在是不合时宜的行径。这些诗其实不要在那天发表,过后从容地看看,倒是富有情趣的。只因不合那天的时宜,不顾读者的障眼,贸然向人发表,就反而被人看轻了。无论何事,如果不了解何以必须如此,不明白时地情状,那么还是不要装模作样,卖弄风情,倒可平安无事。无论何事,即使心中知道,还是装作不知的好;即使想讲话,十句之中还是留着一两句不讲的好。”

这时候源氏公子心中只管怀念着一个人。他想:“这个人没有一点不足之处,也没有一点越分之处,真是十全其美。”不胜爱慕之情,胸怀为之郁结。

这雨夜品评的结局,终于没有定论。末了只是些散漫无章的杂谈,一直谈到天明。

好容易今天放晴了。源氏公子如此久居宫中,深恐岳父左大臣心中不悦,今天就回左大臣邸。走进葵姬房里一看,四周布置得秩序井然;尤其是这个人,气品高雅,毫无半点瑕疵。他想:“这正是左马头所推重选拔的忠实可靠的贤妻吧。”然而又觉得过于端严庄重,似乎难于亲近,不免美中不足,实为遗憾。他就同几个姿色翘楚的青年侍女如中纳言君、中务君等随意调笑取乐。这时候天气甚热,公子缓带披襟,姿态潇洒,侍女们看了,个个心中艳羡不已。左大臣也来了。他看见源氏公子随意不拘的样子,觉得不便入内,便在帷屏外就坐,想和公子隔着屏障谈话。公子说:“天气这么热……”说着,皱了皱眉头。侍女们都笑起来。公子说:“静些儿!”就把手臂靠在矮几上,态度煞是悠闲。

傍晚时分,侍女们报道:“今晚从禁中到此间,中神当道,方向不利[1]。”源氏公子说:“怪不得,宫中也常常回避这方向。我那二条院也在这个方向。教我到哪里去回避才好呢?真是恼人啊!”他就躺下来想睡了。侍女们齐声说:“这可不行!”有人报道:“侍臣中有一个亲随,是纪伊的国守,他家住在中川边上,最近开辟池塘,导入川水,屋里很凉爽呢。”公子说:“那好极了。我心里懊恼,懒得多走,最好是牛车进得去的地方……”其实,他有许多恋人,今宵要回避中神,尽有地方可去。只恐葵姬想:你久不来此,今天故意选取回避中神的日子,一到就转赴别处——这倒是对她不起的。他就对纪伊守说知,要到他家去避凶。纪伊守立刻遵命。但他退下来对旁的人说:“我父亲伊豫介家里最近举行斋戒,女眷都寄居我家,屋里狭窄嘈杂,生怕得罪了公子呢。”说着很担心。但源氏公子已经听到了这话,他说:“人多的地方最好呢。在没有女人的屋子里宿夜,心里有些害怕似的。我只要在她们的帷屏后面过夜就行

〔1〕 中神又名天一神。当时认为:此神游行的方向是不利的,出门必须回避。

了。”大家都笑道：“那么，这地方真是最好的宿处了。”便派人去通知纪伊守家里。源氏公子心中想道：不要大肆声张，悄悄地走吧。便匆促动身，连左大臣那里也没有告辞，只带几个亲近的随从。

纪伊守说：“太匆促了。”心中着急。但人们都不理他。他只得把正殿东面的房间收拾干净，铺陈了相应的设备，供公子暂住。这里的池塘景色颇有趣致，四周围着柴垣，有田家风味，庭中花木也应有尽有。水风凉爽，处处虫声悠扬，流萤乱飞，好一片良宵美景！随从们都在廊下泉水旁边坐地，相与饮酒。主人纪伊守则匆忙奔走，张罗肴馔。源氏公子从容眺望四周景色，回忆起前日的雨夜品评，想道：“左马头所谓中等人家，大概就是指这种人家了。”他以前听人说起，纪伊守的后母[1]作姑娘时是矜持自重的，常思一见，便耸耳倾听，但闻西面的房间里有人声：裙声窸窣，语声娇嫩，颇为悦耳。只为这边有客，故意低声，轻言窃笑，显然是装腔作势的。

那房间的格子窗本来是开着的。纪伊守嫌她们不恭敬，教关上了。室内点灯，女人们的影子映出在纸隔扇[2]上。源氏公子走近去，想窥看室内，但纸隔扇都无隙缝，他只得耸耳倾听。但听见她们都已集中在靠近这边的正屋里，窃窃私语。仔细一听，正是在谈论他。有一人说：“真是一位尊严的公子啊！早就娶定了一位不称心的夫人，也真可惜。但是听说他有心爱的情人，常常偷偷地往来。”公子听了这话，想起了自己的心事，不免担忧。他想：“她们在这种谈话的场合，说不定会把我和藤壶妃子的事情泄漏出来，教我自己听到了，如何是好呢？”

---

〔1〕 作者没有说出这个女子的名字，根据下一回的题名和回末两首和歌，后人称她为空蝉。

〔2〕 隔扇是日本的一种室内装置，以木料构成骨架，从两面糊纸或布。

然而她们并没有谈到特别的事情。源氏公子便不再听下去。他曾经听见她们说起他送式部卿家的女儿[1]牵牛花时所附的诗,说得略有不符事实之处。他想:“这些女人在谈话中毫无顾忌地胡乱诵诗,不成样子。恐怕见了面也不过如此吧。”

这时候纪伊守来了。他又加了灯笼,剔亮了灯烛,摆出些点心来。源氏公子引用催马乐,搭讪着说:“你家‘翠幕张’好了么?倘招待得不周到,你这主人没面子呢!”纪伊守笑道:“真是‘肴馔何所有?此事费商量’了[2]。”样子甚是惶恐。源氏公子就在一旁歇息。随从者也都睡静了。

这里的主人纪伊守家里,有好几个可爱的童子。其中有几个是在殿上当侍童的,源氏公子觉得面熟;有几个是伊豫介的儿子。在这许多童子中,有一个仪态特别优雅、年方十二三的男孩。源氏公子问道:“这是谁家的孩子?”纪伊守答道:“这是已故卫门督的幼子,名叫小君。他父亲在日很疼爱他。小时候死了父亲,就跟随他姐姐到这里来了。人还算聪明,是个老老实实的孩子。希望当个殿上侍童,只因无人提拔,还未成功呢。”源氏公子说:“很可怜的。那么他的姐姐就是你的后母吧?”纪伊守说:“正是。”源氏公子说:“你有这个后母,很不相称呢。皇上也知道这个女子,他曾经问起:‘卫门督有过密奏,想把这女儿送入宫中服务。现在这个人怎么样了?’想不到她终于嫁给了你父亲。人世因缘真是渺茫无定啊!”他说时装出老成的样子。纪伊守接口道:“她嫁过来,是事出意外的。男女因缘,从古以来难以捉摸。女人的命运,尤为渺茫难知,真可怜啊!”源氏公子说:“听说伊豫介很重视她,把她看做主人一般,真的么?”

---

〔1〕 式部卿是皇上的兄弟,他的女儿槿姬是源氏的堂妹,后来称为槿斋院。

〔2〕 催马乐《我家》全文:“我家翠幕张,布置好洞房。亲王早光临,请来作东床。肴馔何所有?此事费商量。鲍鱼与蝶螺?还是海胆羹?”源氏引用此歌,意在空蝉。

纪伊守说:“不消说了。简直把她当作秘藏的主人呢。我们全家人都看不惯,这老人太好色了。”源氏公子又说:“所以他不肯把这女子让给像你那样年貌相称的时髦小伙子呀。你父亲年纪虽老,是个风流潇洒的男子呢。”谈了一会,他又问:“这女子现在在什么地方?”纪伊守答道:“我教她们都迁居到后面的小屋里去。但是时间局促,她还来不及迁走呢。”这时候随从者酒力发作,都在廊上睡得肃静无声了。

源氏公子不能安然就寝。他觉得独眠很是无聊。张目四顾,想道:“这靠北的纸隔扇那边有女人住着。刚才说起的那个女子大概就躲在这里面吧。可怜的人儿啊!”他心驰神往,便从容地站起身来,走到纸隔扇旁边,倾耳偷听,但闻刚才看到的那个小君的声音说:“喂,你在哪里?”带些沙音,却很悦耳。接着一个女声回答道:“我睡在这里呢。客人睡了吧?我怕相隔太近,不好意思,其实隔得还算远。”是躺在床里说的,语调随意不拘。但很像那孩子的声音,听得出这两人是姐弟。又听得那孩子悄悄地说道:“客人睡在厢房里呢。我听说源氏公子很漂亮,今天初次看到,果然是个美男子。”他姐姐说:“倘是白天,我也来偷看一下。”声音带着睡意,是躺在被窝里说的。源氏公子嫌她态度冷淡,没有向她弟弟详细探问他的情状,心中略感不快。接着弟弟又说:“我睡在这边吧。唉,暗得很。”听见他挑灯的声音。那女子睡的地方,似乎是这纸隔扇的斜对面。她说:“中将[1]哪里去了?我这里离开人远,有些害怕呢。”睡在门外的侍女们回答道:“她到后面去洗澡了,立刻就回来的。”

不久大家睡静了。源氏公子试把纸隔扇上的钩子打开,觉得那面没有上钩。他悄悄地把纸隔扇拉开,但见入口处立着帷屏,灯光暗淡,室中

[1] 中将是一个侍女的称呼。

零乱地放着些柜子之类的器具。他就从这些器具之间走进室内,走到这女子所在的地方,但见她独自睡着,身材很小巧。他觉得有些不好意思,终于伸手把她盖着的衣服拉开。这空蝉只当是她刚才叫的那个侍女中将回来了,却听见源氏公子说:“刚才你叫中将,我正是近卫中将[1],想来你了解我私下爱慕你的一片心吧。……”空蝉吓了一跳,不知如何是好,疑心自己着了梦魔,惊慌地“呀”的叫了一声。她用衣袖遮着自己的脸,说不出话来。源氏公子对她说道:“太唐突了,你道我是浮薄浪子一时冲动,确也难怪。其实我私心倾慕,已历多年;常想和你罄吐衷曲,苦无机会。今宵幸得邂逅,因缘非浅。万望曲谅愚诚,幸赐青睐!”说得婉转温顺,魔鬼听了也会软化,何况他是个容姿秀丽、光彩焕发的美男子。那空蝉神魂恍惚。想喊“这里来了陌生人”,也喊不出口。只觉得心慌意乱,想起了这非礼之事,更是惊恐万状;喘着气低声说道:“你认错了人吧?”她那恹恹欲绝的神色,教人又是可怜,又是可爱。源氏公子答道:“并不认错人,情之所钟,自然认识。请勿佯装不知。我决不是轻薄少年,只是想向你谈谈我的心事。”这人身材小巧,公子便抱了她,走向纸隔扇去。恰巧这时候,刚才她叫的那个侍女中将进来了。源氏公子叫道:“喂,喂!”这中将弄得莫名其妙,暗中摸索过来,但觉一阵阵的香气,直扑到她脸上,便心知是源氏公子了。中将大吃一惊,不知道这是怎么一回事,说不出话来。她想:“若是别人,我便叫喊起来,把人夺回。然而势必弄得尽人皆知,也不是道理。何况这是源氏公子。怎么办呢?”她心中犹豫不决,只管跟着走来。源氏公子却若无其事,一直走进自己房间里去了。拉上纸隔扇时,他对中将说:“天亮的时候你来迎接她吧!”

---

〔1〕 此时源氏的官位是近卫中将,正好和那侍女的称呼相同。

空蝉听到这话,心中想道:不知中将作何感想?只此一念,已使她觉得比死更苦,淌了一身冷汗,心中懊恼万状。源氏公子看她很可怜,照例用他那一套不知哪里学得的情话来百般安慰,力求感动她的心。空蝉却越发痛苦了,她说:“我觉得这不是事实,竟是做梦。你当我是个卑贱的人,所以这样作践我,教我怎不恨你?我是有夫之妇,身份已定,无可奈何的了。”她痛恨源氏公子的无理强求,说得他自觉惭愧。公子回答道:“我年幼无知,不懂得什么叫做身份。你把我看做世间一般的轻薄少年,我很伤心。我从来不曾有过无理强求的暧昧行为,你一定也知道的。今天与你邂逅,大概是前世的宿缘了。你如此疏远我,我也怪你不得。今天的事,我自己也觉得不可思议。”他一本正经地说了许多话。然而空蝉对于这位盖世无双的美男子,愈加不愿亲近了。她想:“我不从他,也许他会把我看做不解风情的粗蠢女子。我就装作一个不值得恋爱的愚妇吧。”于是一直采取冷淡的态度。原来空蝉这个人的性情,温柔中含有刚强,好似一枝细竹,看似欲折,却终于不断。此刻她心情愤激,痛恨源氏公子的非礼行为,只管吞声饮泣,样子煞是可怜。源氏公子虽然觉得对这女子不起,但是空空放过机会,又很可惜。他看见空蝉始终没有回心转意,便恨恨地说:“你为什么把我看做如此讨厌的人呢?请你想想:无意之中相逢,必有前生宿缘。你佯装作不解风情之人,真教我痛苦难堪。”空蝉答道:“我这不幸之身,倘在未嫁时和你相逢,结得露水因缘,也许还可凭仗分外的自豪之心,希望或有永久承宠之机会,借此聊以自慰。如今我乃有夫之妇,和你结了这无凭春梦似的刹那因缘,真教我寸心迷乱,不知所云。现在事已如此,但望切勿将此事泄露于人!”她那忧心忡忡的神色,使人觉得这真是合理之言。源氏公子郑重地向她保证,讲了许多安慰的话。

晨鸡报晓了。随从们都起身,互相告道:“昨夜睡得真好。赶快把车子装起来吧。”纪伊守也出来了,他说:“又不是女眷出门避凶。公子回宫,用不着这么急急地在天色未明时动身!”源氏公子想:“此种机会,不易再得。今后特地相访,怎么可行?传书通信,也是困难之事!”想到这里,不胜痛心。侍女中将也从内室出来了,看见源氏公子还不放还女主人,心中万分焦灼。公子已经许她回去,但又留住了,对她说:“今后我怎么和你互通音信呢?昨夜之事,你那世间无例的痛苦之情,以及我对你的恋慕之心,今后便成了回忆的源泉。世间哪有如此珍奇的事例呢?”说罢,泪下如雨,这光景真是艳丽动人。晨鸡接连地叫出,源氏公子心中慌乱,匆匆吟道:

“恨君冷酷心犹痛,
何事晨鸡太早鸣?”

空蝉回想自身境遇,觉得和源氏公子太不相称,心中不免惭愧。源氏公子对她如此热爱,她并不觉得欢喜。她心中只是想着平日所讨厌的丈夫伊豫介:“他可曾梦见我昨夜之事?”想起了不胜惶恐。吟道:

“忧身未已鸡先唱,
和着啼声哭到明。”

天色渐渐明亮,源氏公子送空蝉到纸隔扇边。此时内外人声嘈杂,他告别了空蝉,拉上纸隔扇,回到室内的时候,心情异常寂寥,觉得这一层纸隔扇不啻蓬山万重啊!

源氏公子身穿便服，走到南面栏杆旁边，暂且眺望庭中景色。西边房间里的妇女们连忙把格子窗打开，窥看源氏公子。廊下设有屏风，她们只能从屏风上端约略窥见公子的容姿。其中有几个轻狂女子，看了这个美男子，简直铭感五中呢。下弦的残月发出淡淡的光，轮廓还是很清楚，倒觉得这晨景别有风趣。天色本无成见，只因观者心情不同，有的觉得优艳，有的觉得凄凉。心中秘藏恋情的源氏公子，看了这景色只觉得痛心。他想："今后连通信的机会也没有了！"终于难分难舍地离开了这地方。

源氏公子回到邸内，不能立刻就寝。他想："再度相逢是不可能的了。但不知此人现在作何感想？"便觉心中懊丧。又想起那天的雨夜品评，觉得这个人并不特别优越，却也风韵娴雅，无疵可指，该是属于中品的。那个见多识广的左马头的话，确有道理。

此后有一时期，源氏公子一直住在左大臣邸内。他想起今后和空蝉音信断绝，薄倖名成，心中痛苦不堪，便召唤纪伊守前来，对他说："能不能把前回看到的卫门督的小君给我呢？我觉得这孩子可爱，想教他到我身边来，由我推荐给皇上当殿上侍童。"纪伊守答道："多蒙照拂，实深感激。我当把此意转告他姐姐去。"源氏公子听到姐姐两字，心中别的一跳。便问："这姐姐有没有生下你的弟弟来？""没有。她嫁给我父亲还只两年。她父亲卫门督指望她入宫，她违背了遗言，不免后悔。听说对现在这境遇很不满意呢。""那是很可怜的了。外间传说她是个才貌双全的美人，实际上如何？"纪伊守答道："相貌并不坏。不过我同她疏远，知道的不详。照世间的常规，对后母是不便亲近的。"

过了五六天，纪伊守把这孩子带来了。源氏公子仔细一看，相貌虽然算不得十全，却也秀丽可爱，是个上品的孩子。便召他进入帘内，十分宠爱他。这孩子的小心坎里自然不胜荣幸。源氏公子详细探问他姐姐的情况。凡无关紧要的事,小君都回答了,只是有时羞涩不语,源氏公子也不便穷究。然而说了许多话,使这孩子知道他是熟悉这女子的。小君心中隐约地想:“原来两人之间是有这等关系的!”觉得出乎意外。然而童心幼稚,并不深加考虑。有一天,源氏公子叫他送一封信给他姐姐。空蝉吃惊之余,流下泪来。又恐引起这孩子怀疑,不当稳便;心中却又颇想看这封信,便端起信来,遮住了脸,从头阅读。这信很长,末了附诗一首:

“重温旧梦知何日,
睡眼常开直到今。

我夜夜失眠呢。”这信写得秀美夺目。空蝉热泪满眼,看不清楚。只是想起自己本来生不逢辰,今又添了这件痛心之事,自叹命穷,悲伤不已,便躺下了。

次日,源氏公子邸内召唤小君前去,小君即将动身,便向姐姐要封回信。空蝉说:“你回答他说:此间没有可拜读此信之人。”小君笑道:“他说并没弄错,怎么好对他如此说呢?”空蝉心中忧虑,想道:“可知他已经全部告诉这孩子了!”便觉无限痛苦,骂道:“小孩子家不应该说这种老头老脑的话!既然如此,你不要去了。”小君说:“他召唤我,怎么好不去呢?”管自去了。

纪伊守也是个轻薄之徒,艳羡这后母的姿色,常思接近,好献殷勤,因此巴结这个小君,常常陪他一同来去。源氏公子召唤小君进去,恨恨地对他说:“昨天我等了你一天!可见你是不把我放在心上的。”小君脸红了。公子又问:“回信呢?”小君只得一五一十地把实情告诉他。公子说:“你这个人靠不住。哪有这等事情!”便叫他再送一封信去,对他说:“你这孩子不知道:你姐姐认识伊豫介这个老头子以前,先和我相识了。不过,她嫌我文弱不可靠,因此嫁了那个硬朗的老头子,真是欺侮我!如今你就做我的儿子吧。你姐姐所依靠的那个老头子,寿命不长了。”小君听了,心中想道:“原来如此!姐姐不理睬他,也太忍心了。”源氏公子便疼爱这孩子,时刻不离地要他在身边,也常常带他进宫去。又命宫中裁缝所替他新制服装,待他真同父母对儿子一样。此后源氏公子还是常常要他送信。但空蝉想:这毕竟是个小孩,万一把消息泄漏出去,此身又将添得一个轻薄的恶名。公子的多情她也觉得很感谢;然而无论何等恩宠,一想起自己身份不配,便决心不受,因此始终不曾写过恳切的回信。她也常常想起:那天晚上邂逅相逢的那个人的神情风采,的确英爽俊秀,非同凡俗。然而一想起便立刻自己打消念头。她想:我的身份已定,现在向他表示殷勤,有何用处呢?源氏公子则无时不思量她。一想起她,总觉又是可怜,又是可爱。回思那天晚上她那忧伤悲痛的样子,不胜怜悯,始终无法自慰。然而轻率地偷偷去访,则彼处人目众多,深恐暴露了自己的胡行妄为,对那人也是不利的,因此踌躇不决。

源氏公子照例常在宫中住宿数日。有一次,他选定一个应向中川方面避凶的禁忌日,装作从宫中返邸时突然想起的样子,中途转向纪伊守家去了。纪伊守吃了一惊,以为他家池塘美景逗引公子再度光临,不胜荣幸。早间源氏公子已将计划告知小君,和他约定了办法。小君本来早晚随从,今夜当然同去。空蝉也收到了通知。她想:“源氏公子作此计划,足见对我的情爱决非浅薄。但倘不顾身份,竭诚招待他,则又使不得,势必重尝梦也似地过去了的那夜的痛苦。”她心乱如麻,觉得在此等候光临,不胜羞耻。便乘小君被源氏公子叫去之时对侍女们说:“这里和源氏公子的房间太接近了,很不方便。况且我今天身上不好,想教人捶捶肩背,迁居到远些的地方去吧。”就移居到廊下侍女中将所居的房间里,作为躲避之所。

源氏公子怀着心事,吩咐随从者早早就寝。空蝉处派小君去通消息,但小君找她不着。他到处都找遍,走进廊下的房间,好容易才找到。他觉得姐姐太过无情,哭丧着脸说:“人家会说我太无能了!”姐姐骂道:“你怎么干这无聊的事? 孩子们当这种差使,最是可恶!”又断然地说:“你去对他说:我今晚身上不好,要众侍女都在身边,好服侍我。你这样赶来赶去,教人见了怀疑!”但她心中这样想:“如果我身没有出嫁,住在父母之家的深闺里,偶尔等待公子来访,那才是风流韵事。但是现在……我勉强装作无情,坚决拒绝,不知公子当我是何等不识风趣的人?”想到这里,真心地感伤起来,方寸缭乱了。但她终于下个决心:“无论怎样,现在我已经是毫不足道的薄命人了,我就做个不识风趣的愚妇吧!”

源氏公子正在想:“小君这件事办得怎么样了?”他毕竟是个小孩,公子有些担心,便横着身子,静候回音。岂知小君带来这么一个不好的消息。公子觉得这女子的冷酷无情,世间少有,便极度懊丧,叹道:“我好羞耻啊!”一时默默无言。后来长叹数声,耽入沉思,吟道:

“不知帚木奇离相,
空作园原失路人。[1]

---

〔1〕 传说信州伊那郡园原伏屋地方,有一怪树,名曰帚木。此树远看形似倒置的扫帚,走近去就看不见了。此诗中以帚木比空蝉。

不知所云了。”小君将诗传告空蝉。空蝉毕竟也不能成眠,便报以诗道:

“寄身伏屋荒原上,
虚幻原同帚木形。”

小君因见公子伤心,也不思睡眠,只管往来奔走。空蝉深恐别人怀疑,甚是担心。

随从人等照例都酣睡了。源氏公子百无聊赖,只管左思右想:“此女异常无情,但我对她恋念未消,不免情火中烧。而且越是无情,越是牵惹我心。”一方面作如是想,一方面又念此人冷淡令人吃惊,我也可就此罢休了吧。然而终于不能断念,便对小君说:“你就带我到她躲藏的地方去吧。”小君答道:“她那里房门紧闭,侍女众多,怕去不得呢。”他觉得公了十分可怜。源氏公子便道:“那么算了吧。只要你不抛撇我。”他命小君睡在身旁。小君傍着这青年美貌的公子睡觉,心中十分欢喜。源氏公子也觉得那姐姐倒不及这孩子可爱。

第三回　空　蝉[1]

却说源氏公子当晚在纪伊守家里,辗转不能成眠,说道:"我从未受人如此嫌恶,今夜方知人世之痛苦,仔细想来,好不羞耻!我不想再活下去了!"小君默默无言,只是泪流满面,蜷伏在公子身旁。源氏公子觉得他的样子非常可爱。他想:"那天晚上我暗中摸索到的空蝉的小巧身材,和不很长的头发,样子正和这小君相似。这也许是心理作用,总之,十分可爱。我对她无理强求,追踪搜索,实在太过分了;但她的冷酷也真可怕!"想来想去,直到天明。也不像往日那样仔细吩咐,就在天色未亮之时匆匆离去,使小君觉得又是伤心,又是无聊。

空蝉也觉得非常过意不去。然而公子音信全无。她想:"敢是吃了苦头,存戒心了?"又想:"倘就此决绝,实甚可哀。然而任其缠绕不清,却也令人难堪。归根结底,还是适可而止吧。"虽然如此想,心中总是不安,常常耽入沉思。源氏公子呢,痛恨空蝉无情,但又不能就此断念,心中焦躁不已。他常常对小君说:"我觉得此人太无情了,太可恨了。我想要把她忘记,然而不能随心所欲,真是痛苦!你替我设法找个机会,让我和她再叙一次。"小君觉得此事甚难,但蒙公子信赖,委以重任,又觉得十分荣幸。

---

〔1〕本回紧接上回,也是写源氏公子十七岁夏天之事。

小君虽然是个孩子,却颇能用心窥探,等待良机。恰巧纪伊守上任去了,家中只留女眷,清闲度日。有一天傍晚,天色朦胧,路上行人模糊难辨之时,小君赶了他自己的车子来,请源氏公子上车前往。源氏公子心念此人毕竟是个孩子,不知是否可靠。然而也不暇仔细考虑,便换上一套微服,趁纪伊守家尚未关门之时急急忙忙前去。小君只拣人目较少的一个门里驱车进去,请源氏公子下车。值宿人等看见驾车的是个小孩,谁也不介意,也就没有来迎候,倒反而安乐。小君请源氏公子站在东面的边门口等候,自己却把南面角上的一个房间的格子门砰的一声打开,走进室内去。侍女们说:"这样,外面望进来看得见了!"小君说:"这么热的天,为什么把格子门关上?"侍女回答道:"西厢小姐[1]从白天就来这里,正在下棋呢。"源氏公子想道:"我倒想看看她们面对面下棋呢。"便悄悄地从边门口走到这边来,钻进帘子和格子门之间的狭缝里。小君打开的那扇格子门还没有关上,有缝隙可以窥探。朝西一望,设在格子门旁边的屏风的一端正好折叠着。因为天热,遮阳的帷屏的垂布也都挂起,源氏公子可以分明望见室内的光景。

座位近旁点着灯火。源氏公子想:"靠着正屋的中柱朝西打横坐着的,正是我的意中人吧。"便仔细窥看。但见这个人穿着一件深紫色的花绸衫,上面罩的衣服不大看得清楚;头面纤细,身材小巧,姿态十分淡雅。颜面常常掩映躲闪,连对面的人也不能分明看到。两手瘦削,时时藏进衣袖里。另一人朝东坐,正面向着这边,所以全部看得清楚。这人穿着一件白色薄绢衫,上面随随便便地披着一件紫红色礼服,腰里束着红色裙带,裙带以上的胸脯完全露出,样子落拓不拘。肤色洁白可爱,体态圆

---

〔1〕 住在西厢的小姐,人称轩端荻,是伊豫介前妻所生的女儿。

肥,身材修长,鬟髻齐整,额发分明,口角眼梢流露出无限爱娇之相,姿态十分艳丽。她的头发虽不甚长,却很浓密;垂肩的部分光润可爱。全体没有大疵可指,竟是一个很可爱的美人儿。源氏公子颇感兴趣地欣赏她,想道:“怨不得她父亲把她当作盖世无双的宝贝!”继而又想:“能再稍稍稳重些更好。”

这女子看来并非没有才气。围棋下毕,填空眼[1]时,看她非常敏捷;一面口齿伶俐地说话,一面结束棋局。空蝉则态度十分沉静,对她说道:“请等一会儿!这里是双活[2]呢。那里的劫[3]……”轩端荻说:“呀,这一局我输了!让我把这个角上数一数看!”就屈指计算:“十,二十,三十,四十……”机敏迅速,仿佛恒河沙数也不怕数不完似的。只是品格略微差些。空蝉就不同:常常用袖掩口,不肯让人分明看到她的颜貌。然而仔细注视,自然也可看到她的侧影。眼睛略有些肿,鼻梁线也不很挺,外观并不触目,没有娇艳之色。倘就五官一一品评,这容貌简直是不美的。然而全体姿态异常端严,比较起艳丽的轩端荻来,情趣深远,确有牵惹心目之处。轩端荻明媚鲜妍,是个可爱的人儿。她常常任情嬉笑,打趣撒娇,因此艳丽之相更加引人注目,是个讨人喜欢的女孩。源氏公子想:“这是一个轻狂女子。”然而在他的多情重色的心中,又觉得不能就此抹杀了她。源氏公子过去看到的女子,大都冷静严肃,装模作样,连颜貌都不肯给人正面看一看。他从来不曾看见过女子不拘形迹地显露真相的样子。今天这个轩端荻不曾留意,被他看到了真相,他觉得对她不起。他想看一个饱,不肯离开,但觉得小君好像在走过来了,只得悄悄地退出。

---

[1][2][3]　填空眼、双活、劫,都是围棋里的名称。

源氏公子走到边门口的过廊里,在那里站着。小君觉得要公子在这里久候,太委屈了,走来对他说:“今夜来了一个很难得来的人,我不便走近姐姐那里去。”源氏公子道:“如此说来,今夜又只得空手回去了。这不是教人太难堪么?”小君答道:“哪里的话! 客人回去之后,我立刻想办法。”源氏公子想:“这样看来,他会教这个人顺从我的。小君虽然年纪小,然而见乖识巧,懂得人情世故,是个稳健可靠的孩子呢。”

棋下毕了,听见衣服窸窣之声,看来是散场了。一个侍女叫道:“小少爷哪里去了? 我把这格子门关上了吧。”接着听见关门的声音。过了一会,源氏公子对小君说:“都已睡静了。你就到她那里去,给我好好地办成功吧!”小君心中想:“姐姐这个人的脾气是坚贞不拔的,我无法说服她。还不如不要告诉她,等人少的时候把公子带进她房间里去吧。”源氏公子说:“纪伊守的妹妹也在这里么? 让我去窥探一下吧。”小君答道:“这怎么行? 格子门里面遮着帷屏呢。”源氏公子想:“果然不错。但我早已窥见了。”心中觉得好笑,又想:“我不告诉他吧。告诉了他,对不起那个女子。”只是反复地说:“等到夜深,心焦得很!”

这回小君敲边门,一个小侍女来开了,他就进去。但见众侍女都睡静了。他说:“我睡在这纸隔扇口吧,这里通风,凉快些。”他就把席子摊开,躺下了。众侍女都睡在东面的厢房里。刚才替他开门的那小侍女也进去睡了。小君假装睡着,过了一会儿,他拿屏风遮住了灯光,悄悄地引导公子到了这暗影的地方。源氏公子想:“不知究竟如何? 不要再碰钉子啊!”心中很胆怯。终于由小君引导,撩起了帷屏上的垂布,钻进正房里去了。这时候更深人静,可以分明地听到他的衣服的窸窣声。

空蝉近来看见源氏公子已经将她忘记,心中固然高兴,然而那一晚怪梦似的回忆,始终没有离开心头,使她不能安寝。她白天神思恍惚,夜间悲伤愁叹,不能合眼,今夜也是如此。那个下棋的对手说:“今晚我睡在这里吧。”兴高采烈地讲了许多话,便就寝了。这年轻人无心无思,一躺下便酣睡。这时候空蝉觉得有人走近来,并且闻到一股浓烈的香气,知道有些蹊跷,便抬起头来察看。虽然灯光幽暗,但从那挂着衣服的帷屏的隙缝里,分明看到有个人在走近来。事出意外,甚为吃惊,一时不知如何是好。终于迅速起身,披上一件生绢衣衫,悄悄地溜出房间去了。

源氏公子走进室内,看见只有一个人睡着,觉得称心。隔壁厢房地形较低,有两个侍女睡着。源氏公子将盖在这人身上的衣服揭开,挨近身去,觉得这人身材较大,但也并不介意。只是这个人睡得很熟,和那人显然不同,却是奇怪。这时候他才知道认错了人,吃惊之余,不免懊恼。他想:“教这女子知道我是认错了人,毕竟太傻;而且她也会觉得奇怪。倘丢开了她,出去找寻我的意中人,则此人既然如此坚决地逃避,势必毫无效果,反而受她奚落。”既而又想:“睡在这里的人,倘是黄昏时分灯光之下窥见的那个美人,那么势不得已,将就了吧。”这真是浮薄少年的不良之心啊!

轩端荻好容易醒了。她觉得事出意外,吃了一惊,茫然不知所措。既不深加考虑,也不表示亲昵之状。这情窦初开而不知世故的处女,生性爱好风流,并无羞耻或狼狈之色。源氏公子想不把自己姓名告诉她。既而一想,如果这女子事后寻思,察出实情,则在他自己无甚大碍,但那无情的意中人一定恐惧流言,忧伤悲痛,倒是对她不起的。因此捏造缘由,花言巧语地告诉她说:“以前我两次以避凶为借口,来此宿夜,都只为要向你求欢。”若是深通事理的人,定能看破实情。但轩端荻虽然聪明伶俐,毕竟年纪还小,不能判断真伪。源氏公子觉得这女子并无可憎之处,但也不怎么牵惹人情。他心中还是恋慕那个冷酷无情的空蝉。他想:

“她现在一定躲藏在什么地方,正在笑我愚蠢呢。这样固执的人真是世间少有的。”他越是这么想,偏生越是想念空蝉。但是现在这个轩端荻,态度毫无顾虑,年纪正值青春,倒也有可爱之处。他终于装作多情,对她私立盟誓。他说:“有道是‘洞房花烛虽然好,不及私通趣味浓’。请你相信这句话。我不得不顾虑外间谣传,不便随意行动。你家父兄等人恐怕也不容许你此种行为,那么今后定多痛苦。请你不要忘记我,静待重逢的机会吧。”说得头头是道,若有其事。轩端荻绝不怀疑对方,直率地说道:“教人知道了,怪难为情的,我不能写信给你。”源氏公子道:“不可教普通一般人知道。但教这里的殿上侍童小君送信,是不妨的。你只装作若无其事的样子。”他说罢起身,看见一件单衫,料是空蝉之物,便拿着溜出房间去了。

小君睡在附近,源氏公子便催他起身。他因有心事,不曾睡熟,立刻醒了。起来把门打开,忽听见一个老侍女高声问道:“是谁?”小君讨厌她,答道:“是我。”老侍女说:“您半夜三更到哪里去?”她表示关心,跟着走出来。小君越发讨厌她了,回答说:“不到哪里去,就在这里走走。”连忙推源氏公子出去。时候将近天亮,晓月犹自明朗,照遍各处。那老侍女忽然看见另一个人影,又问:“还有一位是谁?”立刻自己回答道:“是民部姑娘吧。身材好高大呀!”民部是一个侍女。这人个子很高,常常被人取笑。这老侍女以为是民部陪着小君出去。“不消多时,小少爷也长得这么高了。”她说着,自己也走出门去。源氏公子狼狈得很,却又不能叫这老侍女进去,就在过廊门口阴暗地方站定了。老侍女走近他身边来,向他诉苦:“你是今天来值班的么?我前天肚子痛得厉害,下去休息了;可是上头说人太少,要我来伺候,昨天又来了。身体还是吃不消呢。”不等对方回答,又叫道:“啊唷,肚子好痛啊!回头见吧。”便回屋子里去。

源氏公子好容易脱身而去。他心中想:"这种行径,毕竟是轻率而危险的。"便更加警惕了。

源氏公子上车,小君坐在后面陪乘,回到了本邸二条院。两人谈论昨夜之事,公子说:"你毕竟是个孩子,哪有这种办法!"又斥责空蝉的狠心,恨恨不已。小君觉得对公子不起,默默无言。公子又说:"她对我这么深恶痛绝,我自己也讨厌我这个身体了。即使疏远我,不肯和我见面,写一封亲切些的回信来总该是可以的吧。我连伊豫介那个老头子也不如了!"对她的态度大为不满。然而还是把拿来的那件单衫放在自己的衣服底下,然后就寝。他叫小君睡在身旁,对他说了种种怨恨的话,最后板着脸说:"你这个人虽然可爱,但你是那个负心人的兄弟,我怕不能永久照顾你呢!"小君听了自然十分伤心。公子躺了一会,终于不能入睡,便又起身,教小君取笔砚来,在一张怀纸[1]上奋笔疾书,不像是有意赠人的样子:

"蝉衣一袭余香在,
睹物怀人亦可怜。"

写好之后,塞入小君怀中,教他明天送去。他又想起那个轩端荻,不知她作何感想,觉得很可怜。然而左思右想了一会,终于决定不写信给她。那件单衫,因为染着那可爱的人儿身上的香气,他始终藏在身边,时时取出来观赏。

---

〔1〕 把横二折、竖四折的纸叠成一叠,藏在怀内,用以起草诗歌或拭鼻。此种纸称为怀纸。

次日,小君来到中川的家里。他姐姐等候已久,一见了他,便痛骂一顿:“昨夜你真荒唐!我好容易逃脱了,然而外人怀疑是难免的,真是可恶之极!像你这种无知小儿,公子怎么会差遣的?”小君无以为颜。在他看来,公子和姐姐两人都很痛苦,但此时也只得取出那张写上潦草字迹的怀纸来送上。空蝉虽有余怒,还是接受,读了一遍,想道:“我脱下的那件单衫怎么办呢?早已穿旧了的,难看死了。”觉得很难为情。她心绪不安,胡思乱想。

轩端荻昨夜遭此意外之事,羞答答地回到自己房中。这件事没人知道,因此无可告诉,只得独自沉思。她看见小君走来走去,心中激动,却又不是替她送信来的。但她并不怨恨源氏公子的非礼行为[1],只是生性爱好风流,思前想后,未免寂寞无聊。至于那个无情人呢,虽然心如古井之水,亦深知源氏公子对她的爱决非一时色情冲动可比。因念倘是当作未嫁之身,又当如何?但今已一去不返,追悔莫及了。心中痛苦不堪,就在那张怀纸上题了一首诗:

“蝉衣凝露重,树密少人知。
似我衫常湿,愁思可告谁?”

---

〔1〕 当时风习:男女共寝后,次日早晨男的必写信作诗去慰问,女的必写回信或答诗。第二天晚上男的必须再到女的那里宿夜,才合礼貌。

第四回　夕　颜[1]

话说源氏公子经常悄悄地到六条[2]去访问。有一次他从宫中赴六条,到了中途休息的地方,想起住在五条的大弍乳母[3]曾生了一场大病,为了祈愿复健,削发为尼,源氏公子便前去探望。到了那里,看见可以通车的大门关着,便派人叫乳母的儿子惟光大夫出来,打开大门。源氏公子坐在车子里望望这条肮脏的大街上的光景,忽见乳母家隔壁有一家人家,新装着丝柏薄板条编成的板垣,板垣上面高高地开着吊窗,共有四五架[4]。窗内挂的帘子也很洁白,看了觉得很凉爽。从帘影间可以看见室内有许多留着美丽的额发的女人,正在向这边窥探。这些女人移动不定,想来个子都很高。源氏公子觉得奇怪,不知道里面住的是何等样人。

因为是微行,他的车马很简陋,也没有教人在前面开道,他心想:“反正也没人知道我是谁。”就很自在。他坐在车中望去,看见那人家的门也是薄板编成的,正敞开着。室内很浅,是极简陋的住房。他觉得很可怜,

[1] 本回与前回同年,是源氏公子十七岁夏天至十月之事。

[2] 已故皇太子的妃子(源氏公子的婶母)寡居在六条,人称六条妃子。源氏公子和她私通。

[3] 为对外关系而设置在筑前(九州的一国)的行政机构称为太宰府,其长官称帅,次官称大弍、少弍。这里是乳母的丈夫的官职名称。

[4] 房屋两柱之距离称为一架。

想起古人“人生到处即为家”[1]之句。又想:玉楼金屋,还不是一样的么？这里的板垣旁边长着的蔓草,青葱可爱。草中开着许多白花,孤芳自赏地露出笑颜。源氏公子独自吟道:“花不知名分外娇!”随从禀告:“这里开着的白花,名叫夕颜[2]。这花的名字像人的名字。这种花都是开在这些肮脏的墙根的。”这一带的确都是些简陋的小屋,破破烂烂,东歪西倒,不堪入目。这种花就开在这些屋子旁边。源氏公子说:“可怜啊！这是薄命花。给我摘一朵来吧!”随从便走进这开着的门内去,摘了一朵花。不意里面一扇雅致的拉门里走出一个身穿黄色生绢长裙的女童来,向随从招手。她手里拿着一把香气扑鼻的白纸扇,说道:“请放在这上面献上去吧。因为这花的枝条很软弱,不好用手拿的。”就把扇子交给他。正好这时候惟光出来开大门,随从就把盛着花的扇子交给惟光,由他献给源氏公子。惟光惶恐地说:“钥匙放在什么地方,一时忘记了。到现在才来开门,真是太失礼了。这里虽然没有不识高低的人,但有劳公子在这杂乱的街上等候,实在……”便教人把车子赶进门去,源氏公子下车,走进室内。

惟光的哥哥阿阇梨[3]、妹夫三河守和妹妹都在这里。他们看见源氏公子光临,认为莫大荣幸,大家惶恐致谢。做了尼姑的乳母也起身对公子说:“我这身体已死不足惜。所恋恋不舍者,只是削发之后无缘会见公子,实为遗憾,因此踌躇不决。今幸蒙佛力加被,去病延年,仍得拜见

---

〔1〕 此句出自《古今和歌集》:“陋室如同金玉屋,人生到处即为家。”

〔2〕 瓠花或葫芦花,日本称为夕颜。

〔3〕 僧官的最高级为僧正(其中大僧正最高,僧正次之,权僧正又次之),其次为僧都(分大僧都、权大僧都、少僧都、权少僧都四级),再下面是律师(分正、权二级),阿阇梨又在律师之下。

公子光临,心愿已足。今后便可放怀一切,静候阿弥陀佛召唤了。”说罢,不免伤心泣下。源氏公子说:“前日听说妈妈身上不好,我心中一直挂念。如今又闻削发为尼,遁入空门,更是不胜悲叹。今后但愿妈妈长生不老,看我升官晋爵,然后无障无碍地往生九品净土。倘对世间稍有执著,便成恶业,不利于修行,如是我闻。”说着,也流下泪来。

凡是乳母,往往偏爱她自己喂养大来的孩子,即使这孩子有缺点,她也看成完美无缺的人。何况这乳母喂养大来的是源氏公子这样高贵的美男子,她当然更加体面,觉得自己曾经朝夕服侍他,也很高贵,竟是前世修来的,因此眼泪流个不住。乳母的子女们看见母亲这般光景,都不高兴。他们想:“做了尼姑还要留恋人世,啼啼哭哭的,教源氏公子看了多么难过!”便互相使眼色,交头接耳,表示不满。源氏公子深深体会乳母的心情,对她说:“我幼小时候疼爱我的人,像母亲和外祖母,早已故世了,后来抚养我的人很多,然而我所最亲爱的,除你妈妈之外没有别人了。我成人之后,为身份所拘,不能常常和你会面,又不能随心所欲地来访。然而久不相见,便觉心情不快。诚如古人所说:‘但愿人间无死别!’”他殷勤恳切地安慰她,不觉泪流满颊。举袖拭泪,衣香洋溢室中。乳母的子女们先前抱怨母亲啼啼哭哭,现在也都感动得掉下泪来,想道:“怪不得,做这个人的乳母,的确与众不同,真是前世修来的啊!”

源氏公子吩咐,请僧众再作法事,祈求佛佑。告别之前,教惟光点个纸烛〔1〕,仔细看看夕颜花的人家送他的那把扇子,但觉用这把扇子的人的衣香芬芳扑鼻,教人怜爱。扇面上潇洒活泼地写着两句诗:

---

〔1〕 纸烛是古代禁中所用的一种照明具。松木条长一尺五寸,径三分。上端用炭火烧焦,涂油,点火用;下端卷纸。

"夕颜凝露容光艳，
料是伊人驻马来。"

随手挥写,不拘形迹,却有优雅之趣。源氏公子觉得出乎意外,深感兴味,便对惟光说:"这里的西邻是哪一家,你探问过么?"惟光心里想:"我这主子的老毛病又发作了。"但并不说破他,只是淡然地回答道:"我到这里住了五六天,但因家有病人,操心看护,没有探听过邻家的事。"公子说:"你道我存心不良么?非也,只为关于这把扇子的事,想问问看。你给我去找一个知道那家情况的人,打听一下吧。"惟光到那人家去向看门的人打听,回来报道:"这房子的主人是扬名介[1]。听他们的仆役说:'主人到乡下去了。主母年纪很轻,性喜活动。她的姐妹都是当宫人的,常常来这里走动。'详细的情况,这做仆役的不知道。"源氏公了推想:"那么这把扇子是那些宫人用的。这首诗大约是熟练的得意之笔吧。"又想:"这些人身份都不见得高贵;但特地赋诗相赠,此心却很可爱,我倒不能就此丢开了。"他对这些事本来是很容易动心的。便在一张怀纸上用不像他自己的笔迹写道:

"苍茫暮色蓬山隔，
遥望安知是夕颜?"

写好后,教刚才摘花的那个随从送去。那人家的女子并未见过源氏公

〔1〕 扬名介是只有官名而没有职务、没有俸禄的一种官职名称。这人是夕颜(即头中将提到的常夏)的乳母的女婿。

子,然而公子容貌秀美,一看侧影便可推想而知,所以在扇上写了诗送他。过了一会不见回音,正觉扫兴之际,忽然看见公子特地遣使送诗来,大为兴奋,大家就一起商量如何答诗,踌躇不决。随从不耐烦起来,空手回转了。

源氏公子教把前驱的火把遮暗些,勿使惹人注目,悄悄地离开了乳母家。邻家的吊窗已经关上,窗缝里漏出来的灯光,比萤火还幽暗,看了很可怜。来到了目的地六条的邸宅里,看见树木花草皆与别处不同,住处安排得优雅娴静。六条妃子品貌端庄秀丽,更非一般女子可比。公子到此,便把墙根夕颜之事忘记了。次日起身略迟,到了日上三竿之时,方始动身。他那容姿映着晨光,异常优美,外人对他的称誉确是名副其实的。今天归途又经过那夕颜花的窗前。往常赴六条时,屡屡经过此地,却一向不曾注意。只为了扇上题诗那件小事,从此牵惹了公子的心目,他想:“这里面住的毕竟是怎样的人呢?”此后每逢赴六条,往返经过其地,必然注目细看。

过了几日,惟光大夫来参谒了。他说:“老母病体始终未见好转,奔走求医,至今始能抽身前来,甚是失礼。”谢罪之后,来到公子身边,悄悄地报道:“前日受命之后,我就教家人找个熟悉邻家情况的人,向他探问。然而那人知道的也不很详细,只说‘五月间有一女子秘密到此,其人身份如何,连家里的人也不让知道。’我自己有时也向壁缝中窥探,看到几个侍女模样的年轻人。她们都穿着罩裙,足见这屋子里有主人住着,要她们伺候的。昨天下午,夕阳照进这屋子里,光线很亮,我窥探一下,看见一个女人坐着写信,相貌实在漂亮!她似乎在沉思。旁边的侍女似乎在偷偷地哭泣,我看得很清楚呢。”源氏公子微微一笑,想道:“打听得更详细点才好。”惟光心中想:“我的主子身份高贵,地位尊严,然而年方青春,容姿俊秀,天下女子,莫不风靡。倘无色情之事,未免缺少风流,美中不足吧。世间愚夫俗子、藐不足数的人,看见了这等美人尚且舍不得呢。”他又告诉公子:“我想或许可以多探得些消息,所以有一次找个机会,送一封信去,立刻就有人用熟练的笔致写了一封回信给我。看来里面确有很不错的青年美女呢。”源氏公子说:“那么,你再去求爱吧。不知道个底细,总觉得不安心。”他心中想:“这夕颜花之家,大约就是那天雨夜品评中所谓下等的下等,是左马头所认为不足道的吧。然而其中也许可以意外地看到优越的女子。”他觉得这倒是稀世珍闻呢。

却说那空蝉态度过分冷淡,竟不像是这世间的人,源氏公子每一念及,心中便想:“如果她的态度温顺些,那么就算我那夜犯了一次可悲的过失,也不妨从此决绝。但她态度那么强硬,教我就此退步,实在很不甘心。”因此他始终没有忘记过她。源氏公子先前对于像空蝉那样的平凡女子,并不关心。自从那次听了雨夜品评之后,他很想看看各种等级的女子,便更加广泛普遍地操心用思了。那个轩端荻大概还在天真地等待着他的好音吧,他想起了并非不觉得可怜。然而这件事如果被无情的空蝉知道了,他又觉得可耻。因此他想先探实了空蝉的心情再说。正当此时,那伊豫介从任地晋京来了。他首先前来参见源氏公子。他是乘海船来的,路途风霜,不免脸色带些黝黑,形容有点憔悴,教人看了不快。然而此人出身并不微贱,虽然年老,还是眉清目秀,仪容清整,迥非凡夫俗子可比。谈起他那任地伊豫国,源氏公子本想问问他当地情况,例如浴槽究竟有多少[1]等事。然而似乎无心对他讲这些,因为心中过意不去。他正在回忆种种事情。他想:“我对着这忠厚长者,胸中怀着此种念头,

〔1〕 伊豫地方多浴槽。古语“伊豫浴槽”,是形容数目甚多。

真是荒唐之极,惭愧之至! 这种恋爱真不应该!"又想起那天左马头的劝谏,正是为此种行为而发的,便觉得对不起这个伊豫守。后来又想:"那空蝉对我冷酷无情,原属可恨;但对丈夫伊豫守,她却是个忠贞多情的女子,令人佩服。"

后来伊豫守说起:此次晋京,为的是要办女儿轩端荻的婚事,并且携带妻子同赴任地。源氏公子听到这话,心中焦虑万状。伊豫守去后,他和小君商量:"我想再和你姐姐会一次面,行不行?"小君心里想:即使对方是同心的,也不便轻易偷会,何况姐姐认为这份姻缘与身份不相称,是件丑事,已经断念。至于那空蝉呢,觉得源氏公子如果真正和她决绝,将她忘记,到底是扫兴的,是可悲的。因此每逢写回信等时,她总是措词婉转,或者用些风雅词句,或者加些美妙动人的文字,使源氏公子觉得可爱。她采取这样的态度,因此源氏公子虽然恨她冷酷无情,还是不能忘记她。至于另一个女子呢,虽然有了丈夫,身份已定,但看她的态度,还是倾向这边,可以放心。所以听到她结婚的消息,也并不十分动心。

秋天到了。源氏公子心事重重,方寸缭乱。久不赴左大臣邸宅,葵姬自然满怀怨恨。那六条妃子呢,起初拒绝公子求爱,好容易被他说服;岂知说服之后,公子的态度忽然一变,对她疏远了。六条妃子好不伤心!她现在常常考虑:未曾发生关系以前他那种一往情深的热爱,如今何以没有了呢? 这妃子是个深思远虑、洞察事理的人。她想起两人年龄太不相称[1],深恐世人谣传,两人为此疏远,更觉痛心。每当源氏公子不来、孤衾独寝之时,总是左思右想,悲愤叹息,不能成眠。

有一日,朝雾弥漫,源氏公子被侍女催促起身,睡眼蒙胧,唉声叹气

---

〔1〕 她今年二十四岁,源氏公子今年十七岁。

地将要走出六条邸宅。侍女中将把一架的格子窗打开,又将帷屏撩起,以便女主人目送。六条妃子抬起头来朝外观看。源氏公子观赏着庭中彩色缤纷的花草,徘徊不忍遽去,这姿态真是美妙无比。他走到廊下,中将陪着出来。这侍女身穿一件应时的淡紫面子蓝里子罗裙,腰身纤小,体态轻盈。源氏公子向她回顾,教她在庭畔的栏杆边小坐,欣赏她那妩媚温柔的风度和款款垂肩的美发,觉得这真是个绝代佳人,便口占道:

“名花褪色终难弃,
爱煞朝颜欲折难![1]

如何是好呢?”吟罢,握住了中将的手。中将原是善于吟诗的,便答道:

“朝雾未晴催驾发,
莫非心不在名花?”

她措词巧妙,将公子的诗意推在女主人身上了。当时就有一个眉清目秀的男童,姿态妩媚动人,像是为这场面特设的人物,分花拂柳地走进朝雾中,听凭露水濡湿裙裾,摘了一朵朝颜花,回来奉献给源氏公子。这情景简直可以入画。即使是偶尔拜见一面的人,对源氏公子的美貌无不倾心。不解情趣的山农野老,休息时也要选择美丽的花木荫下。同理,瞻望过源氏公子风采的人,都考虑着各人身份,情愿教自己的爱女替公子服役。或者,家有姿色可观的妹妹的人,无不想把妹妹送到公子身边来

〔1〕 朝颜即牵牛花,比喻侍女中将。名花比喻六条妃子。

当侍女,也不嫌身份卑贱。何况中将那样,今日幸得机会,蒙公子亲口赠诗,目睹公子温柔容姿,只要是略解情趣的女子,岂有看做等闲之理？她担心着公子不肯朝夕光临,开怀畅叙呢。此事暂且不提。

却说惟光大夫奉命窥探邻家情状,大有收获,特来报告。他说:“那家的女主人是何等样人,竟不可知。我看此人态度十分隐秘,绝不让人知道来历。但闻生活寂寞无聊,因此迁居到这向南开吊窗的陋屋里来。每逢大街上车轮声响,青年侍女们便出来窥看。有一个主妇模样的女子,有时也悄悄地跟着出来。隐约望去,此人容颜十分俊俏。有一日,一辆车子在大街上开路喝道而来。一个女童窥见了,连忙走进屋子里叫道:‘右近大姐！快出来看,中将大人从这里经过呢！’就有一个身份相当的侍女走出来,向她摇手,说道:‘静些儿！’又说:‘你怎么知道是中将大人呢？让我来看看。’便要走过来窥看。通这屋子的路上有一道板桥。这侍女急急忙忙地赶出来,衣裾被板桥绊住,跌了一跤,几乎翻落桥下。她骂道:‘该死的葛城神仙〔1〕！架的桥多危险！’窥看的兴致就消减了。车子里那位头中将〔2〕身穿便服,带着几个随从。那侍女便指着这些人说,这是谁,那是谁。她说出来的正是头中将的随从和侍童的名字。”源氏公子说:“车子里的人确是头中将么?”他心中想:“那么,这女子莫非就是那天晚上头中将说他恋恋不舍的那个常夏么?”惟光看见公子意欲知道得更详细些,又报告道:“不瞒您说:我已搭上了一个侍女,亲昵得很；因此他家情况我全都知道了。其中有一个年轻女子,装作侍女同伴模样,说话也用并辈口气,其实是女主人呢。我假装不知,在他家进进出

---

〔1〕 日本古代传说:葛城山的神仙在葛城山与金峰山之间架石桥,他宣誓一夜竣工,结果并未完成。后人戏称桥或架桥者为葛城神仙。

〔2〕 即左大臣的儿子,源氏的妻兄。

出。那些女人都严守秘密。可是有几个女童,有时不小心,对她称呼时不免露出口风来。那时她们就巧言掩饰,硬装作这里并无主人的样子。"说着笑起来。源氏公子说:"几时我去探望奶妈,乘便让我也窥探一下吧。"他心中想:"虽说是暂住,但看家中排场,正是左马头所看不起的下等女子吧。然而这等级中也许有意想不到的乐趣呢。"惟光一向丝毫不肯违背主人的意愿;加之自己又是一个不放过一切机会的好色者,便用尽心计,东奔西走,终于教源氏公子和这家的女主人幽会了。其间经过,不免琐屑,照例省略了。

源氏公子不能探得这女子的来历,因此自己也不把姓名告诉她。他穿上一身粗陋服装,以免受人注目;也不像平常那样乘车骑马,只是徒步往来。惟光心中想:"主子对这个人的爱,不是平常的了。"就将他自己的马让给公子乘用,自己徒步随从。一面心中懊恼,他想:"我也是个情郎,这么寒酸地步行,教情妇看见了丢脸!"源氏公子生怕被人认出,身边只带两个人,一个就是那天替他摘夕颜花的随从,另一个是别人完全不认识的童子。还怕女家有线索可寻,连大弍乳母家也不敢去访了。

那女人也觉得奇怪,百思不得其解。因此每逢使者送了信回去时,便派人追踪。破晓公子出门时,也派人窥察他的去向,探究他的住处。然而公子行踪诡秘,总不给她抓住线索。虽然如此艰辛,公子对她总是恋恋不舍,非常常见面不可。即使有时反省,觉得此乃不应有之轻率行为,痛自悔恨,然而还是屡屡前去幽会。原来关于男女之事,即使谨严之人,有时也会迷乱失措。源氏公子一向谨慎小心,不作受人讥评之事,然而此次奇怪之极:早晨分手不久,便已想念不置;晚间会面之前,早就焦灼盼待。一面又强自镇定,认为此乃一时着魔,并非真心热爱。他想:

"此人风度异常温柔绰约,缺少沉着稳重之趣,独多浪漫活泼之态,却又不是未经人事之处女。出身亦不甚高贵。那么她到底有什么好处,故能如此牵惹我心呢?"反复考虑,自己也觉得不可思议。他非常小心:穿上一身粗陋的便服,样子完全改变,连面孔也遮蔽,不教人看清。夜深人静之时,偷偷地出入这人家,宛如旧小说中的狐狸精。因此夕颜心中怀疑,不免恐惧悲叹。然而他那优越的品貌,即使暗中摸索,也可分明觉察。夕颜想道:"这究竟是何等样人呢?多分是邻家那个好色鬼带来的吧。"她怀疑那个惟光。惟光却假装不知,仿佛完全没有注意这件事,照旧兴高采烈地在此进进出出。夕颜弄得莫名其妙,只得暗自沉思,其烦闷与一般的恋爱是不一样的。

源氏公子也在考虑:"这女子对我装作如此信任,使我掉以轻心,有朝一日乘我不防,悄悄地逃走了,教我到哪里去找寻她呢?况且这里原是暂住的,哪一天迁居别处,也不得而知。"万一找不到她的去处,倘能就此断念,看做一场春梦,原是妥善之事。可是源氏公子决不肯就此罢休。有时顾虑人目,不便前去幽会,孤衾独寝之夜,他总是提心吊胆,忧虑万状,痛苦不堪,生怕这女子在这夜间逃走了。于是他想:"一不做,二不休,我还是不说她是何人,将她迎回二条院吧。如果世人得知,引起物议,这也是命定之事,无可奈何。虽说此事取决于我,但我对人从不曾如此牵挂,今番真个是宿世姻缘了。"他便对夕颜说:"我想带你到一个地方去,那里比这里舒服得多,我们可以从容谈心。"夕颜道:"您虽这么说,但您的行径古怪,我有些害怕呢。"她的语调天真烂漫,源氏公子想:"倒也说得有理。"便微笑着说:"你我两人中,总有一个是狐狸精。你就当我是狐狸精,让我迷一下吧。"说得多么亲昵!于是夕颜放心了,觉得不妨跟他去。源氏公子认为这虽然是世间少有的乖戾行为,但这女子死心塌地地服从我,这点心确是可怜可爱的。他总怀疑她是头中将所说的常夏,便回想起当时头中将所描述的这女人的性情来。但他认为她自有隐瞒自己身份的理由,所以并不寻根究底。他看这女子的模样,觉得并无突然逃隐的意向。倘疏远了她,也许她会变心;如今则可以放心。于是他想象:"如果我略微把心移向别的女子,看她怎么样,倒是很有趣味的呢。"

八月十五之夜,皓月当空,板屋多缝,处处透射进月光来。源氏公子觉得这不曾见惯的住房的光景,反而富有奇趣。将近破晓之时,邻家的人都起身了。只听见几个庸碌的男子在谈话,有一人说:"唉,天气真冷!今年生意又不大好呢。乡下市面也不成样,真有些担心。喂,北邻大哥,你听我说!……"这班贫民为了衣食,天没亮就起来劳作,嘈杂之声就在耳旁,夕颜觉得很难为情。如果她是一个爱体面的虚荣女子,住在这种地方真有陷入泥坑之感。然而这个人气度宽大,即使有痛苦之事、悲哀之事、旁人认为可耻之事,她也不十分介怀。她的态度高超而天真,邻近地方极度嘈杂混乱,她听了也不很讨厌。论理,与其羞愤嫌恶,面红耳赤,倒不如这态度可告无罪。那舂米的碓臼,砰砰之声比雷霆更响,地面为之震动,仿佛就在枕边。源氏公子心中想:"唉,真嘈杂!"但他不懂得这是什么声音,只觉得奇怪与不快。此外骚乱之声甚多。那捣衣的砧声,从各方面传来,忽重忽轻。其中夹着各处飞来的寒雁的叫声,哀愁之气,令人难堪。

源氏公子所住的地方,是靠边一个房间。他亲自开门,和夕颜一同出去观赏外面的景色。这狭小的庭院里,种着几竿萧疏的淡竹,花木上的露珠同宫中的一样,映着晓月,闪闪发光。秋虫唧唧,到处乱鸣。源氏公子在宫中时,屋宇宽广,即使是壁间蟋蟀之声,听来也很远。现在这些虫声竟像从耳边响出,他觉得有异样之感。只因对夕颜的恩爱十分深重,一切缺点都蒙原谅了。夕颜身穿白色夹衫,罩上一件柔软的淡紫色外衣。装束并不华丽,却有娇艳之姿。她身上并无显然可指的优点,然而体态轻盈袅娜,妩媚动人。一言一语,都使人觉得可怜。真是个异常可爱的人物。源氏公子觉得最好再稍稍添加些刚强之心。他想和她无拘无束地畅谈,便对她说:"我们现在就到附近一个地方去,自由自在地谈到明天吧。一直住在这里,真教人苦闷。"夕颜不慌不忙地答道:"为什么这样呢? 太匆促吧!"源氏公子对她立了山盟海誓,订了来世之约,夕颜便真心信任,开诚相待,其态度异常天真,不像一个已婚的女子。此时源氏公子顾不得人之多言了,便召唤侍女右近出来,吩咐她去叫随从把车子赶进门内。住在这里的别的侍女知道源氏公子的爱情非寻常可比,虽然因为不明公子身份而略感不安,还是信赖他,由他把女主人带去。

天色已近黎明,晨鸡尚未叫出;但闻几个山僧之类的老人诵经礼拜之声,他们是在为朝山进香预先修行〔1〕。想他们跪拜起伏,定多辛苦,觉得很可怜。源氏公子心中自问:"人世无常,有如朝露;何苦贪婪地为己身祈祷呢?"正在想时,听见念着"南无当来导师弥勒菩萨"而跪拜之声〔2〕。公子深为感动,对夕颜说:"你听! 这些老人也不仅为此生,又为来生修行呢!"便口占道:

"请君效此优婆塞〔3〕,
莫忘来生誓愿深。"

---

〔1〕 赴吉野金峰山朝山进香,须预先修行一千日。

〔2〕 当来即来世。佛说:释尊入灭后五十六亿七千万年,弥勒菩萨出世。

〔3〕 优婆塞是佛语,即在家修行之男子。

长生殿的故事是不祥的,所以不引用“比翼鸟”的典故[1],而誓愿同生在五十六亿七千万年之后弥勒菩萨出世之时。这盟约多么语重心长啊!夕颜答道:

“此身不积前生福,
怎敢希求后世缘?”

这样的答诗实在很不惬意呢。晓月即将西沉,夕颜不喜突然驰赴不可知之处,一时踌躇不决。源氏公子多方劝导,催促动身。此时月亮忽然隐入云中,天色微明,景色幽玄。源氏公子照例要在天色尚未大明之时急速上道,便轻轻地将夕颜抱上车子,命右近同车,匆匆出门。

不久到达了离夕颜家不远的一所宅院[2]门前,叫守院人开门。但见三径就荒,蔓草过肩,古木阴森,幽暗不可名状。朝雾弥漫,侵入车帘,衣袂为之润湿。源氏公子对夕颜说:“我从未有过此种经验,这景象真教人寒心啊! 正是:

戴月披星事,我今阅历初。
古来游冶客,亦解此情无?

你可曾有过此种经验?”夕颜羞答答地吟道:

---

〔1〕 白居易《长恨歌》中句:“七月七日长生殿,夜半无人私语时:在天愿作比翼鸟,在地愿为连理枝。”

〔2〕 称为河原院。

"落月随山隐,山名不可知。
会当穷碧落,蓦地隐芳姿。[1]

我害怕呢。"源氏公子觉得周围景象果然凄凉可怕,推想这是因为向来常和许多人聚居一室之故,这一变倒也有趣。车子驱进院内,停在西厢前,解下牛来,把车辕搁在栏杆上。源氏公子等人就坐在车中等候打扫房间。侍女右近看看这光景,不胜惊异,心中偷偷地想起女主人以前和头中将私通时的情状。守院人东奔西走,殷勤服侍。右近已看出源氏公子的身份了。

天色微明,远近事物隐隐可辨之时,源氏公子方才下车。室中临时打扫起来,倒也布置得清清爽爽。守院人说:"当差的人都不在这里。怕很不方便呢。"这人是公子亲信的家臣,曾经在左大臣邸内伺候。他走近启请:"可否召唤几个熟手来?"源氏公子说:"我是特地选定这没有人来的地方的。只让你一人知道,不许向外泄露。"吩咐他要保密。这人立刻去备办早粥,然而人手不够,张皇失措。源氏公子从来不曾住过这么荒凉的旅寓,现在除了和夕颜滔滔不绝地谈情,没有别的事可做。

二人暂时歇息,到了将近中午,方才起身。源氏公子亲自打开格子窗一看,庭院中荒芜之极,不见人影,但见树木丛生,一望无际,寂寥之趣,难于言喻。附近的花卉草木,也都毫不足观,只觉得是一片衰秋的原野。池塘上覆着水草,荒凉可怕。那边的离屋里设有房间,似乎有人住着,然而相隔很远。源氏公子说:"这地方人迹全无,阴风惨惨的。可是

[1] 月比喻她自己,山比喻源氏。

即使有鬼,对我也无可奈何吧。"这时候他的脸还是隐蔽着。夕颜对此似有怨恨之色。源氏公子想:"亲昵到了这地步,还要遮掩真面目,确实是不合情理的。"便吟道:

"夕颜带露开颜笑,
只为当时邂逅缘。[1]

那天你写在扇子上送我的诗,有'夕颜凝露容光艳'之句,现在我露真面目了,你看怎样?"夕颜向他瞟一眼,低声答道:

"当时漫道容光艳,
只为黄昏看不清。"

虽是歪诗,但源氏公子觉得也很有趣。这时候他对夕颜畅叙衷曲,毫无隐饰,其风采之优美,真是盖世无双,和这环境对比之下,竟有乖戾之感。他对夕颜说:"你对我一向隐瞒,我很不快,所以也不把真面目给你看。现在我已经公开,你总可把姓名告诉我了。老是这样,教人纳闷呢。"夕颜答道:"我是个无家可归的流浪儿[2]!"这尚未完全融洽的样子倒显得娇艳。源氏公子说:"这便无可奈何了!原是我自己先作榜样的,怪你不得了。"两人有时诉恨,有时谈情,度过了这一天。

惟光找到了这地方,送些果物来。但他深恐右近怪他拉拢,所以不

---

[1] 此处"夕颜"比拟源氏公子。
[2] 和歌:"惊涛拍岸荒渚上,无家可归流浪儿。"见《和汉朗咏集》。

敢走进里面去。他看见公子为了这女子躲藏到这种地方来,觉得好笑,推想这女子的美貌一定是值得迷恋的。他想:“本来我自己可以到手的,现在让给公子,我的气量总算大了。”心中有些懊悔。

傍晚时分,源氏公子眺望着鸦雀无声的暮天。夕颜觉得室内太暗,阴森可怕,便走到廊上,把帘子卷起,在公子身旁躺下。两人互相注视被夕阳照红了的脸。夕颜觉得这种情景之奇特,出乎意外,便忘却了一切忧思,渐渐地显出亲密信任之态,样子煞是可爱。她看到周围的情景,觉得非常胆怯,因此尽日依附在公子身边,像一个天真烂漫的孩子,十分可怜。源氏公子便提早把格子门关上,教人点起灯来。他怨恨地说:“我们已经是推心置腹的伴侣了,你还是有所顾忌,不把姓名告诉我,真教我伤心。”这时候他又想起:“父皇一定在找寻我了吧,教使者们到哪里去找我呢?”既而又想:“我何以如此溺爱这女子,自己也觉得奇怪。我久不访问六条妃子,她一定恨我了。被人恨是痛苦的,然而也怪不得她。”他怀念恋人时,总是首先想起这六条妃子。然而眼前这个天真烂漫、依恋不舍的人,实在非常可爱。此时想起六条妃子那种多心过虑令人苦闷的神情,便觉稍稍减色了。他在心中把两人加以比较。

将近夜半,源氏公子蒙眬入睡,恍惚看见枕畔坐着一个绝色美女,对他说道:“我为你少年英俊,故尔倾心爱慕。岂知你对我全不顾念,却陪着这个毫不足道的女人到这里来,百般宠爱。如此无情,真真气死我也!”说着,便动手要把睡在他身旁的夕颜拉起来。源氏公子心知着了梦魔,睁开眼睛一看,灯火已熄。他觉得阴气逼人,便拔出佩刀来放在身旁,把右近叫醒。右近也很害怕,偎依到源氏公子身边来。公子说:“你出去把过廊里的值宿人唤醒,叫他们点纸烛来。”右近说:“这么黑暗,教我怎么出去呢?”公子笑道:“哈哈,你真像个小孩子。”便拍起手来[1]。这时候四壁发出回声,光景异常凄惨。值宿人却没有听见,一个人也不来。夕颜浑身痉挛,默默无言,痛苦万状。出了一身冷汗之后,只剩得奄奄一息了。右近说:“小姐生来胆怯,平日略有小事,便惊心动魄,现在不知她心里多么难过呢!”源氏公子想:“的确很胆怯,白天也是望着天空发呆,真可怜啊!”便对右近说:“那么我自己去叫人吧。拍手有回声,很讨厌。你暂且坐在她身边吧。”右近便走近夕颜身边。源氏公子从西面的边门走出去,打开过廊的门一看,灯火也已熄灭了。外边略有夜风。值宿的人很少,都睡着了。共只三人,其中一个是这里的守院人的儿子,即源氏公子经常使唤的一个年轻人,一个是值殿男童,另一个便是那个随从。那年轻人答应一声,便起身了。公子对他说:“拿纸烛来。你对随从说,叫他赶快鸣弦,要不断地发出弦声[2]。你们在这人迹稀少的地方怎么可以放心睡觉?听说惟光来过,现在哪里?”年轻人回答:“他来过了。因为公子没有吩咐他什么,他就回去了,说明天早上再来迎接公子。”这年轻人是宫中禁卫武士,善于鸣弦,便一面拉弓,一面叫喊“火烛小心”,向守院人的屋子那边走去。

源氏公子听到鸣弦声,便想象宫中的情况:“此刻巡夜人大概已经唱过名了。禁卫武士鸣弦,正是这时候吧。”照此推想,还没夜深。他回到房间里,暗中摸索一下,夕颜照旧躺着,右近俯伏在她身旁。源氏公子说:“你怎么啦?用不着这么胆怯!荒野地方,狐狸精之类的东西出来吓人,原是可恶的;可是我在这里,不要怕这些东西!”便用力把右近拉起

〔1〕 日本人习惯,拍手是表示叫人来。
〔2〕 当时认为弓弦的声音可以驱除妖魔。

来。右近说:“太可怕了,我心里很不舒服,所以俯伏在地。小姐现在不知怎么样了?”公子说:“唉,这是怎么一回事!”暗中伸手把夕颜抚摸一下,气息也没有了。再把她的身体摇一下,但觉四肢松懈,全无神志。源氏公子想:“她真是个孩子气的人,被妖魔迷住了吧。”然而束手无策,焦灼万状。那个禁卫武士拿纸烛来了。此时右近已经吓得不能动弹。源氏公子便亲自把旁边的帷屏拉过来,遮住了夕颜的身体,对武士说:“把纸烛拿过来些!”然而武士遵守规矩,不敢走近,在门槛边站住了。源氏公子说:“再拿过来些!守规矩也要看情况!”拿纸烛一照,隐约看见刚才梦中那个美女坐在夕颜枕边,倏忽之间便消失了。

源氏公子想:“这种事情,只在古代小说中读过,现在亲眼看到,真是太可怕了。要紧的是这个人到底怎么样了?”心乱如麻,几乎连自身也忘记了。他就躺倒在夕颜身旁,连声唤她。岂知夕颜的身体已经渐渐冷却,早已断气了!此时他噤口无言,不知如何是好。旁边并无一个有力的人可以商量。倘有一个能驱除恶魔的法师,此时正用得着。然而哪里有法师呢?他自己虽然逞强,毕竟年纪还轻,阅历不多,眼看着夕颜暴亡,心中无限悲痛,却毫无办法,只是紧紧地抱住她,叫她:“吾爱,你活过来吧!不要教我悲痛啊!”然而夕颜的身体已经完全冷却,渐渐不像人样了。右近早已吓昏,此时突然觉醒过来,便号啕大哭。源氏公子想起了从前某大臣南殿驱鬼的故事[1],精神就振作起来,对右近说:“现在虽然好像断气了,可是不会就此死去。夜里哭声会惊动人,你静些吧。”他制止了右近号哭。然而这件事太突如其来,他自己也茫然不知所措。

---

〔1〕 太政大臣藤原忠平暗夜在紫宸殿(即南殿)的御帐后面走过,有鬼握住了他的佩刀的鞘尾,他就拔出刀来斩鬼,鬼向丑寅方向逃走了。事见历史故事《大镜》所载。

终于叫了那个武士来,对他说:“这里出了怪事:妖魔把人迷住,痛苦得很。你赶快派个使者到惟光大夫住的地方去,叫他马上到这里来。再秘密地告诉他:他的哥哥阿阇梨如果在他家,叫他带他同来。他母亲知道了也许要责问,所以不可大声说话。因为这尼姑是不赞许这种秘密行为的。”他嘴上侃侃而谈,其实胸中充塞了悲痛之情。这个人的死去非常可哀,加之这环境的凄惨难于言喻。

时候已过夜半,风渐渐紧起来。茂密的松林发出凄惨的啸声。怪鸟作出枯嗄的叫声,这大概就是猫头鹰吧。源氏公子想来想去,四周渺若烟云,全无声息。“我为什么到这种荒僻地方来投宿呢?”他心中后悔,然而无法挽救了。右近已经不省人事,紧紧地偎在源氏公子身旁,浑身发抖,竟像要抖死了。源氏公子想:“难道这个人也不中用了?”他只是茫茫然地把右近紧紧抱住。此时这屋子里只有他一个人像人,然而一点办法也想不出来。灯光忽明忽暗,仿佛在眨眼,凄凉地照映着正屋边的屏风和室内各个角落。背后似乎有窸窸窣窣的脚步声正在走近来。源氏公子想:“惟光早点来才好。”然而这惟光浮踪浪迹,宿所无定,使者东寻西找,一直找到天亮。这一段时间在源氏公子看来仿佛过了千夜。好容易听见远方鸡鸣。源氏公子回肠百转地思量:“我前世作了什么孽,今世消受这性命攸关的忧患呢?罪由心生,这是我在色情上犯了这逆天背理、无可辩解的罪过所得的报应,故尔发生这罕有其例的横事吧。无论怎样秘密,既有其事,终难隐藏。宫中自不必说;世人闻知,亦必群起指责,我就被世间轻薄少年当作话柄了。想不到我在今日博得了一个愚痴的恶名!”

好容易惟光大夫来了。此人一向朝朝夜夜侍候在侧,偏偏今宵不来,而且找也不易找到,源氏公子觉得可恶。然而见了面,又觉得想说的话没有勇气说出,一时默默无言。右近看看惟光的模样,察知他是最初的拉拢者,便哭起来。源氏公子也忍不住了。他本来自命为惟一健全的人,所以抱着右近。现在一见惟光来到,透了一口气,悲痛之情涌上心来,便放声大哭,一时难于自制。后来镇静下来,对惟光说:"这里出了怪事!恐怖之状不是用惊吓等字眼所能表达的。听说逢到这种急变时,诵经可以驱除恶魔,我想赶快照办,祈求佛佑,让她重生。我要阿阇梨也一起来,怎么样了?"惟光回答道:"阿阇梨昨天已经回比叡山去了……这件事真是奇怪之极。小姐是否近来有病?"源氏公子哭道:"一向很好,并没有病。"他这哭诉的姿态哀怨动人,惟光看了不胜悲戚,也呜呜地哭了起来。

归根到底,只有年事较长、见多识广、阅历丰富的人,逢到紧急关头才有办法。现在源氏公子和惟光大夫都是年轻人,这时候毫无主意了。还是惟光强些,他说:"这件事给这宅院里的人知道了,不当稳便。这个守院人原是可靠的,但他的家眷也住在这里,他们知道了一定会泄露出去。所以我们首先要离开这宅院。"源氏公子说:"可是,哪里有比这里人更少的地方呢?"惟光说:"言之有理。如果回到小姐本来的屋子里,那些侍女一定要哭。那里人多,一定有许多邻人要责问,把消息传播到外间去。最好到山中找个寺院,那里常常有人举行殡葬,我们夹在里头,没有人注目。"他想了一会,又说:"从前我认识一个侍女,后来做了尼姑,迁居在东山那边。她是我父亲的乳母,现在衰老得很了,还住在那里。东山来往的人很多,但她那里却非常清静。"此时天色将近黎明,惟光便吩咐准备车子。

源氏公子自己已经没有气力抱夕颜了。惟光便用褥子把她裹好,抱上车子。这个人身材小巧,尸体并不给人恶感,却教人觉得可怜。那褥子很短小,包不了全身,乌黑的头发露在外面。源氏公子看了,伤心惨目,悲怆欲绝。他定要跟随前往,目送她化作灰尘。惟光大夫拦阻道:"公子赶快回二条院去,趁现在行人稀少的时候!"他就叫右近上车伴随遗骸,又把马让给源氏公子骑上,自己撩起衣裾,徒步跟在车子后面,走出了这院子。他觉得这真是奇怪而竟想不到的送殡。但是看到公子的悲戚之状,就顾不得自身,径向东山出发了。源氏公子则仿佛失却知觉,茫茫然地到达了二条院。

二条院里的人相与议论:"不知从哪里回来?看样子懊恼得很呢。"源氏公子一直走进寝台的帐幕[1]里,抚胸冥想,越想越是悲恸。"我为什么不搭上那车子一同前往呢?如果她苏醒过来,将作何感想呢?她知道我抛撇了她而去,定将恨我无情吧。"他在心绪缭乱之中,念念不忘此事,不觉胸中堵塞,气结难言。他觉得心痛,身体发烧,非常痛苦。他想:"如此病弱,不如死了罢休!"到了日上三竿之时,犹未起身。众侍女都觉得惊讶;劝用早膳,亦不举箸,只是唉声叹气,愁眉不展。这时候皇上派使者来了。原来昨天早就派使者找寻公子行踪,不知下落,皇上心甚挂念。所以今天特派左大臣的公子们前来探视。源氏公子吩咐只请头中将一人"来此隔帘立谈"[2]。公子在帘内对他说:"我的乳母于五月间身患重病,削发为尼。幸赖佛佑,恢复健康。不料最近旧病复发,衰弱特甚,盼望我前去访问,再见一面。此乃我幼时亲近之人,今当临终之际,若不去访,于心不忍,因此前去问病。不料她家有一仆役正在患病,突然病势转重,不及送出,即在她家死去。家人不敢告我,直到日暮我去之

〔1〕 王朝时代殿内主屋中设有比地面略高之寝台,四周垂挂帐幕,为贵人坐卧之用。
〔2〕 当时认为,接触过死人的人,身上不洁,不可请来客坐,只可与他隔帘立谈。

后,才将尸体送出。过后我得知此事。现在将近斋月[1],宫中正在准备佛事。我身不洁,未便造次入宫参见。我今晨又感受风寒,头痛体热,颇觉痛苦。隔帘致辞,实属无礼。”头中将答道:“既然如此,我当将此情由复奏皇上。昨夜有管弦之兴,其时皇上派人四处寻找,未得尊踪,圣心甚是不乐。”说罢辞去,既而折回[2],又问道:“您到底碰到了怎样的死人?刚才您所说的,怕不是真话吧?”源氏公子心中吃惊,勉强答道:“并无何等细情,但请将偶尔身蒙不洁之情由奏闻可也。怠慢之罪,实无可逭。”他说时装作若无其事,然而心中充满着无可奈何的悲哀,情绪异常恶劣,因此不欲和别人对面谈心,只是召唤藏人弁[3]入内,叫他将身蒙不洁之情由如实奏闻。另外备一封信送交左大臣邸,信中说明因有上述之事,暂时不能参谒。

日暮时分,惟光从东山回来参见公子。这里因为公子对人宣称身蒙不洁,来客立谈片刻旋即退出,所以室内并无外人。公子立刻召他入内,问道:“怎么样了? 终于不行了么?”说着,举袖掩面而哭。惟光也啼啼哭哭地说:“已经毫无办法了。长久停尸寺中,不当稳便。明日正是宜于殡葬的日子。我有一个相识的高僧在那里,我已将有关葬仪一切事情拜托这高僧了。”源氏公子问:“同去的那个女人怎么样了?”惟光答道:“这个人似乎也不想活了。她说:‘让我跟小姐同去!’哭得死去活来。今天早上她似乎想跳岩自尽,还说要将此事通知五条屋里的人,我百般安慰她,对她说:‘你暂且镇静下来,把前前后后的事情考虑一下再说。’现在总算

---

〔1〕 九月是斋戒之月,宫中举行种种佛事。夕颜是八月十六日死的,此时宫中正准备佛事。

〔2〕 头中将是以钦差身份来的,所以谈毕公事后出去了再折回来谈私事。

〔3〕 藏人弁为官名。此人是左大臣之子,头中将之弟。

没事。”源氏公子听了这话,悲伤之极,叹道:“我也痛苦得很!此身不知如何处置才好!”惟光劝道:“何必如此感伤!一切事情都是前世注定的。这件事决不泄露出去,万事有我惟光一手包办,请公子放心。”公子说:“这话固然不错。我也确信世事皆属前定。可是,我因轻举妄动,害死了一个人的性命,我身负此恶名,实甚痛心!你切勿将此事告诉你的妹妹少将命妇;更不可教你家那位老尼姑知道。她往常屡次劝谏我不可浮踪浪迹,如果被她知道了,真教我羞惭无地啊!”他嘱咐惟光保密。惟光说:“外人自不必说,就是那个执行葬仪的法师,我也没有将真情告诉他。”公子觉得此人可靠,便稍稍安心。众侍女窥见此种情状,都弄得莫名其妙,她们私下议论:“真奇怪,为了什么事呢?说是身蒙不洁,宫中也不参谒,为什么又在这里窃窃私谈,唉声叹气呢?”关于葬仪法事,源氏公子叮嘱惟光道:“万事不可简慢。”惟光说:“哪里会简慢!不过也不宜过分铺张。”说着便欲辞去。但公子忽然悲恸起来,对惟光说:“我有一言,怕你反对:我若不再见遗骸一面,心中总不甘愿。让我骑马前去吧。”惟光一想,此事实在不好,但也无法阻止,答道:“公子既有此心,那也没有办法。但请趁早出门,夜阑之前务须回驾。”源氏公子便换上最近微行常穿的那套便服,准备出门。此时源氏公子心情郁结,痛苦不堪,设想走这条荒山夜路,生怕遭逢危险,一时心中踌躇不决。然而不去又无法排遣悲哀。他想:“此时若不一见遗骸,今后哪一世才能再见呢?”便不顾一切危险,带了惟光和那个随从,出门前去。只觉得路途遥远。

行到贺茂川畔时,十七夜的月亮已经上升,前驱的火把暗淡无光。遥望鸟边野[1]方面,景象异常凄惨。但今宵因有重大心事,全不觉得可

〔1〕 鸟边野是平安时代京都的火葬场。

怕;一路上只是胡思乱想,好容易到达东山。这沉寂的空山中有一所板屋,旁边建着一座佛堂,那老尼姑在此修行,生涯好不凄凉!佛前的灯从屋内漏出微光,板屋里有一个女人正在哭泣。外室里有两三位法师,有时谈话,有时放低了声音念佛。山中各寺院的初夜诵经都已完毕,四周肃静无声。只有清水寺方面还望得见许多灯光,参拜者甚多。这里的老尼姑有一个儿子,出家修行,已成高僧,此时正用悲紧之声虔诵经文。源氏公子听了,悲从中来,泪如泉涌。走进室内,但见右近背着灯火,与夕颜的遗骸隔着屏风,俯伏在地。源氏公子推想她心情何等颓丧!夕颜的遗骸并不可怕,却非常可爱,较之生前毫无变异。源氏公子握住了她的手说:"请让我再听一听你的声音!你我两人前生结下何等宿缘,故尔今生欢会之期如此短暂,而我对你却又如此倾心爱慕?如今你匆匆舍我而去,使我形单影只,悲恸无穷,真是太残酷了!"他不惜声泪,号啕大哭,不能自已。僧人等不识此是何人,但觉异常感动,大家陪着流泪。源氏公子哭罢,对右近说:"你跟我到二条院去吧。"右近说:"我从小服侍小姐,片刻不离左右,至今已历多年。如今匆匆诀别,教我回到哪里去呢?别人问我小姐下落,教我怎么回答呢?我心悲伤,自不必说,若外人纷纷议论,将此事归罪于我,实在使我痛心!"说罢,大哭不已。后来又说:"让我和小姐一同化作灰尘吧!"源氏公子说:"怪不得你。但此乃人世常态,凡是离别,无不悲哀。然而不论这般那般,尽属前生命定。你且宽心,信任我吧。"他一面抚慰右近,一面又叹道:"说这话的我,才真觉得活不下去了!"这话真好凄凉啊!此时惟光催促道:"天快亮了。务请公子早归!"公子留恋不忍遽去,屡屡回头,终于硬着心肠离去了。

夜露载道,朝雾弥漫,不辨方向,如入迷途。源氏公子一面行路,一面想象那和生前一样躺着的姿态、那天晚上交换给她的那件红衣盖在遗骸上的样子,觉得这真是何等奇特的宿缘!他无力乘马,摇摇欲坠,全赖惟光在旁扶持,百般鼓励,方能前进。走到贺茂川堤上,竟从马上滑了下来。心情十分恶劣,叹道:"我将倒毙在这路上了吧?看来回不得家了!"惟光不知如何是好,心中想道:"我要是主意坚决,即使他命令我,我也决不会带他来走这条路,但现已后悔莫及。"狼狈之极,只得用贺茂川水把两手洗洗干净,合掌祈求观音菩萨保佑,此外毫无办法。源氏公子自己也勉强振作起来,在心中念佛祈愿,再靠惟光帮助,好容易回到了二条院。

二条院里的人见他如此深夜出游,都觉得奇怪,相与议论道:"真教人难当呢。近来比往常越发不耐性了,常常偷偷地出门。尤其是昨天,那神色真苦恼啊!为什么要这样东钻西钻呢?"说罢大家叹息。源氏公子一回到家,实在吃不消,便躺下了,就此生起病来,非常痛苦。两三天之后,身体显得异常衰弱。皇上也闻知此事,非常担心,便在各处寺院里举行祛病祈祷:凡阴阳道的平安忏、恶魔祓禊、密教的念咒祈祷,无不举行。天下人纷纷议论,都说:"源氏公子这盖世无双、过于妖艳的美男子,不会长生在这尘世间的。"

源氏公子虽然患病,却不忘记那个右近,召她到二条院,赐她一个房间,叫她在此服侍。惟光为了公子的病,心绪不宁,但也强自镇定,用心照顾这个孤苦伶仃的右近,安排她的职务。源氏公子病况略有好转时,便召唤右近,命她服侍。不久右近便参与朋辈之中,做了这二条院的人。她身穿深黑色的丧服[1],相貌虽不特别俊美,却也是个无瑕可指的青年女子。源氏公子对她说:"我不幸而遭逢了这段异常短促的姻缘,深恐自

〔1〕 对死者关系亲、哀思深的,丧服的黑色亦深。

身也不能长久活在世间。你失去了多年来相依为命的主人,自然也很伤心。我很想慰藉你,如果我活在世上,你万事有我照顾。只怕不久我也会跟着她去,那真是遗憾无穷了。"他的声音异常细弱,说罢,气息奄奄地吞声饮泣。此时右近不得不把心中那种不可挽回的悲哀暂时丢开,一味担心公子的病况,不胜忧虑。

二条院殿内的人们也都担心公子的病况,大家非常狼狈,坐立不安。宫中派来的问病使者,穿梭似地络绎不绝。源氏公子闻知父皇如此为他操心,觉得诚惶诚恐,只得勉强振作,感谢圣恩。左大臣也非常关怀,每日来二条院问病,照拂无微不至。大约是各方眷顾周到之故,公子在二十几天重病之后,果然渐渐复健,没有留下什么毛病。到了身蒙不洁满三十天的时候,公子已经起床,禁忌也已解除,情知父皇盼待心切,便在这天入宫参见,又赴宫中值宿处淑景舍小憩。回邸时左大臣用自己的车子迎送,并详细叮嘱病后种种禁忌。源氏公子一时觉得如梦初醒,仿佛重生在一个新世界里了。到了九月二十日,病体已经痊愈,面容消瘦了许多,风姿却反而艳丽了。他还是常常沉思冥想,有时呜咽哭泣。见者有的觉得诧异;有的说:"莫非鬼魂附体?"

有一个闲静的黄昏,源氏公子召唤右近到身边,和她谈话。他说:"我到现在还觉得奇怪:为什么她隐瞒自己的身份呢?即使真像她自己所说,是个无家可归的流浪儿,但我如此倾慕她,她不体谅我的真心,始终和我隔膜,真教我伤心啊!"右近答道:"她何尝想隐瞒到底?她以为以后总有机会将真姓名奉告。只因你俩最初相逢,便是意想不到的奇怪姻缘,她以为是做梦。她推察:您所以隐名,是为了身份高贵、名誉攸关之故;您并非真心爱她,只是逢场作戏而已。她很伤心,所以也对您隐瞒。"源氏公子说:"互相隐瞒,真是无聊。但我的隐瞒,并非出于本心。只因此种世人所不许的偷情行为,我一向不曾做过。首先是父皇有过训诫;此外对各方面有种种顾忌。偶尔略有戏言,即被夸张传扬,肆意批评,因此我平日小心翼翼,不敢胡言妄为。岂知那天傍晚,只为一朵夕颜花的姻缘,对那人一见倾心,结了不解之缘,现在想来,这正是恩爱不能久长之兆,多么可悲!反过来想,又觉得多么可恨:既然姻缘短促,何必如此倾心相爱?现在已毫无隐瞒之必要,愿你详细告诉我吧。七七之内,要教人描绘佛像送寺中供养,为死者祝福。若不知姓名,则念佛诵经之时,心中对谁回向[1]呢?"右近说:"我何必隐瞒?只因小姐自己已经隐瞒到底,我在她死后将实情说出,深恐有些冒失而已。小姐早岁父母双亡。父亲身居三位中将之职,对女儿十分疼爱;只因身份低微,无力提拔女儿,教她发迹,故而郁悒不欢,终于身亡。其后小姐由于偶然机会,认识了那位头中将,那时他还是少将。两人一见倾心,情深如海,三年以来,恩爱不绝。直至去年秋天,右大臣家[2]派人前来问罪,百般恐吓。我家小姐生性胆怯,受此打击,不胜恐怖,便逃往西京她的乳母家躲藏了。然而那里生涯艰苦,实难久居。她想迁居山中,可是今年这方向不吉。为了避凶,就在五条的那所简陋小屋里暂住,不料在那里又被公子发现,小姐曾为此而叹息。小姐性情与一般人不同,非常小心谨慎,善于隐忍,即使忧思满腹,也不形之于色,认为被人见了是羞耻的。在您面前,她也装作若无其事。"源氏公子想:"不出所料,果然就是头中将所讲的那个常夏。"他越发可怜她了。便问:"头中将曾经忧叹,说那小孩不知去向了。是否有个小孩?"右近答道:"有的。是前年春天生的,是个女孩,非常可

---

〔1〕 回向是佛教用语,乃转让之意。即将念佛诵经的功德转让给别人。此处是指转让给死者,为她祝福。

〔2〕 右大臣家的四女公子,是头中将的正妻。

爱。”源氏公子说:“那么这孩子现在在哪里呢?你不要让别人知道,悄悄地把她领来交给我吧。那人死得影迹全无,甚是可怜。如今有了这个遗孤,我心甚喜。”既而又说:“我想将此事告知头中将,但是受他抱怨反而无趣,且不告诉他吧。总之,这孩子由我养育,并无不当之处[1]。你想些借口,搪塞了她的乳母,叫她一同来此吧。”右近说:“能够如此,感恩不尽。教她在西京成长,真是难为了她。只因此外别无可托之人,权且寄养在那里。”

此时暮色沉沉,夜天澄碧。阶前秋草,焜黄欲萎。四壁虫声,哀音似诉。满庭红叶,幽艳如锦。此景真堪入画。右近环顾四周,觉得自身忽然处此境中,甚是意外。回想夕颜五条的陋屋,不免羞耻。竹林中有几只鸽子,鸣声粗鲁刺耳。源氏公子听了,回想起那天和夕颜在某院泊宿时,夕颜听到这种鸟声非常恐怖的样子,觉得很可怜。他对右近说:“她究竟几岁了?这个人和一般人不同,异常纤弱,所以不能长生。”右近答道:“十九岁吧。我母亲——小姐的乳母[2]——抛撇了我而死去,小姐的父亲中将大人可怜我,留我在小姐身边,两人时刻不离,一起长大。现在小姐已死,我怎么还生存在这世间呢?悔不该与她生前过分亲近,反教死别徒增痛苦。这位柔弱的小姐,原是多年来和我相依为命的主人。”源氏公子说:“柔弱,就女子而言是可爱的。自作聪明、不信人言的人,才教人不快。我自己生性柔弱,没有决断,所以喜欢柔弱的人。这种人虽然一不小心会受男子欺骗,可是本性谦恭谨慎,善于体贴丈夫的心情,所以可喜。倘能随心所欲地加以教养,正是最可爱的性格。”右近说:“公子

---

〔1〕 这孩子是源氏心爱的情人的遗孤,又是他妻子的侄女,故如此说。

〔2〕 是另一个乳母,不是西京的乳母。

喜欢这种性格,小姐正是最适当的人物,可惜短命而死。"说罢掩面而泣。

天色晦冥,冷风袭人,源氏公子愁思满腹,仰望暮天,独自吟道:

"闲云倘是尸灰化,
遥望暮天亦可亲。"

右近不能作答诗,只是在想:"此时若得小姐随伴公子身旁……"想到这里,哀思充塞胸中。源氏公子回想起五条地方刺耳的砧声,也觉得异常可爱,信口吟诵"八月九月正长夜,千声万声无了时"的诗句[1],便就寝了。

且说伊豫介家的那个小君,有时也前去参谒源氏公子,但公子不像从前那样托他带情书回去,因此空蝉推想公子怨她无情,与她决绝了,不免心中怅惘。此时闻知公子患病,自然也很忧虑。又因不久即将随丈夫离京赴任地伊豫国,心中更觉寂寞无聊。她想试探公子是否已经将她忘记,便写一封信去,信中说:"侧闻玉体违和,心窃挂念,但不敢出口。

我不通音君不问,
悠悠岁月使人悲。

古诗云:'此身生意尽',信哉斯言。"源氏公子接得空蝉来信,甚是珍爱。他对此人还是恋恋不忘。便复书道:"叹'此身生意尽'者,应是何人?

---

〔1〕 白居易《闻夜砧》:"谁家思妇秋捣帛,月苦风凄砧杵悲。八月九月正长夜,千声万声无了时。应到天明头尽白,一声添得一茎丝。"

已知浮世如蝉蜕,
忽接来书命又存。

真乃变幻无常!”久病新愈,手指颤抖,随便挥写,笔迹反而秀美可爱。空蝉看到公子至今不忘记那“蝉壳”[1],觉得对不起他,又觉得有趣。她爱作此种富有情味的通信,却不愿和他直接会面。她但望一方面冷淡矜持,一方面又不被公子看做不解情趣的愚妇,于愿足矣。

另一人轩端荻,已与藏人少将结婚。源氏公子闻知此消息,想道:“真是不可思议。少将倘看破情况,不知作何感想。”他推察少将之心,觉得对他不起,又颇想知道轩端荻的近况,便差小君送一封信去。信中说:“思君忆君,几乎欲死。君知我此心否?”附诗句云:

“一度春风归泡影,
何由诉说别离情?”

他将此信缚在一枝很长的荻花上,故意教人注目。口头上吩咐小君“偷偷地送去”,心中却想道:“如果小君不小心,被藏人少将看到了,他知道轩端荻最初的情人是我,就会赦免她的罪过。”此种骄矜之心,实在讨厌!小君于少将不在家时把信送交。轩端荻看了,虽然恨他无情,但蒙他想念,也可感谢,便以时间匆促为借口,草草地写了两句答诗,交付小君:

“荻上佳音多美意,

---

[1] 指公子取去的那件单衫。

寸心半喜半殷忧。”

书法拙劣,故意用挥洒的笔法来文饰,品格毕竟不高。源氏公子回想起那天晚上下棋时灯光中的面貌来。他想:“那时和她对弈的那个正襟危坐的人,实在令人难忘。至于这个人呢,另有一种风度:挑达不拘,口没遮拦。”他想到这光景,觉得这个人也不讨厌。这时候他忘记了苦头,又想再惹起一个风流名声来。

却说夕颜死后,七七四十九日的法事,在比叡山的法华堂秘密举行。排场十分体面:从僧众装束开始,以至布施、供养等种种调度,无不周到。经卷、佛堂的装饰都特别讲究,念佛、诵经都很虔诚。惟光的哥哥阿阇梨是个道行深造的高僧,法事由他主持,庄严无比。源氏公子召请他所亲近的老师文章博士来书写法事的祈愿文。他自己起草,草稿中并不写出死者姓名,但言“今有可爱之人,因病身亡,伏愿阿弥陀佛,慈悲接引……”写得缠绵悱恻,情深意真。博士看了说:“如此甚好,不须添削了。”源氏公子虽然竭力隐忍,不禁悲从中来,泪盈于睫。博士睹此光景,颇为关心:“究竟是怎样的一个人?并未听说有人亡故呢。公子如此悲伤,此人宿缘一定甚深!”源氏公子秘密置备焚化给死者的服装,此时叫人将裙子拿来,亲手在裙带上打一个结[1],吟道:

“含泪亲将裙带结,
何时重解叙欢情?”

---

〔1〕 当时习惯:男女相别时,相约在再会之前各不恋爱别人,女的在内裙带、男的在兜裆布带上打一个结,表示立誓。

他想象死者来世之事:“这四十九日之内,亡魂飘泊在中阴[1]之中,此后不知投生于六道[2]中哪一世界?”他肃然地念佛诵经。此后源氏公子会见头中将时,不觉胸中骚动。他想告诉他那抚子[3]无恙地生长着。又恐受他谴责,终于不曾出口。

且说夕颜在五条居住的屋子里,众人不知道女主人往何处去了,都很担心。行方不明,无处寻找。右近也音信全无,更是奇怪之极,大家悲叹。她们虽然不能确定,但按模样推想这男子是源氏公子,便问惟光。但惟光装作不知,一味搪塞,照旧和这家侍女通情。众人更觉迷离如梦,她们猜想:“也许是某国守的儿子,是个好色之徒,忌惮头中将追究,突然将她带往任地去了。”这屋子的主人,是西京那个乳母的女儿。这乳母有三个女儿。右近则是另一个已死的乳母的女儿。因此这三个女儿猜想右近是外人,和她们有隔阂,所以不来报告女主人的情况。便大家哭泣,想念这女主人。右近呢,深恐报告了她们,将引起骚乱。又因源氏公子现在更加秘而不宣了,所以连那遗孤也不敢去找。一直将此事隐瞒下去,自己躲在宫中度日。源氏公子常想在梦中看见夕颜。到了四十九日法事圆满之前夜,果然做了一梦,恍惚梦见那夜泊宿的某院室内的光景:那个美女坐在夕颜枕边,全和那天同一模样。醒来他想:“这大约是住在这荒凉的屋子里的妖魔,想迷住我,便将那人害死了。”他回想当时情状,不觉心惊胆战。

却说伊豫介于十月初离京赴任地。此次是带家眷去的,所以源氏公子的饯别异常隆重。暗中为空蝉置备特别体己的赠品:精致可爱的梳子

---

[1] 中阴是佛家语。人死后七七四十九天之内,投生何处,尚未决定,叫做中阴,又称中有。

[2] 六道是佛家语,谓天道、人道、阿修罗道、畜生道、饿鬼道、地狱道。

[3] 指夕颜与头中将所生的女孩(名玉鬘)。

和扇子不计其数,连烧给守路神的纸币也特别制备。又把那件单衫归还了她,并附有诗句:

“痴心藏此重逢证,
岂料啼多袖已朽。”

又备信一封,详谈衷曲。为避免叨絮,省略不谈。源氏公子的使者已归去,后来空蝉特派小君传送单衫的答诗:

“蝉翼单衫今见弃,
寒冬重抚哭声哀。”

源氏公子读后想道:“我虽然想念她,但这个人心肠异常强硬,竟非别人可比;如今终于远离了。”今日适值立冬,天公似欲向人明示,降了一番时雨,景象清幽沉寂。源氏公子镇日沉思遐想,独自吟道:

“秋尽冬初人寂寂,
生离死别雨茫茫!”

他似乎深深地感悟了:“此种不可告人的恋爱,毕竟是痛苦的!”

此种琐屑之事,源氏公子本人曾努力隐讳,用心良苦,故作者本拟省略不谈。但恐读者以为“此乃帝王之子,故目击其事之作者,亦一味隐恶扬善”,便将此物语视为虚构,因此作者不得不如实记载。刻薄之罪,在所难免了。

第五回 紫 儿[1]

源氏公子患疟疾,千方百计找人念咒,画符,诵经,祈祷,总不见效,还是常常发作。有人劝请道:“北山某寺中有一个高明的修道僧。去年夏天疟疾流行,别人念咒都无效,只有此人最灵,医好的人不计其数。此病缠绵下去,难以治疗,务请早日一试。”源氏公子听了这话,便派使者到北山去召唤这修道僧。修道僧说:“年老力衰,步履艰难,不能走出室外。”使者反命,源氏公子说:“那么,没有办法,让我微行前去吧。”便带了四五个亲随,在天色未明时向北山出发了。

此寺位在北山深处。时值三月下旬,京中花事已经阑珊,山中樱花还是盛开。入山渐深,但见春云叆叇,妍丽可爱。源氏公子生长深宫,难得看到此种景色,又因身份高贵,不便步行远出,所以更加觉得珍奇。这寺院所在之地,形势十分优胜:背后高峰矗天,四周岩石环峙。那老和尚就住在这里面。源氏公子走进寺内,并不说出姓名,装束也十分简朴。然而他的高贵风采瞒不过人,那老和尚一见,吃惊地说:“这定是昨天召唤的那位公子了。有劳大驾,真不敢当!贫僧今已脱离尘世,符咒祈祷之事,早已遗忘,何劳屈尊远临?”说着,笑容满面地看着源氏公子。这真是一位道行极高的圣僧。他便画符,请公子吞饮,又为诵经祈祷。此时

---

〔1〕 本回写源氏十八岁暮春至初冬之事。

太阳已经高升,源氏公子便步出寺外,眺望四周景色。这里地势甚高,俯瞰各处僧寺,历历在目。附近一条曲折的坡道下面,有一所屋宇,也同这里一样围着茅垣,然而样子十分清洁,内有齐整的房屋和回廊,庭中树木也颇饶风趣。源氏公子便问:“这是谁住的屋子?”随从人答道:“公子所认识的那位僧都,就住在这里,已经住了两年了。”公子说:“原来是有涵养的高僧居住之处,我这微行太不成样子啊。也许他已经知道我到此了。”但见这屋子里走出好几个很清秀的童男童女来,有的汲净水〔1〕,有的采花,都看得清楚。随从人相与闲谈:“那里有女人呢。僧都不会养着女人吧。这些到底是什么人?”有的走下去窥探,回来报道:“里面有漂亮的年轻女人和女童。”

源氏公子回进寺内,诵了一会经,时候已近正午,担心今天疟疾是否发作。随从人说:“请公子到外边去散散心,不要惦记那病吧。”他就出门,攀登后山,向京城方面眺望。但见云霞弥漫,一望无际;万木葱茏,如烟如雾。他说:“真像一幅图画呢。住在这里的人,定然心旷神怡,无忧无虑的了。”随从中有人言道:“这风景还不算顶好呢。公子倘到远方去,看看那些高山大海,一定更加开心,那才真像美丽的图画。就东部而言,譬如富士山,某某岳……”也有人将西部的某浦、某矶的风景描摹给公子听。他们谈东说西,好让公子忘了疟疾。

有一个随从,名叫良清的,告诉公子道:“京城附近播磨国地方有个明石浦,风景极好。那地方并无何等深幽之趣,只是眺望海面,气象奇特,与别处迥不相同,真是海阔天空啊!这地方的前国守现在已入佛门,他家有个女儿,非常宝爱。那邸宅实在宏壮之极!这个人原是大臣的后

---

〔1〕 供在佛前的清水,叫做净水。

裔,出身高贵,应该可以发迹。可是脾气古怪得很,对人落落不群。把好好的一个近卫中将之职辞去,申请到这里来当国守。岂知播磨国的人不爱戴他,有点看不起他。他便叹道:'教我有何面目再回京城!'就此削发为僧了。既然遁入空门,应该迁居到深山才是,他却住在海岸上,真有些儿乖僻。在这播磨地方,宜于静修的山乡多得很。大概他顾虑到深山中人迹稀少,景象萧条,年轻的妻女住在那里害怕;又因为他有那所如意称心的邸宅,所以不肯入山吧。前些时我回乡省亲,曾经前去察看他家光景。他在京城虽然不能得意,在这里却有广大的土地,建造着那么壮丽的宅院。虽说郡人看他不起,但这些家产毕竟都是靠国守的威风而置备起来的。所以他的晚年可以富足安乐地度过,不须操心了。他为后世修福,也很热心。这个人当了法师反而交运了。"

源氏公子问道:"那么那个女儿怎么样?"良清说:"相貌和品质都不坏。每一任国守都特别看中她,郑重地向她父亲求婚。可是这父亲概不允诺,他常常提起他的遗言,说:'我身一事无成,从此沉沦了。所希望者,只此一个女儿,但愿她将来发迹。万一此志不遂,我身先死了,而她盼不到发迹的机缘,还不如投身入海吧。'"源氏公子听了这话颇感兴味。随从者笑道:"这个女儿真是宝贝,要她当海龙王的王后,志气太高了!"报告这件事的良清,是现任播磨守的儿子,今年已由六位藏人晋爵为五位了。他的朋辈议论道:"这良清真是个好色之徒,他打算破坏那和尚的遗言,将这女儿娶作妻子,所以常去窥探那家情况。"有一人说:"哼,说得这么好,其实恐怕是个乡下姑娘吧!从小生长在这种小地方,由这么古板的父母教养长大,可想而知了!"良清说:"哪里!她母亲是个有来历的人,交游极广,向京城各富贵之家雇来许多容貌姣好的青年侍女和女童,教女儿学习礼仪,排场阔绰得很呢。"也有人说:"不过,倘使双亲死了,变成孤儿,怕不能再享福了吧。”源氏公子说:“究竟有什么心计,因而想到海底去呢?海底长着水藻,风景并不好看呢。”看来他对这件事很关心。随从人便体察到公子的心情,他们想:“虽然只是一个乡下姑娘,但我们这位公子偏好乖僻的事情,所以用心听在耳朵里了。”

回进寺里,随从人禀告:“天色不早了,疟疾看来已经痊愈。请早早回驾返京。”但那老僧劝道:“恐有妖魔附缠贵体,最好今夜再静静地在此诵经祈祷一番,明天回驾,如何?”随从人都说:“这话说得是。”源氏公子自己也觉得这种旅宿难得经验到,颇感兴味,便说:“那么明天一早动身吧。”

春天日子很长,源氏公子旅居无事,便乘暮霭沉沉的时候,散步到坡下那所屋宇的茅垣旁边。他叫别的随从都回寺里去,只带惟光一人。向屋内窥探一下,正好窥见向西的一个房间里供着佛像,一个修行的尼姑把帘子卷起些,正在佛前供花。后来她靠着室中的柱子坐下,将佛经放在一张矮几上,十分辛苦地念起经来。看她的样子,不是一个平凡的人。年纪约有四十光景,肤色皙白,仪态高贵,身体虽瘦,而面庞饱满,眉清目秀。头发虽已剪短[1],反比长发美丽得多,颇有新颖之感,源氏公子看了觉得很愉快。尼姑身旁有两个相貌清秀的中年侍女,又有几个女孩走进走出,正在戏耍。其中有一个女孩[2],年约十岁光景,白色衬衣上罩着一件棣棠色外衣,正向这边跑来。这女孩的模样,和以前看到的许多孩子完全不同,非常可爱,设想将来长大起来,定是一个绝色美人。她的扇形的头发披展在肩上,随着脚步而摆动。由于哭泣,脸都揉红了。她

---

〔1〕 当时尼姑并不剃光头,但把头发剪短。

〔2〕 此女孩即紫儿,后称紫姬。

走到尼姑面前站定,尼姑抬起头来,问道:“你怎么了? 和孩子们吵架了么?”两人的面貌略有相似之处。源氏公子想:“莫非是这尼姑的女儿?”但见这女孩诉说道:“犬君[1]把小麻雀放走了,我好好地关在熏笼里的。”说时表示很可惜的样子。旁边一个侍女言道:“这个粗手粗脚的丫头,又闯祸了,该骂她一顿。真可惜呢! 那小麻雀不知飞到哪里去了,近来越养越可爱了。不要被乌鸦看见才好。”说着便走出去。她的头发又密又长,体态十分轻盈。人们称她“少纳言乳母”,大概是这女孩的保姆。尼姑说:“唉! 不懂事的孩子! 说这些无聊的话! 我这条性命今天不知道明天,你全不想想,只知道玩麻雀。玩弄生物是罪过的,我不是常常对你说的么?”接着又对她说:“到这里来!”那女孩便在尼姑身旁坐下。女孩的相貌非常可爱,眉梢流露清秀之气,额如敷粉,披在脑后的短发俊美动人。源氏公子想道:“这个人长大起来,多么娇艳啊!”便目不转睛地注视她。继而又想:“原来这孩子的相貌,非常肖似我所倾心爱慕的那个人[2],所以如此牵惹我的心目。”想到这里,不禁流下泪来。

那尼姑伸手摸摸她的头发,说:“梳也懒得梳,却长得一头好头发! 只是太孩子气,真教我担心。像你这样的年纪,应该懂事了。你那死了的妈妈十二岁上失去父亲,这时候她什么都懂得了。像你这样的人,我死之后怎样过日子呢?”说罢,伤心地哭起来。源氏公子看着,也觉得伤心。女孩虽然年幼无知,这时候也抬起头来,悲哀地向尼姑注视。后来垂下眼睛,低头默坐。铺在额上的头发光彩艳丽,非常可爱。尼姑吟诗道:

---

[1] 犬君是一个小丫鬟的名字。

[2] 指藤壶妃子。

"剧怜细草生难保，
薤露将消未忍消。"[1]

正在一旁的一个侍女听了深受感动，挥泪答诗：

"嫩草青青犹未长，
珍珠薤露岂能消？"

此时那僧都从那边走来了，对尼姑说："在这屋里，外边都窥得见。今天你为什么偏偏坐在这里呢？我告诉你：山上老和尚那里，源氏中将来祈病了，我此刻才得知呢。他此行非常秘密，我全不知道。我住在这里，却不曾过去请安。"尼姑说："呀，怎么好呢！我们这种简陋的模样，恐怕已被他的随从窥见了！"便把帘子放下。但闻僧都说："这位天下闻名的光源氏，你想拜见一下么？风采真美丽啊！像我这样看破了红尘的和尚，拜见之下也觉得世虑皆忘，却病延年呢。好，让我送个信去吧。"便听见他的脚步声。源氏公子深恐被他看见，连忙回寺。他心中想："今天看到了可爱的人儿了。世间有这等奇遇，怪不得那些好色之徒要东钻西钻，去找寻意想不到的美人。像我这样难得出门的人，也会碰到这种意外之事。"他对此事颇感兴趣。继而又想："那个女孩相貌实在俊美。不知道是何等样人。我很想要她来住在身边，代替了那个人[2]，朝朝夜夜看着她，求得安慰。"这念头很深切。

---

〔1〕 细草比喻紫姬，薤露比喻尼姑自己。薤露即草上之露。
〔2〕 指藤壶妃子。

源氏公子躺下休息。其时僧都的徒弟来了,把惟光叫出去,向他传达僧都的口信。地方狭小,不待惟光转达,源氏公子已经听到。但闻那徒弟说:"大驾到此,贫僧此刻方始闻知,应该倒屣前来请安。但念贫僧在此修行,乃公子所素知,今公子秘密微行,深恐不便相扰,因此未敢前来。今宵住宿,应由敝寺供奉,乞恕简慢。"源氏公子命惟光转复道:"我于十余日前忽患疟疾,屡屡发作,不堪其苦。经人指示,匆匆来此求治。因念此乃德隆望重之高僧,与普通僧众不同,万一治病不验,消息外传,更是对他不起。有此顾虑,所以秘密前来。我此刻即将到尊处访问。"徒弟去后,僧都立刻来了。这僧都虽然是个和尚,但人品甚高,为世人所敬仰。源氏公子行色简陋,被他见了觉得不好意思。僧都便将入山修行种种情况向公子叙述。随后请道:"敝处也是一所草庵,与此间无异;只是略有水池,或可聊供清赏。"他恳切地邀请。源氏公子想起这僧都曾经对那不相识的尼姑夸奖自己容貌之美,觉得不好意思前往。但他很想知道那可爱的女孩的情况,便决心前去投宿了。

果如僧都所言:此间草木与山上并无不同,然而布置意匠巧妙,另有一般雅趣。这时候没有月亮,庭中各处池塘上点着篝火,吊灯也点亮了。朝南一室,陈设十分雅洁。不知哪里飘来的香气[1]沁人心肺,佛前的名香也到处弥漫,源氏公子的衣香则另有一种佳趣。因此住在内室中的妇女都很兴奋。僧都为公子讲述人世无常之理,以及来世果报之事。源氏公子想起自己所犯种种罪过,不胜恐惧。觉得心中充塞了卑鄙无聊之事,此生将永远为此而忧愁苦恨,何况来世,不知将受何等残酷的果报!

---

〔1〕 中古时代贵族人家有来客时,于别室焚香,或将香炉藏在隐处,使来客但闻香气,不见香源。

想到这里,他也欲模仿这僧都入山修行了。然而傍晚所见那女孩的面影,历历在心,恋恋不忘。便问道:“住在这里的是什么人?我曾经做一个奇怪的梦,梦中向你探问此事。想不到今天应验了。”

僧都笑道:“这个梦做得很蹊跷!承公子下问,理应如实奉答,但恐听了扫兴。那位按察大纳言已经故世多年了。公子恐怕不认识这个人吧。他的夫人是我的妹妹。大纳言故世之后,这妹妹便出家为尼。近来她患病,因我不住京城,闲居在此,她便来依靠,也在此间修行。”公子又揣度着问:“听说这位按察大纳言有个女儿,她现在……啊,我并非出于好奇之心,却是正经地探问。”僧都答道:“他只有一个女儿,死了也有十来年了吧。大纳言想教这女儿入宫,所以悉心教养,无微不至。可惜事与愿违,大纳言就此去世。这女儿便由做尼姑的母亲一人抚养长大。其间不知由何人拉拢,这女儿和那位兵部卿亲王[1]私通了。可是兵部卿的正夫人出身高贵,嫉妒成性,屡次谴责,百般恐吓,使这女儿不得安居,郁郁不乐,终于病死了。‘忧能伤人’这句话,我在亲身见闻中证实了。”

源氏公子猜度:“那么,那女孩是这女儿所生的了。”又想:“这样看来,这女孩是兵部卿亲王的血统,是我那意中人的侄女,所以面貌相像。”他觉得更可亲了。接着又想:“这女孩出身高贵,品貌又端丽,幼年毫无妒忌之心,对人容易投合,我可随心所欲地教养她长大起来。”他想明确这女孩的来历,又探问:“真不幸啊!那么这位小姐有没有生育呢?”僧都答道:“病死之前生了一个孩子,也是女的,现在靠外婆抚养。但这老尼姑残年多病,照料这外孙女不免辛劳,常常叹苦呢。”源氏公子想:果然不

〔1〕此兵部卿亲王是藤壶妃子之兄。兵部卿和藤壶妃子同是后妃所生,故称为亲王。

错！便进一步开言道:“我有一个不情之请:可否相烦向老师姑商量,将这女孩托付与我抚养？我虽已有妻室,但因我对人生另有见解,与这妻子不能融洽,经常独居一室。但恐你等将我看做寻常之人,以为年龄太不相称,此事不甚妥当吧?”

僧都答道:“公子此言,实在令人感激！可是这孩子年纪太小,全不懂事,恐怕做公子的游戏伴侣也还不配呢。但凡女子,总须受人爱抚,方能成人。惟贫僧乃方外之人,此种事情不能详谈,且待与其外祖母商议之后,再行禀复。”这僧都语言冷淡,态度古板,年轻的源氏公子听了这话觉得难以为情,便不再谈下去。僧都说道:“此间近正安设佛堂,须做功德。今天初夜诵经尚未结束。结束之后,当即前来奉陪。”说罢,便上佛堂去了。

源氏公子正在烦恼之际,天忽降下小雨,山风吹来,寒气逼人,瀑布的声音也响起来了。其中夹着断断续续的诵经声,其声含糊而凄凉。即使是冥顽不灵之人,处此境地亦不免悲伤,何况多情善感的源氏公子。他左思右想,愁绪万斛,不能成眠。僧都说初夜诵经,其实夜已很深。内屋里的妇女分明尚未就寝。她们虽然行动小心谨慎,但是念珠接触矮几之声〔1〕隐约可闻。听到衣衫窸窣之声,更觉得优雅可亲。房间相去不远。源氏公子便悄悄地走到这房间门前,将围在外面的屏风稍稍推开,拍响扇子,表示招呼。里面的人料想不到,但也不便置若罔闻,便有一个侍女膝行〔2〕而前。到得门口,又倒退两步,惊诧地说:“咦！怪哉,我听错了吧。”源氏公子说:“有佛菩萨引导,即使暗中也不会走错。”这声音多

---

〔1〕　日本人是席地而坐的,坐时一肘靠在矮几上,故念珠可以触碰矮几。

〔2〕　日本女人坐时双膝下跪,坐在脚跟上。所以膝行甚便,与中国人的膝行意义不同。

么温柔优雅！那侍女觉得自己的声音相形见绌，不敢回话了。终于答道："请问公子欲见何人，幸蒙开示。"源氏公子说："今日之事，过分唐突，难怪你惊诧。须知：

自窥细草芳姿后，
游子青衫泪不干。

可否相烦通报一声？"侍女答道："公子明知此间并无可接受此诗之人，教我向谁通报呢？"公子说："我呈此诗，自有其理，务请谅解！"侍女不得已，入内通报了。那老尼姑想："啊，这源氏公子真是个风流人物。他以为我家这孩子已经知情懂事了么？可是那'细草'之句他何由知道呢？"她怀着种种疑虑，心情缭乱。但久不答诗是失礼的，便吟道：

"游人一夜青衫湿，
怎比山人衲裰寒？

我等的眼泪永远不干呢。"

侍女便将此答诗转达源氏公子。公子说："如此间接传言通问，我从未经历，颇感不惯。但愿乘此良机，拜见一面，郑重申诉。不胜惶恐待命之至。"侍女反报，老尼姑说："公子想必有所误解了。我觉得很难为情，对这位高贵人物，教我怎么回答呢？"众侍女说："若不会面，深恐见怪。"老尼姑说："说得有理。我若是年轻人，确有不便之处；老身何必回避？来意如此郑重，甚不敢当。"便走到公子近旁。源氏公子开言道："小生唐突奉访，难免轻率之罪！但衷心耿耿，并无恶意。我佛慈悲，定蒙鉴察。"

他看见这老尼姑道貌岸然,气度高雅,心中不免畏缩,要说的话,急切不能出口。老尼姑答道:“大驾降临,真乃意外之荣幸。复蒙如此不吝赐教,此生福缘非浅!”源氏公子说:“闻尊处有无母之儿,小生愿代其母,悉心抚育,不知能蒙惠许否?小生孩提之年,即失慈亲,孤苦度日,以至于今。我俩同病相怜,务请视为天生良伴。今日得仰尊颜,实乃难得之良机。因此不揣冒昧,罄吐愚诚。”老尼姑答道:“公子此意,老身不胜感激。惟恐传闻失实,甚是遗憾。此间确有一无母之儿,依靠此衰朽之老身艰辛度日。但此儿年尚幼稚,全不解事。即使公子气度宽宏,亦决难容忍。为此未敢奉命。”源氏公子说:“凡此种种,小生均已详悉,师姑不须挂念。小生恋慕小姐,用心非寻常可比,务求谅鉴。”老尼姑以为年龄太不相称,公子不知,故发此言。因此并不开诚答复。此时僧都即将来到,源氏公子说:“罢了。小生已将心事陈明,心里就踏实了。”便将屏风拉上,回进室内。

将近破晓,佛堂里朗诵“法华忏法”[1]的声音,和山风的吼声相呼应,倍觉庄严。其中又混着瀑布声。源氏公子一见僧都,便赋诗道:

“浩荡山风吹梦醒,
静听瀑布泪双流。”

僧都答诗道:

“君闻风水频垂泪,

〔1〕《法华经》是佛经之一。演诵《法华经》的仪式作法,叫做“法华忏法”。

我老山林不动心。

想是听惯了之故吧?”天色微明,朝霞绮丽。山鸟野禽,到处乱鸣。不知名的草木花卉,五彩斑斓,形如铺锦。麋鹿出游,或行或立。源氏公子看了这般景色,颇感新奇,浑忘了心中烦恼。那老僧年迈力衰,行动困难,但也勉为其难,下山来替公子作护身祈祷。他念陀罗尼经文〔1〕,那嘶哑的声音从零落的牙齿缝隙中发出,异常微妙而庄严。

京中派人前来迎接,庆祝公子疟疾痊愈。宫中的使者也来到了。僧都办了俗世所无的果物,又穷搜远采,罗致种种珍品,为公子送行。他说:“贫僧立下誓愿,今年不出此山,因此未能远送。此次匆匆拜见,反而增人离思。”便向公子献酒。公子答道:“此间山水美景,使我恋恋不舍。只因父皇远念,我心惶恐,理应早归。山樱未谢之时,当再前来访晤。

归告宫人山景好,
樱花未落约重游。”

此时公子仪态优美,声音也异常清朗,见者无不目眩神往。僧都答诗道:

“专心盼待优昙华〔2〕,
山野樱花不足观。”

---

〔1〕 陀罗尼是佛语,意思是总持,即具足众德。

〔2〕 优昙华是佛经中一种想象的花,每隔三千年,佛出世时,开花一次。此处用以比喻源氏。

源氏公子笑道:"这花是难得开的,不容易盼待吧。"老僧受了源氏公子赏赐的杯子,感激涕零,仰望着公子吟道:

"松下岩扉今始启,
平生初度识英姿。"

这老僧奉赠公子金刚杵[1]一具,以为护身之用。僧都则奉赠公子金刚子数珠[2]一串,是圣德太子[3]从百济取得的,装在一只也是从百济来的中国式盒子里,盒子外面套着镂空花纹袋子,结着五叶松枝。又奉赠种种药品,装在绀色琉璃瓶中,结着藤花枝和樱花枝。这些都是与僧都身份相称的礼物。

源氏公子派人到京中去取来种种物品,自老僧以至诵经诸法师,皆有赏赐。连当地一切人夫童仆都受得布施。正在诵经礼佛,准备回驾之时,僧都进入内室,将源氏公子昨夜委托之事详细转达老尼姑。老尼姑说:"不论是否,目下未便草草答复。倘公子果有此意,也须过四五年再作道理。"僧都如实转告,公子郁郁不乐,便派僧都身边的侍童送诗与老尼姑:

"昨宵隐约窥花貌,
今日游云不忍归。"

---

〔1〕 金刚杵是密教用的佛具之一,用金属制,状似匕首,两端尖锐。

〔2〕 金刚子是印度产的一种乔木,其果实之核可作数珠。

〔3〕 圣德太子(公元574—622年)是推古天皇的太子,曾努力输入外国文化,提倡佛教。

老尼姑答诗云:

"怜花是否真心语?
且看游云幻变无。"

趣致高超优雅,却故作随意挥洒之笔。

源氏公子正欲命驾启程之际,左大臣家众人簇拥着诸公子前来迎接了。众人说:"公子没有说明到什么地方去,原来在此!"公子所特别亲近的头中将及其弟左中弁,以及其他诸公子,先后来到。他们恨恨地对源氏公子说道:"这等好去处,你没有约我们同来取乐,太无情了!"源氏公子道:"此间花荫景色甚美,若不稍稍休憩而匆匆归去,未免遗憾。"便相将在岩石荫下青苔地上环坐,举杯共饮。一旁山泉轻泻,形成瀑布,饶有佳趣。头中将探怀取出笛来,吹出一支清澄的曲调。左中弁用扇子按拍,唱出催马乐"闻道葛城寺,位在丰浦境……"之歌[1]。这两人都是矫矫不群的贵公子。而源氏公子病后清减,倦倚岩旁,其丰姿之秀美,盖世无双,使得众人注视,目不转睛。有一个随从吹奏筚篥,又有吹笙的风流少年。僧都亲自抱了一张七弦琴来,对公子说:"务请妙手操演一曲,如蒙俯允,山鸟定当惊飞。"他恳切地劝请。源氏公子说:"心绪紊乱,深恐不能成声。"但也适当地弹了一曲,然后偕众人一同上道。

公子去后,此间无知无识的僧众及童孺,也都伤离惜别,叹息流泪;何况寺中老尼姑等人,她们从来不曾见过如此俊秀的美男子;相与赞叹

---

〔1〕 催马乐《葛城》全文:"闻道葛城寺,位在丰浦境。寺前西角上,有个梗叶井。白玉沉井中,水底深深隐。此玉倘出世,国荣家富盛。"见《续日本纪》。

道:“这不像个尘世间的人。”僧都也说:“唉,如此天仙化人,而生在这秽浊扶桑的末世,真乃何等宿缘! 想起了反而令人心悲啊!”便举袖拭泪。那女孩的童心中,也赞慕源氏公子的美貌。她说:“这个人比爸爸还好看呢!”侍女们说:“那么,姑娘做了他的女儿吧!”她点点头,仿佛在想:“若得如此,我真高兴!”此后每逢弄玩具娃娃或画画,总是假定一个源氏公子,替他穿上美丽的衣服,真心地爱护他。

且说源氏公子回京,首先入宫参见父皇,将日来情状禀告。皇上看见公子消瘦了许多,甚是担心,便探问老僧如何祈祷、治病,如何奏效等情况。公子一一详细复奏。皇上说:“如此看来,此人可当阿阇梨了。他的修行功夫积得如此之深,而朝廷全未闻知。”对这老僧十分重视。此时左大臣入宫觐见。他见了源氏公子,对他说道:“本来我也想到山中迎接,听说公子是微行的,恐有不便,因此未果。今后当静静地休息一两天。”接着又说:“现在我就送你回邸吧。”源氏公子不想赴葵姬家,但情不可却,只得退朝前往。左大臣将自己的车子给源氏公子乘坐,自己坐在车后。源氏公子体察左大臣如此体贴入微的一片苦心,心中不胜抱歉。

左大臣家知道源氏公子即将返邸,早有准备。源氏公子久不到此,但见洞房清宫,布置得犹如玉楼金屋,万般用品,无不齐备。但葵姬照例躲避,并不立刻出来迎接。经左大臣百般劝诱,好容易出来相见。然而只是正襟危坐,身体一动也不动。端正严肃,犹如故事画中的美女。公子想道:“我想罄谈胸中观感,或叙述山中见闻,但愿有人答应,共同欣赏才好。可是这个人不肯开诚解怀,一味疏远冷淡。相处年月越久,彼此隔阂越深,真教人好生苦闷!”便开言道:“我希望看到你偶尔也能有家常夫妇亲睦之相,至今未能如愿。我近日患病,痛苦难堪。你对我绝不理睬,向来如此,原不足怪,但心中不免怨恨。”葵姬过了一会才答道:“你也知道不理睬是痛苦的么?"说着,向他流目斜睇,眼色中含有无限娇羞,颜面上显出高贵之美。公子说:"你难得说话,一开口就教人吃惊。'不理睬是痛苦的',是情妇说的话,我们正式夫妻是不该说的。你一向对我态度冷淡,我总希望你回心转意,曾经用尽种种方法。可是你越来越嫌恶我了。罢了罢了,只要我不死,且耐性等候吧。"说罢,便走进寝室去了。但葵姬并不立刻进去。公子已经倦于谈话,叹息数声,便解衣就寝。心绪不快,不欲再与葵姬交语,便装作想睡的样子,却在心中寻思世间种种事情。

他想:"那个细草似的女孩,长大起来一定非常可爱。但老尼姑以为年龄不称,也是有理之言。现在要向她求爱,倒是一件难事。我总得想个法子,轻松愉快地将她迎接到这里来看着她,可以朝朝暮暮安慰我心。她的父亲兵部卿亲王,品貌的确高尚优美。但并无艳丽之相。何以此人生得如此艳丽,使人一望而知其为藤壶妃子的同族呢？想是同一母后血统之故吧?"因有此缘,更觉恋恋不舍,便呕心沥血地考虑办法。

次日,源氏公子写信给北山的老尼姑。另有一信给僧都,也约略谈及此事。给老尼姑的信中说道:"前日有请,未蒙惠允。因此惶恐,不敢详诉衷情,实甚遗憾。今日专函问候。小生此心,实非寻常之人可比。倘蒙俯察下怀,三生有幸。"另附一张打成结的小纸,上面写道:

"山樱倩影萦魂梦,
无限深情属此花。

常恐夜风将此花吹散也。"手笔之秀美,自不必说。只此小巧的包封,在这老年人看来也觉得香艳绮丽,令人目眩。老尼姑收到了这封信,甚是狼狈,不知如何答复才好。终于写了回信:“前日偶尔谈及之事,我等视为一时戏言。今蒙特地赐书,教人无可答复。外孙女年龄幼稚,连《难波津之歌》[1]也还写不端正,其实难于奉命。况且:

山风多厉樱易散,
片刻留情不足凭。

这一点教人担心。”僧都的回信,旨趣与老尼姑大致相同。源氏公子好生不乐。

过了两三天,公子召见惟光,吩咐道:“那边有一个人,叫做少纳言乳母的,你去找她,同她详细谈谈。”惟光心中想道:“我这主子在女人上面的用心,真是无孔不入啊!连这无知无识的黄毛丫头也不肯放过。”他回想那天傍晚隐约看到的那女孩的模样,心里觉得好笑。便带了公子的信去见那僧都。僧都蒙公子特地赐书,心甚感激。惟光便提出要求,和少纳言乳母会了面。他把公子的意思,以及自己所看到的大体情况,详详细细地告诉了这乳母。惟光原是个能言善辩之人,这番话说得头头是道。但是老尼姑那里的人都想:姑娘实在是个毫不懂事的小孩,源氏公子为什么对她用心呢?大家觉得奇怪。源氏公子的信写得非常诚恳,其中说道:“她那稚拙的习字,我也想看看。”照例另附一张打成结的小纸,上面写道:

---

[1] 昔日日本儿童习字之初,必书《难波津之歌》。歌云:“辽阔难波津,寂寞冬眠花;和煦阳春玉,香艳满枝桠。”难波津是古地名,今大阪。

“相思情海深千尺，
却恨蓬山隔万重。”

老尼姑的答诗是：

“明知他日终须悔，
不惜今朝再三辞。”

惟光带了回信，如实复告源氏公子：“且待老尼姑病愈，迁回京邸之后，再行奉复。”源氏公子心中怅惘。

却说那藤壶妃子身患小恙，暂时出宫，回三条娘家休养。源氏公子看见父皇为此忧愁叹息，深感不安。但一方面又颇想乘此良机，与藤壶妃子相会。因此神思恍惚，各恋人处都无心去访。无论在宫中或在二条院私邸，总是昼间闷闷不乐，沉思梦想，夜间则催促王命妇[1]，要她想办法。王命妇用尽千方百计，竟不顾一切地把两人拉拢了。此次幽会真同做梦一样，心情好生凄楚！藤壶妃子回想以前那桩伤心之事，觉得抱恨终天，早已决心誓不再犯；岂料如今又遭此厄，思想起来，好不愁闷！但此人生性温柔敦厚，腼腆多情。虽然伤心饮恨，其高贵之相终非常人可比。源氏公子想道：“此人身上何以毫无半点缺陷呢？”他觉得这一点反而令人难以忍受了。虽然相逢，匆促之间岂能畅叙？惟愿永远同宿于暗夜之中。但春宵苦短，转瞬已近黎明。惜别伤离，真有“相见争如不见”之感。公子吟道：

---

〔1〕 以后文看王命妇以前曾经引导源氏与藤壶妃子幽会过。

"相逢即别梦难继，
但愿融身入梦中。"

藤壶妃子看见他饮泪吞声之状,深为感动,便答诗云:

"纵使梦长终不醒，
声名狼藉使人忧。"

她那忧心悄悄之状,实在引人同情,教人怜惜。此时王命妇已将公子的衣服送来,催他回去了。

源氏公子回到二条院私邸,终日卧床饮泣。写了慰问信送去,王命妇回来说她是照例不看的。此虽是常有之事,但公子心中更增烦恼。他只是茫茫然地沉思冥想,宫中也不去朝觐,在私邸笼闭了两三天。想起父皇或许会担心他又生病了,心中不免惶恐。藤壶妃子也悲叹自己命苦,病势加重了。皇上屡次遣使催她早日回宫,但她无意回去。她觉得此次病状与往常不同,私下寻思:莫非是怀孕了? 心中更觉烦闷,不知今后如何是好,方寸缭乱了。

到了夏天,藤壶妃子更加不能起床了。她怀孕已有三个月,外表已可分明看出。众侍女也都谈起。但妃子对此意外宿缘,只觉得痛心。别人全然不知道底细,都惊诧道:"有喜三个月了,为什么还不奏闻?"此事藤壶妃子自己心中分明知道。此外只有妃子的乳母的女儿弁君,因经常服侍入浴,妃子身上一切情况她都详细知道;还有牵线的王命妇当然知道。她们都觉得此事不比寻常,但也不敢互相谈论。王命妇想起自己的牵线造成了这样的结果,觉得这也是不可避免的前世宿缘,人的命运真不可知啊！向宫中奏闻，只说因有妖魔侵扰，不能立刻看出怀孕征候，所以迟报。外人都信以为真。皇上知道妃子怀孕，更加无限地怜爱她了。问讯的使者不绝于路。藤壶妃子只是忧愁惶恐，镇日耽于沉思。

却说中将源氏公子做了一个离奇古怪的梦，便召唤占梦人前来，叫他详梦。岂知判语是公子所意想不到的怪事[1]。那占梦人又说："此福缘中含有凶相，必须谨防。"源氏公子觉得此事不妙，便对占梦人说："这不是我做的梦，是别人做的梦。在你的判语尚未应验之前，决不可向外人宣扬！"他心中却想："到底是怎么一回事？"从此心绪不宁。后来听到了藤壶妃子怀孕的消息，方才悟道："原来那梦所暗示的是这件事！"他觉得更加恋恋不舍，便千言万语地嘱托王命妇，要和妃子再见一面。但王命妇想起了以往的事，心中异常恐惧。况且今后行事更加困难，竟毫无办法。以前源氏公子还可偶尔得到妃子片言只语的回音，此后完全音信断绝了。

到了七月里，藤壶妃子回宫。久别重逢，皇上见了她觉得异常可爱，恩宠不可限量。她的腹部稍稍膨大，因怀孕呕吐而面容消瘦，然而另有一种无可比拟的娇艳之相。皇上照旧朝朝夜夜住在藤壶妃子宫中。时值早秋，管弦丝竹之兴渐渐浓厚起来，便时时宣召源氏公子来御前操琴吹笛。源氏公子努力隐忍，然而不可遏制的热情不免时时外露。藤壶妃子暗察他的心事，好生怜惜，心中便有无限思量。

且说北山僧寺里的老尼姑，病情好转，回京城来了。源氏公子探得了她的住处，时时致信问候。老尼姑的回信总是谢绝之辞，这也是当然之理。近几月来，为了藤壶妃子之事，源氏公子心事重重，无暇他顾，所

---

〔1〕 指源氏应作天子之父。

以平安无事地过去了。到了暮秋时分,源氏公子寂寞无聊,常常忧愁叹息。有一天月白风清之夜,难得心情好转,便出门去访问他的情妇。天空忽然降下一番时雨。要去的地方是六条京极,从宫中到那里,似觉路程很远。途中看见一所荒芜的邸宅,其中古木参天,阴气逼人。一向刻不离身的惟光言道:“这便是已故按察大纳言[1]的邸宅。前些日子我因事经过此地,乘便进去访问,听那少纳言乳母说:那老尼姑身体衰弱,毫无希望了。”源氏公子说:“很可怜啊!我该去慰问一下,你为什么不早点告诉我呢?现在就叫人进去通报吧。”惟光便派一个随从进去通报,并且吩咐他:但言公子是专诚来访的。随从走进去,对应门的侍女说:“源氏公子专诚前来拜访师姑。”侍女吃惊地答道:“啊呀,这怎么好呢!师姑近日病势沉重,不能见客呀!”但她又想:就此打发他回去,毕竟是失礼的。便打扫起一间朝南的厢房来,请公子进来坐憩。

侍女禀告公子:“敝寓异常秽陋,蒙公子大驾光临,多多委屈了!仓促不及准备,只得就在此陋室请坐,乞恕简慢之罪!”源氏公子觉得这地方的确异乎寻常。便答道:“我常想前来问候。只缘所请之事,屡蒙见拒,故尔踌躇未敢相扰。师姑玉体违和,我亦未能早悉,实甚抱歉。”老尼姑命侍女传言道:“老身一向疾病缠绵。今大限将至,猥蒙公子亲临慰问,不能亲起迎候为歉。前所嘱一节,倘公子终不变心,则且待年事稍长之后,定当令其前来忝列后房。老身弃此伶仃弱女而去,亦不能瞑目往生西方也。”老尼姑的病房离此甚近,她那凄凉的话声,源氏公子断断续续地听到。但听见她继续说道:“真不敢当啊!要是这孩子到了答谢的年龄就好了。”源氏公子听了这话,颇为感动,便说:“若非情谊深挚,我岂

[1] 是紫姬的外祖父,老尼姑的丈夫。

肯抛头露面,在人前做此热狂之态? 不知有何宿缘,偶尔一见,便倾心相慕。此真不可思议之事,定是前生早有注定也。”接着又说:“今日特地奉访,倘就此辞去,未免扫兴。但愿一闻小姐天真烂漫之娇音,不知可否?”侍女答道:“此事实难奉命,姑娘无知无识,目下正在酣睡呢。”

此时但闻邻室足音顿顿,传来说话的声音:“外婆,前些日子到寺里来的那个源氏公子来了! 您为什么不去见他?”众侍女困窘了,连忙阻止她:“静些儿!”紫儿却说:“咦? 外婆说过的:‘见了源氏公子,病就好起来了。’所以我告诉她呀!”她这样说,自以为学会了一句聪明话。源氏公子听了觉得很有意思,但恐众侍女无以为颜,只装作没听见。他郑重地说了一番问候的话,即便告辞。心中想道:“果然还是一个全不懂事的孩子。但以后可以好好地教养起来。”

次日,源氏公子写了一封诚恳的信去慰问。照例附着一张打成结的小纸,上面写道:

“自闻雏鹤清音唤,
苇里行舟进退难。

所思只此一人。”他故意模仿孩子的笔迹,却颇饶佳趣。众侍女说:“这正好给姑娘当习字帖呢。”少纳言乳母代为复信道:“辱承慰问,不胜感戴。师姑病势转重,今日安危难测,现已迁居山寺。眷顾之恩,恐只能于来世报答了!”源氏公子看了回信不胜惆怅。此时正值衰秋夕暮,源氏公子近来为了藤壶妃子之事,心绪缭乱。紫儿与藤壶妃子有血统关系,因此他的谋求之心更加热切了。他回想起老尼姑吟“薤露将消未忍消”那天傍晚的情况,觉得这紫儿很可怜爱。转念一想,求得之后,是否会令人失

望,心中又感不安。便独吟道:

　　“野草生根通紫草,
　　何时摘取手中看?”[1]

到了十月里,皇上即将行幸朱雀院离宫。当天舞乐中的舞人,都选用侯门子弟、公卿及殿上人中长于此道之人。故自亲王、大臣以下,无不忙于演习,目不暇给。源氏公子也忙于演习。忽然想起了迁居北山僧寺的老尼姑,许久不曾通信,便特地遣使前去问候。使者带回来的只有僧都的信,信中说道:“舍妹终于上月二十日辞世。会者必离,生者必灭,固属人世之常道。然亦良可悲悼。”源氏公子看了此信,痛感人生之无常。他想起老尼姑所悬念的那个女孩,不知怎么样了。孤苦无依,定然恋念这已死的外祖母吧。他和自己的母亲桐壶更衣永别时的情状,虽然记忆不清,还可隐约回想。因此他对这紫儿十分同情,诚恳地遣使吊唁。少纳言乳母答谢如仪。

紫儿忌期过后[2],从北山迁回京邸。源氏公子闻此消息,便在几天之后择一个闲暇的黄昏,亲自前去访问。但见邸内荒凉沉寂,人影寥寥,想见那可怜的幼女住在这里多么胆怯啊!少纳言乳母照例引导公子到朝南的那间厢房里请坐,啼啼哭哭地向公子详述姑娘孤苦伶仃之状,使得公子涕泪满襟。少纳言乳母说:“本当送姑娘到她父亲兵部卿大人那里去。可是已故的老太太说:‘她妈妈生前认为兵部卿的正妻冷酷无情。

---

〔1〕 野草比喻紫儿,紫草比喻藤壶妃子。两人有姑侄关系,故曰“根通”。紫儿这个名字,便是根据这首诗来的。

〔2〕 外祖母的丧服三个月,忌期三旬。

现在这孩子既非全然无知无识,却又未解人情世故,正是个不上不下之人。将她送去,教她夹在许多孩童之间,能不受人欺侮?’老太太直到临死还为此事忧愁叹息呢。现在想来,可虑之事的确甚多。因此之故,承蒙公子不弃,有此一时兴到之言,我等也顾不得公子今后是否变心,但觉在此境况之下的确很可感谢。只是我家姑娘娇戆成性,不像那么大年纪的孩子,只有这一点放心不下。”源氏公子答道:“我几次三番表白我的衷心诚意,决非一时兴到之言,你又何必如此过虑呢?小姐的天真烂漫之相,我觉得非常可怜可爱。我确信此乃特殊之宿缘。现在勿劳你等传达,让我和小姐直接面谈,如何?

弱柳纤纤难拜舞,
春风岂肯等闲回?

就此归去,岂不扫兴?”少纳言乳母说:“孤负盛情,不胜惶恐。”便答吟道:

“未识春风真面目,
低头拜舞太轻狂。

此乃不情之请!”源氏公子看见这乳母应对如流,心情略觉畅快,便朗吟“犹不许相逢”的古歌[1]。歌声清澈,众青年侍女听了感入肺腑。

此时紫儿为恋念外祖母,正倒在床上哭泣。陪伴她玩耍的女童对她说:“一个穿官袍的人来了。恐怕是你爸爸呢。”紫儿就起来,走出去看。

---

〔1〕 此古歌载《后撰集》,歌云:“焦急心如焚,无人问苦衷。经年盼待久,犹不许相逢。”

她叫着乳母问道:“少纳言妈妈！穿官袍的人在哪里？是爸爸来了么?”她一边问,一边走近乳母身边来,其声音非常可爱。源氏公子对她说:“不是爸爸,是我。我也不是外人。来,到这里来!”紫儿隔帘听得出这就是上次来的那个源氏公子。认错了人,很难为情,便依傍到乳母身边去,说:“去吧,我想睡觉。”源氏公子说:“你不要再躲避了。就在我膝上睡觉吧。来,走近来些!”少纳言乳母说:“您看,真是一点也不懂事的。”便将这小姑娘推近源氏公子这边去。紫儿只是呆呆地隔着帷屏坐着。源氏公子把手伸进帷屏里,摸摸她的头发。那长长的头发披在软软的衣服上,柔顺致密,感觉异常美好。他便握住了她的手。紫姬看见这个不相熟的人如此亲近她,畏缩起来,又对乳母说:“我想睡觉呀!”用力把身子退进里面。源氏公子便乘势跟着她钻进帷屏里面去,一面说:“现在我是爱护你的人了,你不要讨厌我!”少纳言乳母困窘地说:“啊呀,太不像样了！无论对她怎样说,都没有用的啊。”源氏公子对乳母说:“对她这样年幼的人,我还能把她怎样呢？只是要表白我的一片世间无例的真心。”

天上下雪珠了,风猛烈起来,夜色十分凄惨。源氏公子说:“如此人迹稀少、荒凉寂寞的地方,如何住得下去!”说着,流下泪来,竟不忍抛舍而去,便对侍女们说:“把窗子关起来！今夜天气可怕,让我也来值夜吧。大家都到这里来陪伴姑娘!”便像熟人一般抱了这小姑娘走进寝台的帐幕里去了。众侍女看了都发呆,觉得这真是意想不到的怪事！尤其是那个少纳言乳母,她觉得情形不妙,非常担心。但又不便声张,只有唉声叹气。这小姑娘心里害怕得很,不知如何是好,浑身发抖,那柔嫩的肌肤感到发冷。源氏公子看到这状态,觉得也很可爱。他紧紧地抱住这个仅穿一件夹衫的小姑娘,自己心中却有一种异乎寻常的感觉,便轻言细语地对她说:“你到我那里去吧。我那里有许多美丽的图画,还有许多玩偶。”

他讲的都是孩子们爱听的话,态度非常温存。因此紫儿的幼小的心渐渐地不感到害怕了;可是总觉得很狼狈。她不能入睡,只是局促不安地躺着。

狂风通夜不息。众侍女悄悄地互相告道:“今晚如果源氏公子不来,我们这里多么害怕!要是姑娘年纪和公子相称,多么好呢!”少纳言乳母替姑娘担心,紧紧地坐在她身旁。后来风渐渐停息了。源氏公子要在天没有亮之前回去,此时他心中觉得仿佛是和情人幽会之后一般。便对乳母说:“我看了姑娘的样子,觉得非常可怜。尤其是现在,我觉得片刻也舍不得她了。我想让她迁居到我二条院的邸内来,好朝夜看到她。这种地方怎么可以常住呢?你们真好大胆!”乳母答道:“兵部卿大人也说要来迎接她去。且过了老太太断七[1]之后再说吧。”公子说:“兵部卿虽然是她父亲,可是一向分居,全同他人一样生疏吧。我今后一定做她的保护人。我对她的爱,比她父亲真心得多呢。”他说过之后,摸摸紫儿的头发,起身告辞,还是屡次回头,依依不忍遽去。

门外朝雾弥漫,天空景色幽奇,遍地浓霜,一白无际。源氏公子对景寻思:此刻倘是真的幽会归来,这才够味。但现在终觉美中不足。他想起了一个极秘密的情妇,她家就在这归途上。便在那里停车,叫人去敲门。然而里面没有人听见。计无所出,便叫一个嗓子好些儿的随从在门外唱起诗歌来:

“朝寒雾重香闺近,
岂有过门不入人?”

---

〔1〕 断七,即人死后七七四十九日。

连唱了两遍,里面走出一个口齿伶俐的侍女来,回答道:

“雾重朝寒行不得,
蓬门不锁任君开。”

吟毕就进去了。以后不再有人出来。源氏公子觉得就此回去,不免乏味。然而天色渐明,教人见了不便,就不进门去,匆匆回二条院了。

源氏公子回到私邸之后,躺在床上回想那个可爱的人儿,觉得非常留恋,便独自微笑。睡到日高三丈,方才醒来。决定写信慰问紫儿。但这信与寻常不同,时时搁笔寻思,好容易写成。附赠几幅美丽的图画。

且说正在这一天,紫儿的父亲兵部卿亲王来探望她了。这邸宅比往年更加荒芜,广厦深宫,年久失修,屋多人少,阴气逼人。父亲环顾四周,慨然地说:“这种地方,小孩一刻也不能留的。还是到我那边去吧。那边万事都很方便:乳母有专用的房间,可以安心服侍;姑娘有许多孩子作伴,不致寂寞。一切都很舒服。”他唤紫儿到身边来。源氏公子身上的衣香沾染在紫儿身上,气味非常馥郁。父亲闻到了这香气,说道:“好香啊!可惜这衣服太旧了。”他觉得这女孩很可怜。接着又说:“她好几年和患病的老太太住在一起。我常常劝老太太将她送到我那边去,也好和那边的人熟悉些。可是老太太异常嫌恶我家,始终拒绝。于是我家那个人心中也不快了。到这时候才送去,其实反而不体面呢。”少纳言乳母说:“请大人放心。目前虽然寂寞,也是暂时之事,不须挂念。且待姑娘年事稍长,略解人情世故,再迁居府上,较为妥善。”又叹一口气说:“姑娘日夜想念老太太,饮食也少进了。”紫儿的确瘦损了不少,然而相貌反而清秀艳丽了。兵部卿对她说:“你何必如此想念外祖母?现在她已经不是这世间的人了,悲伤有什么用处呢？有我在这里,你可放心。”天色渐暮,兵部卿准备回去了。紫儿啼啼哭哭,依依不舍。做父亲的也不免流下同情之泪,再三地安慰她:“千万不要这么想不开！我不久就来迎接你!”然后回去。

父亲去后,紫儿不堪寂寞,时常哭泣。她还不懂得考虑自己身世问题。她只是记念外婆,年来时刻不离左右,今后永远不能再见,想起了好不伤心！虽然还是个孩子,也不免愁绪满怀,日常的游戏都废止了。白昼还可散心,暂时忘忧;到了晚上,便吞声饮泣。少纳言乳母安慰乏术,只得陪着她哭,并且悲叹:“照此情况,日子如何过得下去!”

源氏公子派惟光前来问候。惟光转述公子的话道:“我本当亲自前来问候,只因父皇宣召,未能如愿。但每逢想起凄凉之状,不胜痛心。”又命惟光带几个人来值宿。少纳言乳母说:“这太不成话了！虽然他们在一起睡只是形式而已,可是一开始就如此怠慢,也太荒唐了。倘被兵部卿大人得知,定将责备我们看护人太不周到呢！姑娘啊,你要当心！爸爸面前切勿谈起源氏公子的事!”然而紫儿全然不懂这话的意思,真是天可怜见！少纳言乳母便把紫儿的悲苦身世讲给惟光听,后来又说:“再过些时光,如果真有宿缘,定当成就好事。只是目前实在太不相称;公子如此想念她,真不知出于何心,我百思不得其解,心中好生烦恼！今天兵部卿大人又来过了,他对我说:‘你要好好地照顾她,千万不可轻举妄为!’经他这么一嘱咐,我对源氏公子这种想入非非的行径,也就觉得更加为难了。”说到这里,她忽然想起:如果说得太过分了,深恐惟光竟会疑心公子和姑娘之间已经有了事实关系,倒是使不得的。因此她不再那么哀叹了。惟光确也莫名其妙,不知二人之间究竟是怎么回事。

惟光回二条院,将此情况禀复公子,公子觉得十分可怜。但他又想:

自己亲自常去问候,到底不合适;况且外人知道了也将批评我轻率。想来想去,只有迎接她到这里来最好。此后他常常送信去慰问。

有一天傍晚,又派那个惟光送信去。信中说:“今夜我本当亲自前来探望,因有要事,未能如愿。你们将怪我疏远么?”少纳言乳母对惟光说:“兵部卿大人突然派人来言:明天就要迎接姑娘到那边去。因此我心中乱得很。这长年住惯的破屋,一朝要离去,到底也有点不忍。众侍女也都心慌意乱了。”她草草地应对,并没有好好地招待他。惟光看见她们手忙脚乱地缝衣服,整理物件,觉得也不便久留,便匆匆回去报命。此时源氏公子正住在左大臣家。葵姬并不立刻出来相见。源氏公子心中不快,姑且弹弹和琴,吟唱“我在常陆勤耕田……”的风俗歌〔1〕。歌声优美而飘荡。正在这时候惟光来了。他便唤他走近,探问那边情况。惟光回话“如此如此”,源氏公子心中着急。他想:“迁居兵部卿家之后,我倘特地前去求婚,并且要迎接她来此,这行径未免太轻薄了。倘不告诉他,擅自把她迎接来此,也不过受到一个盗取小孩的恶评罢了。好,我就在她迁居以前暂时教乳母等保密,把她迎接到这里来吧!”便吩咐惟光:“天亮以前,我要到那边去。车子的装备就照我到这里来时一样,随身带一两人够了。”惟光奉命而去。

源氏公子独自寻思:“怎么办呢?外人得知了,自然会批评我轻薄吧。如果对方年龄相当,已经懂得男女之情,那么外人会推想那女的和我同心,这就变成世间常有之事,不足怪了。可是现在并不如此,怎么办呢?况且如被她父亲寻着了,很不好意思,有什么道理可说呢?”他心乱

〔1〕 风俗歌《常陆》云:“我在常陆勤耕田,胸无杂念心自专。你却疑我有外遇,超山过岭雨夜来。”

如麻。但念错过这机会,后悔莫及,便决心在天未亮之前出发。葵姬照例沉默寡言,没有一句知心话。源氏公子便对她说:“我想起二条院那边有一件紧要的事,今天非办好不可。我去一去马上回来。”便走了出来,连侍女们都没有发觉。他走到自己房间里,换上那套便服,但叫惟光一人骑马跟随,向六条出发了。

到了那里,敲敲大门,一个全不知情的仆人开了门。车子悄悄地赶进院子里。惟光敲敲房间的门,咳嗽几声。少纳言乳母听得出是他的声音,便起来开门。惟光对她说:“源氏公子来了。”乳母说:“姑娘还在睡呢。为什么深夜到这里来?”她料想公子是顺路到此的。源氏公子说:“我知道她明天要迁居到父亲那里去,在她动身以前有一句话要对她说。”少纳言乳母笑道:“有什么事情呢? 想必她会给您一个干脆的回答的!”源氏公子一直走进内室去。少纳言乳母着急了,说道:“姑娘身边有几个老婆子放肆地睡着呢!”公子管自走进去,一面说:“姑娘还没睡醒么? 我去叫她醒来吧! 朝雾景致很好,怎么不起来看看?”众侍女慌张了,连个“呀”字都喊不出来。

紫儿睡得正熟,源氏公子将她抱起唤醒。她醒过来,睡眼蒙眬地想:父亲来迎接我了。源氏公子摸摸她的头发,说:“去吧,爸爸派我来迎接你了。”紫儿知道不是父亲,慌张起来,样子非常恐怖。源氏公子对她说:“不要怕! 我也是同爸爸一样的人呀!”便抱着她走出来。惟光和少纳言乳母等都吃惊,叫道:“啊呀! 做什么呀?”源氏公子回答道:“我不能常常来此探望,很不放心,所以想迎接她到一个安乐可靠的地方去。我这番用意屡遭拒绝。如果她迁居到父亲那边去,今后就更加不容易去探望了。快来一个人陪她同行吧。”少纳言乳母狼狈地说:“今天的确不便。她父亲明天来时,叫我怎么说呢? 再过些时光,只要有缘,日后自然成功。现在突如其来,教侍从的人也为难!”源氏公子说:“好,算了,侍从的以后再来吧。”便命人把车子赶到廊下来。众侍女都惊慌地叫:“怎么办呢!”紫儿也吓得哭起来了。少纳言乳母无法挽留,只得带了昨夜替姑娘缝好的衫子,自己也换了一件衣服,匆匆上车而去。

这儿离二条院很近,天没有亮就到达,车子赶到西殿前停下了。源氏公子轻松地抱了紫儿下车。少纳言乳母说:“我心里还像做梦一样,怎么办呢?”她踌躇着不下车。源氏公子说:“随你便吧。姑娘本人已经来了,你如果要回去,就送你回去吧。”少纳言乳母没有办法,只得下车。这件事太突如其来,她吃惊之下,心头乱跳。她想:“她父亲知道了将作何感想,将怎么说呢?姑娘的前途怎么样呢?总而言之,死了母亲和外祖母,就命苦了。”想到这里,眼泪流个不住;又念今天是第一天到此,哭泣是不祥的,便竭力忍耐。

这西殿是平常不用的屋子,所以设备不周。源氏公子便命惟光叫人取帐幕和屏风来,布置一番。只要把帷屏的垂布放下,铺好席位,把应用器什安置妥帖,便可居住。再命把东殿的被褥取来,准备就寝。紫儿心中十分恐惧,四肢发抖,不知源氏公子要拿自己怎么样。总算不曾放声啼哭,只是说:“我要跟少纳言妈妈睡!”态度真同小孩一样!源氏公子便开导她:“今后不该再跟乳母睡了。”紫儿伤心得很,啼啼哭哭地睡了。少纳言乳母睡也睡不着,只是茫茫然地淌眼泪。天色渐渐明亮。她环视四周,但见宫殿的构造和装饰无限富丽,连庭中的铺石都像宝玉一般,使得她目眩神移。她身上服饰简朴,自惭形秽,幸而这里没有侍女。这西殿原是偶尔招待不大亲近的客人住宿用的,只有几个男仆站在帘外伺候。他们窥知昨夜迎接女客来此住宿,相与悄悄地谈论:“不知来的是何等样人?一定是特别宠爱的了。”

盥洗用具和早膳都送到这里来。源氏公子起身时太阳已经很高。他吩咐道:“这里没有侍女,很不方便。今天晚上选几个适当的人来此伺候。”又命令到东殿去唤几个女童来和紫儿作伴:“只拣年纪小的到这里来!”立刻来了四个非常可爱的女孩。

紫儿裹着源氏公子的衣服睡着。公子硬把她唤醒,对她说道:“你不要那样地讨厌我。我倘是个浮薄少年,哪能这样地关怀你呢?女儿家最可贵的是心地柔顺。”他已经开始教养她了。紫儿的容貌,就近仔细端相起来,比远看时更加清丽可爱。源氏公子和她亲切地谈话,叫人到东殿去拿许多美丽的图画和玩具来给她看,又做她所喜爱的种种游戏。紫儿心中渐渐高兴,好容易起来了。她身上穿着家常的深灰色丧服,无心无思地憨笑,姿态异常美丽。源氏公子看了,自己也不知不觉地跟着微笑了。源氏公子到东殿去一下,这期间紫儿走出帘前,隔帘观赏庭中的花木池塘。但见经霜变色了的草木花卉,像图画一样美丽,以前不曾见过的四位、五位的官员,穿着紫袍、红袍在花木之间不绝地来来往往,她觉得这地方确实有趣。还有室内屏风上的图画,也都很有意思。她看了很高兴,忘记了一切忧愁。

源氏公子此后两三天不进宫,专心和紫儿作伴,使她稔熟起来。他写许多字,画许多画给她看,就拿这些给她当作习字帖和画帖。他写的、画的都很精美。其中一张写的是一曲古歌:“不识武藏野,闻名亦可爱。只因生紫草,常把我心牵。”[1]写在紫色纸上,笔致特别秀丽。紫儿拿起来看看,但见旁边又用稍小的字题着一首诗:

---

〔1〕 武藏野地方多紫草,故紫草称为“武藏野草”。此古歌见《古今和歌六帖》。

"渴慕武藏野,露多不可行。

有心怜紫草,稚子亦堪亲。"[1]

源氏公子对她说:"你也写一张看。"紫儿仰望着源氏公子说:"我还写不好呢!"态度天真烂漫,非常可爱。源氏公子不由地满面堆上笑来,答道:"写不好就不写,是不好的。我会教你的。"她就转向一旁去写了。那手的姿势和运笔的方法,都是孩子气的,但也非常可爱,使源氏公子真心地感到不可思议。紫儿说:"写坏了!"羞答答地把纸隐藏起来。源氏公子抢来一看,但见写着一首诗:

"渴慕武藏野,缘何怜紫草?

原由未分明,怀疑终不了。"[2]

写得的确很幼稚,但笔致饱满,显然前途有望。很像已故的外祖母的笔迹。源氏公子看了,觉得让她临现世风的字帖,一定容易进步。书画之外,源氏公子又特地为她制造玩偶住的许多屋子,和她一起玩耍。他觉得这是最好的消遣方法。

却说留在紫儿邸宅里的众侍女,担心兵部卿亲王来问时没有话可以回答,大家很忧愁。源氏公子临走时,曾叮嘱她们"暂时不要告诉别人"。少纳言乳母也对她们这么说。因此众侍女都严守秘密。兵部卿问时,她们只说"少纳言乳母带她逃出去躲避了,去向不明。"兵部卿没有办法,心

---

〔1〕 武藏野和紫草比喻难见的藤壶妃子。稚子指与藤壶有血缘关系的紫儿。

〔2〕 此诗暗指紫儿不懂得源氏对藤壶的关系。

中猜想:"已故的老尼姑竭力反对送她到父亲处,少纳言乳母体念老太太的心愿,因此干了这越分的行为。她不好意思公开声言姑娘不便去父亲处,便自作主张悄悄地带她逃出去躲避了。"他只得挥着眼泪回去。临行时吩咐道:"倘探得了姑娘去处,立刻来报告。"众侍女都觉得很为难。

兵部卿到北山的僧都那里去探问,也毫无踪迹。他回想这女儿的秀丽的容貌,心中又挂念,又悲伤。他的夫人本来妒恨紫儿的母亲,但现在此心早已释然,颇思将紫儿领来,按自己的愿望教养她。如今未能如愿,亦感遗憾。

且说二条院西殿里,侍女渐渐地多起来。陪伴紫儿游戏的童女和幼孩,看见这一对主人都很漂亮,都很时髦,大家很高兴,无心无思地在那里游戏。源氏公子不在家时,寂寞之夜,紫儿想起了外婆,不免啼哭。但她并不怎么想念父亲。原来她从小不亲近父亲,并无可恋。现在她只是亲近这个后父似的源氏公子,镇日缠住他。每逢源氏公子从外面回来,她总是首先出去迎接,亲切地向他问长问短,投身在他怀里,毫无顾忌,毫不识羞。这真是一种异乎寻常的爱情!

如果这女孩子年龄更大些,懂得嫉妒了,那么两人之间一旦发生不快之事,男的便会担心女的是否有所误解而心怀醋意,因而对她隔膜。女的也会对男的怀抱怨恨,因而引起疏远、离异等意外之事。但是现在这两人之间无需此种顾忌,竟是一对快乐的游戏伴侣。再说,如果这孩子是亲生女儿,那么到了这年龄,做父亲的也不便肆意地亲近她,和她同寝共起。但是现在这紫儿又并非亲生女儿,无需此种顾忌。源氏公子竟把她当作一个异乎寻常的秘藏女儿。

第六回 末 摘 花[1]

话说那夕颜朝露似地短命而死,源氏公子异常悲恸,左思右想,无法自慰。虽然事过半载,始终不能忘怀。别的女人,像葵姬或六条妃子,都骄矜成性,城府甚深,丝毫不肯让人。只有这夕颜温良驯善,和蔼可亲,与他人迥不相同,实在很可恋慕。他虽遭挫折,终不自惩,总想再找一个身份不高而品貌端妍、无须顾忌的人。因此凡略有声誉的女子,没有一个不保留在源氏公子的心目中。其中稍具姿色、差强人意的人,他总得送封三言两语的信去暗示情愫;收到了信而置若罔闻或远而避之的人,几乎一个也没有。这也未免太平淡无奇了。

有的女子,态度冷酷顽强,异常缺乏情趣,过分一本正经,完全不解事理。然而这态度终于行不通,后来只得放弃素志,嫁了一个平凡的丈夫。所以,对这种女子,源氏公子起初与之交往而后来中绝的,亦复不少。他有时想起那个顽强的空蝉,心中不免怨恨。遇着适当机会,有时也写封信给轩端荻。那天晚上在灯光之下对弈时她那种娇痴妩媚之态,他至今不忘,很想再看一看。总而言之,但凡接触过的人,源氏公子始终不忘。

且说源氏公子另有一个乳母,叫做左卫门的,他对她的信任仅次于

---

〔1〕 本回的事发生在与前回相仿之时,即从源氏十八岁春天至十九岁春天。

做尼姑的大贰乳母。这左卫门乳母有一个女儿,叫做大辅命妇的,在禁中供职。她的父亲是皇族出身,叫做兵部大辅。这大辅命妇是个青年风流女子,源氏公子入宫时也常常要她伺候。她母亲左卫门乳母后来和兵部大辅离婚,改嫁筑前守,跟着他赴任地去了。因此大辅命妇依父亲而居,天天赴宫中供职。

有一天,这大辅命妇和源氏公子闲谈,偶然说起一个人来,已故的常陆亲王晚年生下一个女儿,非常疼爱,悉心教养。现在这女儿死了父亲,生涯十分孤寂。源氏公子说:“那是怪可怜的!”便向她探问详情。大辅命妇说:“品性、相貌如何,我知道得不详细。但觉这个人生性好静,对人疏远。有时晚上我去望她,她和我谈话时也隔着帷屏。只有七弦琴是她的知己朋友。”源氏公子说:“琴是三友之一〔1〕,只是最后一个对女子无缘。”接着又说:“我想听听她的琴呢。她父亲常陆亲王是此道的能手,她的手法一定也不平凡。”大辅命妇说:“也不值得您特地去听吧。”公子说:“不要搭架子!这几天春夜月色朦胧,让我悄悄地去吧。你陪我去!”大辅命妇觉得麻烦,但近日宫中空闲,春日寂寞无事,也就答应了。她的父亲兵部大辅在外面另有一所邸宅,也常常到常陆亲王的旧宅里来探望这个小姐。大辅命妇不爱和后母同住,却和这个小姐要好,常常到这里来住宿。

果如所说,源氏公子于十六日月白风清之夜来到了这邸宅里。大辅命妇说:“真不巧啊!这种月色朦胧的春夜,弹起琴来声音不清朗的。”公子说:“不妨,你去劝她弹吧,略弹几声也好。既然来了,空空地回去多么

〔1〕 三友指琴、诗、酒。白居易诗:“今日北窗下,自问何所为?欣然得三友,三友者为谁?琴罢辄举酒,酒罢辄吟诗。三友递相引,循环无已时。”

扫兴啊!”大辅命妇想起自己的房间太简陋,要公子躲在里面等候,不好意思,并且对他不起。然而也顾不得,便独自往常陆亲王小姐所居的正殿那里去了。一看,格子窗还开着,小姐正观赏庭中月下的梅花。她觉得机会很好,便开言道:“我想起您的琴弹得极好,就乘这良夜来此,想饱饱耳福。平时公事繁忙,匆匆出入,不能静心拜听,实甚遗憾。”这小姐说:“琴要弹给像你那样的知音者听才好。不过你是出入宫闱的人,我的琴怕不中听吧。”就取过琴来。大辅命妇担心:不知源氏公子听了作何感想? 她心中忐忑不安。

小姐约略弹了一会儿。琴声很悦耳,但也并无特别高明之处。原来七弦琴音色甚好,与别种乐器不同,所以源氏公子并不觉得难听。他心中有种种感想:“在这荒芜岑寂的所在,当年常陆亲王曾经遵照古风,尽心竭力地教养这小姐,可是现在已经影迹不留,这小姐住在这里好生凄凉啊! 古代小说中所描写的凄惨情景,正是发生在这种地方的吧!”他想向这小姐求爱,又觉得太唐突,难以为情,心中踌躇不决。

大辅命妇是个乖巧的人,她觉得这琴弹得并不特别好,不便教公子多听,便说道:“月亮暗起来了。我想起今晚有客人来,我不在屋里,怕会见怪。以后再从容地听吧。我把格子窗关上了,好么?”她并不劝她再弹,便回自己房里去了。源氏公子对她说:“我正想听下去,怎么不弹了?还没听出弹得怎么样,真可惜了。”看来此种气氛使他产生了兴趣,接着他又说:“反正是听了,不如让我再靠近一点听,好么?”大辅命妇但愿适可而止,便回答道:“算了吧。她这种萧条冷落的光景,走近去听岂不败兴?”源氏公子想:“这话也说得是。男人和女人初次交往就情投意合,是另一种身份的人做的事。”他对这女子颇有怜惜之意。便答道:“那么,你以后乘便先把我这点心愿告诉她。”他似乎另有密约,蹑手蹑脚地准备回去。大辅命妇便嘲笑他:“万岁爷常常说你这个人太一本正经,替你担心。我每次听到这话,总觉得好笑。你这种偷偷摸摸的样子,教万岁爷看见了,不知道他老人家怎么说呢。”源氏公子回转身来,笑道:“你又不是外人,不要这样挖苦我吧!你嫌我这种模样轻佻难看,你们女人家的轻佻模样才难看呢!”源氏公子一向认为这大辅命妇是个风骚女子,时常对她说这一类话,大辅命妇听了很难为情,默不作声了。

源氏公子正要回去,忽又想道:如果走到正殿那边,也许可以窥察这小姐的情况,便偷偷地走过去。这里的篱笆大部分已经坍损,只剩下一点点。他便走到篱笆遮隐的地方去。岂知早有一个男人站在那里。他想:“这是谁?一定是追求这位小姐的一个色情儿了。”他便躲在月光照不到的暗处。这个人是头中将。这一天傍晚,源氏公子和头中将一同从宫中退出。源氏公子不回左大臣邸,也不回二条院私邸,在途中和头中将分手了。头中将觉得奇怪,心想:“他到哪里去呢?”他自己原要去和一个情妇幽会,此时暂且不去,却跟在源氏公子后面,窥察他的行踪。头中将骑着一匹全无装饰的驽马,穿着一身家常便服,所以源氏公子不曾注意他。他看见源氏公子走进了这个意想不到的地方,心里更觉奇怪。忽然里面发出琴声,他便站着倾听。他料想源氏公子不久会出来的,所以一心站在那里等候。

源氏公子不辨此人是谁。他但愿自己不被人认出,只管踮着脚尖悄悄地退出去。头中将却走过来了,他抱怨道:“你半途上抛开了我,教我好恨!我就亲自送你到这里来了。

共见东山明月上,

不知今夜落谁家。"[1]

源氏公子听了这话有些不高兴,但看出这人是头中将,不觉失笑。讨厌地回答道:"你这把戏倒是别人所想不到的。

月明到处清光照,
试问今宵落哪边?"

头中将说:"以后我常常这样地跟着你走,怎么样?"接着又说:"老实对你说:做这种事,全靠随身者能干,才得成功。以后我经常跟着你走吧。你一人改了装偷偷地出门,难免发生意外之事呢。"他再三劝谏。源氏公子这种勾当,过去常常被头中将看破,心中很懊恼。但想起夕颜所生的那个抚子,头中将却找不到,便居功自傲,引以为快。

这晚上两人都有密约,但揶揄了一阵之后,都不去了。他们并不分手,共乘了一辆车子回左大臣邸去。月亮也解风情,故意躲入云中;两人在车中吹着笛,沿着幽暗的夜路迤逦前进。到了家门,叫前驱者不要做声,悄悄地走进屋里。在没有人的廊下脱下便衣,换上常礼服,装作刚从宫中退出的样子,拿出箫笛来吹奏。左大臣照例不肯放过此种机会,拿了一支高丽笛来和他们合奏。他擅长此道,吹得非常动听。葵姬也在帘内命侍女取出琴来,叫会弹的人操奏。其中有一个侍女叫做中务君的,善弹琵琶。头中将曾经看中她,但她不理睬,却对于这个难得见面的源氏公子始终不能忘情。两人的关系自然不能隐瞒,左大臣夫人听到了很

[1] 东山比喻宫中,明月比喻源氏。

不高兴。因此这时候中务君闷闷不乐,不便上前,没精打采地靠在角落里。然而离开很远,全然看不到源氏公子,她又觉得寂寞无聊,心中烦恼。

源氏公子和头中将想起了适才听到的琴声,觉得那所荒凉的邸宅实在古怪,便兴味津津地联想种种情状。头中将耽入空想:“这个美丽可爱的人儿孤苦伶仃地在那里度送了悠长的年月,如果我首先发现了她,依依地恋慕她,那时世人一定议论纷纷,而我也不胜相思之苦了。”又想:“源氏公子早有用心,特地去访,决不会就此罢休。”想到这里,不免妒火中烧,心情不安。

此后源氏公子和头中将都写信给这位小姐。然而都不曾收到回信。两人都等得心焦,头中将尤其着急,他想:“此人太不解风情了。如此闲居寂处之人,应该富有趣致。看到一草一木之微、风雨晦明之变,随时可以寄托情怀,发为诗歌,使读者体察其心境,因而寄与同情。无论身份何等高贵,如此过分韬晦,令人不快,毕竟是不好的。”两人本来无所不谈,头中将便问源氏公子:“你收到了那人的回信么?不瞒你说,我也试写了一封信去,可是音信全无。这女人太无礼了!”他牢骚满腹。源氏公子想:“果然不出我所料,他也在向她求爱了。”便微微一笑,答道:“唉,这个人,我本来不希望她回音。有没有收到,也记不清了。”头中将猜想公子已经收到回信,便恨那个女子不理睬他。源氏公子呢,本来对这女子并无深情,加之此人态度如此冷淡,因此早已兴味索然。现在得知头中将向她求爱,想道:“头中将能说会道,他只管去信,深恐这女人爱上了他,搭起架子来,将我这个首先求爱的人一脚踢开,这倒是很可悲的。”他便认真地嘱托大辅命妇:“那小姐音信全无,拒人于千里之外,实在教人难堪!大约她疑心我是个浮薄少年吧。我其实决不是个薄倖郎。只有女的没长心,另抱琵琶,半途里把我抛开,反而归罪于我。这位小姐无拘无束,独居一处,没有父母兄弟来干涉她。这样无须顾虑的人,实在是最可爱的。”大辅命妇答道:“这倒也不见得。你把她那里看做温柔乡,毕竟是不相称的。不过这个人腼腆含羞,谦虚沉静,倒是世间少有的美德。”她把自己所见的情况描述给公子听。公子说:“那么,她大约不是一个机敏干练的人。然而像小孩那样天真烂漫,落落大方,反而可爱。”他说这话时心中回想夕颜的模样。这期间源氏公子患了疟疾,又为了藤壶妃子那件事,怀着不可告人的忧愁,心中烦忙得没有休息的时候。一春已尽,夏天也过去了。

到了秋天,源氏公子冥想前尘,愁思萦绕。回忆去年此时在夕颜家听到的嘈杂的砧声,也觉得很可恋慕。想起常陆亲王家那位小姐很像夕颜,便时时写信去求爱。但对方依然置之不理。难道这女子是铁石心肠么？源氏公子不胜愤懑,愈加不肯就此罢休了。便督促大辅命妇,恨恨地对她说:“到底是怎么一回事？我有生以来不曾碰过这种钉子!”大辅命妇也觉得不好意思,答道:“我决不相信这段因缘真不相称。只是这位小姐的懦怯怕羞,太过分了,什么事也不敢妄为。”源氏公子说:“这是不懂得人情世故的缘故。倘是无知无识的幼儿,或者有人管束、自己不能做主的人,那么还有理由可说。如今这位小姐无拘无束,万事都可自作自主,所以我才写信去的。现在我百无聊赖,寂寞难当,如果她能体谅我的心情,给我个回音,我就心满意足了。我并不像世间一般男子那么贪色,只要能够站在她那荒芜的邸宅的廊上就好了。老是这样下去,教我狐疑满腹,莫名其妙。即使她本人不允许,总要请你想个法子,玉成好事。我决不会做出不端的行为,使你为难。”

原来源氏公子每逢听人谈起世间女子的情况,看起来似乎当作家常闲话听取,其实他牢记在心,永远不忘。大辅命妇不知道他有这个脾气,所以那天晚上寂寞无聊,闲谈中偶逢机缘,随随便便地说起“有这样的一个人”。不料源氏公子如此认真,一直同她纠缠不清,她实在觉得有些困窘。她顾虑到:“这小姐相貌并不特别漂亮,和源氏公子不大相称。如果硬把两人拉拢了,将来小姐发生不幸之事,岂非反而对不起她么?”但是她又念头一转,想道:“源氏公子如此认真地托我,我倘置之不理,也未免太顽固了。”

这小姐的父亲常陆亲王在世之日,由于时运不济,宫邸里也一向无人来访。亲王身故之后,这庭草荒芜的邸宅越发无人上门了。如今这个身份高贵、盖世无双的美男子源氏公子的芳讯常常飘进这里来,年轻的侍女们都欢喜庆幸,大家劝小姐:“总得写封回信去才是。”然而小姐惶惑不知所措,一味怕羞,连源氏公子的信也不看。大辅命妇暗自思忖:“那么,我就找个适当机会,叫两人隔帘对晤吧。如果源氏公子不喜欢她,就此罢休;如果真有缘分,就让他们暂时往来,总不会有人责怪的。”她原是个风骚泼辣的女人,就擅自决定,并不将此事告知她父亲。

八月二十过后,有一天黄昏,夜色已深,明月未出,天空中只有星光闪烁。夜风掠过松梢,其音催人哀思。常陆亲王家的小姐谈起父亲在世时的情况,不免流下泪来。大辅命妇觉得这正是个好机会了。大概是她通知源氏公子的吧,他照例偷偷摸摸地来到。月亮渐渐离开山顶,照明了这荒宅里的残垣败壁,小姐看了不免伤心。大辅命妇便劝她弹琴。琴声隐隐,亦不乏佳趣。但是这个轻佻的命妇觉得不够劲儿,她想:“弹得再时髦些才好。”

源氏公子知道这里无人看见,便自由自在地走了进去,呼唤大辅命妇。大辅命妇装作刚知道而吃惊的样子,对小姐说:“怎么办呢?那个源氏公子来了！他常常埋怨我不替他讨回信,我一直拒绝他说:‘这不是我能够做到的事情。’他总是说:‘既然如此,让我自己去向小姐诉说吧!’现在怎样打发他走呢？……他不是一般的轻薄少年,不理睬他是不好意思的。您隔着帘子听他讲讲吧。”小姐十分害羞,狼狈地说:“我不会应酬客人的呀!”只管退向里面去,竟像个小孩。大辅命妇看了笑起来,便劝导她:“您这样孩子气,真要命！不管身份何等高贵,在有父母教养的期间,孩子气还有理可说。如今您孤苦无依,还是这么不懂世故,畏首畏尾,太不成样子了。”小姐生性不愿拒绝别人的劝告,便答道:“如果不要我回答,只要听他讲讲,那么把格子窗关起来,隔着窗子相会吧。”大辅命妇说:“教他站在廊上,是不成体统的。他决不会轻举妄动,您放心吧。”她花言巧语地说服了小姐,便亲自动手,把内室和客室之间的纸隔扇关上,又在客室铺设了客人的坐位。

小姐异常困窘。要她应酬一个男客,她做梦也没有想到。然而大辅命妇如此劝告,她想来大约是应该这样的,便听她摆布。像乳母这样的老年侍女,天一黑早就到自己房间里去睡觉了。此时只有两三个年轻侍女伺候着。她们都想拜见这个世间闻名的源氏公子的美貌,大家不免动心,手忙脚乱了。她们替小姐换上较新的衣服,帮她装饰打扮。然而小姐本人似乎对这些全不在意。大辅命妇看到这情况,心中想道:“这个男子的相貌非常漂亮,现在为避人注目而改变打扮,姿态更显得优美了。要懂得情趣的人才能赏识。现在这个人全然不懂情趣,实在对不起源氏公子。”一方面又想:“只要她端端正正地默坐着,我就放心。因为这样就不至于冒失地显露缺点。”接着又想:“源氏公子屡次要我拉拢,我为了卸责,做这样的安排,结果会不会使这个可怜的人受苦呢?”她心中又觉得不安。

源氏公子正在推想小姐的人品,他认为这样的性格,比较起过分俏皮而爱出风头的人来,高雅得多。此时小姐被众侍女怂恿着,好容易膝行而前。隔着纸隔扇,公子但觉她沉静温雅,仪态万方,衣香袭人,芬芳可爱,气度好生悠闲! 他想:"果然不出我之所料。"心中十分满意。他便花言巧语地向她缕述年来相思之苦。可是相去如此之近,而全无一句答语。公子想:真是毫无办法。便叹一口气吟道:

"千呼万唤终无语,
幸不禁声且续陈。

与其若此,还不如干脆地回绝了我。不加可否,教人好苦闷也!"有一个侍女是小姐的乳母的女儿,称作侍从的,口齿伶俐,长于应对,看见小姐这般模样,心中着急,觉得太不礼貌,便走近小姐身旁,代她答复道:

"岂可禁声君且说,
缘何无语我难知。"

她把声音故意放低,说得柔媚婉转,装作小姐亲口说的模样。源氏公子听了,觉得这声音比起她的性格来,太亲昵些。但因初次听到,总觉非常可爱。便又说道:"如此,我倒反而无言可说了。

原知无语强于语,
如哑如聋闷煞人。"

他又对她讲了许多无关紧要的闲话,有时诙谐,有时庄严,然而对方始终不答一语。源氏公子想:“这样的人真奇怪。莫非她心中另有一种想法么?”就此告退,终不甘心,他便悄悄地拉开纸隔扇,钻进内室来。大辅命妇大吃一惊,她想:“这公子使人掉以轻心,然后乘人不备……”她觉得对不起小姐,便佯装不见,退回自己房里去了。

这里的青年侍女久慕源氏公子盖世无双的美貌,对他这行为都原谅,并不大惊小怪。只觉得此事突如其来,小姐不曾提防,定然十分困窘。至于小姐本人呢,只是神思恍惚,羞羞答答地躲躲闪闪。源氏公子想:“在这时候取这态度,倒是可爱的。可见她是个从小娇生惯养、还没见过世面的人。”便原谅她的缺点。可是总觉得有一种莫名其妙的异样之感,并无牵惹人情之处。失望之余,他就在深夜起身出去了。大辅命妇一直担心,不能入睡,只是睁开眼睛躺着。她想还是装作不知的好。因此听见源氏公子出去,她并不起来送客。源氏公子偷偷摸摸地走出这邸宅去了。

源氏公子回到了二条院,独自躺下寻思:“在这世间要找一个称心合意的人,真不容易啊!”他想起对方是个身份高贵的人,就此抛开了她,毕竟不好意思。他胡思乱想,心中烦恼。

这时候头中将来了,看见源氏公子还睡着,笑道:“好贪睡啊!到这时分还没起来?昨夜一定又有什么勾当了。”源氏公子只得起身,一面答道:“哪里的话!独个儿睡觉很舒畅,醒得迟了些。你此刻从宫中出来么?”头中将说:“正是,我刚从宫中出来。万岁爷即将行幸朱雀院,听说今日要选定乐人和舞人呢。我想去通知父亲一声,所以从宫中退出,乘便也来通知你一声。我马上就要进宫去的。”看他的样子很匆忙,源氏公子便说:“那么,我跟你同去吧。”便命拿早粥和糯米饭来,和客人同吃。

门前停着二辆车子;但他们两人共乘了一辆。一路上头中将总是疑心他,看看他的脸说:“瞧你的样子,还是睡眼矇眬呢。”接着又恨恨地说:“你瞒着我做的事情多着哩!”

宫中为了皇上行幸朱雀院,今天要议定种种事情。因此源氏公子整天滞留宫中。他想起常陆亲王家那位小姐,觉得很可怜,应该写封信去慰问。这信直到傍晚才派人送去。此时天下雨了,路途难行,源氏公子就懒得再到小姐那里去宿夜了。小姐那里呢,早上就等候来信。左等右等,只是不来。连大辅命妇也很气愤,怨恨源氏公子无情。小姐本人想起昨夜之事只觉得可耻。应该早上来的信,到了傍晚才来,反而使得她们手足无措了。但见信上说:

“夕雾迷离犹未散,
更逢夜雨倍添愁。[1]

我想等天晴了出门,等得好心焦呢。”照此看来,源氏公子今夜不会来了。众侍女都大失所望,然而还是劝小姐写回信。小姐心中烦乱之极,连一封一般客套的信也写不出来。看看夜色渐深,不宜再迟,那个称作侍从的侍女便照例代小姐作诗:

“雨中待月荒园里,
纵不同心亦解怜。”

---

〔1〕 夕雾迷离,暗示小姐沉默不语。

众侍女口口声声劝小姐亲笔写信,小姐只得写了。信笺是紫色的,但因历年过久,色泽褪损了。笔致倒很有力,品格只算中等,上下句齐头写下来。源氏公子收到了这封枯燥无味的回信,觉得阅读的勇气也没有,随手丢在一旁了。他推察小姐的心情,不知她对他的行为作何感想,心中异常不安。所谓"后悔莫及",就是指这种情形而言的吧! 然而事已如此,还有什么办法呢? 便下个决心:从今以后,永远照顾这小姐的生活。这小姐却无由得知源氏公子的心情,在那里徒自悲叹。左大臣于夜间退出宫来,源氏公子被他劝诱,跟着他回到葵姬那里。

为了朱雀院行幸的事,贵公子们都兴致勃勃,天天聚集在一起。舞蹈和奏乐的预习,成了他们每日的作业。乐器的声音,比往日嘈杂得多。贵公子们互相竞争,也比往日更加起劲。他们吹奏声音响亮的大筚篥和尺八箫[1]。鼓本来是放在下面的,现在也搬进栏杆里来,由贵公子们亲自演奏。真是热闹非常! 因此源氏公子也很忙碌。几个关切的恋人家里,他也偷闲去访,但常陆亲王家这位小姐那里,他一直不去。时光已是深秋了。小姐家里只是佳音杳杳,光阴空过。

行幸日期渐渐迫近,舞乐正在试演。这时候大辅命妇来了。源氏公子见了她,想起对小姐很抱歉,便问:"她怎么样了?"大辅命妇将小姐近况告诉了他,最后说:"你这样完全不把她放在心上,我们旁人看了心里也很难过!"她说时几乎哭了出来。源氏公子想:"这命妇原教我适可而止,才能觉得小姐文雅可爱。而我竟做错了事,恐怕命妇会怪我轻举妄为吧!"觉得在她面前无以为颜。又想象小姐本人默默无语而心怀悲恸的模样,觉得很可怜。便叹口气说:"不得空闲,没有办法呀。"又微笑着

---

〔1〕 尺八箫是日本管乐器之一。

说:“这个人太不解情趣了,我想稍稍惩戒她一下呢。”看到他那年轻英俊的姿态,使得大辅命妇也不由得微笑了。她想:“像他那样青春年华,难免受女人们怨恨。他思虑疏忽,任情而动,原也是不足怪的。”

行幸的准备工作完成之后,源氏公子偶尔也去访问常陆亲王家的小姐。然而他自从迎接了与藤壶妃子有缘的紫姬到二条院来,便溺爱这小姑娘的美貌,连六条妃子那里也难得去访了,何况常陆亲王的荒邸。他始终不忘记她的可怜,然而总是懒得去访,这也是无可奈何的事。

常陆亲王家的小姐怕羞,一向躲躲藏藏,面貌也不肯给人看清。源氏公子也一向无心去细看她。但他想:“细看一下,也许会发现意外之美。往常暗中摸索,总是模模糊糊,所以觉得她的样子奇怪,莫名其妙。我总得细看一看。”但用灯火去照,却是不好意思的。于是有一天晚上,当小姐独居晏处,无所顾虑的时候,他悄悄地走进去,在格子门的缝隙里窥探。然而不见小姐本人。帷屏等虽然十分破旧,多年来还是照老样子整整齐齐地摆着,因此看不大清楚。但见四五个侍女正在吃饭。桌上放着几只中国产的青磁碗盏,由于经济困难,饭菜十分粗劣,甚是可怜。她们显然是刚才伺候了小姐,回到这里来吃饭。

角上一个房间里,另有几个侍女,穿着龌龊不堪的白衣服,外面罩着污旧的罩裙,样子真难看。她们就在挂下的额发上插一个梳子,表示她们是陪膳的侍女〔1〕,样子很像内教坊里练习音乐的老妇人,或者内侍所里的老巫女,教人看了觉得好笑。现代的贵族人家有这种古风的侍女〔2〕,是源氏公子所意想不到的。其中有一个侍女说:“唉,今年好冷!

---

〔1〕 古代宫中制度:陪膳的侍女,必须将额发掠起,上面插个梳子,方是正式打扮。在挂下的额发上插梳子,是不伦不类的。

〔2〕 插梳子的陪膳侍女,那时一般已经不用。只有顽固守旧的人家还用。

想不到我活了这么大年纪,遭到这种境况!"说着流下泪来。另一个人说:"回想起来,从前千岁爷在世之时,我们真不该叹苦;像现在这种凄惨的日子,我们也得过下去呢!"这人冷得浑身发抖,好像要跳起来的样子。她们这样那样地互相愁穷,源氏公子听了心里着实难过,便离开这地方,装作刚才来到的样子,敲敲那扇格子门。但闻里面的侍女惊慌地相告:"来了,来了!"便剔亮灯火,开了门,让源氏公子进来。

称作侍从的那个青年侍女,由于在斋院[1]那里兼职,这一天不在家。留在这里的,只是几个粗蠢的侍女,样子怪难看的。天下雪了,侍女们正在发愁。这雪偏偏一刻不停,越下越大。天色阴森可怕,北风怒吼。厅上的灯火熄灭了,也没有人去点亮。源氏公子想起去年中秋和夕颜在那荒凉的某院里遇鬼的情况。现在这屋子的荒凉,不亚于那里。只是地方较小,又略有几个人,差可慰心。然而四周景象凄凉,教人怎能入睡呢？这样的晚上,也有一种特殊的风味与乐趣,可以牵引人心。然而那人闷声不响,全无情趣,不免遗憾。

好容易天亮了。源氏公子起身,亲自将格子门打开,赏玩庭前花木雪景。荒寂的雪地,一望无际,不见行人足迹,景色实甚凄凉。然而就此离去,毕竟不好意思。他就恨恨地说:"出来看看早上天空的美景吧!老是冷冰冰地不声不响,教人难堪!"天色还没有大亮,源氏公子映着雪光,姿态异常秀丽,老侍女们看了都笑逐颜开。她们便劝导小姐:"快快出去吧。不去是不好意思的。女儿家最要紧的是柔顺。"小姐生性不愿拒绝别人的劝告,便整理一下服饰,膝行而出。

源氏公子装作没有看见她,依旧向外眺望。实则他用眼梢看得很清

〔1〕 未婚的皇女或贵女,赴贺茂神社修行者,称为斋院;赴伊势神宫修行者,称为斋宫。

楚。他想:“不知究竟如何。如果细看有可爱之处,我多么高兴!”然而这是妄想。首先,她坐着身体很高,可知这个人上身是很长的。源氏公子想:“果然不出我之所料。”他心头别的一跳。其次,最难看的是那个鼻子。这鼻子首先映入人目,很像普贤菩萨骑的白象的鼻子[1]。这鼻子又高又长,尖端略略下垂,并带红色,特别教人扫兴。脸色比雪还白,白得发青。额骨宽得可怕,再加下半边是个长脸,这整个面孔就长得稀奇了。身体很瘦,筋骨棱棱,形甚可哀。肩部的骨骼尤为显露,衣服外面也看得出,教人看了觉得可怜。

源氏公子想:“我何必如此历尽无遗地细看呢?”然而样子太古怪了,他反而要看。只有头的形状和挂下的头发很美丽,比较起以美发闻名的人来,并不逊色。那头发挂到褂子的裾边,还有一尺许铺在席地上。现在再来描写她所穿的衣服,似乎太刻毒了;然而古代的小说中,总是首先描写人的服装,这里也不妨模仿一下:这位小姐身穿一件淡红夹衫,但颜色已经褪得发白了。上面罩一件紫色褂子,已旧得近于黑色。外面再披一件黑貂皮袄,衣香扑鼻,倒很可喜。这原是古风的上品服装。然而作为青年女子的装束,到底不大相称,非常触目,使人觉得稀罕。不过如果不披这件皮袄,一定冷不可当。源氏公子看看她那瑟缩的脸色,觉得十分可怜。

小姐照例不发一语,源氏公子似觉自己也说不出话来了。然而他总想试试看,是否能够打破她向来的沉默,便对她讲各种各样的话。可是小姐非常怕羞,一言不答,只将衣袖遮住了口。但这姿态也表现得十分笨拙,不合时尚,两肘高高抬起,好像司仪官威风凛凛列队行走时的架势,可是脸上又带着微笑,这就显得更不调和。源氏公子心甚不快,很想

[1] 观普贤经云:“普贤菩萨乘大白象,鼻如红莲花色。”

早些儿离去,就对她说:“我看你孤单无援,所以一见之后便怜爱你。你不可将我当作外人,应该亲近我,我才高兴照顾你。如今你一味疏远我,教我好生不快!”便以此为借口,即景吟诗道:

“朝日当轩冰箸解,
缘何地冻不消融?”[1]

小姐只是嗤嗤地窃笑,一个字也说不出来。源氏公子意兴索然,不等她答诗就出去了。

车子停在中门内。这中门已经歪斜得厉害,几乎倒塌了。源氏公子睹此景象,心中想道:“夜里看时,已经觉得寒酸,然而隐蔽之处尚多;今天早上阳光之下一看,更显得荒凉寂寞,教人好不伤心!只有青松上的白雪,沉沉欲下,倒有温暖之趣,教人联想山乡风味,引人凄清岑寂之感。那天雨夜品评时左马头所说的‘蔓草荒烟的蓬门茅舍’,便是指这种地方吧。如果有个可怜可爱的人儿住在这里,教人多么恋恋不舍!我那种悖伦之恋[2]的忧思,也可借此得到慰藉吧。现在这个人的样子,和这理想的环境全然不符,真教人毫无办法。倘不是我,换了别人,决不会耐性忍气地照拂这位小姐。我之所以如此顾念她,大概是她的父亲常陆亲王记挂女儿,那阴魂来指使我的吧。”

院子里的橘子树上堆满了雪,源氏公子召唤随从人,教他们将雪除去。那松树仿佛羡慕这橘子树,一根枝条自己翘了起来,于是白雪纷纷

〔1〕 意思是说:身体已经和我结婚,为何心情还不向我公开?
〔2〕 指对藤壶妃子的恋爱。

落下,正有古歌中"天天白浪飞"[1]之趣。源氏公子望着,想道:"不须特别深解情趣的人,只要有普通一般程度的对象,也就好了。"

通车的门还没有打开,随从人呼唤保管钥匙的人,来的是一个异常衰弱的老人。还有一个妙龄女子,分不清是他的女儿还是孙女。这女子的衣服映着雪光,更显得褴褛龌龊。看她的样子非常怕冷,用衣袖包着一个奇形怪状的器物,里面盛着少许炭火。老人没有气力开门,那女子走过去帮助他,样子拙笨得很。源氏公子的随从人便去相帮,把门打开了。公子睹此情状,便口占道:

"白首老翁衣积雪,
晨游公子泪沾襟。"

他又吟诵白居易的"幼者形不蔽"的诗[2]。此时他忽然想起了那个瑟缩畏寒、鼻尖发红的小姐的面影,不禁微笑。他想:"头中将倘使看见了这个人的相貌,不知将如何形容。他常常来这里窥探,也许已经知道我的行为了?"想到这里,不免懊恼。

这小姐的相貌如果同世间普通一般女子一样而并无何等特殊之处,那么别的男子也会爱上她,源氏公子不妨将她抛开。现在源氏公子分明看见了她那丑陋的相貌,反而觉得非常可怜,不忍抛舍了。于是他真心诚意地周济她,时时遣使存问,馈赠物品。所馈赠的虽非黑貂皮袄,却也是绸、绫和织锦等物。小姐自不必说,老侍女等所着的衣类,连管门的那

---

〔1〕 此古歌见《后撰集》,歌云:"好比末松之名山,我袖天天白浪飞。"

〔2〕 白居易《秦中吟》中《重赋》一篇中说:"夜深烟火尽,霰雪白纷纷。幼者形不蔽,老者体无温。悲端与寒气,并入鼻中辛。"

个老人所用的物品,自上至下一切人等的需要,无不照顾周到。小姐受到这种日常生活的周济,倒也并不认为羞耻,源氏公子方才安心。此后他源源不绝地供给,有时不拘形式,失却体统,彼此亦不以为异。

这期间源氏公子常常想起那个空蝉:“那天晚上灯下对弈时所窥见的侧影,实在并不漂亮。然而她那窈窕的体态隐藏了她的丑处,使人不觉得难看。这位小姐呢,讲到身份,并不亚于空蝉。可见女子的优劣,和家世是无关的。空蝉顽强固执,令人可恨,我终于让步了。”

年终快到了。有一天,源氏公子值宿宫邸中,大辅命妇进见。源氏公子对这命妇并无恋爱关系,只因经常使唤她,相熟之后无所顾忌。每当她来替公子梳头时,两人往往恣意调笑。因此源氏公子不召唤时,她有了事自己也来进见。此时命妇开言道:“有一桩可笑的事情呢。不对您说,怕说我坏心眼;对您说呢……我弄得没主意了。”她羞答答地微笑,不肯说出来。源氏公子说:“什么事情?你对我不是无论什么都不隐瞒么?”命妇吞吞吐吐地说:“哪里隐瞒?倘是我自己的事情,即使冒昧,我也老早对您说了。可是这件事有点说不出口。”源氏公子讨厌她,骂道:“你又撒娇了!”命妇只得说出来:“常陆亲王家的小姐送给您一封信。”便取出信来。源氏公子说:“原来如此!这有什么可隐瞒的?”便接了信,拆开来看。命妇心里忐忑地跳,不知公子看了怎么说。但见信纸是很厚的陆奥纸[1],香气倒十分浓烈,文字写得尽量工整,诗句是:

“冶游公子情可薄,
锦绣春衣袖不乾。”

---

〔1〕 陆奥地方所产的纸,厚而白,有皱纹。

公子看了“锦绣春衣”等语,不解其意,侧着头思索。这时候大辅命妇提过一个很重的包袱来,打开一看,里面包着一只古风的衣箱。命妇说道:“您看!这怎么不笑煞人呢?她说是给您元旦日穿的,特地派我送来。我不便退回她。擅自把它搁置起来呢,又辜负了她的一片好心。因此只得送来给您看。”源氏公子说:“擅自把它搁置起来,太对人不起了。我是一个哭湿了衣袖没人给烘干的人,蒙她送衣服,我很感谢!”此外并不说什么话。他想:“唉,这两句诗真不高明,大概是她自己用尽了心血作出来的吧。那个侍女侍从倘在她身边,一定会替他修改。除了这个人以外,再没有能教她的老师了。”想到这里,令人泄气。他推想这是小姐用尽了心血作出来的,便觉得世间所谓可贵的诗歌,大概就是这样的作品吧。于是脸上露出微笑。大辅命妇看到这光景,不知道他作何感想,不免脸上泛起了红晕。

小姐送他的衣服,是一件贵族用的常礼服。颜色是当时流行的红色,式样古陋,光彩全无,不堪入目。里子的颜色和面子一样深红。从袖口、下襟缝拢来的地方可以看出,真是平凡拙劣的手工。源氏公子兴味索然,便在那张展开的信纸的空白地方戏笔似地题一首诗。大辅命妇从一旁窥看,但见随随便便地写着:

“明知此色无人爱,
何必栽培末摘花?[1]

〔1〕 末摘花即红花,摘下来可做红色染料。花生在茎的末端,故称为末摘花。前文说过,这小姐的鼻尖有一点红色,所以把她比做末摘花。本回的题名根据此诗。

我看见的是深红色的花,可是……”大辅命妇看见他讨厌红色的花,推想他必有用意。便想起了自己偶尔借着月光看到小姐鼻尖的红色[1]。虽然可怜她,但觉得这首诗倒实在很滑稽。她便熟练地自言自语地吟道:

“纵然情比春纱薄,
莫为他人树恶名!

人世好痛苦啊!”源氏公子听了,心中想道:“命妇这首诗也并不特别优秀。但那位小姐倘有这点才能,也就好了。我越想越是替她可惜。但她毕竟是身份高贵的人,我替她散播恶名,也太忍心了。”此时众侍女即将进来伺候,公子便对命妇说:“收起来吧,这种事情,教人看见了当作笑柄。”他脸上显出不快之色,叹一口气。大辅命妇懊悔了:“我为什么把这个给他看呢?连我也被他看做傻子了。”她很不好意思,连忙告退。

次日,大辅命妇上殿服务,源氏公子到清凉殿西厢宫女值事房来找她,丢给她一封信,说道:“这是昨天的回信,写这种回信,真教人费心思。”众宫女不知道是怎么一回事,都觉得奇怪。公子一边走出去,一边吟道:“颜色更比红梅强,爱着红衣裳耶紫衣裳?……抛开了三笠山的好姑娘。”[2]命妇会意,独自窃笑。别的宫女莫名其妙,向她盘问:“你为什么独自在那里笑?”命妇答道:“没有什么。大约公子在这霜寒的早上,看见一个穿红衣裳的人鼻子冻得发红,所以把那风俗歌中的句子凑合起来唱,我觉得好笑。”有一个宫女不知原委,胡乱答道:“公子也太挖苦了。

---

〔1〕 “花”和“鼻”,日本人都读作 hana。此处指花说鼻,意思是双关的。

〔2〕 此乃日本风俗歌。红梅暗指末摘花的鼻尖。爱着红衣,借以隐蔽鼻尖的红色。下句“抛开了……”并非和上句相续,大约是此风俗歌的末句。所以下文说“凑合起来”。

这里似乎并没有红鼻子的人呢。红鼻子的左近命妇和肥后采女难道在这里么?”

大辅命妇将公子的回信送交小姐,众侍女都兴奋地围拢来看。但见两句诗:

“相逢常恨衣衫隔,
又隔新添一袭衣。”

这诗写在一张白纸上,随意挥洒,反而饶有风趣。

到了除日傍晚,源氏公子把别人送他的衣服一套,再加淡紫色花绫衫子一件,以及棣棠色衫子等种种衣服,装在前日小姐送来的衣箱里,教大辅命妇拿去送给她。命妇看了这些衣服,推想公子不喜爱小姐送他的衣服的颜色。但那些年老的侍女却在那里批评:“小姐送他衣服,红颜色很稳重,不见得比这些衣服差呢。”大家又口口声声地说:“讲到诗,小姐送他的也较为理直气壮。他的答诗不过技巧偏胜而已。”小姐自己也觉得吟成这首诗煞费苦心,因此把它写在一个地方,永远保留。

元旦的仪式完成之后,今年的游艺是表演男踏歌[1]。青年贵公子们照例奔走各处,熙熙攘攘,热闹非凡。源氏公子也忙了一阵。但他惦记那岑寂的邸宅里的末摘花,觉得她很可怜。初七日的节会[2]结束之后,到了夜里,他从宫中退出,装作回到他的宫中值宿所(桐壶院)去宿夜的样子,便在夜深时分前去访问常陆亲王的宫邸。

---

〔1〕 男踏歌是男子表演的踏步歌舞,唱的歌词是唐诗或日本诗歌。

〔2〕 五月初七从左右马寮牵出白马二十一匹,供天皇观赏后,在宫中游行,称之谓“白马节会”。时人相信新年见白马,可以驱邪。

宫邸里的气象与往常不同,渐渐富有生气,与一般邸宅差不多了。那位小姐的姿态也比从前稍稍生动活泼。源氏公子一直独自沉思:"如果这个人入新年后完全改了样子,变得美丽了,不知是何等模样?"

次晨,日出之后,才留恋不舍地起身。推开东面的边门一看,直对这门的走廊已经坍损,连顶棚也没有了。因此太阳光直射进屋里。地上积着薄薄的一层雪,白光反映进来,屋里更加明亮了。源氏公子身穿常礼服,小姐眼睛望着他,向前膝行数步,装作半坐半卧的姿势,头的形状十分端正。那长长的头发堆积在席地上,甚是美观。源氏公子希望看到她的相貌也变得同头发一样美丽,便把格子窗掀开。他想起上次在积雪的明光中看出了她的缺陷,以致大杀风景,因此不把格子窗全部掀开,只掀开一点,把矮几拉过来架住窗扇,然后拢拢自己的鬓发。侍女们端过一架十分古旧的镜台来,又奉上一只中国式的化妆品箱和一只梳具箱。源氏公子一看,里面除女子用品外,又夹着几件男子用的梳具,倒觉得很别致。今天小姐的装束颇入时流,原来她已经把公子所惠赠的那箱衣服全部穿上了。源氏公子没有注意到,只是看见那件纹样新颖触目的衫子,才想起是他所赠送的。便对她说:"新春到了,我很想听一听你的娇声。主要倒不是为了那盼待已久的莺声,而是希望你改变态度。"过了好久,小姐才用颤抖的声音含羞答道:"百鸟争鸣万物春……"[1]源氏公子笑道:"好了,好了,这便是一年来进步的证据了。"他便告辞出门,口中吟唱着古歌"依稀恍惚还疑梦……"[2]小姐半坐半卧地目送他。源氏公子回头一望,看见她的侧影,掩口的衣袖上面,那鼻尖上的末摘花依然显著地

---

〔1〕 此古歌下一句为"独怜我已老蓬门"。见《古今和歌集》。

〔2〕 此古歌下一句为"大雪飞时得见君"。见《古今和歌集》。

突出着。他想:“真难看啊!”

且说源氏公子回到二条院私邸,看见豆蔻年华的紫姬,长得异常美好。她脸上也有红晕,但和末摘花的红迥不相同,甚是娇艳。她身穿一件深紫色夹里无纹白地童式女衫,潇洒风流,天真烂漫,非常可爱。她的外祖母墨守古风,不给她的牙齿染黑〔1〕。最近给她染黑了,并且加以整饰。眉毛也拔净涂黑,相貌十分美丽清秀。源氏公子想道:“我真是自作自受!何必去找那些女人,自寻烦恼?为什么不在家里守着这个可怜可爱的人儿呢?”他就照例和她一起弄玩偶。紫姬画了些画,着了颜色,又随意画种种有趣的形象。源氏公子也和她一起画。他画一个头发很长的女子,在她的鼻尖上点一点红。即使在画中,这相貌也很难看。

源氏公子在镜台前照照自己的相貌,觉得很漂亮。他就拿起颜料笔来,在自己的鼻尖上点一点红。这等漂亮的相貌,加上了这一点红,也很难看。紫姬看见了,笑个不住。公子问她:“假如我有了这个毛病,你怎么样?”紫姬说:“我不喜欢。”她惧怕那红颜料就此染住,揩拭不脱,非常担心。源氏公子假装揩拭了一会,认真地说:“哎呀,一点也揩不脱,玩出祸来了!教父皇看见了怎么办呢?”紫姬吓坏了,连忙拿纸片在水盂里蘸些水,替他揩拭。源氏公子笑道:“你不要像平仲〔2〕那样误蘸了墨水!红鼻子还可勉强,黑鼻子太糟糕了。”两人如此玩耍,真是一对有趣的小夫妻。

时值早春,日丽风和;春云叆叇,做冷欺花,教人等候花开,好不心焦!就中梅花得春最早,枝头已微露笑容,逗人注目。门廊前红梅一树,

---

〔1〕 将铁浸入醋中,使之酸化。用此液将齿染成黑色,时人认为美观。

〔2〕 平仲是一个有名的好色男子。他要在女人面前装假哭,蘸些水涂在眼睛上,误蘸了墨水。事见《今昔物语》。

争先开放,已经着了颜色。源氏公子不禁喟然长叹,吟道:

“梅枝挺秀人欣赏,
底事红花[1]不可怜?

此乃无可奈何之事!”

此种女子结局如何,不得而知了!

---

〔1〕 暗指末摘花的鼻子。

第七回　红 叶 贺[1]

朱雀院行幸[2]日期,定在十月初十之后。此次行幸,规模特别盛大,比往常更加有趣。但舞乐都在外间表演,妃嫔等不能看到,甚是遗憾。皇上为了他所宠爱的藤壶妃子不能看到,总觉美中不足,便命令先在宫中清凉殿试演一番。

源氏中将所表演的舞蹈是双人舞《青海波》,对手是左大臣家公子头中将。这位头中将的丰姿与品格均甚优雅,迥异凡人;但和源氏中将并立起来,好比樱花树旁边的一株山木,显然逊色了。

渐渐红日西倾。阳光照人,鲜艳如火;乐声鼎沸,舞兴正酣。此时两人共舞,步态与表情异常优美,世无其比。源氏中将的歌咏[3]尤为动听,简直像佛国里的仙鸟迦陵频伽[4]的鸣声。美妙之极,皇上感动得流下泪来。公卿和亲王等也都流泪。歌咏既毕,重整舞袖,另演新姿。此时乐声大作,响彻云霄。源氏中将脸上的光彩比平常更加焕发了。皇太子的母亲弘徽殿女御看了源氏公子这等美丽的姿态,心中愤愤不平,说道:"定是鬼神看上他了,教人毛骨悚然呢!"众青年侍女听了这话,都嫌

---

〔1〕 本回写源氏十八岁秋天至十九岁秋天之事。

〔2〕 朱雀院是历代帝皇退位后栖隐之处。行幸朱雀院表示对前皇祝贺。

〔3〕 歌咏词:"桂殿迎初岁,桐楼媚早年。剪花梅树下,舞燕画梁边。"

〔4〕 正法念经:"山谷旷野,多有迦陵频伽,出妙声音。"

她冷酷无情。藤壶妃子看了,想道:“此人心中若不负疚,一定更加可喜。”沉思往事,如入梦境。

是晚藤壶妃子值宿宫中。皇上对她说:“看了今天试演中的《青海波》,可叹观止了。你看如何?”藤壶妃子隐痛在心,不能畅所欲言,只回答了一句“真好极了”。皇上又说:“那个对手也舞得不差呢。讲到舞蹈的姿态与手法,良家子弟毕竟与众不同。世间有名的专门舞蹈家,技术果然很熟练,然而总是缺乏优美高雅的风度。今天的试演如此尽善尽美,将来在红叶荫下正式表演时,只怕再看就没有多大兴趣了。这是为了要给你看,所以我如此安排的。”

次日早晨,源氏中将写一封信给藤壶妃子:“昨承雅赏,不知作何感想?我当舞时,心绪缭乱,此乃前所未有,莫可言喻。

> 心多愁恨身难舞,
> 扇袖传情知不知?

诚惶诚恐!”源氏中将那种光彩耀目的姿态风度,藤壶妃子毕竟难于忘怀,她便写回信:

> “唐人扇袖谁能解?
> 绰约仙姿我独怜。

我只当作寻常的清歌妙舞来欣赏。”源氏中将收到这回信,如获至宝。他想:“她懂得这《青海波》的来历,知道它是唐人的舞乐,足见她对外国朝廷也很关心。这首诗正是皇后的口吻。”不禁笑逐颜开,便像诵经一般郑重地展读这封回信。

朱雀院行幸那一天,亲王公卿等所有的人都随从,皇太子也参加。管弦的画船照例在庭中的池塘里游行回旋。唐人的舞乐,高丽的舞乐,种种歌舞依次表演,品类繁多。乐声震耳,鼓声惊天动地。皇上想起前日试演时映着夕阳的源氏公子,姿态异常美丽,心头反觉不安,便命令各处寺院诵经礼忏,替他消除魔障。闻者无不赞善,认为此乃理之当然。只有皇太子的母亲弘徽殿女御心中不快,认为这是过分的宠爱。

围成圆阵吹笛的人,不论王侯公卿或平民,都选用精通此道、世有定评的专家。宰相二人与左卫门督、右卫门督分别指挥左右乐(唐乐与高丽乐)。舞人也都选用世间最优秀的能手,预先笼闭在邸宅中分别练习,然后参与表演。

高高的红叶林荫下,四十名乐人绕成圆阵。嘹亮的笛声响彻云霄,美不可言。和着松风之声,宛如深山中狂飙的咆哮。红叶缤纷,随风飞舞。《青海波》舞人源氏中将的辉煌姿态出现于其间,美丽之极,令人惊恐!插在源氏中将冠上的红叶,尽行散落了,仿佛是比不过源氏中将的美貌而退避三舍的。左大将[1]便在御前庭中采些菊花,替他插在冠上。其时日色渐暮,天公仿佛体会人意,洒下一阵极细的微雨来。源氏中将的秀丽的姿态中,添了经霜增艳的各色菊花的美饰,今天大显身手,于舞罢退出时重又折回,另演新姿,使观者感动得不寒而栗,几疑此非人世间现象。无知无识的平民,也都麕集在树旁、岩下,夹杂在山木的落叶之中,观赏舞乐;其中略解情趣的人,也都感动流泪。承香殿女御所生第四皇子,年事尚幼,身穿童装,此时也表演《秋风乐》舞,此为《青海波》以后

〔1〕 一说即左大臣。

的节目。这两种舞乐,可谓尽善尽美。看了这两种表演之后,便不想再看别的舞乐,看时反而减杀兴趣了。

是夜源氏中将晋爵,由从三位升为正三位。头中将也升为正四位下。其他公卿,亦各得升官之庆,皆托源氏公子之福。源氏公子能以妙技惊人目,以馀德悦人心,福慧双全,不知几生修得也。

且说藤壶妃子此时正乞假归宁,住在外家。源氏公子照例东钻西营,忙于寻求幽会的机缘。因此左大臣家嫌他久疏,怨声鼎沸。又因觅得了那株细草,外人将二条院新近迎来一个女子的消息传入左大臣家,葵姬便更加生气了。源氏公子寻思:“紫姬还是个孩子,葵姬不悉此种详情,因而生气,也是难怪的。但她倘能直直爽爽,像普通女子一般向我诉恨,我也一定毫不隐讳,将实情告知,并且安慰她。无奈此人并不亲密,总是往坏里猜测,所猜想的竟是我难以想象之事。我也只得置之不顾,去干那些不应该干的事了。然而看这个人的样子,并无缺陷,也没有分明可指的瑕疵。况且是我最初结缡的发妻,所以我真心爱她,又重视她。她若不能理解我这点真心,我也无可如何。但希望她终于能谅解我而改变态度。”葵姬稳重自持,毫无轻率之态,源氏公子对她的信任,自然与众不同。

且说那个年幼的紫姬,进二条院后,日渐驯顺,性情温良,容姿端雅,只管天真烂漫地亲昵源氏公子。源氏公子对自己殿内的人,也暂不说明她是何等样人。他一直让她住在与正殿不相连的西殿中,而在其中设备高贵无比的种种用具。他自己也晨夕过访,教她学习种种技艺,例如写了范本教她学习书法等等,宛如将一向寄居在外的一个亲生女儿迎回家里来了。他吩咐上下一切供奉人等,要特别用心服侍紫姬,务求毫无缺憾。因此除惟光以外,所有的人都莫名其妙,不知道这女孩是何等样人。

紫姬的父亲兵部卿亲王也不悉紫姬下落。紫姬至今还时时回忆往昔,常常追慕已故的尼姑外祖母。源氏公子在家之时,她心有所专,忧思浑忘。但到了晚间,虽然公子有时宿在家里,只因忙于各处幽会,不免常作夜游。每逢公子乘夜出门,紫姬总是依依不舍,公子觉得十分可怜。有时公子入宫侍驾,二三日不归,接着又往左大臣家滞留。紫姬连日孤居独处,闷闷不乐。此时公子不胜怜惜,似觉家里有了一个无母的孤儿,冶游也不得安心了。北山的僧都闻知此种情状,心念紫姬乃一孩子,何故如此受宠,颇觉诧异,但也深可庆喜。每逢僧都追荐尼姑,举行佛事时,源氏公子必遣使吊慰,厚锡唁仪。

却说藤壶妃子乞假归宁,住在三条的宫邸中。源氏公子颇想知道她的近况,前去访问。侍女王命妇、中纳言君、中务君等出来应接。源氏公子想:“她们把我当作外客对待了。”心中很不舒服。但也不动声色,和她们作了些普通的寒暄。此时妃子的哥哥兵部卿亲王正好也来到邸中,听见源氏公子来访,便出来与他相见。源氏公子看看这个人,清秀俊逸,风流潇洒,心中窃思:此人若是女子,何等姣好!因念对此人有双重关系[1],倍觉亲切,便和他促膝谈心,畅所欲言。兵部卿亲王也觉得公子此次格外亲昵,情深意真,实甚可爱。他再也没有想到要把公子招为女婿,而倒是动了轻佻之心,但愿他变作女子才好。

天色渐暮,兵部卿亲王回进帘内去了。源氏公子不胜艳羡。往昔他受父皇庇护,也可进入帘内,亲近藤壶妃子,直接和她谈话。然而现在已经完全疏远,想起了好不伤心!这正是源氏公子的妄想。他只得起身告辞,一本正经地对侍女们说:“理应常来请安,因无特别要事,遂致怠慢。

---

〔1〕 藤壶之兄,紫姬之父。

今后若有吩咐,定当随时效劳,不胜荣幸。"说过便回去了。此次王命妇也无术可施。藤壶妃子怀孕已逾半载,心情比以前更加郁结,一直默默无言,闷闷不乐。王命妇睹此情景,又觉可耻,又觉可怜。源氏公子托她办的事毫无进展。源氏公子和藤壶妃子都时时刻刻在心中愁叹:"前世作孽!"此事暂且不提。

却说紫姬的乳母少纳言进二条院后,心中常想:"这真是一跤跌在蜜缸里了! 多管是已故的尼姑老太太关念小姐终身大事,常在修行中替她祈祷,因此诸佛保佑,得此福报吧。"但她又想:正妻葵姬身份高贵,况且公子另有许多情妇,将来紫姬成人,婚嫁之后,难免遭逢不幸吧。然而公子对她如此宠爱,将来必可确保无忧。

外祖母的丧服是三个月。到了除日,紫姬丧服已满,可以改装了。但她没有母亲,全赖外祖母一手抚育长大,因此丧服应该加重:凡金碧辉煌的衣服,一概不穿,只穿红色、紫色、棣棠色等没有花纹的衫子,淡雅入时,非常可爱。

元旦早晨,源氏公子入朝贺年,先到紫姬房里看看,笑着对她说:"从今天起,你成了大人了吧?"他的态度非常和蔼可亲。紫姬元旦一早就起来弄玩偶,非常忙碌。她在一对三尺高的橱子里,陈设种种物品,又搭了许多小屋子,房间里处处都是玩具,途几为塞。她一本正经地对公子说:"昨夜犬君说要打鬼〔1〕,把这个弄坏了,我正在修理呢。"好像报告一件大事。源氏公子答道:"哎呀,这个人太不小心了,赶快修理吧。今天是元旦,你说话要当心,不可以讲不吉利的话,不要哭。"说过之后便出门。他今天服装非常华丽,侍女们都走出廊下来送行,紫姬也出来送。回进

〔1〕 当时风俗,除夜行打鬼仪式,即把鬼赶出去。

屋里,她立刻替玩偶中的源氏公子穿上华丽的衣服,模仿入朝贺年的样子。

少纳言对她说:“今年您总得稍稍大人模样些才好。过了十岁的人,玩玩偶是不像样的。您已经有了丈夫,见丈夫时总得像个夫人那样斯文一脉才是。您现在梳头发也不耐烦……”此时紫姬正在热中于弄玩偶,少纳言对她说这话,意欲使她知道难为情。紫姬听了,心中想道:“如此说来,我已经有了丈夫了。少纳言她们的丈夫,样子都很难看;我却有这么漂亮的一个青年丈夫。”这时候她才分明知道她和公子的关系。虽然还很孩子气,毕竟总是年龄渐长的表示。紫姬这种孩子气模样,随处显露出来。因此殿内的人也都看到,大家觉得这对夫妻很奇怪,然而谁也没有想到他们还只是有名无实的夫妻。

且说源氏公子贺罢退朝,回到左大臣邸中,但见葵姬照例端庄冷静,毫无一点亲昵的样子。他觉得苦闷,便对她言道:“岁历更新了。你若得改变心情,稍稍随俗些,我何等欣幸!”葵姬自从闻得公子特地迎进一个女子来加以宠爱的消息之后,料想此人定受重视,将来可能扶正,心中便有了隔阂,因此对公子比前更加疏远冷淡了。然而她勉强装作不知,对于源氏公子的随意不拘的态度,虽然不能热心应付,但也有适当的酬答,这涵养功夫毕竟是与众不同的。她比源氏公子年长四岁,略感迟暮,难于为情;然而正当花信年华,容颜自是齐整艳丽。源氏公子看了,不免反省:“此人实在毫无缺陷,只因我心过分浮薄不端,致使她如此怨恨。”她的父亲左大臣在诸大臣中,御眷特别深重。她的母亲是皇上的胞妹,对此惟一掌上明珠,悉心教养,无微不至。葵姬自然高傲成性,自命不凡,别人对她略有疏慢,便视为怪事。但在源氏公子这个天之骄子看来,不足稀罕,无可骄矜,一向视为寻常。因此夫妇之间,隔阂自生。左大臣对于公子的浮薄行径,亦感不满。但见面之后,怨恨顿消,依旧热心款待。

次日,源氏公子将出门时,左大臣特来看视。公子正在装束,左大臣亲自拿一条名贵的玉带来送他,并且亲手替他整理官袍背后的折纹。照顾之周到,只差没有亲手替他穿靴。父母爱子之心,令人感动。源氏公子辞谢道:"如此名贵之玉带,且待他日侍内宴时,再受惠赐。"左大臣答道:"他日另有更上品者。此不足贵,但式样新奇耳。"便强把玉带系在他身上了。如此无微不至地爱护,在左大臣视为乐事。此种机会虽然不易多得,但能眼看如此俊美之人物出入其家,他认为是无上之幸福。

源氏公子虽说贺年,但所到的地方不多:除了清凉殿(父皇)、东宫(皇兄)、一院(祖父皇)之外,但赴三条院参拜藤壶妃子。三条的众侍女见了他都赞叹:"公子今天特别漂亮呢!真奇怪,这个人长得一年标致一年了!"藤壶妃子隔帘隐约窥见,胸中无限思量!

藤壶妃子分娩的日期,照算该是去年十二月中。但十二月毫无动静地过去了。大家有些担心。到了新年,三条众侍女都等得心焦了,大家想:"无论如何,这个正月里一定做产。"宫中也如此预料。然而正月又无事地过去了。世人纷纷议论:如此迟产,敢是着了妖魔?藤壶妃子忧心忡忡,生怕因此泄露隐事,以致身败名裂,心中痛苦万状。源氏中将推算月数,愈加确信此事与自己有关,便借口他事,在各寺院举行法事,以祈祷安产。他想:世事难知,安危莫测。我和她结了这露水因缘,难道就此永别?左思右想,不胜愁叹。幸而过了二月初十之后,平安地产下了一个男孩。于是忧虑全消,宫中及三条院诸人皆大欢喜。皇上盼望藤壶妃子长生不老,藤壶妃子想起了那件隐事,但觉痛心。然而她闻知弘徽殿女御等正在诅咒她,希望她难产而死,假如果真死了,倒教她们快意。想到这里,精神振奋起来,身体也渐渐恢复健康了。

皇上急欲看看新生的小皇子,等得十分心焦。源氏公子心中怀着不可告人的隐衷,也渴望一见自己的亲生儿子,便找个无人注目的机会,到三条院问候,教人传言:"万岁爷急欲知道小皇子状况,我今先来一看,以便回宫奏闻。"藤壶妃子传语答道:"婴儿初生,面目未整,尚不足观……"如此谢绝,亦自有理。其实,这婴儿的相貌酷肖源氏公子,简直如同缩图,一望而知。藤壶妃子大受良心苛责,痛苦万状。她想:"别人只消一看这小皇子的相貌,便会察知我那荒诞的过失,岂有不加谴责者?莫说此种大事,即使是小小的过失,世人往往吹毛求疵。何况我这样的人,不知将何等遗臭万年呢!"反复思量,但觉自身乃世间最不幸之人。

此后源氏公子偶尔遇见王命妇时,总是竭尽言词,要她设法引导会面,然而毫无成效。公子思念婴儿,时刻不忘,对王命妇说定要一见。王命妇答道:"您怎么说这没道理的话!将来自会看见的呀!"她嘴上虽然严词拒绝,脸上表示无限同情与烦恼。源氏公子正像哑子吃黄连,说不出的苦。只能暗自思忖:"不知哪生哪世,能不假传达,与妃子直接晤谈?"那悲叹哭泣之相,教旁人看了也很难过。公子吟道:

"前生多少冤仇债,
此世离愁如许深?

如此缘悭,令人难解!"王命妇亲见藤壶妃子为源氏公子而思慕愁叹之状,听了这诗,不能漠然无动于衷,便悄悄地答道:

"人生多恨事,思子倍伤心。
相见犹悲戚,何况不见人。

你们两地伤心,大家终日愁怀莫展,真好苦也!”源氏公子每次向王命妇纠缠,总是不得成果,空手归去。藤壶妃子深恐他来的次数太多,引人怀疑,因此对王命妇也不便再像从前那样亲近了。她生怕受人注目,并不明显地疏远她。但有时回想起她的拉拢,也不免对她怀恨。王命妇被她疏远,似觉出乎意外,心中好生没趣。

四月,小皇子入宫。这孩子异常发育,不像是两个月的婴儿,此时已经渐渐地会翻身了。相貌酷肖源氏公子,一眼就看得出来。但皇上全不介意,他只道同一无上高贵的血统,相貌当然相似。皇上对这小皇子极度宠爱。源氏公子幼时,他也曾加以无限宠爱。只因公子是更衣所生,为世人所不许,不曾立为太子,至今犹有遗憾。把他降为臣籍,实在委屈了他。看到他成人后容貌丰采之美,常觉不胜惋惜。现在这小皇子乃高贵女御所生,相貌又生得和源氏公子一样光彩焕发,皇上便把他看做无瑕的宝玉,宠爱之深,不可言喻。但藤壶妃子看到这孩子的相貌,看到皇上对他的宠爱,都深感不安,心中隐痛,无时或息。

源氏中将照例到藤壶院参与管弦表演。皇上抱了小皇子出来听赏。他对源氏中将说:“我有许多儿子,只有你一人,从小就和我朝夕相见,就像这个孩子一样。因此我看见他便联想你幼小时候,他实在很像你呢。难道孩子们幼小时都是这样的么?”他这话表示对此两人非常爱怜。源氏中将听了这话,自觉脸上变色。心中又恐怖又抱歉,同时又欢喜又怜爱。左思右想,百感交集,几乎掉下泪来。此时小皇子咿呀学语,笑逐颜开,这般美景,令人爱煞!源氏中将想道:“我既然像他,可知也是这般美丽的。”便觉自身甚可矜贵,这也未免太过分了。藤壶妃子听了皇上这番话,痛心之极,流下一身冷汗。源氏中将见了这小皇子,心情反而缭乱了,不久告辞退出。

源氏公子回到二条院私邸,在自己房中休息。愁恨满腹,无法排遣,打算静养一会,再赴左大臣邸。庭中草木畅茂,青青满目,其中抚子花正在盛开。公子便摘了一枝,写一封信,将花枝附在信上,送给王命妇。信中千言万语,并附诗句:

“将花比做心头肉,
难慰愁肠泪转多。

将此盛开的花比做我儿,毕竟是渺茫的啊!”信送到时,正好没人看见,王命妇便交给藤壶妃子看,并劝道:“给他个回信吧,就在这花瓣上写几个字也好。”藤壶妃子心中也正在悲伤,便拿起笔来题两句诗:

“为花洒泪襟常湿,
犹自爱花不忍疏。”

只此两句,着墨不多,笔致断断续续。王命妇大喜,便把这答诗送给源氏公子。源氏公子以为是照例没有回音的,正在忧愁纳闷。一见回信,喜出望外,兴奋之余,不觉流下泪来。

源氏公子看了答诗,独自躺着出了一会神,但觉心情郁结,无法排遣。为欲慰情,照例走到西殿去看看紫姬。此时公子鬓发蓬松,衣冠不整,随意披着一件袿子,拿着一支横笛,一面吹出可爱的曲调,一面走进紫姬房里来。但见紫姬歪着身子躺着,正像适才摘的那枝带露的抚子花,非常美丽可爱。她装出撒娇模样,为的是公子回邸后不立刻来看她,故尔生气,不像平日那样起来迎接,却背转了脸。源氏公子在一旁坐下,叫她:“到这里来呀!”她只当不听见,低声唱着古歌“春潮淹没矶头草”[1],用袖子遮住了口,样子潇洒而又妩媚。源氏公子说:“唉,讨厌,你怎么也唱这种东西! 要知道‘但愿天天常见面’[2]是不好的呀!”便命侍女取过筝来,教紫姬弹奏。对她说:“筝的三根细弦之中,中央一根最容易断[3],要很当心。”便把琴弦重校一下,使降低为平调[4];自己先调定了弦,然后把筝交紫姬弹奏。紫姬终不好只管撒娇生气,便起来弹筝,弹得非常美妙。她的身体还小,伸长左手去按弦,姿态美丽。源氏公子看了觉得十分可爱,便吹起横笛来辅导她。紫姬非常聪明,无论何等困难的曲调,只要教过一遍,便自会弹。如此多才多艺,伶俐可爱,完全符合源氏公子的希望,他觉得十分庆幸。《保曾吕俱世利》这个乐曲,名称不雅,但是曲调很好听。源氏公子便在笛上吹这个乐曲,教紫姬弹筝相和。她弹得虽然生硬些,然而拍子一点也不错,真是能手!

天黑了,侍女们拿灯火来,源氏公子便和紫姬在灯下看画。先前说过今晚要赴左大臣邸,此时随从人等便在门外作咳嗽声,并说:“天要下雨了。”催促源氏公子早点动身。紫姬听见了,照例不高兴起来,双眉紧锁。她画也不要看了,低头不语,样子实在可爱。她的头发浓重艳丽,源氏公子用手替她拢拢垂下的发绺,问道:“我出门了你想念我么?”紫姬点点头。公子说:“我也是一日不看见你便不快乐的。不过我想,你现在年纪还小,我可以无所顾虑。我首先要顾到那几个脾气固执、善于嫉妒的

---

〔1〕 此古歌下一句是“相见稀时相忆多”。见《万叶集》。

〔2〕 此古歌下一句为“犹如朝夕弄潮儿”。见《古今和歌集》。

〔3〕 筝形似七弦琴,但有十三弦。最靠近弹者的三根,即第十一、十二、十三弦,都是细弦,称为“斗”“为”“巾”。中央一根细弦,是指“为”弦。

〔4〕 平调是十二律中最低的调子。

人,希望不伤害她们的感情。她们要向我噜嗦,所以我暂且到她们那里走走。将来你长大了,我决不再常常出门。我不要教人恨我,为的是想长命康乐,如意称心地和你两人过日子呀。”这番话说得体贴入微,紫姬听了也不免难以为情。她一句话也不回答,就靠在源氏公子的膝上睡着了。源氏公子觉得很可怜,便吩咐随从人等:“今夜不出门了。”随从者各自散去。侍女们将公子的膳食送到这里来请用。公子唤起紫姬,对她说:“我不出门了!”紫姬闻言,心中欢乐,便起身了。两人一起用晚饭。紫姬吃得很少,略略举箸,应名而已。饭后紫姬对公子说:“那么您就早点睡吧。”她还是不放心,生怕公子出门。源氏公子想:恁般可爱的人儿,我即使是赴阴司,也难于抛舍她而独行的。

如此挽留,乃常有之事。日子渐久,这种消息自然传到左大臣邸中。于是葵姬的侍女们便纷纷议论:“这女人到底是谁呀?真教人莫名其妙!从来不曾听见这个人的名字。如此善于撒娇撒痴,把公子迷住,一定不是一个身份高贵的上流女子。想是他在宫中不知什么地方偶然看到一个侍女,便宠爱了她,生怕外人非难,所以一向隐藏,假意说她还是一个不懂人事的孩子。”

皇上也闻知源氏公子邸内养着这样的一个女子,觉得对左大臣很抱歉。有一天他对源氏公子说:“难怪左大臣心情不快。当你年幼无知的时候,他就尽心竭力地照顾你。你现在已经长大,并不是孩子家了,怎么做出这种忘恩负义的事情来呢?”公子闻言,只是恭敬恐惧,一句话也不回答。皇上推想他大概和葵姬感情不惬,觉得很可怜,又说:“我看你也并不是一个品行不正的好色之徒,从来不曾听见说你对这里的宫女们或者别处的女人发生什么瓜葛。你到底在哪里偷偷摸摸,使得你的岳父和妻子都怨恨你呢?”

皇上虽然春秋已高,在女人面上却并不疏懒。宫女之中,采女和女藏人[1],只要是姿色美好而聪明伶俐的,都蒙皇上另眼看待。因此当时宫中美女甚多。如果源氏公子肯对这些女人略假辞色,恐怕没有一人不趋奉他。但他大约是看惯了之故吧,对她们异常淡然。有时这些女人试把风情的话来挑拨他,他也只是勉强敷衍应对。因此有的宫女都嫌他冷酷无情。

却说其中有一个上了年纪的宫女,叫做源内侍,出身荣贵,才艺优越,人望也很高。只是生性异常风流,在色情上完全不知自重。源氏公子觉得奇怪:年纪恁般老大了,何以如此放荡?试把几句戏言来挑拨她一下,岂知她立刻有反应,毫不认为不相称。源氏公子虽然觉得无聊,推想这种老女也许另有风味,便偷偷地和她私通了。但生怕外人得知,笑他搭交这些老物,因此表面上对她很疏远。这老女便引为恨事。

有一天,内侍替皇上梳发。梳毕之后,皇上召唤掌管衣服的宫女,入内换衣服去了。此时室内别无他人。源氏公子看见内侍这一天打扮得比平日更加漂亮:身材俊俏,脂粉浓艳,衣服装饰都很华美,样子异常风骚。他想:“老婆娘还要装年轻!”觉得很不愉快。然而又不肯就此罢休,想道:“不知她自己心里作何感想。”便伸手将她的衣裾拉一把。但见她拿起一把色彩非常鲜丽的纸扇来遮住了口,回过头来向公子送一个异常娇媚的秋波。可是那眼睑已经深深地凹进,颜色发黑;头发蓬乱。公子看到这模样,想道:“这色彩鲜丽的扇子和这衰老的年纪,真不相称啊!”便将自己手里的扇子和她交换一下,拿过来一看,但见鲜艳夺目的深红色地子上,用泥金画着许多繁茂的树木,一旁草草地题着一首古歌:“林

---

[1] 采女是服侍御膳的宫女,女藏人是身份较低的打杂的宫女。

下衰草何憔悴,驹不食兮人不刈。”[1]笔致虽然苍老,但也不无风趣。源氏公子看了觉得可笑,想道:“尽可题别的诗句,何必用这杀风景的歌词呢?”便对她说:“不是这等说法,有道是‘试听杜宇正飞鸣,夏日都来宿此林’[2]。”源氏公子觉得和这个人讲这些风流韵语,有点不配,深恐被人听见,颇不放心。但这老女却满不在乎,吟道:

“请看过盛林荫草,
盼待君来好饲驹。”

吟时态度异常风骚。源氏公子答道:

“林荫常有群驹集,
我马安能涉足来?

你那里人多口杂,教我怎得常到?”说罢便想脱身,内侍拉住了他,说道:“我从来不曾碰过这种钉子,想不到这么大年纪还要受辱!”说罢掩面而哭。源氏公子安慰她道:“不久就给你消息。我心中常常想念你,只是机会难得呀!”说着转身就走。内侍拼命追上去,恨恨地说:“难道‘犹如津国桥梁断’[3]么?”此时皇上换衣服已经完毕,隔帘望见这般模样,觉得十分可笑,想道:“这毕竟是不相称的关系啊。”自言自语地笑着说:“大家都说源氏公子太古板,替他担心,原来并不如此。你看他连这个老女也

---

〔1〕 此古歌载《古今和歌集》。此老女自比衰草。
〔2〕 此古歌载《信明集》。杜宇比情夫。林比情妇。
〔3〕 此古歌按《细流抄》所引,下一句为“衰朽残年最可悲”。

不肯放过呢。”内侍虽然觉得难以为情，然而世间原有“为了心爱者，情愿穿湿衣”[1]的人，所以她并不尽力替自己辩解。

别人闻知此事，也都认为意想不到，大家纷纷谈论。头中将听到这话，想道：“我在色情上也总算无微不至的了，但老女这门路却不曾想到。”他很想看看春心永不消减的模样，便和这内侍私通了。这头中将也是一个矫矫不群的美男子，内侍将他来代替那个薄情的源氏公子，也可聊以慰情；但她心中恐难免觉得如意郎只有源氏公子一人吧？欲壑之难填，一至于此乎！

内侍与头中将的私情非常秘密，源氏公子不得而知。内侍每逢与公子相会，必先申恨诉怨。源氏公子念她年老，很是可怜，颇想加以慰藉，然而又不高兴这样做，所以很久不理睬她。有一天，傍晚下了一阵雨，雨后新凉宜人。源氏公子欲消遣这良宵，在内侍所居的温明殿近旁徘徊闲步。内侍正在弹琵琶，声音非常悦耳。原来这内侍每逢御前管弦演奏等机会，常常参与男人队伍内弹琵琶，故于此道十分擅长，人莫能及。加之此时满怀离情别绪，无处发泄，所以弹得更加动听。她正在唱催马乐《山城》之歌：“……好个种瓜郎，要我做妻房。……想来又想去，嫁与也何妨……”嗓音非常美妙，然而略觉不大相称。源氏公子倾耳而听，想道：“从前白居易在鄂州听到那个人的歌声[2]，想必也有这般美妙吧。”

内侍的琵琶忽然停声，想见她正在悲伤愁叹。源氏公子将身靠在柱上，低声吟唱催马乐《东屋》之歌：“我在东屋檐下立……”内侍便接唱下

---

〔1〕 此古歌载《后撰集》。

〔2〕 白居易诗《夜闻歌者(宿鄂州)》：“夜泊鹦鹉洲，秋江月澄澈。邻船有歌者，发调堪愁绝。歌罢继以泣，泣声通复咽。寻声见其人，有妇颜如雪。独倚帆樯立，娉婷十七八。夜泪似珍珠，双双堕明月。借问谁家妇，歌泣何凄切？一问一沾襟，低眉终不说。”

段:“……请你自己推开门……”[1]源氏公子觉得她的歌声的确与众不同。内侍吟诗道:

“檐前岂有湿衣者?
惟见泪珠似雨淋。”

吟罢长叹数声。源氏公子想道:“你情人很多,这牢骚不该发给我一个人听。你究竟有什么心事,以致如此悲叹?讨厌!”便答吟道:

“窥人妻女多烦累,
不惯屋檐立等门。”

他想就此走脱,转念这未免太冷酷了,便走进门去。对手是个老女,因此两人搭讪不免稍轻薄些,但也觉得别有异趣。

且说头中将近来怨恨源氏公子,为的是源氏公子过于假扮正经,常常责备他的轻薄行为,而自己却满不在乎地东偷西摸,有了不少情妇。他常常想找他的破绽,以便报复。这一天正好头中将也来会晤这内侍,看见源氏公子先走了进去,心中非常高兴。他想乘此机会稍稍恐吓他一下,给他吃点苦头,再问他“今后改悔了么?”他暂不作声,站在门外静听动静。

此时风声稍紧,夜色渐深,室内无声,想见二人正已入睡,头中将便

---

[1] 催马乐《东屋》之歌全文:“(男唱)我在东屋檐下立,斜风细雨湿我裳。多谢我的好姐姐,快快开门接情郎。(女唱)此门无锁又无闩,一推便开无阻挡。请你自己推开门,我是你的好妻房。”

悄悄地走进室内。源氏公子心绪不宁,不能放怀就睡,立刻听见了足音。他想不到头中将会来此,猜度这是以前和内侍私通的那个修理大夫,不忘旧情,重来探访。他想:我这种不伦不类的行径,被这个老练的人看到了,多难为情!便对内侍说:“哎呀,不好了,让我回去吧。你早已看见了蟢子飞,却瞒过我,太刻毒了!”便起身光拿了一件常礼服,躲进屏风背后去了。

头中将心中好笑,但装作不知,走到源氏公子躲着的屏风旁边,把屏风折叠起来,发出劈劈啪啪的声音。内侍虽然年老,还是一个善于逢迎男子的风骚女人。为两男争风吃醋而伤脑筋的事件,她经历得多。虽然司空见惯,这回却也非常狼狈,生怕新来的那个男子将对源氏公子有所不利,甚是担心。连忙起身,战战兢兢地拉住了这个男子。

源氏公子想立刻溜出去,不让对方知道他是何人。但念自己衣衫不整,帽子歪戴,想象这仓皇出走的后影实甚可笑,便踌躇不决。头中将想教源氏公子不知道他是谁,故尔默不作声,只是做出非常愤怒的动作,把佩刀拔了出来。内侍着了急,连喊“喂,我的好人!喂,我的好人!”走上前去向他合掌叩头。头中将觉得太滑稽了,差一点噗嗤地笑了出来。内侍表面上装作一个娇艳的少女,粗看倒也像模像样,但实际上却是个五十七八岁的老太婆。此时她忘记了一切,夹在两个美貌无比的二十来岁的青年贵公子中间,周章狼狈地调停排解,这样子实在滑稽之极!

头中将故意装作他人,一味表演恐吓的动作,反而被源氏公子看出了。源氏公子想:“他明知是我,故意如此,真是恶作剧。”弄清楚之后,公子觉得好笑,便抓住了他那持佩刀的手臂,狠命地拧他一把。头中将知道已被看破,可惜之余,忍不住笑起来了。源氏公子对他说:“你是当真还是开玩笑？开玩笑也得有个限度啊！让我把衣服穿好吧。”头中将夺取了他的衣服，死也不给他穿。源氏公子说：“那么大家一样。”便伸手拉下了他的腰带，想剥他的衣服。头中将不让他剥，用力抵抗。两人扭做一堆，你争我夺。裂帛一声，源氏公子的衣服竟被撕破了。头中将即景吟唱道：

“直须扯得衣裳破，
隐秘真情露出来。

你把这破衣穿在外面，让大家看吧。”源氏公子答道：

“明知隐秘终难守，
故意行凶心太狠！”

两人唱和之后，怨恨全消，衣冠零乱地一同出门去了。

源氏公子回到私邸，回想此次被头中将捉住，心中不免懊恼，没精打采地躺下来。且说内侍遭逢了这意外之事，甚觉无聊。次日便将昨晚两人遗落的一条男裙和一根腰带送还源氏公子，并附诗道：

“两度浪潮来又去，
矶头空剩寂寥春。

我是‘泪若悬河’了！”源氏公子看了想道：“这个人厚颜无耻。”很讨厌她。但回想她昨晚的困窘之状，又觉得可怜，便答诗道：

“骇浪惊涛何足惧?
我心但恨此矶头!”〔1〕

回信就只两句诗。他看看送回来的腰带,知道是头中将之物,因为这腰带的颜色比他自己的常礼服深〔2〕。但检点自己的常礼服,发见假袖〔3〕已经撕掉。他想:“太不成样子了!可见渔色之人,丢脸的事一定很多。”越想越警惕了。

此时头中将住在宫中值宿所,便将昨晚撕下来的假袖包好了送还源氏公子,并附言道:“快把这个缝上吧。”源氏公子看了想道:“怎么会给他拿去的?”心中很不愉快。又想:“若是我没有到手这根腰带,倒便宜了他。”便用同样颜色的纸张将腰带包好,送还头中将,并附诗道:

“怜君失带恩情绝,〔4〕
原物今朝即奉还。”

头中将收到了腰带和诗,立刻答吟道:

“恨君盗我天蓝带,
此是与君割席时。

〔1〕以上两诗,皆以浪比二少年,以矶头比内侍。

〔2〕常礼服的腰带必用同样色彩的织物。

〔3〕假袖是接在衣袖上,使衣袖加长的。

〔4〕催马乐《石川》云:“石川高丽人,取了我的带。我心甚后悔,可恨又可叹。取的什么带?取的淡蓝带。深恐失此带,恩情中途断。”时人信为男女幽会时倘带被人取去,则恩情中绝。

你不能怪我恨你啊!”

红日高升之时,两人各各上殿见驾。源氏公子装出端庄严肃、若无其事的样子。头中将却在心中窃笑。这一天正值公事烦忙,有种种政务奏请敕裁。两人訚訚侃侃,神气活现。有时视线相接,各自低头微笑。偶值无人在旁,头中将便走近源氏公子去,向他白一眼,恨恨地说:“你死守秘密,如今再敢不敢?”源氏公子答道:“哪里的话!特地来了空手归去的人,才是倒霉的!老实告诉你:人言可畏,我不得不如此呀。”两人交谈了一会,相约要与古歌“若有人问答不知”[1]一样,大家严守秘密。

此后头中将每逢机会,便将这件事作为对源氏公子讪笑的话柄。源氏公子想:“都是这讨厌的老婆娘害人!”更加后悔了。但那个内侍还是撒娇撒痴地怨恨公子薄情,公子越想越懊恼。头中将对妹妹葵姬也不泄露这件事,只是准备在心:今后如有必要,可以此为对源氏公子的恐吓手段。

凡是出身高贵的皇家子弟,看见皇上如此宠爱源氏公子,都忌惮他,大家对他敬而远之。只有头中将不被他所屈服,些些小事也都要同他争个胜负。与葵姬同母生的,只有头中将一人。他想:源氏公子只是皇上的儿子而已;他自己呢,父亲在大臣中是圣眷最厚的贵戚,母亲是皇上的同胞妹妹,他从小受父母无限宠爱,哪一点比不上源氏公子呢?在实际上,他的人品确也十全其美,无善不臻。这两人在色情上的竞争,无奇不有。为欲避免烦冗,恕不尽述。

且说藤壶妃子即将册立为皇后,其仪式预定在七月间举行。源氏公

---

[1] 古歌:“若有人问答不知,切勿泄露我姓氏!”见《古今和歌集》。

子由中将升任了宰相。皇上准备在近年内让位于弘徽殿女御所生的太子,而立藤壶妃子所生之子为太子。然而这新太子没有后援人,外家诸舅父都是皇子,但已降为臣下。当时乃藤原氏之天下,未便教源氏的人摄行朝政,所以不得不将新太子的母亲册立为皇后,借以加强新太子的势力。弘徽殿女御闻知此事,大为不悦,此亦理之当然。皇上对她说道:"你的儿子不久便即位了,那时你就安居皇太后的尊位,你放心吧。"世人不免过虑,纷纷议论道:"这女御是太子的母亲,入宫已有二十余年。要册立藤壶妃子为皇后而压倒她,恐怕是困难的吧。"

藤壶妃子册立皇后的仪式完成了。是夜入宫,源氏宰相奉陪。藤壶妃子乃前皇的皇后所生,在众后妃中出身特别高贵;况且又生了一位粉妆玉瞓、光彩焕发的小皇子。因此皇上对她的宠爱无可比拟,别人对她也另眼看待。源氏公子奉陪入宫时,心情郁结,想象辇车中妃子的容姿,不胜渴慕。又念今后相隔愈远,见面无由,不禁心灰意冷,神思恍惚。便自言自语地吟道:

"纵能仰望云端相,
幽恨绵绵无绝期。"

但觉心情异常寂寞无聊。

小皇子日渐长大,相貌越发肖似源氏公子,竟难于分辨。藤壶妃子看了心中非常痛苦。然而别人并不注意及此。世人都以为:无论何人,无论怎样改头换面,都赶不上源氏公子的美貌。而小皇子当然肖似源氏公子,正像日月行空,光辉自然相似。

第八回　花　宴[1]

次年春,二月二十过后,皇上于南殿举行樱花宴会。藤壶皇后及朱雀院皇太子的御座,设在皇上玉座的两旁,皇后及皇太子皆赴席。弘徽殿女御为了藤壶皇后占据上风,心中每感不快,常常避免同席。但此次观赏美景,未便一人向隅,只得也来赴席。

是日也,天朗气清,景色宜人。百鸟争鸣,娇音悦耳。自亲王、公卿以至擅长诗道诸人,尽皆出席,探韵[2]赋诗。源氏宰相探取一韵,报道:"臣谨探得'春'字韵!"声音清朗,迥异凡响。其次轮到头中将,众人对他也另眼看待。态度从容不迫,落落大方。报韵声调亦恭谨郑重,与众不同。其余诸人,尽皆相形见绌,畏缩不前。此外不能上殿的阶下诸文人,因见皇上及皇太子皆才华卓越,又值文运昌隆、人才辈出之秋,大家自惭形秽。在此光天化日之下、大庭广众之中举步上前探韵,虽然作诗之事并不困难,却感畏惧恐缩,手足无措。反之,几个年老的文章博士,服装异常寒酸,却因惯于此事,态度从容自若。皇上观此种种情状,颇感兴趣。

---

〔1〕本回写源氏二十岁春天之事。

〔2〕探韵之法:于庭中设一文台,台上罗列许多韵字纸,背面向上。作诗者各自探取一纸,以此纸上所书字为韵而作诗。所作皆汉诗。

舞乐之事，自不必说，早已准备周妥。红日西倾之时，开始表演《春莺啭》[1]，歌声舞态，无不十分美妙。皇太子回忆去秋红叶贺时源氏公子所演《青海波》，便赏赐他樱花一枝插于冠上，恳切地劝他表演。盛情难却，源氏公子便起立出场，从容举袖，表演一节，聊以应命。姿态之美妙，无可比拟。左大臣看了，浑忘旧恨，感动流泪。便问："头中将何在？快快上来！"头中将也就挺身而出，表演一出《柳花苑》舞。历时较长，技法精详。想是预知如此，早有准备，姿态十分美妙。皇上即颁赐御衣一袭。人皆以为此乃特殊恩典，甚可珍贵。此后诸公卿不按顺次出场献舞；但日色已昏，灯光之下不辨巧拙。

舞罢，宣读诗篇。源氏公子所作精深渊博，宣读师亦不能轻易吟诵。每读一句，赞叹之声四起。诸文章博士亦皆真心感佩。以前每逢此种机会，皇上必先使源氏公子表演，以为四座增光。今日赛诗得胜，圣心之喜悦自非寻常可比。

藤壶皇后看见源氏公子才艺超群，心中想道："太子的母亲弘徽殿女御如此憎恨源氏公子，真不可解。但我自己如此爱怜他，亦不免疚心。"她深自反省。

"若能看做寻常舞，
贪赏丰姿不疚心。"

她只在心中默诵此诗，不知缘何泄露于世。

---

〔1〕 唐高宗命白明达仿照莺声作此曲，文武天皇年间(公元697—707年)传到日本。

御宴至深夜始散。公卿等各自告退,藤壶皇后及皇太子亦各自回宫。四周肃静,月色转明,好一片清夜美景！源氏公子醉兴方浓,觉得如此良宵,难于空过。他想:“殿上值宿人都已睡了,当此无人注目之时,或有机缘会见藤壶皇后。”便悄悄地走向藤壶院方面,窥探情状。但见可通消息的王命妇等的房门都已紧闭,只得独自叹息。然而犹不肯就此空归,便转向弘徽殿廊下信步行去,但见第三道门尚未关闭。弘徽殿女御散宴后即赴宫中值宿,此间留守人数不多。源氏公子向门内窥看,里面的小门也还开着,而人声全无。源氏公子想道:“世间女子为非犯过,都是由于门禁不严之故。”他便跨进门去,向内窥探。众侍女似乎都已睡着了。

忽然听见廊下有一个非常娇嫩而美妙的声音,迥非寻常女声可比,正在吟唱古歌:“不似明灯照,又非暗幕张。朦胧春月夜,美景世无双。”[1]这女子一面吟唱,一面向这边走来。源氏公子喜出望外,待她走近,便闯出门去,一把拉住了她的衣袖。那女子好像很害怕的样子,叫道:“呀,吓死我啦！是谁呀?”源氏公子答道:“你何必这样讨厌我呢?”便吟诗道:

“你我皆知深夜好,
良缘恰似月团圞。”

便将她抱进房里,关上了门。那女的因为事出意外,一时茫然若失,令人感到一种温柔甘美之趣。她浑身颤抖,喊道:“这里有一个陌生人!”源氏

---

〔1〕 此古歌见《千里集》。

公子对她说:“我是大家都容许的。你喊人来,有什么用处呢？还是静悄悄的吧。”女的听了这声音,料定他是源氏公子,心中略感安慰。她觉得此事尴尬,但又不愿做出冷酷无情的样子。源氏公子这一天饮酒过多,醉得比往常厉害,觉得空空放过,岂不可惜。女的年轻幼稚,性情温柔,也无力坚拒。两人就此成其好事。源氏公子但觉这女子十分可爱,只可惜天色渐明,心中不胜惆怅。那女的更是忧心忡忡,春心缭乱。源氏公子便对她说:“我还要请教你的芳名。否则以后如何可通音信呢？想来你也不愿就此分手吧。”女的便吟诗道:

“妾如不幸归泉壤,
料汝无缘扫墓来。”

她吟时姿态非常娇艳。源氏公子答道:“这也说得有理。我不该问你,应该自去用心探索。不过,

东寻西探芳名字,
谣诼纷传似竹风。

你若不怕损坏名誉,我又有何忌惮？我定当探询出来。难道你想从此瞒住我么?”正在交谈,天色已明,众侍女纷纷起身,赴宫中迎接女御,廊上来往频繁。源氏公子无可奈何,只得和那女子交换了一把扇子,作为凭证,然后匆匆出门,回宫邸去。

源氏公子的宫邸桐壶院内,侍女甚多,此时有数人已经睡醒。她们看见公子破晓归来,便扯手踢脚,交头接耳地互相告道:“好辛苦！日日

夜夜地东偷西摸!"她们假装睡着。源氏公子走进内室,虽然躺下,但不能入睡。心中寻思:"这个人儿真可爱!大约是弘徽殿女御诸妹中之一人吧。此人还是处女,想必是五女公子或六女公子了。帅皇子[1]的夫人三女公子和头中将所不爱的夫人四女公子,听说都是美人。倘是这两个人,更加有味儿了。六女公子已经许给皇太子,如果是她,倒有些对人不起。她们姐妹众多,难于辨别,我真弄不清楚。看她的样子,不想就此绝交。那么为何不肯告诉我通信办法呢?"他左思右想,一颗心儿被这女子牵住了。弘徽殿如此帷薄不修,而藤壶院如此门禁森严,两相比较之下,他觉得藤壶皇后的人品真可钦敬!

第二日重开小宴,忙忙碌碌了一天。源氏公子当筵弹筝,这小宴却比昨日的大宴富有雅趣。将近破晓,藤壶皇后进宫侍驾去了。源氏公子意兴阑珊,想起昨夜朦胧残月之下邂逅相逢的那个女子,此刻大约也要出宫返邸了,心中不胜怅惘。便派他那两个精明能干的侍臣良清和惟光前去窥探情状。公子辞别皇上,出宫返邸之时,两人便来报告:"以前停在隐蔽处的车子,现在已从北门出去了。但见许多女御及更衣的娘家诸人中,右大臣家的两个儿子少将及右中弁匆匆忙忙地赶出来相送,可知弘徽殿女御也退出了。我们看得清楚:其中不乏美貌女子。车子只有三辆。"源氏公子听了这话,料想那女子一定在内,胸中不免激动。他想:"有何办法可以知道那女子排行第几呢?索性将此事告知她父亲右大臣,正式做了他的女婿,是否使得?但此人品质如何,尚未确悉,遽尔求婚,未免太孟浪吧。然而就此罢休,永远不知是谁,也太可惜,如何是好?"他心中烦恼,茫然地躺着。

---

[1] 帅皇子是源氏之弟,后来称为萤兵部卿。

忽然想起了紫姬:"她很寂寞吧。这几天我常在宫中,久不回二条院,想她是闷闷不乐了。"他觉得很可怜。拿出那把证物的扇子来看看,但见两根外骨上各装着三片樱花模样的饰物,扎着五色丝线。浓色的一面上用泥金画着一个朦胧淡月,月影反映在水中。式样并不特别新颖,然而此乃美人惯用之物,自有亲切可爱之感。那个吟唱"料汝无缘扫墓来"的人的面影,始终不离开他的心头。他便在扇头添写两句诗:

"朦胧残月归何处?
刻骨相思恼杀人。"

写好之后便把扇子收藏了。

且说源氏公子自念久不赴左大臣邸,但又可怜那个幼小的紫姬,决定先去安慰她一下,便走出宫邸,回二条院去。

每次看见紫姬,总觉得她长得越发美丽,越发娇媚了。她的聪明伶俐果然与众不同。源氏公子觉得此人毫无缺陷,完全可以按照他自己的愿望而教养成人。只是担心一点:仅由男子教养,将来性情安得不欠少温柔?

他把日来宫中花宴情状讲给紫姬听,又教她弹琴,相伴了一天。到了晚上,公子准备出门,紫姬噘起嘴说:"又要去了。"然而近来她已习惯,并不任情阻挠。

源氏公子到了左大臣邸内,葵姬照例并不立刻出来相见。公子寂寞无聊,只得独自思量种种事情。后来取过筝来弹奏,吟唱催马乐《贯川》:

"……没有一夜好安眠……"[1]左大臣来了,和他谈论前日花宴中的趣事:"老夫如许高龄,历仕四朝明主,也算阅历得多了,却从来不曾见过此次那样清新警策的诗文、尽善尽美的舞乐,从来不曾感到此次那样陶情适性,却病延年。目今正是文运昌隆、人才辈出之时,加之吾婿精通诸艺,善于调度贤才,故能有此胜绩也。老夫虽年迈,也有闻鸡起舞之兴呢!"

源氏公子答道:"岂敢!小婿并不善于调度,只是多方搜求贤才,勉尽己责而已。纵观万般技艺,惟头中将之《柳花苑》尽善尽美,真乃后世表率。大人若肯当此盛世之春,欣然起舞,更可为天下增光也。"此时左中弁和头中将进来了。三人共倚栏前,各取所爱乐器,合奏雅调,其音悠扬悦耳。

且说那个朦胧月夜的小姐,回想那晚间的迷离春梦,不胜悲叹,心中怀着无限思量。她已许嫁皇太子,预定四月间入东宫成亲,为此更添忧恼。男的这边呢,并非全无办法探寻底细,但因尚未确定她是第几位女公主,又因与弘徽殿女御一向不睦,贸然求婚,有失体面,为此不胜烦闷。三月二十日过后,右大臣家举行赛箭会,招请众公卿及亲王参与赛箭,接着便是观赏藤花的宴会。其时樱花已经零落,但是尚有两株迟开的樱花树,仿佛懂得古歌"山樱僻处无人见,着意留春独后开"[2]之趣,正开得非常茂盛。最近新建的一所殿堂,为了准备弘徽殿女御所生的公主的着

---

〔1〕 催马乐《贯川》全文:"(女唱)莎草生在贯川边,做个枕头软如绵。郎君失却父母欢,没有一夜好安眠。(女唱)郎君失却父母欢,为此分外可爱怜。(男唱)姐姐如此把我爱,我心感激不可言。明天我上矢矧市,一定替你买双鞋。(女唱)你倘买鞋给我穿,要买绸面狭底鞋。穿上鞋子着好衣,走上官路迎郎来。"源氏欲以此多情女子对比冷淡的葵姬。

〔2〕 此古歌见《古今和歌集》。

裳仪式[1],装饰得十分华丽。右大臣家讲究排场,一切设备都很新颖时髦。今日赛箭赏花,右大臣前天在宫中遇见源氏公子时,已曾当面邀请他参加。但深恐公子不到,致使盛会减色,为此再派儿子少将前来迎接,并赠诗道:

“我屋藤花如拙陋,
何须特地待君来?”

此时源氏公子正在宫中,便将此事奏闻。皇上看了诗笑道:“他得意洋洋呢!”又说:“他特地派人来接,你该早些去。公主们都在他家长大,他不会把你当作外人看待。”

源氏公子打扮梳妆,直至日色甚暮,方始到会。右大臣家等得心焦了。他身穿一件白地彩纹中国薄绸常礼服,里面衬一件淡紫色衬袍,拖着极长的后裾,夹在许多身穿大礼服的王公中间,显然是个风流潇洒的贵公子模样,大家肃然起敬。公子从容入座,其风采实在与众不同。花的色香也被减煞,使人看了反觉扫兴了。

这一天的管弦演奏,非常出色。夜色渐深,源氏公子饮酒过多,酩酊大醉,装出苦闷之状,起身离座。正殿里住着大公主和三公主[2],源氏公子便走到东面的边门口,倚门闲眺。

正殿檐前,正是藤花盛开之处。为了看花,正殿的格子窗都开着,众侍女群集在帘前。她们故意把衣袖裙裾露出帘外,像新年里举行踏歌会

---

〔1〕 女子十二至十四岁之间,举行着裳仪式,表示成人,同时垂髫改为结发。

〔2〕 大公主即前页所述举行着裳仪式者,三公主后来为贺茂斋院。

时那样。这态度和今天的内宴颇不相称。于是源氏公子想起了藤壶院的斯文典雅,觉得毕竟与众不同。

“我心情不快,他们偏偏殷勤劝酒,多喝了真难过!对不起了:既然有缘来到此地,让我在这里躲一下吧。”他说着,便掀起门帘,把上半身躲进帘子里来。但听见有一个女子说:“咦!这话真可笑!下贱的人才攀缘,像你这样高贵的身份,何必说‘有缘’呢?”一看,这个人模样虽不十分庄重,但也并非普通青年侍女,分明具有高贵的美质。

室中弥漫着不知从哪里飘来的香烟。诸女群集,钗钿错杂,裙影蹁跹,人人举止婀娜,艳丽动人。但终缺乏端详娴雅的风情,显然是热爱时髦、竞尚富丽的家风。这些身份高贵的女子,为了观射看花,都从深闺洞房中到这门前来了。在这些身份高贵的女子面前,源氏公子理应恭谦谨慎,但为目前艳丽光景所感染,兴趣顿起,不由想到:“不知朦胧月下邂逅相遇的是哪一个。”胸中忐忑地跳。他便将身靠在门旁,把催马乐《石川》加以改作,用诙谐的语调唱道:

“石川高丽人,取了我的扇。
我心甚后悔,可恨又可叹。……”

但闻有一个女子答道:“怪哉!来了一个奇妙的高丽人!”可知这个人是不知底细的。帷屏后面另有一女子,默默不答,只是连声叹息。源氏公子便挨近这个人去,隔着帷屏握住了她的手,吟道:

“暂赏朦胧月,还能再见无?
山头凝望处,忧思入迷途。

何故入迷途呢?"他用推测的口气说。那女的忍不住了,答吟道:

"但得心相许,非关月有无。
山头云漠漠,安得入迷途?"[1]

听这声音,可知此人确是那天相逢的女子。源氏公子喜出望外,只是……

〔1〕 以上两诗,皆以月比那女子,以山头比这房室。

第九回　葵　姬[1]

朝代更换后,源氏公子对万事但觉意兴阑珊。又因升任大将,身份更加尊贵,未便轻举妄动,幽会私通之事,不得不稍稍敛迹。因此各处情人,都等得心焦,怨恨悲叹。多管是报应吧,他自己恋慕那个冷酷的藤壶皇后,也有无穷的悲伤怨恨。

藤壶皇后自从桐壶帝让位之后,便与普通宫人一般日夜侍候帝居。弘徽殿太后越发妒忌于她,索性常住儿子朱雀帝宫中。藤壶皇后无人对敌,倒很安心。每逢春秋佳日,桐壶院[2]必举办盛大的管弦之会,声闻朝野。让位以来,悠闲自得,甚是幸福。只有一事不能称心:冷泉院皇太子别居宫中,不得常常见面,未免悬念。这太子没有后援人,上皇甚是担心,便命令源氏大将做他的保护者。源氏大将受命之时,一则以惧,一则以喜。

却说已故皇太子与六条妃子所生的女儿,即将赴伊势神宫当斋宫[3]了。六条妃子早就计虑:源氏大将的爱情很不可靠,况且让这幼女独自前往,也不放心,不如以照顾幼女为由,跟她同赴伊势吧。桐壶院闻此消息,对源氏公子说:"吾弟在世之日,最宠爱这位妃子。你对她倘有

---

〔1〕 本回写两年以后即源氏二十二岁至二十三岁正月之事。

〔2〕 天皇让位后即移居后院,遂即以该院为名,称让位之帝为某某院。

〔3〕 每次天皇即位,卜定斋宫及斋院。修行有定期。

轻率怠慢,便是对不起她。这个斋宫,我也视同自己子女一样。无论从哪方面说,都应该尊重这位妃子。像你这样任情恣意,轻薄好色,势必遭受世人讥评。"说时脸色甚是不快。源氏公子心中也认为父皇之言有理,只得恭恭敬敬地听训。父皇又说:"你不可使对方蒙受耻辱。对无论何人,必须彬彬有礼。切莫教女人们怀恨于你。"源氏公子想:"我那大逆不道的行为,如果被他得知,可不得了!"不胜惶恐,乘机肃然告退。

他和六条妃子的关系,桐壶院也已知道,故尔有此训话。此事有伤六条妃子名誉。就他自己的行为而言,也实在太轻薄了。他很想今后多多重视她,然而又不便公然表示。六条妃子呢,自念年纪比他大,很不相称,觉得可耻,因此对他态度冷淡。源氏公子随顺她的心意,对她也不十分亲热。然而桐壶院早已知道,世间也已无人不晓。虽然如此,六条妃子毕竟还是怨恨源氏公子的薄倖,时时愁叹。

槿姬听到世间传说源氏公子是个薄情郎,于是主意坚定,决心不效别人那样受他的诱惑。公子给她信,她大都置之不答,不过难得回他一封短书。然而也不表示嫌恶,使他难堪。因此源氏公子始终认为这个人是优异的。

葵姬对于源氏公子的轻薄行径,当然很不满意。然而,想是她认为过于激烈反对无补于事吧,并不十分妒恨。此时她已怀孕,精神不愉快,心中闷闷不乐。源氏公子闻知她已怀孕,深感庆幸,父母亲等亦皆大欢喜。然亦不免担心,便举行种种佛事,祈求安产。这期间源氏公子自然增添忙碌,对六条妃子等情人虽然并不忘怀,然而足迹渐稀了。

此时贺茂神社里那位斋院,已经修行期满。继任之人,卜定了弘徽殿太后所生的三公主。桐壶帝与弘徽殿太后特别宠爱这公主,舍不得放她去度清苦的修行生活。然而此外没有适当之人,也只得割慈忍爱。斋院入社的仪式,本是通常的神事,但此次特别隆重。贺茂神社祝祭,除了规定的仪式,又增添许多节目,花样十分新颖。这原是按照斋院的身份高下而有繁简之别的。

入社前几日举行祓禊[1],执事的公卿人数本有一定。但此次选得特别讲究,都是声望高贵、容貌优秀的人。连他们的衬衣的色彩、外裙的纹样、以至马和鞍镫,也都选得齐齐整整。又下特旨,令源氏大将参与行事。女眷所乘游览车,都预先准备,装饰得辉煌灿烂。祓禊行列将要通过的一条大路上,车水马龙,冠盖相望,拥挤得几无隙地。各处临时搭起来的看台,装饰得各尽其美。女人们的衣袖衫裾露出在帘下,鲜艳夺目,真乃良辰美景!

葵姬一向不爱看热闹。况且怀孕后精神不甚舒畅,此次更不想出门。但是众青年侍女互相告道:“好没趣呀!我们几个人自己悄悄地去看,到底乏味。今天的盛会,无论哪个都想看。连山农野老也都想拜见源氏大将的丰采,从遥远的地方带了妻子上京城来。我们的夫人反而不去看,真太可惜了。”葵姬的母夫人听到这话,便劝她:“你今天精神还好,去看看吧。你不去,这些侍从人都没趣。”葵姬遵命。母夫人连忙命令备车。

红日高升,时光已经不早。葵夫人的装束和举止并未特地摆阔。这华美的一行几辆车子和侍从来到一条,但见无数游览车排列得密密层层,竟无插足之地。侍从车中有许多是身份高贵的宫女,她们便选定一个没有身份低贱的人的地方,喝令停在那里的车子都退避。其中有二辆牛车,里面挂的帘幕非常精致,而外部装的竹席已经略旧,样子很不触

---

〔1〕 祓禊是一种仪式,祓除不祥之意。

目。车中妇女靠后坐着,将衣袖、裙裾及汗衫[1]等从帘下稍微露出,颜色都很素淡,显然是为了避免人目注意而故意安排的。车旁的侍从看见别人要他们退避,便走过来昂然地说:“这二辆车子非同一般,不得退避!”不许葵夫人的侍从动手。两方都是年轻人,而且都喝得很醉,便争吵起来,无法制止。葵夫人方面几个年长的前驱者出来排解:“不得争吵!”然而毫无效用。

原来这二辆车子是伊势斋宫的母夫人六条妃子的,她大约因为心情不快,故尔悄悄地出门游览一下。她想保守秘密,然而葵夫人的侍从们自然能够识破。他们便对六条妃子的侍从们骂道:“你们是什么来头,口气这么强硬?也算是仗源氏大将的势力么?”葵夫人的侍从中有几个是源氏大将的家人,他们觉得对不起六条妃子,然而也不便照顾她,因此假装不知。争吵的结果,葵夫人的车子终于赶了过来,六条妃子的车子被挤在葵夫人的侍女车后面,望出去什么也看不见。六条妃子觉得看不见还在其次,她的微行被人认出,被人辱骂又赶走,实在无限痛心!

六条妃子车上的架辕台都被折毁了。只得将辕搁在别人家的破烂车子的毂上,才得站稳,样子实甚寒酸。她很懊悔:“何必来此呢?”然而悔之晚矣!她想不要看了,立刻回去吧。然而被别人的车子挡住,无路可通!正在懊恼之际,但闻众人喊道:“来了,来了!”可知源氏大将的行列即将来到了。六条妃子听到这喊声,觉得如此可恨之人,却必须在此恭候他的驾临,实在委屈之至!她虽想一见源氏大将,但这里又不是“竹丛林荫处”[2],源氏大将不知道她来,没有驻马回头看她,终于扬长而

---

[1] 原来是男女贴身穿的吸汗用的衣服,但童女所用的一种仪服亦称汗衫。

[2] 和歌:“竹丛林荫处,驻马小河边;不得见君面,窥影也心甘。”见《古今和歌集》。

去。她觉得这比完全不见更加可恨。

这一天有许多游览车装饰得比平时更加华丽,许多如花如玉的美眷拥挤在车中,竞把衫袖裙裾在帘下露出来。源氏大将大都漠然地经过,不加注意。但有时也认识这是他的情人某某的车子,便对它微笑顾盼。葵夫人的车子特别触目。源氏大将经过时,态度非常郑重,他的侍从人等也都肃然起敬。相形之下,六条妃子全被压倒,伤心之极,便默吟道:

“仅能窥见狂童影,
徒自悲伤薄命身。”

不觉流下泪来。深恐被人看见,努力隐忍。但又想:源氏公子那鲜艳夺目的容貌,在天光之下更加映丽,倘若未曾窥见,岂不可惜!

源氏大将行列中的人,装束和随从都按照各人身份,秩序井然。其中诸公卿打扮得特别堂皇。然而在源氏大将的光辉之下,都相形见绌了。大将的临时随从用殿上将监,不是寻常的事。只有皇上难得行幸之时,大将才用殿上将监为随从。但今日特别隆重:源氏大将的临时随从是右近兼藏人的殿上将监,即伊豫介的儿子。其他随从,亦皆选用相貌端正、风度优雅的人,这一行列真是辉煌眩目。看到这盖世无双的源氏大将的风姿,即使是无情的草木,也没有不倾倒的。

观众之中,有些中等人家的女子,将衣服披在头顶,戴上女笠,扎起衣裾,徒步往来。又有看破红尘、出家修行的尼姑,也跌跌撞撞地出来看热闹。要是平时,见者一定嫌她们好事:“你们这种人何苦来呢!”但在今日,大家认为理之当然。更有形状古怪的老太婆,牙齿脱落,两颊深陷,将垂在背后的头发藏在衣服里面,驼腰曲背,以手加额,仰望源氏大将的容姿,目瞪口呆,竟像发痴一般。其中还有无知无识的平民,忘记了自己相貌的丑陋,欢欣鼓舞地笑着。还有微不足道的地方官的女儿,为源氏大将所不屑寓目的,也乘着竭力装饰得华丽的车子,故意装出娇媚之态,希求大将的青睐。形形色色,难于尽述。就中有几个曾与大将私通的女子,看到他今天的雄姿,自惭形秽,背人叹息。

桃园式部卿亲王坐在看台上观赏。他看到源氏公子的容姿,想道:“这个人年龄越长,相貌越是光彩焕发,竟像有鬼神附在他身上似的。”他反而觉得毛骨悚然了。他的女儿槿姬回想:年来源氏公子向她求爱的诚恳,确非寻常可比。即使是个普通男子,女的也会感动,何况是他呢?这个人何以如此多情呢?她不免动心。然而并不想亲近他。只听见她的青年侍女们交口赞誉源氏公子,使她听得厌烦。

祓禊过后,三公主将入贺茂神社修行,当天举行正式的贺茂祭。此日葵姬不去观览。有人将祓禊日争夺车位的事件告诉了源氏大将。源氏大将觉得六条妃子的确受了委屈,很对她不起。他想:“葵姬为人忠厚稳重,只可惜虑事不周,有时不免冷酷无情。她自己并不想凌辱人。但她没有想到两女共事一夫,应该互相顾怜。于是她的下属便随顺她的作风,结果做出那件事来。六条妃子气度温雅,谦恭知耻,人品甚是高尚。如今受此凌辱,定然不胜悲愤。”他觉得很抱歉,便亲自去访问。此时六条妃子的女儿尚未赴禁中左卫门府入初斋院〔1〕,还留在邸内洁身斋戒。六条妃子就以不可亵渎神明为借口,回报他说不能安心会面,谢绝了他。源氏大将认为此亦有理之言,只得独自发牢骚:“为什么如此呢?总得互

---

〔1〕 凡斋宫受任命后,先行祓禊,入禁中左卫门府斋戒若干日,此时称为入初斋院。然后举行第二次祓禊,移居京都西北角的嵯峨野宫修行一年。再赴伊势。

相和好才是!”

今天他懒得去见葵姬,先赴二条院,再出门看贺茂祭。他到了紫姬所居的西殿里,便命惟光准备车辆。对那些年幼的侍女们说:“你们也去看,好不好?”这一天紫姬打扮得非常美丽,源氏公子满面笑容地对她看。说道:“过来! 我和你一同去看。”紫姬的头发今天梳得特别光洁,源氏公子用手摸摸,对她说:“你的头发长久不剪了。今天想是好日子吧?”便召唤占卜时日吉凶的博士,教他卜定一个吉时。又对小侍女们说:“你们先去吧。”他看看这些女童的美丽的衣饰,但见每人的头发都很可爱,梳得很整齐,浓重地挂在浮纹的罗裙上,有娇小玲珑之感。

他说:“让我来替小姐剪发。”拿起剪刀,又说:“好浓密啊! 将来不知要长得多长呢!”他觉得无从着手。又说:“头发无论怎样长的人,额上的总是稍短些。但如果都是短的而没有长些的拢到后边,便太缺乏情味了。”剪好之后祝道:“郁郁青青,长过千寻!”紫姬的乳母少纳言听了这祝词,深感欣幸。公子吟诗道:

“千寻海水深难测,
荇藻延绵我独知。”

紫姬答道:

“安知海水千寻底?
潮落潮生无定时!”[1]

---

[1] 以上两诗,以海水比爱情,以潮比源氏公子之心,以荇藻比发。

便将此诗写在纸上。执笔挥毫,样子十分能干。但又有孩子态度,天真可爱。源氏公子深感喜慰。

今天游览车异常拥挤,几无隙地。源氏公子想停车在马场殿旁边,然而没有适当的地方。他说:"这地方公卿的车子很多,太嘈杂了。"正在踌躇不决之际,忽见近旁停着一辆很漂亮的女车,里面乘着许多女子,衣袖和裙裾露出在帘下。其中有一人从车中伸出一把扇子来,向公子的随从人招呼道:"停在这里好不好?我们让出地方来吧。"源氏公子想:"多么轻狂的女子啊!"然而这地方的确很好,便命令驱车过去,对那女车中的人说:"你们怎么会找到这好地方?教人羡慕呢!"便接了那把扇子,展开来一看,上面题着诗句:

"拟托神灵逢好侣,
人皆鹣鲽我孤单。

只因君在禁地中。"墨色未干,显然是内侍的笔迹。源氏公子想:"岂有此理!她竟想永远不老,一直撒娇撒痴。"他很讨厌,恨恨地写两句答诗,把扇子还她:

"早已知君多好侣,
专诚待我是空言!"

这老女看了,觉得很难为情,又写道:

"神灵本是无灵物,

轻信空名懊悔迟。”

源氏公子因有女同车,帘子也不卷起,便有许多人心怀妒恨。他们想:“前天祓禊时,他的态度很威严,今天却是随意游览。和他同车的人到底是谁?想必不是寻常之人。”大家东猜西测。源氏公子觉得刚才和不相称的人酬酢唱和,很犯不着。但倘送诗给不像内侍那样厚颜无耻的人,又恐她们顾虑到他有女同车,连寥寥数字的回音也不肯放心地送给他吧。此事暂且不表。

却说六条妃子此次懊恼之深,为近年来所无。她怨恨源氏公子无情,对他已经断念。但倘和他绝交,毅然赴伊势蛰居,则又未免无聊,况且被天下人取笑。反之,想留在京城,则如此残酷地受人侮辱,实属难堪。正如古歌所云:“心如钓者之浮标,动荡不定逐海潮。”[1]她心中犹豫不决。想是日夜忧恼之故,她的心仿佛摆脱了身体而浮游在空中,痛苦不堪。

源氏大将对于六条妃子下伊势之事,并不坚决反对。只是对她说道:“我固然毫不足道,被你摒弃,也是理之当然。不过既结此缘,虽无可取,总希望长此存续,有始有终。”这是不着边际的话,因此六条妃子行止难于决定。祓禊那天为欲散心而出游,却受到了无情的打击,从此她对万事都厌恶,心中忧思无限。

正当此日,葵姬为鬼怪所迷,病得很厉害。家中上下一切人等,都忧愁叹息。源氏公子此时不便再东偷西摸,二条院也难得回去。他平时虽然不甚热爱葵姬,但毕竟是身份高贵的正夫人,对她总是另眼看待。尤

〔1〕 此古歌见《古今和歌集》。

其是她身上已经有喜,又加之患病,因此源氏公子特别担心。便延请高僧高道,在自己房室内做种种法事。由于法事的效力,关亡的法师说出了许多鬼魂与生灵[1]的名字来。其中有一个魂灵,始终不肯附在替身童子[2]身上,而只管附在病人自己身上。虽然并未带来特别的痛苦,但是片刻不离。延请法力精深的修行者来驱除,也不见效。这个顽强的魂灵,看来不是寻常的了。左大臣邸内的人历数源氏公子的情妇,这个那个地猜测。有几个人悄悄地相告:“六条妃子和二条院的紫姬等,公子特别宠爱,她们的妒恨自然最深,想必是她们的生魂了。”请易者占卜一下,也没有定论。虽说是鬼怪迷人,但葵姬并没有对人结下深仇重怨。想来想去,只有她的已故的乳母,或者世世代代与他家结怨的鬼魂,有时乘人之危,隐约出现而已。

葵姬终日嘤嘤啜泣,时时抚胸咳嗽呕吐,痛苦不堪,教人看了非常难过。家人束手无策,眼见得这病状不吉,人人忧愁悲叹。桐壶院也很关怀,问病的使者络绎不绝,又为她做种种法事,以祈祷平安。如此深蒙恩宠,设有不测,实在太可惜了。世人无不关心葵夫人的病状。六条妃子闻知此种情况,大为嫉妒。年来她并无如此嫉妒之心,只为了争夺车位那件小事,她的心异常激动,甚至游离恍惚。左大臣家的人万万想不到此小事竟这般严重。

六条妃子如此妒恨忧恼,身心亦异常困顿。她想请僧人做法事,以祈祷健康。但因女儿斋宫尚未离去,未便在邸内举行,便暂时迁居他处,诵经礼忏。源氏大将闻此消息,深为挂念,不知妃子健康如何,便下决

---

〔1〕 当时人相信死鬼和生人的灵魂都能附在病人身上作怪。

〔2〕 做法事时,置一童子,使魂灵移附在童子身上,亦有使用草人者。

心,前去访问。此时妃子借居他处,源氏大将只得微行而往。他首先说明:近来久疏问候,实乃意外之事,怠慢之罪,务请原宥。然后诉说葵姬病状,言道:"我并不何等操心。但她的父母看得很重,非常着急,痛苦不堪。我未便坐视,在她病重期间,只得从旁照料。你倘能宽宏大量,原谅万事,我就不胜欣喜了。"他看见妃子神色比往常憔悴,觉得此实难怪之事,深感同情。

两人交谈,隔阂未消,天明时公子告辞出门。六条妃子看到他那俊美的丰姿,觉得还是不忍抛开他而独自远行。但又思量:"他的正夫人素来受他重视,今又将生男育女,结果他的爱情定然集注于她一人身上。而我在这里翘盼他的惠临,无非是自讨苦吃而已。"暂时忘怀了的忧思,现在重新涌上心头来了。其时日色已暮,只收到了源氏公子的一封信。信上写道:"近日病势稍减,今又忽然加重,故我未便抽身……"六条妃子推想他又是托辞,便回答他一封信:

"身投情网襟常湿,
足陷泥田恨日深!

古歌云:'悔汲山井水,其浅仅濡袖。'[1]君心正如此井。"

源氏公子看了这回书,觉得在他所交往的诸女子中,此人的笔迹最为优秀。他想:"人世之事,真不可解!我所钟爱的诸人,性情容貌,各尽其美。但恨不能集中爱情于一人,如何是好?"心中郁郁不乐。其时日色已昏,连忙再写一信奉报:"来书所云'其浅仅濡袖',不知何故如此其浅?

[1] 此古歌见《古今和歌六帖》。

都缘卿心不深,反而托辞恨我吧!

卿居浅濑但濡袖,
我立深渊已没身。

若非病人之故,我必亲自致送此书。"

且说葵姬被魂灵附体,病势转剧,非常痛苦。世人纷纷传说:此乃六条妃子自己的生灵及其已故父大臣的鬼魂作怪。六条妃子闻知此事,思虑满腹。她推想:"我只痛惜自身,并不怨恨他人。但闻过于忧郁,灵魂自会脱却身体而浮游出外,为人作怪,此事庸或有之。"近年来她为种种事情悲伤忧恼,然而从未像此次之心碎肠断。自从祓禊那天为争夺车位而被人蔑视、身受奇耻大辱以来,一味忧伤悔恨之余,心灵往往浮游飘荡,不能安静。因此每逢迷离入梦之时,便神游于某处洞房清宫,仿佛是葵姬之家,就同此人纠缠不清。此时她的性行与醒时完全不同:凶猛暴戾,只顾向此人袭击。这是近来屡有之事。她常常想:"唉,惭愧!难道我的灵魂真会出窍,往葵姬那里去么?"觉得非出本心,甚是奇怪。她又想:"些些小事,世人都要说短道长,何况像我这种行径,正是教人宣扬恶名的好把柄了。"她痛惜声名,反复思量:"倘是已死之人,怨魂不散,为人作祟,乃世间常有之事。但即使他人有此等事,我也认为罪过深重,可憎可恶。何况我现在活着,被人如此宣扬恶名,真乃前世作孽!这都是我爱上了那个薄情人之故。自今以往,决不再想他了。"虽然如此,正如古语所说:"想不想时已是想。何不连不想也不想?"

且说六条妃子的女儿斋宫原定去年入禁中左卫门府斋戒,但因种种障碍,延至今年秋天入左卫门府。九月间即将移居嵯峨野宫修行,故目下正在准备第二次祓禊。但六条妃子忽然精神失常,迷离恍惚,每日只是似睡非睡地躺着。她的侍女们大为震惊,为她举行种种法事,以祈祷安康。她并无何等重病,只是郁郁寡欢,沉闷度日。源氏公子常来访问。然而为了葵姬病重,没有关怀他事的余暇了。

葵姬怀孕,还没有到临盆时期,大家漫不介意。岂知忽然阵痛频频,显见即将分娩了。各处法会便加紧祈祷。然而最顽强的那个魂灵,一直附在她身上,片刻不离。道行高深的法师都认为此怪少有,难于制治。费了很大法力,好容易镇服了。此怪便借葵姬之口说道:"请法师稍稍宽缓些,我有话要对大将说!"众侍女相与言道:"对了,其中必有详情。"便把源氏大将请进帷屏里来。左大臣夫妇想道:"看来大限到了,想是有遗言要对公子说吧。"便略略退避。正在祈祷的僧众都放低了声音,诵读《法华经》,气象十分庄严。

源氏公子撩起帷屏的垂布入内,但见葵姬的容颜异常美丽;她的腹部高高地隆起。那躺着的姿态,即使旁人见了,也将痛惜,何况源氏公子。他又觉可怜,又觉可悲,乃当然之事。葵姬身穿白色衣服,映着乌黑的头发,色彩非常鲜明。她的头发浓密而修长,束着带子搁在枕上。源氏公子看了,想道:"她平日过于端庄了。此刻如此打扮,倒是非常可爱,更加娇艳,实在美丽之极!"便握住了她的手,说道:"哎呀,你好苦啊!教我多么伤心!"说时泣不成声。但见葵姬的眼色,本来非常严肃而腼腆,现在带着倦容仰望着源氏公子,凝视了一会之后,滚滚地流出眼泪来。源氏公子睹此情状,安得不肝肠断绝?葵姬哭得很厉害,源氏公子推想她是舍不得她的慈爱的双亲,又担心现在与丈夫见面竟成永诀,故尔悲伤。便安慰她道:"什么事都不要想得太严重了。目下虽有痛苦,但我看你气色甚好,定无危险。设有意外,我俩既结夫妇之缘,生生世世必能相见。岳父母与你亦有宿世深缘,生死轮回,永无断绝,必有相见之时,万勿悲伤!”

附在葵姬身上的生灵答道:“否否,非为此也。我全身异常痛苦,欲请法师稍稍宽恕耳。我绝非有意来此相扰,只因忧思郁结,魂灵不能守舍,浮游飘荡,偶尔至此也。”语调温和可亲,又吟诗道:

“郎君快把前裾结,
系我游魂返本身!”〔1〕

说时声音态度,完全不像葵姬,竟是另一个人。源氏公子吃惊之余,仔细寻思,恍悟此人竟是六条妃子。奇哉怪也:以前众口谣传,他总以为是不良之人胡言乱道,听了很不高兴,往往加以驳斥。今天亲眼看到世间竟有如此不可思议之事,觉得人生实在可厌,心中不胜悲叹。便问:“你说得是。但你究竟是谁?务请明以告我!”岂知她回答时连态度和口音都完全是六条妃子!此情此景,奇怪两字已经不够形容。葵姬的众侍女就在近旁,不知她们是否看出,源氏公子颇感狼狈。

那个生灵的声音渐渐静下去了。母夫人推想葵姬现在身体好些,便送过一碗汤药来。侍女们扶她坐起来服药,岂知婴儿立刻诞生了。全家诸人皆大欢喜。但移附在替身童子身上的生灵却嫉妒她的安产,大声骚扰起来,因此大家担心落胞之事。想是左大臣夫妇及源氏公子多修法事、立下宏誓大愿之故,落胞之事终于顺利平安。于是修法事的比叡山

---

〔1〕 时人相信:若魂灵脱体游离,只要见者将衣服前裾打一个结,魂灵便回本体。故吉备公有《见人魂歌》云:“我见一人魂,不知属谁人。快快结前裾,使魂返其身。”

住持及诸山高僧俱各欢慰,拭去头上的汗,匆匆告退。家中诸人连日尽心看护,俱各困疲,此时方得稍稍休息。左大臣夫妇及源氏公子料想今后可保无事,俱各安心了。为感谢神恩,法事重新开始。但上下诸人都悉心照料这可爱的婴儿,对病人不免疏忽了。

自桐壶院以至诸亲王及公卿,无不致送礼物,所馈赠的都是珍贵物品。庆贺之夜,看到这些礼物,家人无不欢天喜地,热闹非常。[1] 又因诞生的是男儿,所以各项礼仪格外隆重。

且说六条妃子闻知葵姬安产,心中不得平静。她想:“早已病势危笃,何以今又平安无事?”她历历回思自己的魂灵不知不觉地出游时种种情状,便觉自己的衣衫熏透了葵姬枕边所焚的芥子香[2]。她很诧异,便净洗头发,更换衣服,试看是否真有其事。岂知洗头换衣之后,香气依旧不散!她想:“此种行径,我自己想起了也觉得荒唐。何况别人闻知,岂有不肆意宣扬?”但此事不可告人,只能闷在心中,独自悲叹。她的性情便越发变得乖异了。

源氏公子见葵姬分娩,大小平安,心中稍稍安宁。但想起那活人魂灵不问自招的怪事,甚是懊恼。他久不访问六条妃子,觉得对她不起。但念倘使和她见了面,有何话可说呢?心情一定不快。为她着想,也使她反而为难。左思右想,终于不去探访,但写了一封信去。

葵姬生了这一场大病之后,身体自然十分虚弱,大家很担心,认为不可疏忽。源氏公子也认为理应如此,守着病人,足不出户。葵姬身上还很不舒服,不能像平日那样和源氏公子晤谈。新生的婴儿相貌异常端

〔1〕 当时风俗,产后三、五、七日晚上亲朋都来贺喜,馈赠食品、婴儿服装等礼品。

〔2〕 时人相信:焚芥子香可以驱除邪恶。

正,源氏公子对他的宝爱,当非寻常可比。左大臣觉得万事如意称心,十分欢喜。只是葵姬身体尚未痊愈,不免担心。但念此次病势如此沉重,当然不会立刻复健。因此并不十分着急。

新生的婴儿眉清目秀,非常肖似东宫太子。源氏公子看了,立刻想起太子,思念之极,不能再忍,想进宫去看看他。便在帘外对葵姬抱怨道:"我久不进宫,心甚挂念,今日颇思去走一遭。但有话想和你面谈,隔帘传语,岂不太疏远么?"侍女们劝请葵夫人:"夫妇之间,不须拘谨小节。夫人虽然病体衰弱,膏沐不施,但和公子见面,何必隔帘?"便在夫人卧处旁边设一坐位,请源氏公子进来。两人就对面谈话。葵姬时时对答,但因病后衰弱,颇感吃力。源氏公子回想前日濒于死亡时那种模样,觉得现在好似身在梦境。便共谈病势沉重时种种情况。忽然想起那天这气息奄奄之人突然魂灵附体、侃侃而谈时那种怪相,心中恐怖起来,对她说:"唉,要谈的话实在多,不过你现在身体还弱,应该静养。"便劝她服汤药。众侍女睹此光景,都很高兴,想道:"不知他几时学会看护病人的。"葵姬这个绝色美人,现在为病魔所困,玉容消减,精神若有若无,那躺着的样子实在非常可爱可怜!那浓艳的头发一丝不乱,云霞一般堆在枕上,美丽之极!源氏公子异常感动,凝眸注视,心中想道:"年来我为了何事而对她感到不满呢?"便对她说:"我进宫去,参见了父皇,立刻回来。我们能够这样地促膝谈心,我真高兴!近来岳母常常陪伴着你,我倘来得太勤,深恐她怪我不体谅病人,因此我不便多亲近你,心中很痛苦。但愿你身体渐渐好起来,我们便可回到本来的房间里去同居。多半是岳父母太钟爱你,像小孩一般疼你,因此你的病不容易快好。"说罢便起身告辞。此时公子服装异常鲜丽,葵姬躺着目送他,比平常格外热情地注视。

此时正是秋季“司召”[1]之期,京官任免,须在此时决定。左大臣也须入宫参与会议。诸公子希望升官,时刻不离左右,此时大家跟着左大臣入宫。诸人入宫之后,邸内人少,顿觉岑寂。正在此时,葵姬的病忽然转剧,胸中喘咳,痛苦难当。不及向宫中通报,就断气了!

噩耗传来,左大臣及源氏公子等大吃一惊,慌忙退出,几乎足不履地。原定这天晚上办理“司召”,现在发生了这意外的故障,只得万事中止了。

回到邸内,但闻哭声震天。时值夜半,想邀请比叡山住持及诸僧众来做功德,也急切难行。安产后虽然病体尚未复健,但是看来必无危险,因此大家都已放心。冷不防突然逝世,仿佛青天一个霹雳,邸内诸人都吓丧了胆。此时各处吊客络绎不绝地来了。家人无法对付,手忙脚乱,混乱不堪。诸亲人哭泣之哀,旁人听了也都肝肠断绝!葵姬过去屡次被鬼怪所袭而一时昏迷,但后来渐渐苏醒。家人疑心此次也会复苏,因此枕头也不移动,静候了两三日。然而容颜逐渐走样,证明确已长逝。绝望之余,家人无不痛心疾首!源氏公子除痛惜葵姬之死而外,又为六条妃子之事伤心,觉得人生于世,实甚无聊。关系密切的诸亲友的殷勤吊慰,他也觉得毫不足贵了。

桐壶院也很悲伤,郑重地遣使吊唁。家中虽遭不幸,反而因此增加光彩,悲哀之中平添了欢喜。左大臣感激之余,流泪不绝。他听从别人的劝告,为祈求女儿复活而举行庄严隆重的法事,又历尽无遗地施行种种救活的办法。然而眼见得尸体已经腐烂,父母虽然痴心妄想地盼望,终不过是毫无希望地度日。到了无可奈何之时,只得将遗骸送往鸟边野

---

〔1〕 秋季决定京官任免,名曰“司召”。春季决定地方官任免,名曰“县召”。

火葬场去。悲恸之事,不可尽述。

鸟边野的广大原野上,拥满了各处送葬人和各寺院念佛僧众,几无隙地。桐壶院自不必说,藤壶皇后及东宫太子等的使者,以及其他诸人的使者,都来郑重地吊唁。左大臣悲伤之极,两脚都站不起来,羞愧己身命穷,啼啼哭哭地说:“老夫如此高龄,身逢逆事,以致匍匐难行,何命途之舛!”众人闻言,无不悲叹。这葬仪隆重盛大,喧扰了一夜。到了将近破晓,大家只得告别了这无常的骨灰而归去。

生死乃人世之常事。但源氏公子只见过夕颜一人之死,或所见不多,因此哭泣之哀,异乎寻常。时在八月二十过后,残月当空,凄凉无限。左大臣在归途上思念亡女,心情郁结,愁眉不展。源氏公子看了,十分同情,益增悲戚,两眼只管眺望天空,吟道:

“丽质化青烟,和云上碧天。
夜空凝望处,处处教人怜。”

源氏公子回左大臣邸后,全然不能成寐。他回忆葵姬年来模样,想道:“为什么我一直认为将来自能得她谅解,总是满不在乎地任情而动,使得她心怀怨恨呢?她终身把我看做一个冷酷无情的薄倖郎,抱恨而死了!”他历历回想,后悔之事甚多,然而悔之晚矣!他穿上了浅黑色丧服,似觉身在梦境,想入非非:“如果我比她先死,她一定穿深黑色的丧服[1]吧。”遂又吟道:

---

〔1〕 黑色之深浅,表示丧服之重轻。男女不平等的封建社会里的制度,夫对妻丧服轻,妻对夫丧服重。

"丧衣色淡因遵制，
袖泪成渊痛哭多。"

吟罢亲为念佛，态度异常优美。然后低声诵经："法界三昧普贤大士……"其庄严胜于勤修梵行的法师。

源氏公子看到新生的婴儿，想起古歌"若非剩有遗孤在，何以追怀逝世人？"[1]更加泪如泉涌了。他想："这话果然说得是。倘使连这个遗孤也没有，更加伤心了。"这也可聊以自慰。

老夫人沉溺于悲哀，竟致不能起身，光景甚是危险。家人便延请高僧高道，大修法事，以祈祷健康，一时奔忙骚扰。光阴荏苒，看看过了七七。其间每次超荐亡魂，老夫人总觉得此乃意想不到之事，不肯相信女儿真个已死，只管悲伤哭泣。做父母的，即使子女庸碌粗蠢，也总觉得可爱。何况像葵姬那样聪明伶俐的人，父母痛惜是理之当然。他们只有一个女儿，已觉美中不足。现在丧亡了，真比失去一颗掌上明珠更加痛心。

源氏大将连二条院也全然不去，只管真心地悲伤叹气，朝朝暮暮为亡妻诵经念佛。诸情人处，只写了几封信去。六条妃子跟随女儿斋宫赴禁中左卫门府斋戒，便以清心洁身为理由，不写信给源氏公子。源氏公子早已痛感人世之苦厄，如今又赋悼亡，更觉得一切都可厌弃。若无新生婴儿之羁绊，颇思削发为僧，遁入空门。然而想起了西殿里那个人，没有了他一定孤苦伶仃，心中不免怀念。他夜夜独宿帐中，虽有众宫女在旁侍候，总是寂寞无聊，常常想起古歌"秋日生离犹恋恋，何况死别两茫

〔1〕 此古歌见《后撰集》。

茫"[1]之句。他就寝后往往半睡半醒。选用几个嗓音优美的僧人,叫他们晚间在旁诵经念佛。破晓时闻此声音,不胜凄凉寂寞之感。深秋之夜,风声越来越觉凄凉,沁入肺腑。不惯独眠的人,但觉长夜漫漫,不能安枕。有一天清晨,朝雾弥漫之时,有一个人送一封深蓝色的信来,系在一枝初绽的菊花上。其人交了信即便回去。源氏公子觉得此物甚是风流潇洒,一看,是六条妃子的笔迹。信上写道:"久未问候,此心想蒙谅鉴。

侧闻辞世常堕泪,
遥想孤身袖不干。

只因今日晨景迷离,无以自遣,谨呈短柬。"

源氏公子看了,觉得这封信写得比往日的更加优美,令人不忍释手。既而又想:她自己害死了人,佯装不知,写信来吊慰,其实可恨!但倘就此和她决绝,不通音问,似觉又太残忍。这样对待她,岂不糟蹋了她的名誉?心中踌躇不决。终于想道:"死者已矣,无非前世宿命制定。但我何必清清楚楚地看到那生魂作祟的情状呢?"后悔之余,不由得回心转意,对六条妃子的爱情终于不忍断绝。他想写回信,但念此时妃子正陪伴斋宫清心洁身,不宜阅读丧家来信,多时犹豫不决。继而又想:她专诚来信,我置之不理,未免太过无情。便在一张紫灰色的信笺上写道:"久疏问候,但思慕之心,无时或怠。只因身在丧服之中,未便致信,此情想蒙谅鉴。

---

〔1〕此古歌见《古今和歌集》。

先凋后死皆朝露，

执念深时枉费心。

难怪你怀恨,但务请忘记令人讨厌之事。卿正斋戒,恐不宜阅读此信。我值居丧,亦未便多通音问。”

此时六条妃子已从左卫门府回到私邸,便悄悄地启信阅读。只因心怀鬼胎,读了源氏公子隐约暗示之语,立刻分明觉察。她想:“原来他全都知道了!”心中非常懊恼。又想:“我身之不幸,实无限量! 赢得了‘生魂祟人’这个恶名,不知桐壶爷听到了做何感想。亡夫前皇太子与桐壶爷乃同胞兄弟,情谊十分深厚。亡夫弥留之际,曾将女儿斋宫恳切托孤于桐壶爷。桐壶爷常言‘我必代弟照拂此女’,又屡屡劝我仍居宫中。我因守寡之身,不宜沾染红尘,故尔出宫离居。不料遇此稚龄狂童,堕入迷离春梦,平添忧愁苦恨,终于流传如此恶名。我好命苦也!”她心思缭乱,精神异常颓丧。

虽然如此,但六条妃子对世间万般兴事,均有高尚优雅之趣味,自昔以才女著名于世。此次斋宫从左卫门府迁居嵯峨野宫,也举办种种饶有风情的兴事。她陪着女儿来到野宫之后,几个风流的殿上公卿不惜冒霜犯露,披星戴月,常到嵯峨野宫附近来遨游。源氏公子闻之,不由想道:“这也难怪。妃子多才多艺,品貌十全其美,如果看破红尘,出家修行,当然会寂寞的。”

葵姬七七佛事都做完了。这七七四十九天之内,源氏公子一直笼闭在左大臣邸内。头中将现已升任三位中将,知道他不惯闭居,甚是同情,常常陪伴他,为他讲述世间种种见闻,以资安慰。重大严肃的事情也有,像往日那样轻薄好色的事情也有。尤其是关于那个内侍的事,常常取作笑柄。源氏公子听到他谈内侍,总是劝诫:“哎呀,罪过啊!不要拿这老祖母来开玩笑!”然而每逢谈起,总觉得可笑。他们毫无顾虑,互相纵谈种种偷香窃玉的事情。例如那年春天某月十六之夜在常陆亲王邸内相遇之事,以及秋天源氏公子与末摘花幽会后回宫的早晨被头中将嘲笑的事情等等。结果往往是慨叹人世之无常,相与泣下。

有一日傍晚,愁云密布,降下一天时雨。中将脱去深色丧服,改穿淡色,风姿英爽,使见者自惭形秽。他翩翩然地来见源氏公子。公子靠在西面边门口的栏杆上,正在闲眺庭前经霜变色的花木。其时晚风凄厉,冷雨连绵。公子情怀悲戚,泪珠几欲与雨滴争多。他两手支颐,独自闲吟“为雨为云今不知”之诗〔1〕,风度非常潇洒凄艳。中将色情心动,注视良久,想道:“一个女人倘使抛开了这男人而死,其阴魂一定长留世间,不肯离开他呢。”便走近前去,相对坐下。源氏公子衣衫零乱,便把衣服上的带子系上。他穿的丧服比中将颜色稍深,里面衬着鲜红色衬衣,简单朴素,然而异常美观,令人百看不厌。中将以凄凉之眼色仰望天空,自言自语地吟道:

“为雨为云皆漠漠,
不知何处是芳魂。〔2〕

---

〔1〕 唐人刘禹锡《有所嗟》诗云:“庾令楼中初见时,武昌春柳似腰支。相逢相失两如梦,为雨为云今不知。”

〔2〕 此诗及刘禹锡诗,皆根据宋玉《高唐赋》中语:“昔者,先王尝游高唐,怠而昼寝,梦见一妇人,曰‘妾巫山之女也,为高唐之客,闻君游高唐,愿荐枕席。’王因幸之。去而辞曰:‘妾在巫山之阳,高丘之岨,旦为朝云,暮为行雨。朝朝暮暮,阳台之下。’旦朝视之,如言。”

去向不明了!”源氏公子便吟道:

“芳魂化作潇潇雨,
漠漠长空也泪淋。”

中将看见源氏公子吟时愁容满面,哀思不浅,窃自想道:“原来我看错了:我以为源氏公子这几年来对阿妹并无何等深恩重爱,只因桐壶爷屡次训诫他,父亲也一片苦心地疼爱他,加之他和母亲乃姑侄之谊,有此种种关系,所以他不便抛弃,勉强敷衍,实乃一大遗憾。岂知我这看法全是误解,原来他对这正夫人是非常疼爱又重视的!”他恍然大悟之后,便觉葵姬之死越发可惜,仿佛家里失去了光彩,何等不幸!

中将去后,源氏公子看见霜凋的草中有龙胆花与抚子花正在盛开,便命侍女折取抚子花一枝,写一封信,叫小公子的乳母宰相君将花和信呈送老夫人。信中写的是:

“草枯篱畔鲜花小,
好作残秋遗物看。[1]

老夫人将谓以花比残秋,花应逊色耶?”小公子天真烂漫的笑颜,的确美丽可爱。老夫人的眼泪,比风中的枯叶更加容易掉落。看了这信,立刻流下泪来,情不自禁,勉力吟道:

---

〔1〕 花比小公子,残秋比已死的葵姬。

“草枯篱畔花虽美，
看后翻教袖不干。”

源氏公子闭居邸内,寂寞无聊。忽念槿姬平时虽然态度冷淡,但照她的性情推量起来,对公子今日悼亡的悲哀定然颇能理解,便写一封信给她。信送到时,天色已暮。虽然近来久不通信了,但槿姬的侍女们知道以前也曾偶尔来信,并不引以为怪,便将信呈阅。槿姬但见一张天蓝色的中国纸上写道:

“饱尝岁岁悲秋味，
此日黄昏泪独多。

真乃‘年年十月愁霖雨’〔1〕了。”众侍女说:“这封信写得格外用心,比以前的饶有风趣,似乎未便置之不理呢。”槿姬自己也这样想,便答复道:“闻君深宫孤寂,不胜同情。但正如古歌所云:‘恋情倘染色,虽浓亦可观。我今无色相,安得请君看?’〔2〕因此未能吊慰。

秋雾生时悲永诀，
满天风雨惹人愁!”

此信用淡墨色写成。想是心理作用吧,似觉非常可爱。

---

〔1〕 此古歌按《河海抄》所引,下一句为“不及今年落泪多”。
〔2〕 此古歌见《后撰集》。暗示槿姬于源氏并无沾染。

原来世间无论何事,都是实行不及预想之美。源氏公子的脾气正是如此:他对于顽强不屈的人,恋慕特别深切。他想:"槿姬不许我求爱,但每逢机会,总不惜向我表示风趣。这证明对此人是可以互通真情的。倘过分多情,惹人注目,反而会暴露多余的缺陷。我不愿把西殿里那个人养成这种性情。"他推想紫姬近日一定寂寞无聊,思念之心,无时或息。但也只觉得是关怀一个无母的孤儿,并不担心她像情人一般因久别而怀恨。此真乃称心之事。

天色全黑了,源氏公子教人把灯火移近座旁,命几个亲近的侍女坐在身旁,相与闲谈。其中有一个名叫中纳言君的,早就与公子暗中有染。但公子现正居丧,全不涉及此种关系。众侍女看着他,都在心中赞叹:"到底是个有气节的人!"公子便和她们亲切地闲话世间种种普通事情。后来公子说:"近来大家都摒除了外间一切事情,团聚在此,倒比夫人在世之时更加亲切了。但想起了以后不能常常如此,怎不教人恋恋不舍?死别的悲恸且不说,仅乎想起此事,也就教人伤心难堪了。"众侍女听了这话都吞声饮泣。有一人说道:"说起那桩不可挽回之事,只觉得黯然销魂。但这是无可奈何的了!想起了公子今后将离开此地,另赴他处,不复回顾,真教我们……"她说到这里,喉头哽咽,说不下去了。源氏公子看看众侍女,觉得她们很可怜,便答道:"岂有不复回顾之理?你们不要把我看做如此薄情之人!倘有眼光长远的人,定能了解我的衷心。不过我的寿命也是修短无常的啊!"他的眼睛注视灯火,泪盈于睫,神情十分凄艳。

侍女之中,有一个葵姬所特别爱怜的女童,名叫贵君,父母双亡,身世孤苦。源氏公子认为此人的确可怜可爱,对她说:"贵君,今后由我来做你的保护人。"贵君便嘤嘤地哭泣了。她身穿一件短短的衫子,染得比别人更黑。外面罩着黑色上衣和萱草色裙子,姿态十分娇美。公子又对众侍女说:“但愿不忘旧情的人,忍耐目前的寂寥,切勿抛舍这个婴儿,大家照旧在此服务。已经风去台空,若再故人星散,岂不更增冷落?”他劝大家耐心忍性,长久共处。但众侍女都想:“哪有这事! 自今以后,恐怕更加盼不到你的光临了吧!”大家不胜寂寥之感。

左大臣按照各人身份,将种种日用物品,以及纪念死者的种种遗物,分别赏赐众侍女。随意为之,并不过分张扬。

且说源氏公子长此闲居一室,沉思冥想,实非所宜,便发心入宫参见桐壶院。车驾已备,侍从齐集。天公体会人意,降下一番时雨,仿佛为此别离而洒同情之泪。摧残木叶的寒风蓦地剧烈起来。在旁侍候的诸人,尽皆垂头丧气。近日稍干的衣袖,今日又湿透了。预定出宫之后,今夜即在二条院私邸泊宿。侍从人等便各做准备,先赴二条院等候。公子今日并非一去不回,但左大臣邸内诸人都悲伤不堪。左大臣夫妇见此光景,又添了一种新愁。

源氏公子写一封信给老夫人,说道:“只因父皇盼待已久,今日即拟入宫参谒。虽是暂别,但念此次惨遭巨厄,微命仍得苟延至今,便觉心乱如麻,不胜悲切。本当前来面辞,因恐反添烦恼,故暂不求见。”老夫人流泪过多,两眼昏花,展读来书,字迹难辨,只是悲恸,不能作书答复。

左大臣立即出来相送。悲伤不堪,只管以袖掩面。左右侍从睹此情状,无不感动泣下。源氏大将抚今思昔,悲从中来,热泪盈眶,愁容可掬,然而举止安详,仪态优美。左大臣迟疑良久,对公子言道:“老夫年迈,不任忧患。即使小有失意,亦必伤心坠泪;何况遭此巨厄,两袖无有干时。方寸缭乱,不能自制。举止失常,难于见人。深恐颓丧之余,有失礼仪,因此不敢晋谒上皇。吾婿入宫,便中望将此等情状奏闻,善为说辞。衰朽之年，来日无多，岂料遭此逆事，真乃命途多舛！”他强自镇静，好容易说出了这番话，样子实甚可怜。

源氏公子几度举袖掩面，安慰他道：“寿夭无常，修短无定。固知此乃人世之常态，但躬逢其事，痛苦实不堪言！小婿自当将此情状向父皇奏闻，定能深蒙鉴察。”左大臣便催促：“霖雨连绵，恐无止时。吾婿不如乘天色未黑之时，早早动身。”

源氏公子举目四顾，但见帷屏后面、纸隔扇旁边，以及各处空地方，聚集着侍女约三十人。她们都穿着黑色丧服，有的深黑，有的浅黑，个个愁容满面，神色沮丧，样子非常可怜。左大臣看了，对源氏公子说：“我女儿虽然死了，但你所舍不得的小公子留在这里，今后你便中决不会不来看视。我们都以此自慰。然而这些冥顽无知的侍女，都以为你将从此抛舍这个旧家，今后不再回顾。她们现在倒不是为死别而伤心，却是为了今后不得再像从前那样时时侍奉左右而悲叹。这也是理之当然。往日你俩不能融洽相处，我却常常指望你们将来言归于好，不道已成空花泡影！唉，今天的暮色好不凄凉呵！”说罢又淌下泪来。

源氏公子答道：“这是那班浅见之人的过虑而已。我往日曾经静候双方谅解，其间有时不免久疏问候。但现在还有什么理由可说而不来探访呢？今后我心当蒙谅解了。”说罢，告辞出门。

左大臣目送源氏公子出门后，回到公子旧居的房间里，但见室中自装饰以至一切布置，全同葵姬生前一样，毫无变动。然而空洞无主，仿佛蜕去后的蝉壳。案上散置着笔砚等物，又有公子所弃置的墨稿。左大臣便取来观看。泪眼昏花，难于分辨，只得努力眨眼，将泪水挤出。众青年侍女看到这模样，觉得滑稽，悲哀之中不禁微笑起来。这些墨稿之中，有缠绵悱恻的古诗，有汉文的，也有日文的。无论汉字或假名，都有种种体裁，新颖秀美。左大臣叹道："真乃心灵手巧！"仰望天空，耽入沉思。心念如此英才，今后将成为外人，岂不可惜！只见源氏公子在"旧枕故衾谁与共?"[1]这句诗旁写着：

"爱此合欢榻，依依不忍离。
芳魂泉壤下，忆此更伤悲。"

又见另一张纸上"霜华白"[2]一句旁边写着：

"抚子多朝露，孤眠泪亦多。
空床尘已积，夜夜对愁魔。"

又见其间夹着一枝已枯的抚子花，想是前天送老夫人信时摘得的。左大臣便将此花送给老夫人看，对她说道："不能挽回之事，今已无可奈何了。仔细想来，此等可悲的逆事，世间并非没有。多管是与女儿宿缘不深，致使我等遭此苦厄。如此一想，我反而怨恨前世冤孽，悼念之心也断绝了。岂知日月推迁，恋念愈深，痛苦难堪。况且这大将今后将成为外人，岂不可惜？教我好伤心也！回忆往日一二日不见，或踪迹稍疏，我便忽忽若有所失，胸中闷闷不乐。今后缘断，我家便似失却了日月光华，教我如何活下去呢?"伤心之极，不禁放声大哭。左右几个年纪较大的侍女，睹此情状，不胜悲痛，同声号哭起来。这夕暮的光景好不凄凉！

---

〔1〕 白居易《长恨歌》中有句云："鸳鸯瓦冷霜华重，翡翠衾寒谁与共?"今作"旧枕故衾"，想是根据别本。

〔2〕 "霜华白"乃"霜华重"之误。

许多青年侍女三三两两地在各处聚谈,互相诉说悲痛的心事。有人说:“公子说,只要我们都不走散,大家在此侍候小公子,便不会寂寥。然而这遗孤年纪太小了。”也有人说:“我且回老家去,以后再来吧。”准备离去的侍女便互相惜别,各自诉说衷情,伤心之事,不可尽述。

且说源氏公子入宫参见,桐壶上皇看见了他便说:“你近来瘦得多了!想是素食太久之故吧?”很怜惜他,便在御前赐膳。又问他种种情况,关怀无微不至。情爱之深挚,使源氏公子铭感五中。告退之后,又去藤壶院参谒母后。宫女们久不见源氏公子,个个兴奋,都来慰问。藤壶皇后命王命妇传言:“公子近遭大厄,深为同情!日月推迁,不知哀思稍减否?”源氏公子答道:“固知人生无常,乃世间不易之理,但躬逢其事,痛苦实多,不免心情缭乱。幸蒙母后屡次存问,衷心感慰,因得延命至今。”即使是平日,源氏公子访问藤壶皇后时亦必满怀愁绪,何况此时添了鼓盆之恸,自然悲伤更甚。他身穿无纹大礼服,内衬淡墨色衬袍,冠缨卷起[1]。这样朴素打扮,反比华丽装束饶有风韵。他久不见东宫太子,便探询近况,表示怀念。又谈了许多话,直到夜深方才告退,回二条院去。

二条院里处处打扫得干干净净,男女侍从人等都在恭候公子回驾。几个上级侍女都换上新装,打扮得花枝招展。源氏公子看了,回想左大臣邸内众侍女垂头丧气、闷坐无聊之状,觉得十分可怜。

源氏公子换好衣服之后,便到西殿去看紫姬。但见室内已改成冬季装饰,气象焕然一新,华丽夺目。几个美貌青年侍女和女童,都打扮得齐齐整整。这都由紫姬的乳母少纳言调度布置,万事周到妥帖,精雅

〔1〕 冠缨即帽子上的带子,丧服的冠缨卷起。

可喜。紫姬长得十分美丽,端详可爱。源氏公子说:“许久不见,竟已变成一个大姑娘了!”把小小的帷屏的垂布撩起,仔细一看,但见她侧向一旁,脉脉含羞地坐着,姿态之美,全无半点可以指摘。源氏公子在灯光之下看她的侧影和头面,想道:“她竟长得和我所魂思梦想的那个人毫无两样呢!”他心中异常欢慰。便走近紫姬身边,对她罄谈别离中相思相念之情。他说:“这期间种种详情,容后徐徐细说。我刚从丧家出来,身蒙不祥之气,暂且到那边去休息一会,再来看你。今后我将长住在此,天天和你厮伴。你会讨厌我么?”语调和蔼可亲。少纳言乳母听了心中欢喜,然而还是担心,她想:“公子有许多身份高贵的情人,生怕其中有一个讨厌的人,会出来代替葵姬当正夫人,如之奈何!”心中不免厌恶。

源氏公子回到自己房里,叫一个称为中将的侍女来替他捏捏脚,便睡觉了。次日早晨,他写一封信去慰问新生的小公子。老夫人写了一封感伤的回信来。源氏公子看了,又引起无限哀愁。

此后源氏公子悠闲度日,时时耽于沉思,生涯甚是寂寥。而无端寻花问柳,又觉没甚意味,所以足不出户。但念紫姬已完全圆满发育,轻盈袅娜,显然已届摽梅之年[1]。源氏公子屡次以言语挑唆,但紫姬漠然不觉。公子寂寞无聊,天天在西殿与紫姬下棋,或作汉字偏旁游戏[2],借以消磨时日。紫姬心灵手巧,娇媚可爱,即在小小的游戏之中,也显示出优越的本领。已往数年之间,只当她是个可爱的孩子,并无其他用心,现在却难于忍耐了。虽觉可怜,不免对她有所干犯。但两人一向亲昵,共

---

〔1〕 紫姬时年十四。摽梅,喻女子当嫁之时。

〔2〕 汉字偏旁游戏,即仅示字之偏旁,教人猜测此是何字。或示若干字之偏旁,教人补凑成字,造成一句。不通者负。

起共卧,都无猜忌,因此外人不能分辨。只是有一天早晨,男的早已起床,而女的迟迟不起。

众侍女都觉得奇怪:“敢是身体不舒服么?”大家都很担心。源氏公子要暂回东殿去,先将笔砚盒拿进去放在寝台的帐幕中,然后离去。紫姬知道室内无人,好容易抬起头来,向四周一看,但见枕边放着一封打成结的信。无心地随手打开来一看,但见里面写着两句诗:

“却怪年来常共枕,
缘何不解石榴裙?”

像是游戏之笔。紫姬做梦也不曾想到源氏公子如此存心,懊恼万分,想道:“这个人如此狠心,我年来为何一向诚心地信任他呢?”

上午时分,源氏公子来到西殿,对她说道:“看你的样子很懊恼,到底心情如何?今天棋也不下了,好寂寞呵!”向帐中张望,但见她将衣服作被头,连头面也遮盖,一动不动地躺着。侍女们知道不便,都退出去。公子便走近她去,对她说道:“你为什么如此不快?想不到你如此不通情理!众侍女看见了,都诧异呢!”把衣服扯开,但见她满身是汗,连额发也湿透了。叹道:“啊呀呀,真是不得了!”便捏造千言万语来哄骗她。但紫姬真正地痛恨源氏公子,终于一言也不答。源氏公子恨恨地说:“完了完了!你如此固执,我就从此不再见你,我羞死了!”他打开笔砚盒一看,里面并无答诗。他想:“她全然不懂,真是个小孩子!”对她看看,觉得非常可爱。这一日他整天陪伴着她,讲种种安慰的话。但紫姬还是不能开诚解怀。源氏公子觉得她更加可爱了。

这一天正是十月初第一个亥日,宫中照俗例吃"亥儿饼"[1]。因公子尚在丧服之中,此事并不大事铺张,只是在一只美丽的桧木食物盒里装了各色各样的饼,送给紫姬。源氏公子看见了,便走到南面的外殿里,召见惟光,对他说:"明日替我做这样的饼,不必太多,不必各色各样,只要一色的[2],于黄昏时分送到西殿来。今天日子不好,所以要明天做。"说时面露微笑。惟光是个机敏人,立刻会意,并不详细叩问,一本正经地答道:"这个自然! 定情之始的祝贺,当然要选日子。明天是子日,那么这'子儿饼'要做多少呢?"源氏公子说:"今天的三分之一。"暗示明天是新婚第三日。惟光心照不宣,领命而去。源氏公子想:"这个人真能干!"惟光不告诉别人,在家里替主子做饼,几乎全是自己动手的。

源氏公子要博得紫姬的欢心,多方哄骗,也很劳倦。他仿佛是今天新抢了一个人来,自己也觉得好笑。回想已往几年间对她的爱情,真不及今天的万分之一呢。人心真奇怪:现在教他别离一夜,也不能忍受了。

源氏公子所命制的饼,于第三日深夜悄悄地送来了。惟光用心很周到,想道:"少纳言乳母是个年长的人,如果叫她送去,深恐紫姬怕难为情。"便把少纳言的女儿——一个名叫弁君的小姑娘——叫出来,对她说:"你悄悄地把这个送给小姐。"便把一只香盒交给她,又说:"这是庆祝的礼物,你要好好地放在小姐枕边。要谨慎小心,不可失误!"弁君听了这话觉得希奇,答道:"我从来不曾失误过。"便接了香盒。惟光说:"真要当心,像'失误'这等不吉利的话,今天是不可说的!"弁君道:"我难道到小姐面前去说这种话?"这弁君还是个孩子,不大懂得这东西的意义,伸

[1] 当时风俗:阴历十月内第一个亥日,大家做饼,名曰"亥儿饼"。饼是各种色彩的。当时认为吃了这种饼可以消灾却病,子孙繁昌。至今有的地方还保存此风俗。

[2] 当时习惯:新婚第三日,必在新郎新娘的枕边供饼,饼是一色的。

手进帐去,把香盒放在紫姬枕边了。源氏公子自会将这饼的意义教给紫姬吧。

众侍女全不知情。看见次日早晨拿出香盒去,几个亲近的侍女方始恍然大悟。香盒中盛饼的盘子,不知惟光是在何时准备好的。盘子脚上雕刻非常精美,饼的样式也很别致,调度得十分讲究。少纳言乳母想不到公子如此郑重其事,心中非常满意。想起了公子这无微不至的宠幸,不禁感激涕零。但侍女们私下互相议论:“这等事情,悄悄地和我们商量才好。现在托付这惟光,不知此人心中作何感想?”

自此以后,源氏公子暂赴宫中或参谒父皇,亦必心挂两头,眼前时时出现紫姬那可爱的面影,自己也觉得不可思议。以前往来的许多情人,此时都写信来申恨诉怨。其中也有公子所最爱怜的人。然而现在他有了新欢,真所谓“豆蔻年华新共枕,岂宜一夜不同衾?”[1]教他怎肯离开呢?因此他谢绝一切,只装作居丧志哀的模样,回信中说:“身逢不幸,厌闻世事,且待忧思稍减,再当奉访。”便与紫姬片刻不离,悠悠度日。

且说今上的母后的妹妹栉笥姬[2]自从那天朦胧月夜与源氏公子邂逅之后,一直想念他。她的父亲右大臣说:“这也很好。他新近丧失了那位高贵的夫人,我就把这女儿嫁给他,有何不可?”但母后大不以为然,她说:“送她入宫,地位可以更高,有什么不好呢?”便竭力劝她去当朱雀帝的后宫。

源氏公子对胧月夜原是另眼看待的,听见她要去当朱雀帝的后宫,心中不免可惜。但目下他的爱情集中于紫姬一身,无暇分向别人。他

---

〔1〕 此古歌载《万叶集》。

〔2〕 栉笥姬又称胧月夜,是右大臣的女儿,弘徽殿女御之六妹。今上即弘徽殿女御(今为母后)之子,称朱雀帝。

想:“人生实短,不须东钻西营,我就死心塌地地专爱这一个人吧。何必拈花惹草,徒然买人怨恨呢?”他回想过去种种苦厄,深自警戒。他又想起那个六条妃子:“这个人也很可怜。然而正式娶她为夫人,又有种种不便。还不如像近年来那样不即不离。那么每逢兴会,可以和她纵谈风月,添助雅兴,岂不甚好?”过去虽然为了生魂之事,略有嫌隙,但对她并不断念。

关于紫姬,源氏公子有所考虑:“这个人是何等身份,世人至今尚未知悉,深恐有人看轻她。不如乘此机会,正式告知她父亲兵部卿亲王吧。”便替紫姬举行着裳仪式。虽不大事宣扬,但排场特别体面。这真是一片诚心。然而紫姬竟从此嫌恶了源氏公子。她想:“年来我万事信赖他,放心地依附他,想不到此人如此卑鄙!”她颇感后悔,正面也不看他一眼。源氏公子向她调笑,她总是板起面孔,表示讨厌。从前那种天真烂漫的样子,现在完全没有了。源氏公子觉得又是可爱,又是可怜。他说:“年来我真心疼爱你,现在你如此讨厌我,教我好不伤心!”岁月匆匆,这一年又过完了。

元旦之晨,源氏公子照例先向桐壶上皇拜年,然后赴今上朱雀帝及东宫太子处,最后来到左大臣邸。左大臣顾不得新年忌讳,还是和家人闲谈葵姬在世时的往事。正在这时候,源氏公子来了。左大臣再三隐忍,终难抑制,不禁悲从中来。源氏公子加了一岁,增了威严,长得比以前越发漂亮了。他从左大臣室中退出,便来到葵姬旧居的室中。众侍女热诚欢迎,然而忍不住掉下泪来。他看看小公子夕雾,但见这婴儿已经长大得多,时时向人微笑,非常可爱。口角眼梢,异常肖似东宫太子。源氏公子看了,心中隐痛,他想:“外人见了能不怀疑?”房间里一切布置装饰,都与葵姬生前无异。衣架上和往年一样挂着新装。只是没有女装,不免美中不足。

老夫人命侍女传言:“今日元旦,亦曾努力抑制哀思。公子驾临,反使我难于隐忍了。”又说:“小女在世之时,每逢元旦,必为公子新制春服,今年当仍旧惯。惟月来泪眼昏花,色泽难辨,深恐不敷雅望。但今当吉日,务请勿嫌简陋,易此新装。”除了精心裁制的那些衣服,又派侍女送来了一件新袍。这是希望源氏公子务必在元旦那天穿的,所以色彩异常鲜艳,织工特别讲究。如此诚意,岂可辜负?公子立刻换上了这新衣。他想:“假使我今天不来,两老将何等失望!”对他们十分同情。便答谢道:“春到人间,自当先来道贺。惟哀思填胸,难于陈辞。

年年今日新装艳,
惟此春衫有泪痕。

此哀思实难抑制!”老夫人答吟道:

“不管新年春色好,
昏花老眼泪频流。”

两人的悲叹都非寻常可比。

第十回　杨　　桐[1]

斋宫下伊势的日子近了,六条妃子心中郁郁不乐。自从左大臣家那位身份高贵的葵姬病死之后,世间众口谣传,谓源氏大将的继配将是六条妃子。妃子宫邸内的人也都如此逆料,大家不免动心。岂知此后大将反而疏远,几乎绝不上门了。六条妃子失望之余,心中想道:“可知为了那生魂事件,他完全嫌弃我了。”她看透了源氏大将的心情之后,便把万缕情丝一刀斩断,专心一意地准备下伊势去。斋宫随带母亲赴伊势修行,古来少有其例。六条妃子便以女儿年幼不便独行为理由,决心离开这可厌的京华。源氏大将闻此消息,心念妃子此次离京远去,毕竟深可惋惜。但也只是写了好几封缠绵悱恻的情书,派人送去,以代慰问。六条妃子也知道今后更无与大将相会的机缘了。她想:别人既已嫌恶我,倘再和他相会,反而使我增加痛苦。因此她硬着心肠,决意和他断绝。

六条妃子有时也暂回六条京极私邸。但行踪秘密,源氏大将不得而知。野宫乃斋戒之地,不便任意前去访问。源氏大将有咫尺天涯之感,也只得蹉跎度日。正在此时,桐壶院患病了,虽非重症,却也时时发作,不胜其苦。源氏大将为此心绪不宁,然而还是挂念六条妃子:“让她恨我

[1]　杨桐是一种常青树,其叶甚香。日本名“贤木”。本回写源氏二十三岁九月至二十五岁夏天之事。

薄倖,毕竟对她不起。而且外人闻知,亦将谓我无情。”于是下个决心,前往野宫访问。

日子决定在九月初七。斋宫下伊势的行期就在目前了,行色匆匆,六条妃子甚是忙乱。但源氏大将屡次去信说:“即使立谈也好。”六条妃子犹豫不决。继而想道:“我过分韬晦,也很沉闷,不如和他隔帘相见吧。”决定后,便悄悄地等候他来。

源氏大将进入广漠的旷野,但见景象异常萧条。秋花尽已枯萎。蔓草中的虫声与凄厉的松风声,合成一种不可名状的音调。远处飘来断断续续的音乐声,清艳动人。大将只用十几个亲信的前驱者,随身侍从也很简单,并不招摇。大将作微行打扮,然而也很讲究,姿态十分优美。随伴大将的几个风流人物,都觉得这打扮与这时地非常调和,中心感动。源氏大将自己也想:“我以前为什么不常到这种好地方来玩玩呢?”辜负美景,颇感后悔。

野宫外面围着一道柴垣,里面各处建造着许多板屋,都很简陋。然而门前那个用原木造的牌坊,形式非常庄严,令人肃然起敬。那些神官三三五五,在各处交谈,夹着咳嗽之声。这光景和外间截然不同。神厨里发出幽微的火光。人影稀少,气象萧条。源氏大将推想这多愁善感之人,在这荒漠的地方度送岑寂的岁月,何等凄凉孤苦!不胜同情之感。

源氏大将藏身在北厢人迹稀少的地方,提出访晤的要求。一时音乐之声尽皆停息,微闻室内有从容不迫的行动声。便有几个侍女出来接见,却不见六条妃子亲来会晤。源氏大将心中十分不快,便郑重启请道:“此种微行,实非我今日之身份所宜,此次乃破例而来。倘蒙妃子体谅下怀,勿屏我于局外,俾得罄谈衷曲,则幸甚矣。”侍女们便向妃子劝请:“如此对待,旁人看了也觉抱歉!教他狼狈地站在那种地方,实在对他不起。”六条妃子想道:“啊呀,教我如何是好?此间人目众多,女儿斋宫知道了,也将怪我老而无形,举动轻率。如今再和他会面,是使不得的吧?”她实在下不了决心。然而铁面无情地断然拒绝,又没有这勇气。左思右想地懊恼了一会,终于回心转意,便膝行而前。这时候她的姿态异常优美。

源氏大将说:“此间乃神圣之地,但只在廊下,想必无妨?”便跨上廊去坐下了。此时月光清丽,照见源氏大将态度动作之优雅,无可比喻。源氏大将和她久不相见,要把几月来积压在胸中的情愫悉数道出,似觉无从说起。便把手中折得的杨桐一小枝塞进帘内,开言道:“我心不变,正似此杨桐之常青。全赖有此毅力,今日不顾禁忌,擅越神垣〔1〕,前来奉访。不料仍蒙冷遇……”六条妃子吟道:

“神垣门外无杉树,〔2〕
香木何须折得来?”〔3〕

源氏大将答道:

“闻道此中神女聚,
故将香叶访仙居。”

---

〔1〕 古歌:“擅越此神垣,犯禁罪孽深。只为情所钟,今我不惜身。”见《拾遗集》。

〔2〕 古歌:“妾在三轮山下住,茅庵一室常独处。君若恋我请光临,记取门前有杉树。”见《古今和歌集》。

〔3〕 古歌:“杨桐之叶发幽香,我今特地来寻芳。但见神女缥缈姿,共奏神乐聚一堂。”见《拾遗集》。

四周气象严肃,使人难于亲近。但源氏大将终觉隔帘太不自然,便把上半身探入帘内,将身靠在横木上。回想从前,随时可以自由相见,六条妃子对源氏的恋慕甚深。在这些岁月中,源氏心情懈怠,并不觉得此人之可爱。后来发生了那生魂祟人之事,源氏惊怪此人何以有此缺陷,爱情随即消减,终于如此疏远。但今日久别重逢,回思往日情怀,便觉心绪缭乱,懊恨无穷。源氏大将追忆前尘,思量后事,不禁意气消沉,感慨泣下。六条妃子本来不欲泄露真情,竭力抑制。然而终于忍耐不住,不免泪盈于睫。源氏大将见此情状,更加伤心,便劝她勿赴伊势。此时月亮恐已西沉。源氏大将一面仰望惨淡的天空,一面诉说心中恨事。六条妃子听了他这温存之言,年来积集在胸中的怨恨也完全消释了。她好容易剪断了情丝,今日一会面,又害得她心旌动摇起来,便觉烦恼之极。

庭中景色艳丽优美,难怪平日间贵公子们相邀前来时,都流连不忍离去。这两个愁绪万斛的恋人之间的娓娓情话,笔墨不能描写。渐次明亮起来的天色,仿佛特为此情景添加背景。源氏大将吟道:

“从来晓别催人泪,
今日秋空特地愁。”

他握住了六条妃子的手,依依不舍,那样子真是多情!其时凉风忽起,秋虫乱鸣,其声哀怨,似乎代人惜别。即使是无忧无虑之人,听到这声音也难于忍受。何况这两个魂销肠断的恋侣,哪有心情从容赋诗呢?六条妃子勉强答道:

“寻常秋别愁无限,

添得虫声愁更浓。”

源氏大将回想往昔,后悔之事甚多,但现已无可奈何。天明后出行,有所未便,只得匆匆告别。归途上朝露甚重。六条妃子心情沮丧,别后忽忽若有所失,只是茫茫然地仰望天空。众青年侍女回想源氏大将映着月光的姿态,闻到犹未消散的衣香,都心驰神往,竟忘记了野宫的神圣,大家极口赞叹。她们说:“如此俊秀之人,即使为了天大的事,也舍不得离别的!”都无端地哭起来。

第二天源氏大将送来的慰问信,比平常更加诚恳周全。六条妃子看了不免萦心。然而现在大局已定,不得再有变卦,也只得徒唤奈何。原来源氏这个人涉及爱情之事,即使对于泛泛之交,也必说得甜甜蜜蜜。何况他和六条妃子交情之深,非寻常可比。今当久别,他心中又是惋惜,又是抱歉,懊恨万状。

为了饯别,源氏大将奉赠丰盛的礼物:自妃子旅中服饰,以至对随从诸人的赏品、各种应用什物,都非常讲究而又珍贵。但六条妃子并不放在心上。她觉得她的一生今始定论:在世间流传了轻薄无情的恶名,变成了一个弃妇而离去。启程之日渐近,她只是朝夕愁叹。

斋宫年幼无知,她只觉得一向行期不定,如今有了日子,非常高兴。母夫人伴赴伊势神宫修行之事,古无前例。因此世人有讥评者,也有同情者,议论纷纷。世间身份低微之人,万事任意作为,无人顾问,倒很自在。而超群拔俗之人,受人注目,行动反不自由,反多烦虑。

九月十六日,在桂川举行祓禊。仪式比往常隆重:长途护送的使者,以及参加仪式的公卿,都选用地位高贵而圣眷深重的人。这都是桐壶院关心之故。即将离开野宫之时,源氏大将照例送信来惜别。另附一信,开头写道:“献给斋宫。亵渎神明,进言惶恐。”信挂在白布上,白布系在杨桐枝上[1]。下面写道:“自古有言:‘奔驰天庭之雷神,亦不拆散有情人。’[2]可知:

护国天神[3]如解爱,
应知情侣别离难。

左思右想,此别实甚难堪。”其时行色匆匆,但回信不可不写。斋宫的答诗由侍女长代作:

“若教天神知此事,
应先质问负心人。”

斋宫与六条妃子将入宫告辞。源氏大将也想进宫去看看两人的模样。但念自身乃被弃之人,亲去送别,很不体面,便打消了这念头,只是茫茫然地沉思冥想而已。他看看斋宫的答诗,觉得很像大人口吻,不禁微笑。想道:“她年方十四,照这年龄看来,这人是很风流的。”不免动心。原来源氏这个人有一种癖性:凡异乎寻常而难于办到之事,他越是念念不忘。他想:“她幼年时候,我本来随时可以看到,却终于没有见过,实甚可惜。但世事变化无定,将来必有和她相见的机会。[4]”

---

〔1〕 对神明献词,挂在白布上。
〔2〕 此古歌载《古今和歌集》。
〔3〕 护国天神指斋宫。
〔4〕 每逢天皇易代,斋宫、斋院都回来,另行卜定新的斋宫、斋院前去修行。

斋宫与六条妃子都是姿态优美、多才多艺的人,这一天便有许多游览车前来夹道瞻观她们的行列。两人于申时入宫。六条妃子乘的是轿子。她回想已故的父大臣当年悉心教养,指望她入宫后身登最高的皇后地位,但后来遭遇不幸,事与愿违。今日再度入宫,但觉所见所闻,无不深可感慨。她十六岁上入宫,当已故皇太子的妃子,二十岁上与皇太子死别,今年三十岁,重见九重宫阙。感慨之余,便赋诗道:

“我今不想当年事,
其奈悲哀涌上心。”

斋宫今年十四岁,天生丽质,加上今日的盛妆,娇艳之相,令人吃惊。朱雀帝看了,为之动心。临别加栉[1]的时候,但觉深可怜惜,不禁流下泪来。斋宫退出的时候,八省院[2]前正停着侍女乘坐的许多华丽的车子,在等候着。帘子下面露出来的衣袖,五色缤纷,新颖触目,许多殿上人正在各自和相好的侍女惜别。日暮时分,行列从宫中出发,前往伊势。由二条大街转入洞院路时,正好在二条院门前经过。源氏大将正在愁闷无聊,便写了一封信,附在一枝杨桐上,送给六条妃子。信中有诗云:

“今朝舍我翩然去,

---

〔1〕 斋宫告别时,天皇亲手取栉加在她的额发上,并叮嘱她“勿再回京”。因为她若回京,必是天皇易代。梳头时只有去(向下梳),而无回(从发梢向上梳),故以栉加额也。

〔2〕 八省百官行政之所,称八省院。其正殿为大极殿,即朱雀帝为斋宫加栉之处。

珠泪当如铃鹿波。”[1]

此时天色已黑,加之路上骚扰忙乱,当天未便写回信。第二天车子经过了逢坂的关口之后,六条妃子方始作复:

“铃鹿泪珠君莫问,
谁怜伊势远行人?”

只此寥寥数字,而笔迹十分高超优美。源氏大将想:“能稍加些哀愁之趣,便更好了。”此时朝雾弥漫,晨景异常动人。源氏大将仰望天空,自言自语地吟道:

“痴心欲望人归处,
秋雾莫将逢坂迷!”[2]

这一天他西殿也不去,只是闭门独坐,闲眺沉思,寂寞地过了一日。更哪堪六条妃子旅途漫漫,怅望长空,不知何等伤心落魄也!

且说桐壶院的病,到了十月里沉重起来。世间臣民无不挂念。朱雀帝也很担忧,便行幸慰问。桐壶院御体已很衰弱,然而还是反复叮嘱他好好照拂皇太子。其次提到源氏大将,他说:“我死之后,你须照我在世时一样,事无大小,都同他商量。此子年龄虽不大,而老成持重,颇能胜

---

〔1〕 铃鹿是一条河的名称,此去必须经过。
〔2〕 此处用此地名暗寓再相“逢”之意。

任政治。看他的相貌,确是治国平天下之才。因此,我为避免诸亲王妒忌,特地不封他为亲王,将他降为臣下,而使他当朝廷的后援人。你不可辜负我这一片苦心。"此外伤心的遗言甚多。作者乃一女流,不宜高谈国事。记此一端,亦不免越俎之罪。

朱雀帝听了遗言,不胜悲痛,再三声言决不违反父命。桐壶院看见朱雀帝已长得容姿清整,仪态优越,心甚欣慰。朱雀帝因身份所关,不便久留,只得匆匆还宫,临别不胜依依。皇太子本欲随帝同来,深恐人多嘈杂,故另定日期。皇太子虽然年幼,却长得大人模样,而且容姿秀美。他许久不见上皇,时时怀念在心。现在得见,童心但感喜悦,亲切地仰望慈颜,样子甚是可爱。藤壶母后泪痕满面,上皇看了百感交集,无限伤心。他对皇太子嘱咐了许多事情。只因太子年纪太小,深可担心,不免悲痛。他曾反复叮嘱源氏大将,教他勤理朝政,并善视太子。太子到了夜深方才告辞,所有殿上人皆陪侍太子同行,其隆重不减于前日朱雀帝之行幸。上皇还想留他在侧,时间所限,只得让他回去,临别不胜怅惘。

弘徽殿太后也想前来问病,但因藤壶皇后常在一旁,有所嫌忌,踌躇不决。正在此时,桐壶院病势虽不转剧,一旦忽然驾崩。噩耗传出,朝野震惊。诸王侯公卿暗自思忖:"桐壶院虽曰让位退居,其实依旧统治朝政,与在位时无异。今一旦晏驾,新帝年事尚幼,其外祖父右大臣性情急躁,刚愎用事。今后任其所为,世事将不堪设想。"大家心中不安。至于藤壶皇后与源氏大将,当然更加悲恸,几乎不省人事。七七四十九日的佛事供养,源氏大将比其他诸皇子特别虔诚郑重。世人认为此乃理之当然,大家深深同情他的悲哀。他身穿葛布[1]的丧服,形容憔悴,却反而

---

〔1〕 丧服用葛布,犹中国的麻衣。

富有朴素之美,使见者不胜怜悯。源氏大将去岁悼亡,今年丧父,连遭不幸,顿感人世可厌,颇思乘此机会,抛舍红尘,遁入空门。然而羁绊甚多,安能撒手?

四十九日之内,众妃嫔一齐在桐壶院举哀,过后各自散归。断七之日,正是十二月二十。岁暮天寒,层云暗淡。藤壶皇后心中更为阴惨,全无晴朗之日。她深知弘徽殿太后的性行,设想在此人任情弄权的世间,做人定多痛苦。但这还在其次,最使她悲伤不已的,是多年来亲近的桐壶院的面影,时刻不离开她的心头,加之一向聚集在这宫中的诸侍从,不能长留在此,只得听其纷纷散去。

藤壶皇后决定迁居三条的私邸中。前来迎接她的是其兄兵部卿亲王。其时大雪纷飞,北风凛冽。宫中人影渐渐稀少,景象异常萧条。源氏大将特来相伴,闲话桐壶院在世时情状。兵部卿亲王望见庭中的五叶松在雪中凋零,下面的叶已经枯萎,便吟诗道:

“嘉荫难凭松已槁,
枝头叶散岁华终。”

此诗并无特别优秀之处,然而即景抒情,催人哀思,致使源氏大将襟袖湿透。他望见池面全部冰封,率尔吟道:

“冰封池面平如镜,
不照慈容使我悲。”

此诗大有稚气。藤壶皇后的侍女王命妇接着赋诗:

"岁暮天寒岩井冻,
斯人面影渐依稀。"

此外诗篇甚多,不须一一记述。藤壶皇后迁居三条的仪式,一如向例,并无变异。然而似觉特别凄凉,恐是心情所使然。她身还旧家,心情仿佛旅居他乡,只管回想离家后多年间的种种情状。

岁历更新了,但谅阍[1]中世间全无欢庆之举,寂寂地过了新年。源氏大将倦于世事,只管笼闭室中。正月是地方官任免的时节。往年每逢此时,源氏家必然车马盈门,几无隙地。桐壶院在位时自不必说,退位之后还是照旧不变。然而今年门前冷落了。带了铺盖前来值宿的人,一个也没有。只有几个老管家空闲无事地坐着。源氏大将看到这光景,心念今后气数已尽,不胜凄凉之感。

且说弘徽殿太后的六妹栉笥姬,就是那个胧月夜,已入朱雀帝后宫,二月里升任了尚侍。因为原来的尚侍遭桐壶院之丧,为追慕旧情,出家做了尼姑,栉笥姬就代替了她。这栉笥姬身份高贵,仪态优雅,且又长得非常姣美,故在后宫无数佳丽之中,特别受朱雀帝宠爱。弘徽殿太后常居私邸,入宫时住在梅壶院,便将旧居弘徽殿让与尚侍居住。栉笥姬本来住在登花殿,地点较为冷僻,现在乔迁弘徽殿,顿觉气象明朗得多,侍女也增加了无数,生涯忽然繁荣富丽了。然而她始终不忘记那年朦胧月夜的邂逅,心中常常悲叹。私下与源氏通信之事,照旧不变。源氏也顾虑到:"万一走漏消息,被右大臣得知,如何是好?"然而前文说过他有一种怪癖:越是难得,越是渴慕。因此栉笥姬进入深宫之后,他对她的恋慕

[1] 谅阍是居天子之丧。源氏时年二十四岁。

越发深切了。原来弘徽殿太后生性刚强,桐壶院在世之时,她还有所顾忌,勉强隐忍,如今她要对长年耿耿于怀的桩桩仇恨设法报复。近来源氏常常遭逢失意之事,知道是太后作怪,原也在他意料之中。然而他不识世路之艰辛,不会交际应酬,奈何!

左大臣也意气消沉,难得入宫。往年朱雀帝当太子时,曾经欲娶葵姬,左大臣拒绝了他,将葵姬嫁与源氏。弘徽殿母后至今不忘此事,怀恨在心。况且左大臣与右大臣一向不睦,加之桐壶院在世之时,左大臣独揽朝纲,任意行事。如今时移世变,右大臣成了皇上的外祖父,自然得意扬扬。左大臣看了意气消沉,也是当然之理。

源氏大将照旧常赴左大臣邸问候。他对于旧日的众侍女,关怀比以前更加周到了。对小公子夕雾,也无微不至地爱护。左大臣见他心地如此温柔敦厚,不胜喜慰,对他诚恳招待,也同当年一样。

当年源氏受桐壶院无限宠爱,有恃无恐,不免过分嚣张,东闯西撞。现在时移势变,不得不稍稍敛迹,对以前私通的许多女人,渐渐断绝交往了。他对于偷香窃玉等轻薄行为,也已兴味索然,不甚热心。近来态度沉静稳重,真有仁人吉士之风。世人都称道西殿那位小夫人的幸福。紫姬的乳母少纳言看到这模样,窃自思忖:此乃已故的师姑老太太勤修佛法的善报。紫姬的父亲兵部卿亲王,现在也可和女儿自由通问了。兵部卿亲王正妻所生的几个女儿,虽然十分宝爱,生涯却不甚得意。因此大家妒羡紫姬,亲王的正夫人当然心情不快。这倒像是小说里捏造出来的情节。

且说贺茂斋院[1]因遭父丧,回宫守孝。斋院之职便由槿姬代任。

---

〔1〕 乃弘徽殿太后所生三公主。

从来贺茂斋院必须由公主担当，亲王的女儿当斋院，少有其例。此次因无适当之公主可派，所以派了槿姬。源氏爱慕槿姬，虽然多年失望，还是不能忘情，现在闻知她当了斋院，从此隔离更远，心中不免惋惜。然而还是与从前一样，托槿姬的侍女中将传递音信，往还不绝。他对于自己今已失势之事，并不特别关心。只管东钻西营地做此等无聊之事，借以消愁解闷。

朱雀帝谨守上皇遗言，多方爱护源氏。然而他年事尚轻，加之性情太过柔顺，毫无强硬气概，万事听母后及外祖父右大臣做主，绝不违背。如此，他对朝廷政治自然无权过问了。因此源氏处身行事，每多失意。然而那位尚侍胧月夜偷偷地恋慕源氏，两人虽非容易，但也有时暗中幽会。有一次，五坛法会[1]开始，朱雀帝洁身斋戒。两人便乘此机会，重温旧梦。尚侍的侍女中纳言君巧妙布置，避去人目，将源氏大将引导到一间廊房里，正像那年初欢时弘徽殿里的廊房一样。法会期间，来往人多，这个房间又靠近廊下，因而中纳言君提心吊胆。源氏的美貌，即使是朝夕见惯的人，也百看不厌，何况胧月夜难得见面，安得不神魂颠倒！这女子相貌也很艳丽，又值青春年华；虽然不免轻狂，亦自有温柔优雅、天真烂漫之趣，源氏也觉得百看不厌。

春宵苦短，不久已近黎明。但闻值夜的近卫武官高声唱道："奉旨巡夜！"声音就在近旁。源氏大将想道："想必另有一近卫武官躲在这里幽会，他的朋辈妒恨他，告诉了这值夜武官，教他来恐吓他吧。"他想起自己也是个近卫大将，觉得好笑，但又觉得讨厌。这值夜武官来来去去巡视

---

〔1〕是供养五大明王的佛事。中央不动尊，东坛降三世，西坛大威德，南坛军荼利夜叉，北坛金刚夜叉。

了一会,又高声报道:“寅时一刻!”胧月夜便吟道:

“报晓声中知夜尽,
却疑情尽泪双流。”

那依依不舍的模样,实在可怜可爱。源氏大将答道:

“夜已尽时情不尽,
空劳愁叹度今生!”

他觉得心情不安,便仓皇地钻出房间去了。

此时天色未明,残月当空,夜雾弥漫,气象幽奇。源氏大将服装简陋,举止畏缩,却也另有一种风韵。可巧承香殿女御的哥哥头中将[1]从藤壶院出来,站在月光照不到的屏障背后。源氏大将不曾注意他,却被他看见了,真是遗憾!这头中将定将毁谤他了。

源氏大将看到这尚侍如此容易接近,却怀念起和她相反的藤壶皇后来。藤壶皇后冷酷无情,拒人于千里之外,他觉得深可敬佩。但从他自己的愿望说来,终觉得这个人心肠太硬,实在可恨。

藤壶皇后觉得进宫去很乏味,没有面子,所以很久不去了。然而不见皇太子,心中又常常挂念。皇太子别无后援人,万事全赖源氏大将照拂。然而他那种不良之心还未消除,动辄使藤壶皇后痛心疾首。她想:“幸而桐壶院直到驾崩完全没有知道我们那件暧昧之事。我现在想起此

〔1〕 此承香殿女御是朱雀帝的妃子,她的哥哥也是官居头中将之职。

事,还是惶恐万状。今后如果泄露出去,我自身姑置不论,对皇太子定然不利。”她恐怖之极,竟为此修荐法事,欲仰仗佛力来斩断情丝,又想尽方法逃出情网。不料有一天,源氏大将居然偷偷地混进藤壶皇后的房室里来了!

源氏大将行动十分谨慎小心,谁也不曾觉察。藤壶皇后看见了他,疑心是做梦。他隔着屏风对皇后说了一大篇花言巧语,作者的笔无法记述。然而皇后心君泰然,不为所动。后来痛心之极,竟昏迷不省人事。贴身侍女王命妇和弁君等大为吃惊,尽力看护扶持。源氏大将失望之余,忧恼万状,浑忘前前后后,弄得呆若木鸡。其时天色渐明,他竟不想回去。众侍女闻知皇后患病,纷纷前来看视。源氏大将吓得失却知觉,王命妇等便把他推进一个壁橱里,让他躲避。偷偷地给源氏大将送衣服来的侍女也惊恐狼狈之极!

藤壶皇后受的刺激太深,肝火上升,头脑充血,越来越痛苦了。她的哥哥兵部卿亲王及中宫大夫等前来视疾,立刻吩咐召请僧众举行法事,一时纷忙骚扰。源氏大将躲在壁橱里静听外间情状,心中只是叫苦。到了日暮时分,藤壶皇后好容易渐渐苏醒。她想不到源氏大将躲在壁橱内。侍女们防她懊恼,也不把此事告诉她。她觉得身体好些,便膝行到白昼的御座上来坐地。兵部卿亲王等看见她已复健,便各自归去,室中人少了。在平日,皇后近身的侍女也不多,别的侍女都退避在各处隔障物后面。王命妇便和弁君悄悄地商量办法:“怎样打发公子出去呢?如果留他在此,今夜娘娘再发作起来,可不得了!”

且说源氏大将躲在壁橱里,看见那扇门没有关紧,留着一条细缝。他便把门推开,悄悄地钻出来,沿着屏风背后,走到了藤壶皇后的居室中。他久已不见皇后的姿态,如今窥见了,悲喜交集,竟流下泪来。但见她脸向着外方,娇声地说:“我现在还很难过,看来活不下去了!”那侧影之优美,不可言喻。侍女们拿些水果来劝她吃,盛在一个形似盒盖的盘子里,式样非常雅观。但藤壶皇后看也不看一眼。她只管悲叹尘世之艰辛,悄悄地耽入沉思,那样子实在可怜。源氏大将想道:“她那头容秀美,发光艳丽,长长地披散下来,竟和西殿里那个人完全一样。年来我有了那个人,对她的恋慕之心稍稍忘怀。现在一看,二人果然肖似之极。”他确信紫姬可以略慰他对藤壶的相思。又想:“气度之高雅与神色之矜持,两人也完全一样。然而,或许是心情所使然吧,我这个自昔倾心恋慕的人儿,更富有盛年的娇艳。”想到这里,感奋之极,竟顾不得前后,悄悄地钻进帐中,拉住了藤壶皇后的衣裾。

藤壶皇后闻到源氏身上特有的衣香,觉得突如其来,吓了一跳,身子俯伏在席地上了。源氏大将怨她不转过脸来向着他,心中懊恨,只管拉她的衣服。藤壶皇后连忙将外衣卸去,想就此脱身。但源氏大将无意中已把她的头发连衣服一起握住,因此皇后无法逃走。她懊恼之极,但叹此乃前世冤孽,异常悲伤。男方近来也曾努力抑制,可是现在已难隐忍,心绪混乱,如醉如痴,只管啼啼哭哭地诉说千愁万恨。藤壶皇后心中很不愉快,不能作答,只是勉强言道:“我今天心情异常恶劣,且待将来好些,再与你会晤吧。”但源氏大将还是滔滔不绝地诉说衷情。其中也有可使藤壶皇后深深感动的话。她以前并非不曾有过错失,但倘如今再犯,实在说不过去。因此她此时虽然可怜源氏,但只是婉言拒绝。这一晚就此过去。在源氏大将呢,也觉得对这个人不好意思做过分的要求,只是斯文一脉地说:“但能如此,我已心满意足。今后若得时时相见,慰我刻骨相思,岂敢更有奢望?”藤壶皇后听了这话,也就安心了。这样的一男一女,即使是普通的情侣,此时亦必增添惜别伤离之恸,何况这两个多愁善感的人,其痛苦不可言喻。

天已经亮了。王命妇和弁君苦劝源氏大将早早退出。此时藤壶皇后几成半死状态。源氏大将看了非常难过,便说:"教你知道我这个人还活在世间,实在惭愧之极。不如让我就此死去吧！但抱恨而死,将为来世造孽,如之奈何?"他说这话时,态度严肃可怕。继而又吟道:

"相逢长是难如此,
世世生生别恨多。

我将永远教你受累了!"藤壶皇后也不免叹息,答道:

"我身世世怀长恨,
只为君心越礼多。"

她漫不经心地说出这话,源氏大将听了只觉无限依恋之情。但倘再不退出,在她必然伤心,在我亦多痛苦,只得身不由己地告辞了。

源氏大将回家之后想道:"我还有何面目再见藤壶皇后呢？在她没有谅解我的苦心之前,我不再理她。"因此别后连慰问信也不写。他也不进宫,也不去望皇太子,只是笼闭一室,日夜悲叹藤壶皇后的冷酷无情,那愁眉苦脸,旁人看了也伤心。想是神魂不安之故吧,竟变得四肢乏力,有似患病。但觉人世毫无意趣,真如古人所云:"沉浮尘世间,徒自添烦恼。何当入深山,从此出世表。"[1]便动了出家离俗之念。然而这个紫

---

〔1〕 此古歌见《古今和歌集》。

姬实在可爱,她一心一意地依赖源氏,毕竟使他难于舍弃。

藤壶皇后自从那天患病之后,心情一直不佳。王命妇等闻得源氏大将故意笼闭一室,音信全无,推察他的心情,颇觉对他不起。藤壶皇后为皇太子着想,倘使这个后援人心中有了隔阂,于皇太子甚是不利。如果他起了厌世之心,毅然出家为僧,毕竟是不幸之事。她一一考虑:"如果他那种妄念一直不断,则我的恶名势必泄露于这浇薄的世间。弘徽殿太后责我僭越,现在何不干脆退出皇后之位呢。"她回想桐壶院在世时对她无微不至的宠爱以及恳切的遗言,觉得现今时世大变,万事面目全非。我身即使不惨遭戚夫人[1]的命运,也一定做天下人的笑柄。她觉得人世可厌,日子难过,决心遁入空门。但不见皇太子一面,就此落发改装,又不忍心,便微行入宫去见皇太子。

源氏大将本来无微不至地照拂藤壶皇后,即使是些些小事,也极关心。但此次藤壶皇后入宫,他以心情不佳为由,并不前来送她。一般的照顾,固然与先前无异,但明白底细的侍女们都悄悄地互相告道:"源氏大将心情沉闷,郁郁不乐。"她们觉得对他不起。

皇太子年方六岁,长得非常美丽。他许久不见母亲,见了异常兴奋,无限欢喜,偎依母亲膝下,十分亲昵。藤壶皇后看了心生怜爱,出家之念顿时动摇。然而环顾宫中模样,已完全改变,显然是右大臣家的天下了。弘徽殿太后性情非常刻毒,藤壶皇后出入宫禁,颇感乏味,凡事动辄得咎。她觉得长此下去,对皇太子甚是不利。想起种种事情,都有不吉之感。便问皇太子道:"今后我再隔长久不和你见面,见时我的样子倘使变

〔1〕 戚夫人乃汉高祖宠姬。高祖崩,吕后断夫人手足,去眼,熏耳,饮以瘖药,使居厕中,号为"人彘"。

得难看了,你会怎么样呢?”皇太子注视母亲的脸,笑着答道:“变得同式部[1]一样么?怎么会呢!”他的样子十分可爱。藤壶皇后哭着说:“式部是因为年纪老了,所以难看。我不是同她一样。我要把头发剪得比式部更短,穿上黑色的衣服,像守夜僧[2]一样。这以后,和你见面的时候更少了。”皇太子认真地说:“像以前那样长久不见,我已舍不得,怎么可以更少呢?”说着,流下泪来,也知道怕难为情,把头转向一旁了。那头发摇摇晃晃的,非常可爱。他渐渐长大起来,声音笑貌越发肖似源氏,竟像是一个模子里印出来的。他的牙齿略有些蛀,口中有一点黑,笑的时候异常美观,同女孩一般秀丽。藤壶皇后看见他如此肖似源氏,甚是伤心,觉得这正是白璧之瑕。她生怕世人看出隐情,流传恶名。

源氏大将心甚恋慕藤壶皇后。此时为欲惩诫她的冷酷,故意不理睬她,闭门隐忍度日。然而深恐外人看了不成样子,自己也寂寞无聊,因此发心赴云林院佛寺游览,乘便观赏秋野的景色。亡母桐壶更衣的哥哥是个律师,就在这寺里修行。大将在这里诵经礼佛,滞留两三天,倒也很有趣味。木叶渐次变红,秋野景色清丽,令人看了浑忘家乡。源氏大将召集一切有学问的法师,请他们说教,向他们问道。由于地点所使然,令人彻夜痛感人生之无常,直到天明。然而正如古歌所云:“破晓望残月,恋慕负心人。”[3]不免使他想起那意中人来。将近天明,法师等在月光之下插花供水,发出杯盘叮当之声。菊花和浓淡不同的各种红叶,散置各处。这景象也颇有趣致。源氏大将念念不忘地想:“如此修行,可使现世不致寂寞,又可使后世获得善报,这虚幻无常的一身还有什么烦恼呢?”

---

〔1〕 式部是指一个相貌难看的老侍女。

〔2〕 在帝或后的寝室外面通夜诵经以保平安的和尚。贵族人家也用守夜僧。

〔3〕 此古歌载《古今和歌集》。

律师以尊严之声朗诵“念佛众生摄取不舍”[1]。源氏公子听了觉得深可羡慕,想道:“我自己何不决心出家呢?”此念一动,便首先挂念紫姬,真是道心不坚!他觉得从来不曾如此长久离开紫姬,便频频写信去慰问她。有一封信中说:“我想尝试一下:脱离尘世是否可能?然而无以慰我寂寥,反而更觉乏味。但目下尚有听讲之事未了,一时不能返家。你处近况如何?念念。”随意不拘地写在一张陆奥纸上,非常美观。又附诗道:

“君居尘世如朝露,
听到山岚悬念深。”

信中详叙种种细情,紫姬读了掩面泣下,便在一张白纸上写一首诗答复他:

“我似蜘丝萦露草,
风吹丝断任飘零!”

源氏大将看了,自言自语地说:“她的字越写越好了。”微笑地欣赏着。他们常有书信往还,所以她的笔迹很像源氏大将,近来越发秀丽,笔锋更添了妩媚。源氏大将觉得这个人长育得一点缺陷也没有,心中非常快慰。

云林院离贺茂神社甚近,源氏大将便寄信与当斋院的槿姬。信是向槿姬的侍女中将君诉恨的:“我今旅居萧寺,怅望长空,渴慕故人,不知能蒙斋院俯察下情否?”另有诗赠与斋院:

---

〔1〕《观无量寿经》云:“光明遍照十方世界,念佛众生摄取不舍。”

“含情窃慕当年乐，
恐渎禅心不敢言。

古歌云：‘安得年光如轮转，夙昔之日今再来。’[1]明知言之无益，但渴望其能再来。”言词亲切，彷佛两人已有深交。诗用一张浅绿色的中国纸写，挂在白布上，白布系在杨桐枝上，表示是供奉神明的。中将便写回信：“离群索居，寂寞无聊；沉思往事，颇多遐想。然亦无可奈何。”写得比往日更加用心。斋院则在白布上题一首诗：

“当年未有萦心事，
何用含情慕往时？

今世无缘了。”如此而已。源氏大将看了，想道：“她的手笔并不纤丽，然而功夫很深，草书尤其漂亮。料想她年华渐长，容颜定然更增艳丽吧。”此心一动，自知亵渎神明，不免有些惶恐。他回想在野宫访晤六条妃子那个感伤的秋夜，正是去年今日；不料今秋又有类似之事，却也奇妙。他怨恨神明妨碍他的恋爱，此种习癖实甚恶劣。他又回想：当年如果执意追求，未始不能到手；那时等闲放过，今日甚是后悔。此种想法，也实甚怪诞。斋院也知道源氏有此种怪癖，所以偶尔给他回信时，并不严词拒绝。这也有些不可思议。

源氏大将诵读《天台六十卷》[2]，每有不懂之处，即请法师讲解。法

---

〔1〕 此古歌见《伊势物语》。
〔2〕《天台六十卷》是佛经名，内含玄义、文句、止观、尺签、疏记、弘决各十卷。

师说:“这山寺平素积有修行功德,所以此次有此盛会,佛面上也是光彩的。”连下级的法师也都欢喜。源氏大将在山寺中悠闲度日,想起了俗世种种纠纷扰攘,竟懒得回家了。然而一想到紫姬,总觉得是一个羁绊,便不想久居山寺。临别之时,酬劳诵经费甚为丰盛。所有上下僧众,均得赏赐,连附近一切平民也都获得布施。大大地做了一番功德,然后离去。临去之时,山农野老聚集在各处路旁,都来送行。众人仰望车驾,无不感激涕零。源氏大将身穿黑色丧服,乘坐黑色牛车,全无华丽之色。但众人隔帘隐约窥见尊容,都叹为盖世无双。

多日不见紫姬,她长得容貌更加美丽,举止更加端详了。她担心自己今后命运,忧形于色,源氏大将看了觉得深可怜爱。他近来常常为了不应有之事而沉思梦想,紫姬定然分明看出,因此她近来作诗,常用“变色”等语。源氏大将觉得对她不起,今日归家,对她比往日更加亲爱。他看看从山寺带回来的红叶,觉得比庭中的红叶颜色更浓。想起了与藤壶皇后久不通问,毕竟不好意思,便无端地把山寺中带来的红叶送给她,并附一信与王命妇,信中说:“闻娘娘入宫探望太子,至深欣慰。我久疏问候,但两宫之事,时在念中。只因山寺礼佛诵经,原有规定日数,若中途退出,人将谓我不诚,因此延至今日方始返邸。红叶一枝,色泽甚美,我一人独赏,‘好似美锦在暗中’〔1〕,甚是可惜,故特送上。倘有机会,望呈请娘娘御览。”

这枝红叶的确甚美,藤壶皇后看了也很注目,但见枝上缚着一封小小的打成结的信,一如往日作风。藤壶皇后深恐被侍女们看见,脸色骤变,想道:“他此心终是不死,实在教人烦恼。所可惜者,此人虽思虑周

〔1〕 古歌:“深山红叶无人见,好似美锦在暗中。”见《古今和歌集》。

至,却有时做出大胆妄为的事来,外人见了得不怀疑?"便把这枝红叶插在花瓶里,供在檐下柱旁了。

藤壶皇后写给源氏大将的信,所谈的只是一般的事情,以及关于皇太子有所请托之事,是严正的答谢信。源氏大将看了,想道:"她如此小心,多么顽强!"不免心中怨恨。然而回想自己过去对皇太子照顾无微不至,如今倘使忽然疏远,深恐外人怀疑,怪他变心。便在藤壶皇后出宫之日进宫去探望皇太子。

源氏大将进宫,先去参见皇上。朱雀帝此时正空闲无事,便和他共话今昔沧桑。朱雀帝的相貌非常肖似桐壶院,而比他稍稍艳丽,神情优雅而温和。两人相对,共诉丧父之恸。源氏大将与尚侍胧月夜的关系尚未断绝的消息,朱雀帝也曾闻知,并且有时从胧月夜举止之间也看得出来。但他想道:"此事有何不可!倘是尚侍入宫后开始的,确是不成体统。但他们是早有关系的,那么互相心交,并无不称之处。"因此并不责备源氏大将。两人谈论种种事情。朱雀帝将学问上的疑义请源氏大将讲解,又谈论恋爱的诗歌,顺便说到六条妃子的女儿斋宫赴伊势那天的事,赞叹斋宫容貌之美丽。源氏大将也毫无顾忌,叙述那天在野宫访晤六条妃子时黎明的情景。

二十日的月亮迟迟地升起,夜色清幽可爱。朱雀帝说:"此刻正是饮酒作乐之时!"但源氏大将起身告辞,奏道:"藤壶母后今晚出宫,臣拟前往东宫探望太子。父皇遗命,嘱臣看顾太子,太子又别无保护人,臣理应尽力照拂。由于太子情分,对母后亦当体恤。"朱雀帝答道:"父皇遗嘱,命朕视太子如己子,故朕亦甚为关心。惟特地张扬其事,亦有所不便,故常保留在心中。太子年龄虽幼,而笔迹异常优秀。朕躬万事愚庸,有此聪颖之太子,顿觉面目增光也。"源氏大将又奏:"就大体而言,太子确甚聪颖,竟有成人模样。然而年仅六龄,终未成器。”便将太子日常情况详细奏闻,然后退朝。

弘徽殿太后的哥哥藤大纳言的儿子头弁,自从祖父右大臣专权以来,变成了一个青年红人,目空一切。此时这头弁正前往探望其妹丽景殿女御[1],恰巧源氏大将的前驱人低声喝着,从后面赶上来。头弁的车子暂时停住,头弁在车中从容不迫地朗诵道:“白虹贯日,太子畏之!”[2]意思是讥讽源氏将不利于朱雀帝。源氏大将听了实在难堪,然而不便和他计较。因为弘徽殿太后痛恨源氏大将,对他态度十分冷酷,太后的亲信便常常嘲弄源氏大将。源氏大将不胜其烦,但也只得装作不听见,默默地走过了。

他来到东宫时,藤壶皇后尚未退出。他就托侍女转达:“刻因参见陛下,故至此夜深时方来请安。”此时月色甚美。藤壶皇后听见源氏大将来了,便想起桐壶院在世时情状:当时每逢如此良宵,必有丝竹管弦之兴,何等繁荣热闹!如今宫殿依然不改,而人事变态实多,可胜叹哉!便即景吟诗,命王命妇传告源氏大将:

“重重夜雾遮明月,
遥慕清辉饮恨多。”[3]

源氏大将隔帘隐约听到藤壶皇后的动静,觉得异常可亲,立刻忘记了对皇后的怨恨,流下泪来。便答道:

---

〔1〕 此丽景殿女御是朱雀帝的妃子,在亲戚关系上是帝的表妹。
〔2〕 战国时,燕太子丹使荆轲刺秦皇,看见白虹贯日,知道是失败之兆,心中恐惧。
〔3〕 重重夜雾比喻右大臣派的人,明月比喻朱雀帝。

"清辉不改前秋色，
夜雾迷离惹恨多。

昔人不是也痛恨'霞亦似人心，故意与人妒'[1]么？"

藤壶皇后即将离去，舍不得与太子分别，对他说了千言万语。然而太子毕竟年事尚幼，未能深切理会，母后心中不免怅惘。太子本来睡得很早，今天为了母后即将离去，至此时尚未就睡。母后出宫之时，他虽然伤心饮泣，但并未牵衣顿足。母后觉得十分可怜。

此后，源氏大将想起了头弁所诵的文句，痛感过去种种非礼之事深可警戒，便觉世路险阻，对尚侍胧月夜也很久不敢通信。有一天，秋雨初降，气象萧索。不知胧月夜有何感想，忽然寄了一首诗来：

"秋风已厉音书绝，
寂寞无聊岁月经。"

这正是催人哀思的时节，这位尚侍想必是情不自禁，故尔不顾一切，偷偷地写这首诗派人送来，此心深可怜爱。源氏大将便教这送信使者稍稍等待，命侍女打开安放中国纸的橱来，选取一张特等贡纸，又仔细挑选精致的笔墨，郑重其事地写回信，神情甚是艳雅。左右侍女见此模样，互相牵衣使眼，悄悄地问："到底是写给哪一位的？"源氏大将写道："即使叠上芜函，终是无补于事。为此深自惩戒，已觉心灰意懒。正拟独任其愁，岂意忽接来书。

[1] 古歌："欲往看山樱，朝霞迷山路。霞亦似人心，故意与人妒。"见《后拾遗集》。

莫将惜别伤离泪，
看做寻常秋雨霖！

但得两心相通，即使凝望长空，亦可忘忧遣怀。”信中详诉衷情，不可尽记。

诸如此例，来信诉怨的女子，不计其数。源氏大将只报以缠绵悱恻的复音，并不十分动心。

且说藤壶皇后发心在桐壶院周年忌辰之后举办一次法会，请高僧讲演《法华经》八卷，目下正操心做种种准备。国忌是十一月初一，是日天上降下一片大雪。源氏大将赋诗寄藤壶皇后：

“诀别于今周岁月，
何时再见眼中人？”

今日是万民举哀之日，藤壶皇后立刻答他一首诗：

“苟延残命多愁苦，
今日痴心慕往年。”

写得并不特别用心，但源氏大将看了觉得异常高雅优美，想是心理作用之故。她的书体并不特异，也不时髦，然而自有与众不同的优点。源氏大将今天屏除了一切恋情，只是跟着融雪的水滴一同流泪，专心诵经礼佛。

十二月十日过后，藤壶皇后的《法华经》八卷开讲。这法会异常庄严。分四日讲演,每日所用经卷,装潢精美无比:玉轴、绫裱都很讲究,连包经卷的竹席上的装饰,其精致也世无其类。原来这藤壶皇后即使对日常细小物事,亦必装饰得异常精美。像今天的大事,当然更加郑重其事了。佛像上的装饰以及香花桌上的桌布等,令人误认为西方极乐世界。第一天是追荐先帝[1],第二天是为母后祈冥福,第三天是追荐桐壶院。这一天所讲的是《法华经》第五卷,最为重要。公卿大夫等顾不得右大臣嫌忌,大家一齐参与听讲。这一天的讲师,也选请道行特别卓越的高僧。开讲之初,诵唱"采薪及果蔬,汲水供佛勤。我因此功德,知解《法华经》。"[2]虽然同是这几句,今天却诵得特别庄严。诸亲王等奉献各种供养物。其中源氏大将的供养物用意特别精深,迥非别人可比。作者屡次用同类的赞词来褒美源氏大将,实因每次拜见此人,总觉比前次越发优越,故不得不如此耳。

最后一天,是藤壶皇后自己发愿。她在佛前发誓,决心出家为尼。四座闻言,无不震惊。其兄兵部卿亲王及源氏大将亦皆动心,认为事出意外。兵部卿亲王半途起身进入帘内,苦劝收回成命。皇后向他声明决心之坚强,终于无法挽回。发愿既毕,宣召比叡山住持为誓愿人授戒。皇后的伯父横川僧都[3]走来,为皇后落发。此时满殿人心激动,一齐放声大哭。

即使是毫不足道的衰老之人,面临削发出家之际,也不免方寸动乱,悲从中来。何况藤壶皇后青春鼎盛,预先并无一言,突然遁世,兵部卿亲王安得不放声大哭!其他参与法会的人,看见周围气象悲切而庄严,也

---

〔1〕 此先帝是藤壶之父,是桐壶院前一代天皇。

〔2〕 此古歌乃大僧正行基所作,见《拾遗集》。

〔3〕 横川是比叡山的三塔之一。

无不泪满襟袖而归去。桐壶院的许多皇子,回想藤壶皇后昔日荣华,大家感慨悲叹,都来慰问。只有源氏大将,散会后依旧枯坐席上,一言不发,心中茫然若失。但深恐旁人怪他为何如此悲伤,便于兵部卿亲王退出后前来慰问。此时众人渐次散去,四周寂静。众侍女拭着眼泪,群集在各处。月明如昼,雪光映目,庭前景色凄清。源氏大将对此夜色,沉思往事,不堪悲恸。强自镇静,命侍女传言问道:“何故如此突然下了决心?”皇后照例遣王命妇答道:“我早有此志,并非今日始下决心。所以不早说者,深恐人言骚扰,使我心乱耳。”此时帘内侍女云集,行动起居、衣衫窸窣之声,历历可闻。惊恐悲叹之声,亦时时泄露帘外。源氏大将想道:不可早说,确是有理。便觉无限悲伤。

门外北风甚烈,雪花乱飞。帘内兰麝氤氲,佛前名香缭绕,加之源氏大将身上衣香扑鼻,此夜景有如极乐净土。皇太子的使者也来到了。藤壶皇后回想前日临别时太子之言及其依依不舍之状,虽决心坚强,亦悲伤难堪,一时不能作答。源氏大将代为补充言词,答谢来使。此时殿内不论何人,尽皆垂头丧气。因此源氏大将不能畅所欲言,但吟诗道:

“清光似月君堪羡,
世累羁身我独悲。〔1〕

我作此想,实属懦怯堪怜。对君之毅然决然,惭愧之至,羡慕之极!”此时众侍女围集藤壶皇后身旁,源氏大将心中千言万语,不能发泄,但觉异常

〔1〕“世累羁身”,暗指有皇太子之牵累,不能随君一同出家。后面藤壶答诗“何时全断世间缘”,亦暗示一切都已看破,惟对皇太子不能断念。

烦闷。藤壶皇后答道：

“一例红尘都看破，
何时全断世间缘？

尚留一点浊念，奈何!”这答诗的一部分，想是侍女擅改的吧。源氏大将胸中无限悲伤，痛心之余，匆匆退出。

源氏大将回到二条院私邸，不往西殿，径赴自己室内，独自躺下。不能成眠，痛感人世之可厌。只有皇太子之事，不能忘怀。他想：“父皇在世之时，特地封藤壶妃子为皇后，让她做皇太子的正式保护人。不料皇后不堪尘世之苦，出家为尼。今后恐不能再居皇后之位了。我倘也摒弃皇太子而去，这便……”无限思虑，一直想到了天明。忽念今后须为这出家人准备用品，便命令从人赶速调度，务须于年内完成。王命妇随伴皇后一同出家，对此人亦须恳切慰问。详细缕述此种事情，不免烦冗，故请从略。惟此际亦有富有风韵的诗篇，一概从略，亦不免遗憾耳。藤壶皇后出家之后，源氏大将来访时少有顾虑，有时可与皇后直接面谈。他对皇后的恋情，至今尚未完全忘怀。但处此情况之下，当然无可奈何了。

不久岁历更新。国忌已过，宫中又呈繁华景象，内宴及踏歌等会相继举行。藤壶皇后闻知，但觉可哀。她管自勤修梵行，一心一意地希图后世幸福，远离现世，沉思梦想。原有的经堂照旧保留着，另在离开正殿稍远之处，西殿的南方，新建一所经堂，天天在那里虔修。

源氏大将来拜年了。但见四周毫无新年气象，宫中人影稀少，肃静无声。只有几个亲近的当差宫女低头坐着，恐是心情所使然，似有不胜委屈之感。只有正月初七举行白马节会时，白马照旧到这宫邸来，侍女们可以观览。往年每逢新春,必有无数王侯公卿到这三条宫邸来贺年,门庭若市。但今年这些人过门不入,大家麕集在右大臣府中了。世态炎凉,深可悲叹。正当此时,源氏大将以英爽之姿,专诚来访,真可以一当千,邸内诸人不禁感激涕零。

源氏大将看了这凄凉景象,一时不知所云。室内光景异乎寻常:帘子的边缘与帷屏的垂布都用深蓝色。处处看见淡墨色或赭黄色的衣袖。却反而富有清丽优雅之感。只有池面解冻的薄冰和岸边转绿的柳色,没有忘记春天的来临。源氏大将环顾四周,不胜感慨,低声吟唱古歌"久仰松浦岛,今日始得见。中有渔女居,其心甚可恋"〔1〕。其神情潇洒无比。又吟诗道:

"知是伤心渔女室,
我来松浦泪先流。"

皇后的居室中几乎全是供佛之具,宝座设处不深。因此两人相距似乎较近。皇后答诗道:

"浦岛已非当日景,
飘来浪蕊倍堪珍。"〔2〕

虽然隔帘传语,本人声音隐约可闻。源氏大将努力忍耐,但终于不能自

〔1〕 此古歌载《后撰集》。日文"渔人"(或"渔女")与"尼姑"发音相同,都称为 ama。故此处之渔女暗指尼姑。松蒲岛是渔人所居之处。下面的诗根据此古歌。

〔2〕 浦岛比喻宫邸,浪蕊比喻源氏。

制,簌簌地掉下泪来。深恐这儿女柔情被这些六根清净的尼姑看见了,难以为情,略谈数语即便告辞。

源氏大将去后,这三条宫邸里几个老年宫女淌着眼泪赞扬他:"这位公子年龄越长,态度越是优美无比了。当年权势鼎盛、万事如意称心之时,有天下惟我独尊的气概。我等正在猜量:这样的人,何由悟得世故人情呢?岂知现在竟已变得十分温良恭谨,即使对付些些小事,也都体贴入微,郑重其事。教人看了不知不觉地怜惜他呢。"藤壶皇后听了这话,不禁回想起种种往事来。

春季举行官吏任免式时,皇后名下的人员都不曾受到应得的官职。照一般情理或皇后地位说来都是应有的升官晋爵,今年也全然没有。因此有许多人悲愤愁叹。皇后虽已出家为尼,并无立即让位停俸之理。然而此次朝廷竟以出家为由,对这皇后的待遇大有变更。藤壶皇后自身对此世间固已毫无留恋,然而众宫人都失去依靠,大家悲叹命苦。皇后睹此情状,有时亦不免愤慨。她自身已置之度外,但切望皇太子平安无事地即位,因此矢志不懈地勤修佛道。只因这皇太子身上有不可告人而深可危惧[1]的隐情,所以她常常向佛祈愿:"一切罪恶皆归于我,务请容恕太子无辜。"万般忧恼,借此自慰。源氏大将也体会藤壶皇后的衷曲,认为此真乃一片苦心。他自己殿内的人员,与皇后宫中的人一样,也都辘轲不遇。他觉得这世间毫无意味,天天笼闭在家。

左大臣也公私两方都不得意,心中不快,便上表致仕。朱雀帝想起桐壶院在世时一向信任这位大臣,视为重要的后援人,并有遗嘱,希望他长为天下之柱石。因此不许他辞职。屡次上表,屡次退回。但左大臣意

---

〔1〕 倘被发觉太子非桐壶帝之子,势必被废。

志坚决,终于致仕还家。从此右大臣一族垄断朝政,荣华无可限量。一代重臣,今已遁世,朱雀帝不胜怅惘,世间知情达理之人,亦无不叹惋。

左大臣家诸公子,个个忠厚诚笃,重用于世。过去无忧无虑,荣华度日;但现在无不意气消沉。与源氏大将最为亲近的三位中将[1]等,在政界尤为失势。三位中将过去虽然时时赴四女公主处留宿,但因对妻子一向态度冷淡,所以右大臣也不把他归入爱婿之列,以示报复。大约三位中将早有自知之明,所以此次不得升官晋爵,亦不甚介意。他看见源氏大将都已笼闭在家,可知世事已不可为,则自己的不遇乃当然之事。他就常常访晤源氏大将,与他共研学问,或合奏弦管。以前这两人常常狂热地互相竞争,现在还是如此,些微小事亦必互相较量,借此消磨岁月。

春秋二季的诵经自不必说,此外源氏大将又常临时举行种种法会。他还召集事简多暇的文章博士,和他们吟诗作文,或做掩韵[2]游戏,藉以遣怀,一向不赴宫中。如此任情游乐,不问政事,又渐渐引起了世人的烦言。

夏雨连绵,闲居无事之时,有一天中将教人拿了许多名贵的诗文集,来到二条院。源氏大将也命人打开殿内的书库,从以前未曾启封的书橱里选出若干世间罕有的珍本古集来。并不大肆张扬,却召来了许多精通此道的人物。也有殿上公卿,也有大学寮的博士,济济一堂,分为左右二列,相对而坐,竞赛掩韵。奖品之精美,世无其匹,诸人争欲获得。这竞赛渐次进行下去,其间困难的韵字甚多,常常使得著名的博士周章狼狈。源氏大将便时时加以指点。足见其才学精深无比。诸人啧啧赞叹,互相

---

〔1〕 三位中将即以前称为头中将者,现已晋升。

〔2〕 将古诗中叶韵之字掩没,教人猜度补充,以优劣定胜负。

告道:“大将何以能有如此全才?定然前世福慧双修,故万事胜于常人。”竞赛的结果,左方(源氏大将一方)得胜,右方(三位中将一方)认输。过了两天之后,中将举办认输的飨宴。排场并不十分铺张,然而种种食物非常精致,盛食物的桧木箱十分优美,还有各种各样的奖品。这一天照例聚集许多人物,大家作文吟诗。

其时阶前蔷薇初开,景象比春秋花时更为幽雅可爱。大家随意不拘地调弦弄管。中将的儿子名叫红梅的,年方八九岁,今年开始上殿。此时这童子出席唱歌,嗓音非常美丽,又吹奏笙笛,也悠扬悦耳。源氏大将很喜欢他,当他游戏伴侣。这童子是右大臣家四女公主所生的次子,因有外祖父作后援,世人对他期望甚重,大家另眼看待他。此人心性明慧,容貌秀丽。到了酒酣兴阑之时,这童子唱起催马乐《高砂》[1]的歌曲来,声音非常优美。源氏大将便解下自己的衣服来赏赐他。此时源氏大将比往常醉得厉害,脸色无比艳丽,他身上穿着薄罗常礼服和单衫,透露肌肤,色泽异常美丽。几个老年博士遥遥瞻望,感动得流下泪来。唱到“貌比初开百合花更强”之句时,三位中将敬源氏大将一杯酒,吟道:

“闻歌瞻望君侯貌,
胜似蔷薇初发花。”

源氏大将微笑着接了酒杯,答道:

---

〔1〕 催马乐《高砂》大意:“高砂峰上花柳香,好似贵家两女郎。我要两人作妻房,好似两件绣罗裳。不可性急徐徐图,定可会见两姑娘,貌比初开百合花更强。”

“花开今日乖时运，

转瞬凋零夏雨中。

我就此衰朽了!”他醉态可掬,故意开玩笑。中将强责以干杯。此时众人所咏诗歌甚多,但都是贯之曾谏诫的那种“欠考虑”的乘兴率尔之作,若一一记载,未免无聊。为避免烦冗,一概从略。

诸人皆极口赞誉源氏大将,或作和歌,或作汉诗。源氏大将得意之极,骄矜起来,朗诵“我文王之子,武王之弟……”[1]这自比实在很确当。但他是成王的何人,没有继续诵下去,因为只有这一点是疚心的。

藤壶皇后之兄兵部卿亲王也常来访晤源氏大将。这亲王长于吹弹歌舞,风流潇洒,与大将志同道合。

且说那位尚侍胧月夜最近回娘家右大臣邸来了。因为她久病疟疾,回娘家来,念咒祈祷等事较宫中方便。做了种种法事之后,病休痊愈,大家十分庆喜。尚侍认为此乃难得的良机,便与源氏大将密约,用尽心计,图得夜夜幽会。这尚侍正当青春年华,花容月貌,妩媚动人。近来因病略微消瘦,却反而更可怜爱。此时她的大姐弘徽殿太后也回娘家来,一同住在邸内。四周人目众多,行动颇多危险。然而源氏大将一向有个习癖:越是困难,越是不舍。因此夜夜偷渡,几无虚夕。这自然难免被人看破。然而众人都有顾虑,所以无人将此事启奏太后。右大臣当然没有想到。

有一晚,骤雨滂沱,雷电交作。黎明时分,诸公子及太后的侍从人等

[1]《史记・鲁周公世家》中周公诫子伯禽曰:“我文王之子,武王之弟,成王之叔父。我于天下,亦不贱矣。”源氏以桐壶上皇比文王,以朱雀帝比武王,自比周公旦。倘以皇太子比成王,则源氏是叔父,触及他的隐事,所以不诵下去。

都起来看视，人声嘈杂，耳目众多。众侍女惧怕雷雨，也都集中到近旁来。源氏大将有些狼狈，然而无法逃出，只得挨到天明。胧月夜寝台的帐幕外面，众侍女都聚集着。这一对男女觉得心惊胆战。侍女中只有两人知道此事，然而无可奈何。

后来雷声停息，雨势渐小。右大臣便走到这边来看视，先到弘徽殿太后室中。阵雨之声掩没了他的行动声，源氏大将和胧月夜并未听到。岂知右大臣贸然地走进室内来了。他撩起帘子，开口便问："你怎么样？昨夜的雷雨好厉害，我很担心，但未能来看你。你哥哥和太后的侍臣等有没有来探望你？"他说时快嘴快舌，粗声粗气，全不像个贵人。源氏大将虽在困窘之中，想起了左大臣的威仪，和这右大臣比较一下，不禁微笑起来。不要在帘外伸头探脑，规规矩矩走进室内以后再开口说话才是。

胧月夜狼狈之极，只得膝行而前，来到寝台外面。右大臣看见她红晕满颊，以为患病发烧，便对她说："怎么你的气色还不正常？想是妖魔作祟吧，法事应该延长日子。"这时候他看见一条淡紫红色的男带缠绕在女儿身上，觉得很奇怪。又看见一张写着诗歌的怀纸落在帷屏旁边，心念这是什么东西，吃了一惊，便问："这是谁的？这东西很奇怪。拿过来，让我看看究竟是谁的东西。"胧月夜回头一看，方才发现。但此时已无法抵赖，有什么话可回答呢？吓得魂不附体。倘是身份高贵的人，应该体谅做女儿的此时一定怕羞，因而有所顾忌。无奈这位大臣秉性急躁，毫不留情。他并不思前想后，愤然地走上前来，拾了那张怀纸，趁此向帷屏后面探望一下。但见一个体态非常优美的男子，肆无忌惮地躺在女儿铺位旁边，此时方才慢慢地拉过衣服来遮住颜面，算是躲避了。右大臣惊得发呆，一时怒火中烧。然而到底不便当面揭穿，气得头昏眼花，只得拿了那张怀纸回正房去。胧月夜呆若木鸡，差点儿没吓死。源氏大将懊丧之余,想道:“恶贯满盈,终于要受世人非难了!”然而看了这女人的可怜之状,只得胡乱安慰她一番。

右大臣的本性,万事想到就说,不能隐藏在心。加之老年之人,都有直率之癖。因此绝不踌躇,把这件事一五一十地向弘徽殿太后诉说了。他说:“有这样的事情。这怀纸正是右大将的手笔。以前早有暧昧之事。当时我因看重他的人品,不曾向他问罪,并且说过愿将女儿嫁给他。当时他却毫不在意,一味态度冷淡。我心甚是愤慨。但念此或前世因缘,也就曲意原谅。我想此女虽已失身,朱雀帝亦或宽宏大量,并不屏弃。经我恳愿,居然容许入宫,遂我初志。但因负疚在心,不敢奢望女御之尊,只得让她屈居尚侍之位,在我已是一大遗憾。如今此女身已入宫,他又做出此种行为,更加使我痛心疾首。寻花问柳虽是男子常有之事,但这大将实在岂有此理!

“槿姬身为斋院,他竟不顾亵渎神明,偷偷寄送情书,百般追求,世人已有谣传。此等渎神之事,不但有伤于世道,且亦不利于自身。我推想他总不至于做出犯天下之大不韪的事来吧。况且他是今世有识之人,风靡天下,拔类超群,故我一向不曾怀疑他的用心,岂知……”

弘徽殿太后性情比右大臣更为凶狠,听了父亲这番话,怒不可遏,答道:“我的儿子空有皇上的虚名,实则自昔便受众人奚落。那个退职的左大臣,不肯把掌上明珠葵姬嫁给做兄长的皇太子,偏偏把她嫁给臣籍的小弟源氏,同衾的时候这源氏还只十二岁加冠之年呢。我早已有意将六妹送入宫中,却先遭受源氏侮辱。然而谁也不以为怪,大家袒护源氏。结果六妹不能享受女御之尊,只得屈居尚侍之位。我常引以为恨,屡思设法使其升迁,身居后宫第一,借以清雪受辱之耻。无奈六妹不知好歹,一味倾心于自己所爱之人。六妹尚且如此,他追求斋院槿姬的谣传一定也是真的了。总之,源氏处处对朱雀帝不满,他只偏袒皇太子,巴望他早日即位。此事可想而知。”她侃侃直说,毫不留情,反使右大臣对源氏深感抱歉,自悔多言。他想:“我何必将此事告诉她呢?”便婉言调解:

“你说的固然不错,但此事暂勿泄露!你也不必告知皇上。大约这妮子前回犯了过失,皇上并不嫌弃,依旧宠爱她,因而有恃无恐,便做出这种事情来。你先悄悄地训诫她一番,如果她不听,这个罪过由我一人承当。”弘徽殿太后听了这话,怒气还是不消。她想:“六妹和我住在一起,人目众多,也算得无隙可乘了。然而这源氏毫无忌惮,竟敢钻门入户,简直是蔑视我们,侮弄我们!”越想越愤怒了。忽念趁此把那源氏惩办一下,倒是个好机会。便用心考虑种种手段。

第十一回　花 散 里[1]

孽由自作而无人得知的愁恨,在源氏公子是永无停息的。然而如今时移世变,连寻常一举一动,也无非增人忧恼。这便使得源氏公子心灰意懒,顿萌厌世之念。无奈恋恋不舍之事颇多。

桐壶院有个妃子,人称为丽景殿女御[2]的,并未生男育女,自从桐壶院驾崩之后,境况日渐冷落,全赖源氏大将照拂,孤苦度日。她的三妹花散里,曾经在宫中与源氏公子有露水因缘。源氏公子对女人一向多情,一度会面,永不相忘,然亦不特别宠爱。这便使得那女的情思焦灼,梦想为劳。近来源氏公子对世间万事都感忧恼,便想起了这个孤寂的情人,再也忍耐不住。五月的梅雨时节,有一天难得放晴,他便悄悄地去访问这花散里了。

源氏公子排场并不盛大,服装也很朴素,连前驱也不用,微行前往。经过中川近旁,便看见一座小小的邸宅,庭中树木颇有雅趣。但闻里面传出音色美好的筝与和琴的合奏声,弹得幽艳动人,源氏公子听赏了一会。车子离门甚近,他便从车中探出头来,向门内张望。庭中高大的桂花树顺风飘过香气来,令人联想贺茂祭时节[3]。看到四周一带的风趣,

[1] 本回写源氏二十五岁夏天之事。

[2] 非前回第201页所述朱雀帝的妃子丽景殿女御。

[3] 贺茂祭时节,簾子上和帽子上都插葵花和桂花。

他便忆起这是以前曾经欢度一宵的人家,不禁心动。他想:“阔别多时了,那人还记得我么?”便觉气馁。然而不能过门不入,一时犹豫不决。正在此时,忽闻杜鹃的叫声,似乎在挽留行人,便命回车,照例派惟光进去,传达一首诗:

“杜鹃苦挽行人住,
追忆绿窗私语时。”

一间形似正殿的屋子的西端,有许多侍女住着。惟光听见有几个侍女的声音很熟悉,便清一清嗓子,一本正经地传达源氏公子的诗句。青年侍女甚多,她们似乎不明白赠诗者为谁。但闻答诗道:

“啼鹃确似当年调,
梅雨声中不辨人。”

惟光推想她们是故意装作不辨为谁,答道:“甚好甚好,这叫做‘绿与篱垣两不分’[1]。”说着便走出去。女主人口上虽然不说,心中却觉得遗憾并且可惜。料想她大约已经有了定情的男子,因而有所顾忌吧。此乃理之当然,惟光也不便再加说明了。在此情况之下,源氏公子立刻想起筑紫的那个善舞的五节[2],觉得这等身份的女子中,五节倒是可爱的。他在恋爱上,无论对哪一方面,都不断操心,煞是辛苦。凡是与他有过往来的

---

〔1〕 古歌:“树头花落变浓荫,绿与篱垣两不分。”见《细流抄》所引。
〔2〕 筑紫是九州的别名。五节是筑紫守的女儿,详见下回。

女人,即使经过多年,他还是不能忘怀。这反而变成了许多女人的怨恨的源泉。

且说源氏公子走进他所指望的邸内,果然不出所料:人影寥寥,庭阶寂寂,这光景教人看了十分可怜。他先去访问丽景殿女御,和她谈谈当年种种旧事,不觉夜色已阑。二十日的缺月升入空中,庭前高大的树木暗影沉沉,附近的橘子树飘送可爱的香气来。女御虽然上了年纪,但仪态端庄,容貌昳丽。虽然不复有桐壶院的宠幸,其人还是亲切可爱。源氏公子回思往事,当年情状历历在目,不禁流下泪来。此时杜鹃又叫起来,大约就是适才篱垣边的那只鸟吧,鸣声全然相同。此鸟逐人而来,源氏公子觉得极有风趣,便低声吟诵古歌:"候鸟也知人忆昔,啼时故作昔年声。"[1]又吟诗道:

"杜鹃也爱芬芳树,
飞向橘花散处来。

思念往昔,不胜愁叹。只有访晤故人,方得安慰寸心。惟旧恨虽消,而新愁又生。趋炎附势,乃世之常态。因此可共话往昔之人,寥若晨星。何况冷冷清清,无可消遣,怎生是好?"女御听了这番话,深感世变无常,人生多苦,那沉思冥想的神色异常悲哀。大约是人品优越之故吧,样子特别可怜。女御吟道:

"荒园寂寂无人到,

---

〔1〕 此古歌见《古今和歌六帖》。

檐外橘花引客来。”[1]

回答的只此两句诗。源氏公子将她和别人比较一下，觉得此人毕竟特别高超。

辞别女御之后，装作顺便的样子，走到花散里所居的西厅前，向室内张望一下。花散里久不见源氏公子，相见之后，加之他的美貌盖世无双，便把过去的怨恨尽行忘却。源氏公子照例情深意密地和她谈此说彼，想来不是口是心非的话吧。凡是源氏公子所交往的女子，不仅花散里一人，都不是寻常之人，都有独得的优点。因此相见之下，两情融洽，男女双方互相怜爱不尽。固然也有为了公子久疏问候而伤心变节的女子，但公子认为此亦人世之常情。刚才中川途中篱内的那个女子，便是因此而变节的一例。

---

〔1〕 橘花比拟花散里，言源氏乃为花散里而来。

第十二回　须　磨[1]

源氏公子渐觉世路艰辛,不如意之事越来越多;如果装作无动于衷,隐忍度日,深恐将来遭逢更惨的命运。他想自动离开京都,避居须磨。这地方在古昔曾有名人卜居,但听说现今早已荒凉,连渔人之家也很稀少。住在繁华热闹的地方,又不合乎避地的本意;到离开京都遥远的地方去,又难免怀念故里,牵挂在京的那些人。因此踌躇不决,心乱如麻。

反复思量过去未来一切事情,但觉可悲之事不胜枚举。这京都地方已可厌弃,然而想起了今将离去,难于抛舍之事,实在甚多。其中尤其是紫姬,她那朝朝暮暮惜别伤离、愁眉不展的样子,越来越厉害,这比任何事情更使他痛心。以前每逢分别,即使明知必可重逢,即使暂时离居一二日,他也总是心挂两头,紫姬也不胜寂寞。何况此度分携,期限无定。正如古歌所云:“离情别绪无穷尽,日夜翘盼再见时。”[2]如今一旦别去,则因世事无常,或许即成永诀,亦未可知。——如此一想,便觉肝肠断绝。因此有时考虑:“索性悄悄地带她同行,便又如何?”然而在那荒凉的海边,除惊风骇浪之外无人来访,带着这纤纤弱质同行,实在很不相宜,反而会使我处处为难。——如此一想,便打消此念。紫姬却说:“即使是

---

〔1〕 本回写源氏二十六岁三月至二十七岁三月之事。须磨位在神户西面的南海岸。此时大约已有革职流放的消息,故被迫自动离去。

〔2〕 此古歌见《古今和歌集》。

赴黄泉,我也要跟你同行。”她怨恨源氏公子的犹豫不决。

那花散里虽然和源氏公子相会之日甚少,但因自己的清苦生涯全然托庇公子照拂,所以她的悲叹也是理之当然。此外与源氏公子偶有一面之缘的、或者曾有往来的女子,暗中伤心的人不可胜数。

那位出家为尼的藤壶皇后,虽然深恐世人说长道短,于己身不利,因而万事谨慎小心,但也常常偷偷地寄信与源氏公子。源氏公子回想:“她往日若能如此相思,如此多情,我何等欢喜!”又怨恨地想:“我为她受尽煎熬,都是前生孽缘!”

源氏公子定于三月二十后离京。对外人并不宣布行期,只带平素亲近的侍从七八人,非常秘密地出发了。出发以前,只写几封信向几个知心人告别,绝不声张,悄悄地送去。然而信都写得缠绵悱恻,语重心长,其中定有动人的好文章。可惜作者那时也心情混乱,无意仔细探访,未能记述为憾。

出发前二三日,源氏公子非常秘密地访问左大臣邸。他乘坐一辆简陋的竹蓆车,形似侍女用的车子,偷偷地前往,样子十分可怜,别人睹此光景,恍若置身梦幻。他走进葵姬旧居的室中,但觉景象好不凄凉!小公子的乳母以及几个尚未散去的旧日侍女,与源氏公子久别重逢,尽皆欢喜,亲切地前来拜见。看了他那委顿的姿态,连知识浅陋的青年侍女也都痛感人生之无常,个个泪盈于睫。小公子夕雾长得异常秀美,听见父亲来了,欢天喜地地跑过来。源氏公子看了,说道:“许久不见,他还认得父亲,乖得很!”便抱起他,让他坐在膝上,样子不胜怜惜。左大臣也来了,与源氏公子面晤。

他说:“闻吾婿近来寂寞无聊,笼闭家园,本拟前去访晤,闲话昔年琐事。惟老夫已以多病为由,辞去官职,不问政事。若由于一己之事,以龙钟老态频频出入,深恐外间蜚语谣传,谓我急于私而怠于公。虽然已是隐遁之身,于世事可无须顾虑,然而权势专横,深可忌惮,因此闭门不出。闻吾婿即将离京,老年目睹横逆之事,甚是伤心。世路艰险,言之可叹!即令天翻地覆,亦料不到有此逆事。身逢此世,真觉万事都无意趣了!"

源氏公子答道:"无论如此或如彼,尽是前世果报。推究其源,不外咎由自取。身无官爵之人,虽小犯过失,亦当受朝廷处分。若不自惩,而与常人共处世中,在外国亦认为非法。而似我身居高位之人,听说尚有流放远恶军州之定例。服罪自当更重。若自谓问心无愧,而泰然自若,深恐后患甚多,或将身受更大之耻辱,亦未可知。我为防患未然之计,故尔先行离京耳。"他把离京赴须磨的情由详细禀告了左大臣。

左大臣谈及种种往事、桐壶院之事,以及桐壶院对源氏公子的关怀,衣袖始终离不开泪眼,源氏公子亦不免陪着挥泪。小公子无心无思地走来走去,有时偎傍外祖父,有时亲近父亲。左大臣看了异常伤心,又说:"逝世之人,我时刻不忘,至今犹有余悲。但倘此人尚在世间,目睹此种逆事,不知何等伤心。今短命而死,免得做此噩梦,在我反觉心慰。惟此幼小孩童,长此依附老人膝下,不得亲近慈父,实为最可悲伤之事。古人即使真犯罪过,亦不致身受如此之重罚。吾婿蒙此不白之冤,想是前世孽障所致。此种冤狱,在外国朝廷亦不乏其例,然必有明确可指之罪状。但此次之事,教人百思不得其原由,实甚可恨!"话语甚长,不能尽述。

那个三位中将也来了。他陪源氏公子饮酒,直到夜阑。是晚公子便留宿于此。旧日的侍女都来伺候,共谈往事。其中有一个叫做中纳言君的,向来暗中受公子宠爱,胜于别的侍女。这一天此人口上虽然不便说出,而心中窃自悲叹。源氏公子看到她的模样,也在心中偷偷地可怜她。夜色渐深,众人都睡静了,独留这中纳言君陪伴公子谈话。他今晚留宿于此,大约是为此人吧。

将近黎明,天色尚暗,源氏公子便起身准备出门。其时残月当户,景色清幽,庭中樱花已过盛期,而枝头犹有残红,凄艳可爱。朝雾弥漫,远近模糊,融成一片,这风趣实比秋夜美丽得多。源氏公子靠在屋角的栏杆上,暂时欣赏这般美景。中纳言君大约是要亲来送别,开了边门,坐在门口。源氏公子对她说:"再会之期,想是很难得的了。以前料不到有此世变,因而把随时可以畅聚的年月等闲度过,回想起来实甚可惜!"中纳言君默默不答,只是吞声饮泣。

老夫人派小公子的乳母宰相君向源氏公子传言:"老身本欲亲自与公子晤谈,只因悲愤之余,心乱如麻,拟待心情稍定,再图相见。岂料公子在天色未晓之时即将离去,殊觉出人意外。这可怜的孩子尚在酣眠,能否待他醒来相送?"源氏公子闻言,泪盈于睫,便吟诗道:

"远浦渔夫盐灶上,
烟云可似鸟边山?"[1]

这不像是答诗。他对宰相君说:"破晓的别离,并非都是如此伤心的吧。但今朝的伤心,想必能蒙理解。"宰相君答道:"别离两字,教人听了总是不乐。而今朝的别离,特别令人伤心!"说时声泪俱下,可知异常悲恸。源氏公子便央她向老夫人传言:"小婿亦有种种话语欲向岳母大人面禀,其奈悲愤填胸,难于启口,此情伏望谅鉴。酣眠之幼儿,倘令见面,反使我依恋不舍,难于遁世,因此只得硬着心肠,匆匆告辞了。"

---

〔1〕远浦指须磨海边。鸟边山即鸟边野火葬场葵姬化作烟云之处。

源氏公子出门之时,众侍女都来窥看。其时月落西山,光辉转明。源氏公子映着月光,愁眉不展,神情异常清艳。即使是虎狼,看见了也会泣下,何况这些侍女都是从小与他亲近的人。她们看到他那优美无比的容貌,心中都异常激动。确实如此。老夫人的答诗云:

“烟云不到须磨浦,
从此幽魂远别离!”

哀思越来越多,源氏公子去后,满堂之人尽皆泣不成声。

源氏公子回到二条院私邸,但见自己殿内的众侍女似乎昨晚没有睡觉,群集在各处,都在悲叹时势的乖变。侍从室里人影全无,这都是平素亲近的人,他们为欲随从公子赴须磨,都回去与亲友道别了。与公子交情不深的人,惟恐来访问了将受右大臣谴责,因而增多烦恼。所以本来门前车马云集,几无隙地;如今冷冷清清,无人上门了。此时源氏公子方悟世态之炎凉与人情之浇薄,感慨系之。餐厅里的饭桌半是尘埃堆积,铺地的软席处处折叠起来了。源氏公子想:“我在家时尚且如此,将来我走了,更不知何等荒凉呢!”

来到西殿,但见格子窗还不曾关,大概紫姬通宵凝望,不曾就寝。众青年侍女及女童都在各处廊下假寐,看见公子来了,大家起来迎接。她们都作值宿打扮,憧憧来往。源氏公子看了,又不免伤心,他想:“今后再经若干年月,这些人不耐寂寞,势必纷纷散去。”平日向不在意之事,现在都触目惊心。他对紫姬说:“昨夜只因有这些事,直到破晓才能回家。想你不会疑心我胡行乱为吧。至少在我还居住于京都的期间,是舍不得离开你的。但是现在即将远行,牵怀之事,自然甚多,岂能闭门不出?在这无常的世间,被人视为薄情而唾弃,也毕竟是痛心的。”紫姬只回答道:“除了此次之事,世间哪有更大的飞来横祸呢?”她那伤心苦思之状,异于他人,自是理之当然。因为父亲兵部卿亲王一向疏远,她从小依附源氏。何况父亲近来惧怕权势,对公子音问久疏,此次亦绝不前来慰问。旁人见此情形,定然讪笑,紫姬深以为耻。她想:当时不教父亲知道她的下落,倒反而干净。

兵部卿亲王的正夫人——紫姬的继母——等人说:“这妮子突然交运,立刻倒霉,可见是命苦的。凡是关怀她的人,母亲、外祖母、丈夫,一个个都抛弃她了。”这些话泄露出来,传到了紫姬耳中。她听了非常痛心,从此也绝不与娘家通问了。然而此外全无依靠,身世好不孤单!

源氏公子谆谆开导她说:“我离京之后,倘朝廷犹不赦罪,多年流放在外,那时虽居岩穴之中,我亦必迎接你去同居。惟现在与你同行,深恐外人指责。身为钦犯之人,日月光明也不得见,倘任情而动,罪孽更加深重。我今生虽未犯过,但前世必有恶业,故尔有此报应。何况流放犯携带家眷,古无前例。在这无法无天的世间,可能遭受更大的祸殃呢。”翌晨,到了日上三竿之时,公子方才起身。

帅皇子及三位中将[1]来访。源氏公子换穿衣服,准备接见。他说:“我是无官位的人了!”就穿了一件无纹的贵族便服,样子反而优雅。容貌清减了,也反而俊美。为欲整理鬓发,走近镜台,望见消瘦的面影,自己也觉得清秀可爱,便道:“我衰老得很了! 难道真像镜中那样消瘦么?可怜!”紫姬眼泪汪汪地望着公子,样子十分难过。公子吟道:

---

〔1〕 帅皇子是源氏之异母弟。三位中将即前之头中将,左大臣之子。

“此身远戍须磨浦，
镜影随君永不离。”

紫姬答道：

“镜中倩影若长在，
对此菱花即慰心。”

她自言自语地吟唱，把身子躲在柱后，借以隐藏脸上的泪痕。源氏公子看见她的样子异常可爱，觉得平生所见无数美人，没有一个比得上她。

帅皇子对源氏公子谈了许多伤心的话，到了日暮方才辞去。

那个花散里为了源氏公子之事无限悲伤，常常寄书慰问，这原是理之当然。源氏公子想：“若不与她再见一面，她将恨我无情。”便决心在这天晚间前去访问。然而又舍不得紫姬，所以直到深夜方才出门。丽景殿女御喜出望外，说道：“寒舍亦得列入数中，蒙大驾亲临！”其欢欣之状，不须缕述。这姐妹两人生涯实甚清寒，年来全赖源氏公子荫庇，孤苦度日。目前邸内景况已够凄凉，将来势必更加困苦。其时月色朦胧，源氏公子怅望庭中池塘、假山、茂林等岑寂之状，便想象今后流放中的岩穴生涯。

住在西面的花散里以为公子行期已近，不会再到这里来了，正在颓丧之中。岂料当此添愁的月光幽艳地照临的时候，忽闻空谷足音，随即飘来芬芳无比的衣香，不久源氏公子悄悄地进来了。她便向前膝行几步，与公子在月下相会。两人在此情话绵绵，不觉夜色已近黎明。源氏公子叹道：“夜何其短！这等匆匆的会面，不知今后能否再得？想到这里,便觉以前久疏问候,空度岁月,教人后悔莫及。如今我身又变成了古往今来的话柄,想起了但觉心如刀割!”两人又谈了许多旧事,远近鸡声连连报晓。公子忌惮人目,连忙起身告辞。

其时残月西沉,花散里以前常将此景比拟源氏公子别去,此时又见,倍感悲伤。月光照在花散里的深红色衣袖上,正如古歌所云:“袖上明月光,亦似带泪颜。”〔1〕她就赋诗:

“月中衣袖虽孤陋,
愿得清光再照临。”〔2〕

源氏公子听到这哀怨之词,不胜怜惜,想安慰她,便答诗道:

“后日终当重见月,
云天暂暗不须忧。

惟瞻望前程,渺茫难知。堕尽忧疑之泪,但觉心绪黯然。”说罢,便在黎明的微光中退出了。

源氏公子回到二条院,就准备行装。他召集一向亲近而不附权势的一切忠仆,吩咐他们分别管理今后邸内上下一切事务。又从其中选出数人,带赴须磨。客中所用物件,仅选日常必需之品,并且不加装潢,力求朴素。又带些必要的汉文书籍。装白居易文集等的书籍和一张琴,也都

〔1〕 古歌:“相逢诉苦时,我袖常不干。袖上明月光,亦似带泪颜。”见《古今和歌集》。
〔2〕 月比喻源氏。袖比喻自己。

带去。其余铺张的用具和华美的服装,一概不带。竟把自己装成一个山野平民模样。

自侍从人等以至万端事务,都托付紫姬掌管。领地内庄园、牧场以及各处领地的契券,亦皆交与紫姬保藏。此外无数仓库和储藏室,则由向来信任的少纳言乳母率领几个亲信的家臣管理,吩咐紫姬适当支配。源氏公子自己房里的中务君、中将等宠幸的侍女,过去虽然常恨公子薄情,但能时时相见,亦可聊以慰情;今后群花无主,尚复有何乐趣?大家垂头丧气。源氏公子对她们说:"我总有保全性命而平安归来之一日。凡愿意等候的人,都到西殿供职。"教上下人等都迁往西殿。源氏公子按照各人身份,赐与种种物品,以为临别纪念。小公子夕雾的乳母及花散里,当然也都受得富有情趣的赠品。此外关于诸人日常生计,无不顾虑周至。

源氏公子不顾一切,写一封信送交尚侍胧月夜。信中写道:"日来芳讯沉沉,情理自可谅解。今我即将流离,苦恨不可言喻。正是:

空流往日相思泪,
变作今朝祸水源。[1]

只此有名无实之事,是我不可逃遁之罪。"深恐送信时在途中有被人拆看之危险,故不再细写。

胧月夜收到了信,悲恸不堪。虽然勉强忍耐,但双袖掩不住滚滚而

---

〔1〕 流放须磨,主要原因是胧月夜之事。"空流"乃故意掩饰之词,故下文又言"有名无实"。

来的热泪。啼啼哭哭地写道:

“身似泪河浮水泡,
未逢后会已先消。”

笔迹散乱,却饶有风趣。源氏公子想起离去之前不能与此人再会一面,觉得异常可惜。但又回心转意:那边都是弘徽殿太后一派,痛恨源氏公子之人甚多;况且胧月夜也有所顾忌。再会之念,就此打消。

行期即在明天了。今天夜间,源氏公子当前往拜别桐壶院之墓,便向北山出发。其时将近破晓,月色当空。拜墓时刻尚早,便先去参谒师姑藤壶皇后。皇后在近身的帘前安排源氏公子的座位,隔帘亲自和他谈话。皇后首先提及皇太子,对他的未来表示深切的关怀。这两人胸中秘藏着共同的心事,其谈话自然含有无限深情。皇后容貌之美,不减当年。源氏公子往日受她冷遇,今日颇思对她略申怨恨之情。转念今日重提旧事,未免使她伤心,自己亦更增烦恼,便隐忍不言,但说:“我身蒙此意外之罪,实因有一背叛良心之事,不胜惶恐。我身诚不足惜,但望太子顺利即位,于愿足矣。”此言诚属有理。

藤壶皇后听见源氏公子的话句句中肯,一时心绪缭乱,无言可答。源氏公子寻思过去未来千头万绪之事,伤心之极,掩面而泣,其神情凄艳无比。后来收泪问道:“我今即将前往拜墓,不知母后有何传言否?”藤壶皇后悲伤之极,一时不能答语,但努力作镇静的模样。后来吟道:

“死者长离生者去,
焚修无益哭残生。”

她心绪紊乱,不能把心头交集的感想发为优美的诗歌了。源氏公子答道:

“死别悲伤犹未尽,
生离愁恨叹新增。”

源氏公子等到晓月出山之时,方往谒陵。随从者仅五六人,仆役亦限用亲近之人,不用车驾,骑马前往。回想当年仪仗之盛,不可同日而语,这就不消说了。随从者尽皆悲叹。其中有一个兼藏人职的右近将监,即伊豫介之子,纪伊守之弟,贺茂祓禊时曾为公子当临时随从。今年理应晋升,却终被除名简册,剥夺官爵,成了失意之人,只得随公子远赴须磨。此时在谒陵途中,行到望见贺茂神社下院之处,此人想起了祓禊那天的盛况,便翻身下马,拉住源氏公子的马头,吟诗道:

“当时同辇葵花艳,
今日重来恨社神。”

源氏公子思想此人的感慨也有道理。当时他何等风流潇洒,矫矫不群啊! 便觉得异常抱歉。他自己也跳下马来,对神社膜拜,向神告别。又吟诗道:

“身离浊世浮名在,
一任神明判是非。”

这右近将监是个多情善感的人,听了这诗,衷心感应,觉得这公子实在可敬可爱。

源氏公子展拜皇陵,似觉父皇在世时种种情状历历在目。这位尊荣无极的明主,也已成了与世长辞之人,悼惜之情,不可言喻。他在墓前啼啼哭哭,申诉了千言万语。然而现已不能听到父皇的教诲。不但如此,当时深思远虑而谆谆嘱咐的遗言,现在也不知消失在何方了!伤心之事,言之无益。

墓道上蔓草繁茂。踏草而行,晓露沾衣。云遮月暗,树影阴森,有凄凉惨栗之感。源氏公子欲离墓辞去,而方向莫辨,便又稽首下拜。但觉父皇面影,赫然在目,不禁毛骨悚然。遂吟诗云:

"皇灵见我应悲叹,
明月怜人隐入云。"

回到二条院,天色已经大明。皇太子处也应去信告别。此时王命妇代替藤壶皇后在宫中看护太子,源氏公子便命将信送交王命妇。信中写道:"今日即将离京,不能再度造访。伤心之事,以此为最。务望体谅一切,善为致意。正是:

时运不济归隐遁,
何时花发返春都?"

这信系附在一枝大半凋零了的樱花上。王命妇即将信送与皇太子看,并把信中情由告诉他。皇太子年方幼稚,但也郑重地阅读。王命妇问他:

"回信怎么说呢?"皇太子答道:"对他说:暂时不见,也就想念;何况远别,怎能堪忍?"王命妇想:"这答词太简率了。"便觉这孩子十分可怜。她历历回思源氏公子为了与藤壶皇后作荒唐的恋爱而伤心落魄的许多往事,以及当时种种痛苦情状,想道:"这两人本来都可无忧无虑地度日,只因自寻烦恼,以致投身苦海。然而半是由于我王命妇一念之差,从中牵线所致,思想起来,好不后悔!"她回答公子的信上说:"拜读来书,但觉无言可答。已将尊意启奏太子。其伤心之状,引人无限感慨。……"这信写得不着边际,想是心情恼乱所致。又附诗道:

"花事匆匆开又谢,
愿春早日返京华。

只要时机来到,必可如愿以偿。"过后她又讲了许多悲痛的话,使得满殿宫人吞声饮泣。

凡是见过源氏公子一面的人,看到他今天那种愁闷模样,没有一个不悲叹惋惜,何况平日经常伺候他的人。连公子认也不认识的做粗工的老婆子和洗刷马桶的人,只因一向深蒙公子恩顾,也都以今后暂时见不到公子为恨。朝中百官,谁不重视此事?公子从七岁起就昼夜不离父皇左右,凡有奏请,无不照准。因此百官无不仰仗公子鼎力,谁不感恩在心?身份高贵的公卿、弁官之中,受恩者亦甚多。等而下之,不可胜数。其中也有些人,并非不知恩德,只为目前权臣专横,不得不有所顾忌,因而不敢亲近源氏公子。总之,举世之人,无不痛惜源氏公子之离去。他们私下议论并怨恨有司之不公,但念:不顾自身利害而前去慰问,对源氏公子有何裨益?于是只作不知。源氏公子当此失意之时,感到人多冷酷无情,处处慨叹世态之炎凉。

出发之日,与紫姬从容谈心,直至日暮,照例于夜深时分启程。公子身穿布衣便服,旅装极度简陋。对紫姬说:“月亮出来了。你且走出来些,目送我出门吧。今后离居,欲说之事定然堆积满胸。过去偶尔小别一二日,也觉胸怀异常郁结呢!”便把帘子卷起,劝她到廊下来。紫姬正在伤心饮泣,只得强自镇静,膝行而前,在公子身旁坐下,月光之下,姿态异常优美。源氏公子想:“假令我身就此长辞这无常之世,此人将堕入何等苦楚之境涯!”便觉依依难舍,不胜悲戚。但念紫姬今已颓丧,若再说此话,势必使她更加伤心,便故意装出泰然自若的样子,吟道:

“但教坚守终身誓,
偶尔生离不足论。

想必是短暂的。”紫姬答道:

“痴心欲舍微躯命,
换得行人片刻留。”

源氏公子见她如此痴心相爱,便觉难于抛舍。但天明后人目众多,有所不便,只得硬着心肠出发了。

一路行去,紫姬的面影常在眼前。终于怀着离愁乘上了行舟。暮春日子甚长,是日又值顺风,申时许已到达须磨浦。旅途虽甚短暂,但因素无经验,觉得又是可悲,又是可喜,颇有新奇之感。途中有一个地方,名叫大江殿,其地异常荒凉,遗址上只剩几株松树。源氏公子即景赋诗:

“屈原名字留千古，
逐客去向叹渺茫。”

他望见海边的波浪来来去去，便吟唱古歌：“行行渐觉离愁重，却羡波臣去复回。”[1]这古歌虽是妇孺皆知，但在目前情景之下，吟之异常动人，诸随从听了无不悲伤。回顾来处，但见云雾弥漫，群山隐约难辨，诚如白居易所云，自身正是“三千里外远行人”[2]了。眼泪就像桨水[3]一般滴下来，难于抑止。源氏公子又吟诗道：

“故乡虽有云山隔，
仰望长空共此天。”

触景生情，无不辛酸。

源氏公子在须磨的住处，就在从前流放于此而吟“寂寞度残生”的行平中纳言[4]的住处附近。其地离海岸稍远，是幽静而荒凉的山中。自墙垣以至种种建设，均甚别致，与京中绝不相同。有茅葺的屋及芦苇编的亭子，建筑形式别有雅趣，与环境颇为调和。源氏公子想：“此地与京中完全异趣，倘我不是流放而来此，倒很有趣味呢。”他便回想起以前种种浪漫行为来。

---

〔1〕 此古歌见《伊势物语》。

〔2〕 白居易《冬至宿杨梅馆》诗云：“十一月中长至夜，三千里外远行人。若为独宿杨梅馆，冷枕单床一病身。”

〔3〕 古歌：“今夕牛女会，快桨银河渡。桨水落我身，点滴如凝露。”见《古今和歌集》。

〔4〕 行平姓在原，中纳言是其官名。其诗云：“若有人寻我，请君代答云：离居须磨浦，寂寞度残生。”见《古今和歌集》。

源氏公子召集附近领地里的吏目,命令他们从事土木工程;就把同来的良清当作亲近的家臣,教他仰承公子意旨而指挥吏目。对于这样的安排,公子又不胜今昔之感。过了不久,土木工程已楚楚可观。又命将池水加深,庭木加多,心情渐渐安定下来,但亦像做梦一般。这摄津国的国守,也是以前亲信的从臣。此人不忘旧情,时时暗中照拂。这住处便不再像一个旅舍,而是天天有许多人出入了。然而终无情投意合之人可以共话,仍有远客他乡之感,心情不免郁结。常忧今后岁月,不知如何排遣。

旅居渐次安定,已届梅雨时节。遥念京华旧事,可恋之人甚多:紫姬定多愁苦;太子近况如何;小公子夕雾想必依旧无心无思,嬉戏度日吧?此外这边那边,心中挂念的人多得很,便写了许多信,遣使入京传送。其中寄二条院紫姬的及师姑藤壶皇后的信,写时常因泪眼昏花而再三搁笔。与藤壶皇后的信中,有诗文如下:

"须磨迁客愁无限,
松岛渔女意若何?

愁叹本无已时,今日瞻前顾后,尽是黑暗,正是'忆君别泪如潮涌,将比汀边水位高!'[1]"

与尚侍胧月夜的信,照例寄给中纳言君,装作给这侍女的私信。其中有云:"寂寞无聊之时,惟有追思往事。试问:

---

〔1〕 此古歌见《古今和歌六帖》。

我无顾忌思重叙,

卿有柔情怀我无?"

此外尚有种种话语,读者当可想象。左大臣及乳母宰相君处,亦有信送去,托他们多多照顾小公子。

京中诸人收到了源氏公子的来信,伤心动魄者甚多。二条院的紫姬读了信,就此倒在枕上,不能起身,悲叹无已。众侍女无法安慰,也都愁眉不展。看到公子往日惯用的器物、常弹的琴筝,闻到遗留在公子脱下来的衣服上的香气,似觉公子现已变成逝世之人。少纳言乳母嫌其不祥,便请北山的僧都举行法事,以祈平安。僧都向佛祈愿两事:一者,愿公子早日安返京都;二者,愿紫姬消愁除苦,早享幸福。僧都在紫姬愁苦之中勤修佛事。

紫姬为源氏公子制办旅中衣物。无纹硬绸的常礼服和裙子,样子异乎寻常,看了令人悲叹。临别吟唱"镜影随君永不离"时的面影,始终留在紫姬眼前,然而空花泡影,有何裨益?看到公子往时出入的门户、常凭的罗汉松木柱,胸中总是郁结。阅世甚深而惯于尘劳的老年人,对此情景也不免悲伤。何况紫姬从小亲近公子,视同父母,全靠他抚养成人。一旦匆匆别去,其恋慕之殷,自属理之当然。假令索性死了,则无法挽回,这是不言而喻,且过后也渐渐遗忘。但如今并不是死,而是流放,其地虽然离京不远,但别离年限无定,归期渺茫难知。如此一想,便有无穷悲愤。

师姑藤壶皇后关念皇太子前程,其忧伤之深,自不必说。她和源氏公子既有宿缘,自然不能漠不关心。惟多年以来,只因深恐世人诽议,所以处处小心谨慎。如果对公子略示情爱,外人定将抨击,因此只得隐秘在心。每遇公子求爱,大都只当不知,冷酷对付。所以世人虽然爱管闲事,好议是非,但关于此事,始终没有片言只语。能够太平无事,半是由于公子不敢任情而动,半是由于皇后能巧避人目,努力隐藏之故。如今危惧已去,但回想当年,安得不又伤心,又思念。因此她的回信,写得比以前稍稍详细,其中有这样的话:"近来只是

身证菩提心积恨,
经年红泪湿袈裟。"

尚侍胧月夜的回信中说:

"为防世上千人目,
闷煞心中万斛愁。

其余之事,可想而知,恕不详述。"仅此寥寥数语,写在一张小纸上,附在中纳言君的回信中。中纳言君的回信则详述尚侍忧伤之状,写得十分可怜。其中处处动人哀思,使源氏公子读了不禁流泪。

紫姬的回信中,由于源氏公子来信特别周详,所以也写了许多伤心的话。附诗一首:

"海客潮侵袖,居人泪湿襟。
请将襟比袖,谁重复谁轻?"

紫姬送来的衣服,色彩与式样都非常雅观。源氏公子想:"此人事事擅

长,使我如意称心。若无此变,现在我正可屏除一切烦恼,断绝一切牵累,与此人共度安闲岁月。”然而想到目前境遇,又不胜惋惜。于是紫姬的面影昼夜常在眼前,片刻不离。相思到不堪忍耐之时,决心偷偷地将她迎接来此。然而立刻又想回来:生不逢辰,处此浊世,首先应该忏除前生罪障,岂可胡思梦想?于是立刻斋戒沐浴,朝朝暮暮勤修佛事。

左大臣的回信中叙述着小公子夕雾的近况,写得十分可怜。但源氏公子以为将来自有与小公子见面之日,他又有外祖父母照拂,因此对小公子并不特别挂念。想来他爱子之心不如思妻之念那样烦恼惶惑吧!

对了对了,只因头绪纷繁,不觉遗漏了一个人:伊势斋宫处,源氏公子也曾遣使送信去。六条妃子也特地遣使送来回信。她的回信情意缠绵。措词之妥帖与笔致之优秀,与众不同,确有高雅的风度。其中有云:“足下所居之处,似非现实世间。我等闻此消息,几疑身在梦中。思量起来,总不致长年离京远客吧。但我身前世罪孽深重,再见之日,遥遥无期矣。

但愿须磨流放客,
垂怜伊势隐居人。

这个万事全非的世间,不知将来如何结果啊?”此外话语甚多。另有一诗云:

“君有佳期重返里,
我无生趣永飘零。”

六条夫人多情善感，写此信时，几度搁笔长叹，方得写成。用白色中国纸四五张不拘行格，笔情墨趣异常优美。

源氏公子想道："这本是一个可爱的人儿。只是为了那生灵祟人事件，我不合怪怨了她，致使她心灰意懒，飘然远去。"现在回想，但觉万分抱歉。当时收到她的来信，觉得连这个使者也很可爱，便款留他两三天，听他讲述伊势情况。这使者是个年轻而聪明伶俐的侍人。此间旅邸萧索，自然容许这使者近身面禀。他窥见了源氏公子的容貌，心中赞叹不置，竟致感激涕零。源氏公子写给六条妃子的回信，其措词之亲切，可想而知。其中有一节云："寂寞无聊之时，常作非非之想：早知我身有流放之厄，悔不当初随君同赴伊势。但愿：

> 摆脱离忧伊势去，
> 小舟破浪度今生。[1]

只怕：

> 今生永伴愁和泪，
> 怅望须磨浦上云。

再会之期，渺茫难知。思想起来，好不愁闷人也！"诸如此类，源氏公子对每一个情人，都殷勤慰问，无微不至。

花散里收到了源氏公子的信，悲伤之余，也写了长长的回信来，并附

---

〔1〕 此诗根据风俗歌："伊势人，真怪相。为何说他有怪相？驾着小舟破巨浪。"

有丽景殿女御的信。源氏公子看了,觉得饶有风趣,并且很是难得。他反复阅读二人来信,觉得可慰孤寂,但又觉得增加了别恨。花散里附诗云:

“愁看蔓草封堦砌,
泪涌如泉袖不干。”

源氏公子读了这诗,想见她那邸内长满了蔓草,没有人照拂她们,生涯必定困窘。又见她信中说:“梅雨连绵,处处土墙倒塌。”便命令京中家臣,派附近领地内的人夫前往修筑。

且说那个尚侍胧月夜,为了与源氏公子的私情被人察破,成了世间笑柄,羞愤之余,心情异常消沉。右大臣一向特别疼爱这女儿,便屡次向弘徽殿太后说情,又上奏朱雀帝。朱雀帝认为她并不是有身份的女御或更衣,只是个朝中的女官,就宽恕了她。这尚侍为了苦恋源氏公子,以致闯下滔天大祸,幸而获得赦罪,依旧入宫侍奉。但她还是一往情深地倾慕这个情郎。

胧月夜于七月间回宫。朱雀帝只因一向特别宠爱她,顾不得外人讥议,照旧常常要她伺候在侧。有时对她申恨诉怨,有时与她订盟立誓,其态度与容貌,非常温柔优美。然而胧月夜的心只管向往源氏公子,实在对不起朱雀帝。有一天,宫中举行管弦之会,朱雀帝对胧月夜说:“源氏公子不在座,颇有美中不足之感。何况比我思念更深的人,正不知有多少呢。似觉一切事物都暗淡无光了。”后来垂泪叹道:“我终于违背了父皇的遗命!罪无可逭!”胧月夜也忍不住流下泪来。朱雀帝又说:“我虽生在这世间,但觉毫无意趣,更不希望长生。假令我就此死了,不知你作何感想？如果你觉得对我的死别不及对须磨那人的生离之可悲，我的灵魂真要吃醋呢！古歌云：'相思到死有何益，生前欢会胜黄金。'[1]这是不解来世因缘的浅薄之人的话吧。"他深感人世无常，但说时态度异常温存。胧月夜也不禁珠泪滚滚而下。朱雀帝便道："就是这样啊，你这眼泪是为谁流的呢？"

后来他又说："你至今不曾替我生个皇子，真是遗憾。我想遵循父皇遗命，让皇太子即帝位。可是其间阻碍甚多，教人好生烦恼！"盖当时权臣满朝，朱雀帝不能随意执行政令。他年纪还轻，性情又甚柔弱。因此痛苦之事甚多。

且说须磨浦上，萧瑟的秋风吹来了。源氏公子的居处虽然离海岸稍远，但行平中纳言所谓"越关来"的"须磨浦风"[2]吹来的波涛声，夜夜近在耳边，凄凉无比，这便是此地的秋色。源氏公子身边人少，都已入睡，只有公子一人醒着。他从枕上抬起头来，但闻四面秋风猛厉，那波涛声越来越高，仿佛就在枕边。眼泪不知不觉地涌出，几乎教枕头浮了起来。他便起身，暂且弹一会琴，自己听了也不胜凄楚之感。便停止了弹琴，吟诗道：

"涛声哀似离人泣，
疑有风从故国来。"

随从者都惊醒了，大家深深感动，哀思难忍，不知不觉地坐起身来，偷偷

[1] 此古歌载《拾遗集》。
[2] 行平中纳言的歌："须磨浦风越关来，吹得行人双袖寒。"见《续古今和歌集》。

地揩眼泪,擤鼻涕。源氏公子听见了,想道:“此等人不知作何感想。他们都为了我一人之故,抛开了片刻不忍分离的骨肉,飘泊来此,生受此种苦楚。”他觉得很对他们不起。心念今后如果长此愁叹,他们看了一定更加伤心。于是强自振作起来,昼间和他们讲种种笑话,借以消愁遣怀。寂寞无聊之时,将各种色彩的纸黏合起来,作戏笔的书法;又在珍贵的中国绢上戏笔作画,贴在屏风上,画得非常美妙。以前身居京都,听人描述高山大海的景色,只是遥遥地想象其姿态而已。如今亲眼目睹,觉得真山真水之美,决非想象所能及,便作了许多优秀无比的图画。随从人等看了都说:“应该召请当今有名的画家千枝和常则来,教他们替这些画着色才好。”大家觉得遗憾。他们接近这个亲切可爱的人物,便可忘却尘世之苦患。因此有四五个人时时随侍在侧,他们认为亲近公子乃一大乐事。

有一天,庭中花木盛开,暮色清幽。源氏公子走到望海的回廊上,伫立栏前,闲眺四周景色,其神情异常风流潇洒。由于环境岑寂之故,令人几疑此景非人世间所有。公子身穿一件柔软的白绸衬衣,上罩淡紫面、蓝里子的衬袍,外面穿着一件深紫色常礼服,松松地系着带子,作随意不拘的打扮。念着“释迦牟尼佛弟子某某”而诵经的声音,亦复优美无比。其时从海上传来渔人边说边唱地划小船的声音。隐约望去,这些小船形似浮在海面的小鸟,颇有寂寥之感。空中一行塞雁,飞鸣而过,其音与桨声几乎不能分辨。公子对此情景,不禁感慨泣下。举手拭泪,玉腕与黑檀念珠相照映,异常艳丽。恋慕故乡女子的随从人看了他这姿色,亦可聊以慰情。源氏公子即景赋诗:

“客中早雁声哀怨,

恐是伊人遣送来。"

良清接着吟道:

"征鸿不是当年友,
何故闻声忆往时?"

民部大辅惟光也吟道:

"向来不管长征雁,
今日闻声忽自伤。"

前述的右近将监也吟道:

"离乡背井长征雁,
幸有同群可慰情。

我等倘无同群伴侣,亦将不堪孤寂了。"他的父亲伊豫守已迁任常陆介。他不随父亲赴新任地常陆,而随源氏公子来此流放地。其心中虽有牵虑,但外表装作若无其事,精神抖擞地殷勤侍候公子。

此时一轮明月升上天空。源氏公子想起今天是十五之夜,便有无穷往事涌上心头。遥想清凉殿上,正在饮酒作乐,令人不胜艳羡;南宫北馆,定有无数愁人,对月长叹。于是凝望月色,冥想京都种种情状。继而朗吟“二千里外故人心”[1],闻者照例感动流泪。又讽诵以前藤壶皇后送他的诗:“重重夜雾遮明月……”攒眉长叹,不胜恋恋之情。历历回思往事,不禁嘤嘤地哭出声来。左右劝道:“夜深了,请公子安息去也。”但公子还不肯返室,吟诗道:

“神京遥隔归期远,
共仰清光亦慰情。”

回思那夜朱雀帝对他娓娓话旧之时,其容貌酷似桐壶上皇,恋慕之余,又吟诵“恩赐御衣今在此”[2]的诗句,然后入室就寝。以前蒙赐的御衣,确是不曾离身,一向放在座旁。又吟诗云:

“命穷不恨人间世,
回首前尘泪湿衣。”

且说太宰大式出守筑紫,任期已满,于此时返京。随行亲族有大群人马。女儿甚多,不便陆行,故自夫人以下,女眷一概乘船,一路逍遥游览。听说须磨风景优美,大家心甚向往。闻得了源氏大将谪居于此的消息,那些多情的青年女郎虽然笼闭在船中,也都红晕满颊,装模作样起来。尤

〔1〕 白居易《八月十五夜禁中独直对月忆元九》诗云:“银台金阙夕沉沉,独宿相思在翰林。三五夜中新月色,二千里外故人心。渚宫东面烟波冷,浴殿西头钟漏深。犹恐清光不同见,江陵卑湿足秋阴。”

〔2〕 此诗系菅公所作。菅公即菅原道真,乃著名汉学家。生年比本书作者略早。其诗云:“去年今夜侍清凉,秋思诗篇独断肠。恩赐御衣今在此,捧持每日拜余香。”见《菅家后草》。此乃汉诗照抄,非译文。

其是曾与源氏公子有缘的那位五节小姐,看见纤夫无情地拉过须磨浦边,心中好生惋惜。忽闻琴声远远地随风飘来。四周风景的清丽、弹者风姿的优美,以及琴声的凄凉哀怨,并作一团,使得有心人都流下泪来。

太宰大式遣使向源氏公子问候:"下官远从外省晋京,原拟首先趋谒瑶阶,仰承指教。岂知公子栖隐在此,今日道经尊寓,但觉心甚惶恐,不胜悲叹。急欲亲来问安,但京中亲朋,均已来此迎候,人目众多,应酬纷烦,深恐有所不便。故尔暂不前来,异日当再奉谒。"使者是大式的儿子筑前守。此人曾蒙源氏公子推荐为藏人,以前见过源氏公子。今见公子流离在此,心甚悲伤,又不胜愤慨。但目前人多,不便详谈,就匆匆告辞。临别源氏公子对他说:"我自离京以来,往日亲友,一人也不能会面。难得你特地来访。"对太宰大式的答词亦类乎此。

筑前守挥泪辞归,将公子近况禀复父亲。太宰大式以及来此迎接的诸人听了他的话,都认为遗憾,一齐泣下。那五节小姐多方设法,派人送了一封信去:

"闻琴心似船停纤,
进退两难知不知?

冒失之处,务'请曲谅'[1]!"源氏公子看了信,脸上现出微笑。那微笑的神态美丽可爱,动人心弦。公子的回信是:

"若教心似船停纤,

[1] 古歌:"当时心似舟逢浪,动摇不定请曲谅。"见《古今和歌集》。

永泊须磨浦上波!

我这‘远浦渔樵’[1]的生涯,真非始料所及也。”从前菅公经行此地,亦曾赋诗赠与驿长。[2] 驿长尚如此伤离,何况这情人五节小姐,她竟想一人独留在须磨呢。

且说京中自从源氏公子去后,经过若干日月,自朱雀帝以下,许多人都挂念他。尤其是皇太子,常常想念他,偷偷地哭泣。他的乳母看了很可怜他。详悉底蕴的王命妇看了更加伤心。师姑藤壶皇后一向担心皇太子的前程,源氏公子放逐以后,更加忧惧,终日愁叹。源氏公子兄弟辈的诸皇子,以及向来与公子亲善的诸公卿,起初常有书信寄须磨慰问,并且有富于情味的诗文互相赠答。但因源氏公子以诗文著名于世,弘徽殿太后听到他们同他唱和,很不高兴,骂道:“获罪于朝廷的人,不得任意行动,连饮食之事也不得自由。现在这个源氏在流放地造起风雅的邸宅来,又作诗文诽谤朝政,居然也有人附和他,像跟着赵高指鹿为马[3]一样。”世间便有种种恶声。诸皇子等听到了,害怕起来,此后就不再有人敢和源氏公子通音信了。

二条院的紫姬自别源氏公子以来,岁月悠悠,没有片刻释念的时候。东殿里的侍女都已转到西殿来侍候紫姬。她们初来的时候,觉得这位夫人并无何等优越之处,后来渐渐熟悉,方知此人容貌态度,亲切可爱,待

---

[1] 古歌:“当年岂料成潦倒,远浦渔樵度此生。”见《古今和歌集》。

[2] 菅公流放播磨,在明石驿(须磨附近)一宿,驿长同情他的不幸。菅公赋诗赠驿长道:“驿长莫惊时变改,一荣一落是春秋。”见《大镜》卷二所载。此乃汉诗照抄,非译文。

[3] 《史记·秦二世纪》:“赵高欲为乱,恐群臣不听,乃先设验:持鹿献于二世曰:‘马也。’二世笑曰:‘丞相误耶,谓鹿为马?’问左右,左右或默,或言‘马’以阿顺赵高。”

人接物,诚恳周到,便没有一个人想告退了。身份较高的侍女,紫姬有时也和她们晤面。她们都想:“诸人之中,公子特别宠爱这位夫人,确有道理。”

话分两头,且说源氏公子在须磨,日子渐久,恋念紫姬之心无可再忍,极想接她来此同居。但念自身为了宿世业障,流离至此,岂可再拉这可爱的人儿落水?终觉此事不妥,便打消了这念头。这天涯海角,凡事与京都不同。源氏公子看了从未见过的平民百姓的生活,由于看不惯,不胜惊奇,觉得自己目前的境遇有些委屈。附近常常有烟雾吹进屋里来。源氏公子以为是渔夫烧盐的烟雾,实则寓所后面的山上有人在烧柴。源氏公子看了觉得纳罕,便赋诗云:

“但愿故乡诸好友,
佳音多似此柴烟。”

到了冬天,雪大得可怕。源氏公子怅望长空,不胜凄凉之感,便取琴来弹,令良清唱歌,惟光吹横笛合奏。弹到得心应手、哀艳动人之处,歌声和笛声全都停止,大家举手拭泪了。源氏公子想起了古昔汉皇遣嫁胡国的王昭君。设想这女子倘是我自己所爱之人,我将何等悲伤!要是这世间我所爱的人被遣放外国,又将如何呢?想到这里,似觉果真会有其事。便朗诵古人“胡角一声霜后梦”[1]之诗。

此时月明如昼,旅舍浅显,月光照彻全室,躺着可以望见深夜的天

---

〔1〕 大江朝纲《王昭君》诗云:“翠黛红颜锦绣妆,泣寻沙塞出家乡。边风吹断秋心绪,陇水流添夜泪行。胡角一声霜后梦,汉宫万里月前肠。昭君若赠黄金赂,定是终身奉帝王。”见《和汉朗咏集》卷下。此乃汉诗照抄,非译文。

空,真所谓“终宵床底见青天”[1]也。看了西沉的月亮,有凄凉之感,源氏公子便自言自语地吟唱菅公“只是西行不左迁”[2]之诗,又独自吟道:

“我身飘泊迷前途,
羞见月明自向西。”

这一晚照例不能入睡。天色向晓之时,但闻百鸟齐鸣,其声和谐可爱。于是又赋诗道:

“晓鸟齐鸣增友爱,
愁人无寐慰离情。”

此时随从人等一个也不曾起身。源氏公子躺着独自反复讽咏。天色未明,即起身洗手,念佛诵经。随从人等看了,回想公子以前从未如此谨饬,便觉深可敬爱,没有一个人肯离开他。即使暂时,也不想回京中的私宅去。

且说那明石浦,离须磨浦极近,几乎爬也爬得过去。良清住在须磨,想起了明石道人的女儿,便写信去求爱。女儿没有回信,父亲却写一封信来,说“有事奉商,请劳驾来舍一行”。良清想道:“女的不答应我,而要

---

〔1〕 三善宰相《故宫》诗:“向晓帘头生白露,终宵床底见青天。”见同上,亦汉诗,非译文。

〔2〕 菅原道真流放中诗云:“蓂发桂芳半具圆,三千世界一周天。天迥玄鉴云将霁,只是西行不左迁。”见《菅家后草》。此乃汉诗,非译文。末句之意:月亮只是自动向西行而已,并非像我那样被流放。以下源氏诗即取此意。

我上门去,结果教我空手回来,讨个没趣。”心里懊恼,置之不理。

这明石道人生性高傲,世无其匹。按播磨地方的风习,只有国守的一族最为高贵,受人尊敬。但明石道人为人乖僻,不把国守放在眼中。良清是前任国守的儿子,曾经求婚,明石道人却拒绝他,要另找乘龙快婿,已经找了好几年了。此时闻得源氏公子客居须磨,便对他夫人说:“桐壶更衣所生的源氏光华公子,为了得罪朝廷,迁居到须磨浦来了。我们的女儿前世积德,故能碰到这种意外的幸运。把女儿嫁给他吧。”

夫人答道:“千万使不得!听京中人说,这个人娶的身份高贵的夫人,不知多多少少。并且东偷西摸,连皇上的妃子都触犯到,为此闹得天翻地覆。这个人哪里会把我们这种乡下姑娘放在心上呢?”明石道人冒起火来,说道:“你不懂事!我自有道理。快准备起来吧。先要找个机会,请他到这里来。”他固执己见,一意孤行。就把屋子装饰得富丽堂皇,关切地替女儿操心。

夫人又说:“何必这样呢?就算他有多么了不起,我的女儿初次结婚,难道嫁个流放犯不成?假定对方有心爱她,还可说说。但他根本就不会爱我女儿的。”明石道人更加冒火了,驳道:“获罪谪戍,在中国,在我国朝廷,都是常有的事。凡是英明俊杰、迥异凡俗的人,必然难免谪戍。你知道源氏公子是怎样的人?他已故的母后桐壶妃子,是我已故叔父按察大纳言的女儿。这位妃子的美貌,闻名于世。入宫之后,蒙桐壶帝特别宠爱,身为后宫第一。只为众人嫉妒,以致忧恼成疾,短命而死。但能留下这位俊杰的公子,亦不幸中之大幸。为女子的,第一志气要高。我虽然是乡下人,但和公子有上述的因缘,想他决不会唾弃我。”

他这位小姐呢,虽然不是一个绝色美女,但亦温顺优雅,聪明伶俐,并不亚于身份高贵的女子。她自己常自伤境遇,想道:“身份高贵的男子呢,怕以我为微不足数;身份相当的人呢,我又决不肯嫁与。如果我寿命稍长,父母先我而死,那时我就削发为尼,或者投海自尽吧。"她父亲关怀这女儿,无微不至。每年两度带她去向住吉明神[1]参拜。女儿自己也私下祷告,希求明神保佑。此事暂且不提。

新年来到须磨浦。春日迟迟,荒居寂寂。去年新种的小樱花树隐隐约约地开花了。每当日丽风和之时,源氏公子追思种种往事,常是黯然泣下。二月二十过了。去年离京,正是这般时候。诸亲友惜别时的面影,憬然在目,深可怀念。南殿樱花想正盛开。当年花宴上桐壶院的声音笑貌,朱雀帝的清秀之姿,以及公子自己所作诗篇朗诵时的情形,都活跃眼前,便吟诗道:

"无日不思春殿乐,
插花时节又来临。"

正在寂寞无聊之时,左大臣家的三位中将来访。这中将现已升任宰相,人品优越,时望隆重。但常感这世间枯燥无味,遇事就惦念源氏公子,便顾不得为此要被处罪,毅然地赶到须磨来了。两人久别重逢,悲喜交集,真所谓"一样泪流两不分"[2]了。宰相看看源氏公子的居处,觉得很像中国式样。四周风物,清幽如画。真是"石阶桂柱竹编墙"[3],一切简单朴素,别有风味。源氏公子打扮得像个山农野老,穿着淡红透黄的衬衣,

---

〔1〕 住吉明神乃护海保安赐福之神。其神社在今大阪市住吉区。

〔2〕 古歌:"或喜或悲同此心,一样泪流两不分。"见《后撰集》。

〔3〕 引自白居易《香炉峰下新卜山居草堂初成偶题东壁五首》第一首:"五架三间新草堂,石阶桂柱竹编墙,南檐纳日冬天暖,北户迎风夏月凉。"

上罩深蓝色便服和裙子,样子甚是寒酸。虽然像个乡下人,但是别具风度,教人看了含笑,觉得非常清雅。日常使用的器具也都很粗陋。所住的房室很浅,从外望去,一目了然。棋盘、双六盘、弹棋盘,都是乡下产的粗货。看到念珠等供佛之具,想见他日常勤修佛法。所吃的食物,也都是田家风味,却颇有趣致。

渔夫打鱼回来,送些贝类与公子佐膳。公子与宰相便召唤他进来,问他长年的海边生活情状。这渔夫便向两位贵客申诉身世中种种苦况。虽然语无伦次,声如鸟啭,然而为生活操心这一点,都是一样的。故公子与宰相听了,深觉可怜,便拿些衣服送与这渔夫。渔夫受赐,不胜荣幸之感。

饲马之所,就在近处。望见那边有一所形似谷仓的小屋,从其中取草秣来喂马,宰相看了亦觉希罕。看到喂马,想起了催马乐《飞鸟井》,两人便齐声吟唱起来。继而共谈别后年月中种种情状,时而悲泣,时而欢笑。谈到小公子夕雾无知无识嬉笑玩耍之状,以及左大臣日夜替外孙操心等事,源氏公子悲伤不堪。凡此种种,难于尽述。以上所记,不及万一。

是晚两人彻夜不眠,吟诗唱和,直达天明。宰相终于担心此行遭人物议,急欲还都。匆匆一见,反而增悲。源氏公子便命取酒来饯别,共吟白居易"醉悲洒泪春杯里"〔1〕之诗。左右随从之人,闻之无不垂泪。他们也各自与相熟的人道别。黎明的天空中,飞过几行征雁。主人触景生情,便赋诗云:

---

〔1〕 白居易别元微之诗:"往事渺茫都似梦,旧游零落半归泉。醉悲洒泪春杯里,吟苦支颐晓烛前。"

“何时再见春都友，
羡煞南归雁数行。”

宰相依依不忍别去，也赋诗道：

“离情未罄辞仙浦，
此去花都路途迷。”

宰相带来的京中土产礼物，颇富风趣。对宰相这些丰富的礼品，源氏公子回敬以一匹黑驹，告之曰：“罪人之物，恐有不祥之气，本不敢奉赠。但‘胡马依北风’[1]而嘶，此物亦知恋故乡也。”这是一匹世间难得的马。宰相便把一支名贵的笛留赠公子，说是“临别纪念”。赠答止于如此，盖恐外人诽议，两人都不敢过分铺张。

红日渐渐高升，宰相临行心情缭乱，频频回顾。源氏公子伫立凝望，依依不舍，反使这别离增加了痛苦。宰相说：“此去何时再见？难道以此长终不成？”主人答道：

“鹤上九霄回首看！
我身明净似春阳。

虽然盼望昭雪，但念身经流放，虽古之贤人，亦难照旧与人为伍；我是何

〔1〕《古诗十九首》第一首云：“行行重行行，与君生别离。相去万余里，各在天一涯。道路阻且长，会面安可知？胡马依北风，越鸟巢南枝。……”言马与鸟亦恋故乡也。

人,岂敢妄想再见京华?”宰相答道:

“孤鹤翔空云路杳,

追寻旧侣唳声哀。

向蒙推诚相爱,不胜感荷。但念‘交游过分亲’[1],不免常多悔恨耳。”屡次回头,良久方才别去。宰相去后,源氏公子更加悲伤,日夜忧愁叹息。

三月初一适逢巳日[2]。随从中略有见识的人劝道:“今天是上巳,身逢忧患的人,不妨前往修禊。”源氏公子听了他们的话,到海边去修禊了。在海边张起极简单的帐幕,请几个路过的阴阳师来,叫他们举行祓禊。阴阳师把一个大型的刍灵放在一只纸船里,送入海中,让它飘浮而去[3]。源氏公子看了,觉得自身正像这个飘海的刍灵,便吟诗道:

“我似刍灵浮大海,

随波飘泊命堪悲。”

他坐在海边天光云影之下赋诗之时,神态异常优美。是时风日晴和,海不扬波,水天辽廓,一望无际。过去未来种种情形,次第涌上心头。又赋诗云:

---

〔1〕 古歌:“对景即思人,交游过分亲。只缘相处惯,暂别亦伤心。”见《拾遗集》。

〔2〕 阴历三月上旬之巳日,谓之“上巳”,中国自古亦有修禊之俗。临水祓除不祥,谓之修禊。

〔3〕 刍灵即草人,将草人在人身上磨擦一下,表示让灾殃移在草人身上,然后将草人放入船中使飘海而去,此即所谓祓除不祥。

“原知我罪莫须有，
天地神明应解怜。”

忽然风起云涌，天昏地黑。祓禊尚未完成，人人惊慌骚扰。大雨突如其来，声势异常猛烈。大家想逃回去，却来不及取斗笠。不久以前，风平浪静，此时忽起暴风，飞沙走石，浪涛汹涌。诸人狂奔返邸，几乎足不履地。海面好像盖了一床棉被，膨胀起来。电光闪闪，雷声隆隆，仿佛雷电即将打在头上。众人好容易逃进了旅邸，惊诧地说：“这样的暴风雨，从来不曾见过。以前也曾起风，但总先有预兆。这样突如其来，实在可惊可怪！”雷声还是轰响不止。雨点沉重落地，几乎穿通堦石。众人心慌意乱，叹道：“照这光景，世界要毁灭了！”独有源氏公子从容不迫地坐着诵经。

日色近暮，雷电稍息，惟风势到夜犹不停止。雷雨停息，想是诵经礼佛愿力深宏之故吧。大家互相告道：“这雷雨如果再不停息，我等势必被浪涛卷去。这便是所谓海啸，能在顷刻之间害人。以前只是传闻，却终未见过此种骇人之事，此次才目击了。”

将近破晓，诸人均已酣眠，源氏公子亦稍稍入睡。梦见一个素不相识的人，走进室内，叫道：“刚才大王召唤，为何不到？”便向各处寻找源氏公子。公子惊醒，想道：“听说海龙王最爱美貌之人，想是看中我了。”这就使得他更加恐惧，觉得这海边越发不堪久居了。

第十三回　明　石[1]

风雨依然不止,雷电亦不停息,一连多日了。忧愁之事,不可胜数,源氏公子沉湎于悲惧之中,精神振作不起来了。他想:"怎么办呢?倘说为了天变而逃回京都,则我身未蒙赦罪,更将受人耻笑。不如就在此间找个深山,隐遁起来。"继而又想:"若然,世人又将谓我被风暴驱入深山,传之后世,讥我轻率,永作笑柄。"为此踌躇不决。每夜梦中所见,总是那个怪人,缠绕不休。

天空乌云密布,永无散时。日夜淫雨,永不停息。京中消息沉沉,益觉深可悬念。感伤之余,想道:"莫非我将永辞人世,就此毁身灭迹么?"但此时大雨倾盆,头也不能伸出户外,因此京中绝无来使。只有二条院的紫姬不顾一切,派来一个使者,其人浑身湿透,形态怪异。倘在路上遇见,定要疑心他是人是鬼。虽然是这样丑陋的一个下仆,以前必然赶快把他逐去,但现在源氏公子觉得非常可亲。他亲自接见下仆,自己也觉得委屈,可知近日心情已经大非昔比了。此人带来紫姬的信,写道:"连日大雨,片刻不停。层云密布,天空锁闭,欲望须磨,方向莫辨。

闺中热泪随波涌,

---

〔1〕 本回写源氏二十七岁三月至二十八岁八月之事。

浦上狂风肆虐无?"

此外可悲可叹之事,一一写告,不胜记述。源氏公子拆阅来信,泪水便像"汀水骤增"[1],两眼昏花了。

使者告道:"此次之暴风雨,京都亦疑是不祥之兆,宫中曾举办仁王法会[2]。风雨塞途,百官不得上朝,政事已告停顿。"此人口齿笨拙,言语支吾。但源氏公子为欲详知京中状况,召他走近身边,仔细盘问。使者又说:"大雨连日不停,狂风时时发作,亦已继续多天。如此骇人之天气,京中从未有过。大块冰雹落下,几乎打进地底下。雷声惊天动地,永不停息,都是向来没有的事。"说时脸上显出恐怖畏缩之状,令人看了更增忧惧。

源氏公子想:"此天灾倘再延续,世界恐将毁灭!"到了次日,破晓即刮飓风,海啸奔腾而来,巨浪扑岸,轰声震天,有排山倒海之势。雷鸣电闪,竟像落在头上,恐怖难于言喻。随从诸人,没有一个不惊惶失措。相与叹道:"我们前生犯了什么罪过,以致今世遭此苦难!父母和亲爱的妻子儿女的面也见不着,难道就这样死去么?"只有源氏公子一人镇静,他想:"我毕竟有何罪过?莫非要客死在这海边不成?"便强自振作。但周围的人骚扰不定,只得教人备办种种祭品,向神祈祷:"住吉大神呵!请守护此境!神灵显赫,定能拯救我等无罪之人。"便立下了宏誓大愿。

左右见此情景,都把自己的性命置之不顾,而同情源氏公子的不幸。像他这样身份高贵的人物,而身逢古无前例的灾厄,他们觉得非常可悲。

---

〔1〕 古歌:"居人行客皆流泪,川上汀边水骤增。"见《土佐日记》。

〔2〕 仁王法会是请僧众诵《仁王经》,以祈"七难即灭,七福即生"。

凡是能振奋精神而稍稍恢复元气的人,都真心感动,愿舍自身性命,以救公子一人。他们齐声向神佛祈祷:"谨告十方神灵:我公子生长深宫,自幼惯享游乐,而秉性仁慈,德泽普及万民;扶穷救弱,拯灾济危,善举不可胜数。但不知前生有何罪孽,今将溺死于此险恶之风波中?仰求天地神佛,判断是非曲直。无辜而获罪,剥夺官爵,背井离乡,朝夕不安,日夜愁叹。今又遭此可悲之天变,性命垂危。不知此乃前生之孽报,抑或今世之罪罚?倘蒙神佛明鉴,务请消灾降福!"他们向着住吉明神神社方面,立下种种誓愿。源氏公子也向海龙王及诸神佛许愿。

岂料雷声愈来愈响,霹雳一声,正落在与公子居室相连之廊上,火焰迸发,竟把这廊子烧毁了。屋内诸人都吓得魂飞魄散。慌忙之中,只得请公子移居后面形似厨房的一室中。不拘身份高低,多人共居一室。混乱杂沓,呼号哭泣,骚扰不让于雷声。天空竟像涂了一层墨水,直到日暮不变。

后来风势逐渐减弱,雨脚稀疏,空中闪出星光。定心一看,这居室实在简陋之极,对公子说来真太委屈了。左右想请公子迁回正屋,但已被雷火烧残,形迹可怕,加之众人往来践踏,零乱不堪。而帘子等又被狂风吹去。只得等到天明后再作计较。诸人周章狼狈之时,源氏公子惟专心念佛诵经,想到今后种种事宜,心情亦甚不安。

不久月亮出来了。源氏公子开了柴门,向外眺望,但见附近浪潮袭击之处,痕迹显然,并且还有余波来来去去。附近一带村民之中,知情达理而懂得过去未来、天变原因的人,一个也没有。只有一群无知无识的渔夫,知道这里是尊贵之人的住处,大家聚集在垣外,说些听不懂的土话,模样甚是奇特,然而也不便驱散。但闻渔夫们说:"这风若再不息,海啸就涌上来,这一带地方将完全淹没呢!全靠菩萨保佑,功德无量!"如

果认为源氏公子听了渔夫这番话提心吊胆,那样说未免太愚蠢了。源氏公子便吟诗云:

“不是海神呵护力,
碧波深处葬微躯。”

大风骚扰了一昼夜,源氏公子虽然强自振奋,毕竟十分疲劳,不知不觉地睡着了。这住处实在太简陋,没有帐幕,公子只是靠在壁上打瞌睡。忽见已故的桐壶上皇站在眼前,神态全同生前一样,对公子说道:“你怎么住在这肮脏的地方?”握住了他的手,拉他起来,接着又说:“你须依照住吉明神指引,火速开船,离去此浦!”源氏公子不胜惊喜,奏道:“父皇呵,自从诀别慈颜以来,儿子身受了不知多少苦难!此刻正欲舍身投海呢!”桐壶上皇的阴魂答道:“岂有此理!你此次受难,只是小小罪过的报应而已。我在位时,并无何等大罪。但无意之中,总难免犯下小过。我为了赎罪,近来非常忙碌,无暇顾及阳世之事。但闻你近遭大难,我坐立不安,故特由冥府穿过大海,来到此浦,旅途非常疲劳。我还须乘此机会,到宫中一见皇上,有所叮嘱。现在即刻动身入京了。”说罢便走。

源氏公子依依不舍,哀声哭道:“我跟父皇同去!”抬头一看,不见人影,只有一轮明月照耀天空。并不像是做梦,但觉父皇面影隐约在目,天空飘曳的云彩也很可亲可爱。年来渴慕慈容,却一次也不曾入梦。今晚虽然刹那,但是分明看清,现在还闪现眼前。我今遭此苦厄,濒于死亡,父皇在天之灵特地飞翔到此,前来救助,令人不胜感激。如此想来,倒是托这暴风雨之福。希望在前,不胜欣幸。对父皇的恋慕之情充塞胸中,反觉心情忐忑不安。便忘却了现世的悲哀,而痛惜梦中不曾详细晤谈。

他想或许可以再见,便闭上眼睛,希望续梦。然而心目清醒,直到天明。

忽见一只小船驶近岸边,有两三个人上岸,向着源氏公子的旅舍走来。这里的人问他们是谁,据回答是前任播磨守明石道人从明石浦乘船来此相访。那使者说:"源少纳言[1]倘随侍在此,敝主人欲求一见,有话面谈。"良清闻言,吃了一惊,对源氏公子说:"这道人是我在播磨国时的相知。虽然交游多年,但因略有私怨,以后音信亦不相通。久无往还,今忽在此暴风雨中来访,不知有何要事?"他觉得很诧异。源氏公子恍悟此事与父皇托梦有关,便命他立刻来见。

良清莫名其妙,心中想道:"在这猛烈的风波中,他怎么会发心乘船来访呢?"便上船与明石道人相见。道人言道:"以前,上巳日之夜,我梦见一个异样的人,叮嘱我来此相访。起初我不相信,后来再度梦见此人,对我说:'到了本月十三日,你自会看到灵验。快准备船只!那天风雨停息了,你必须前往须磨。'于是我试备船只,静候日期来到。后来果然风雨大作,雷电交加。在外国朝廷,相信灵梦而赖以治国的前例甚多[2]。因此之故,即使贵处不信此事,我亦当遵守梦中所示日期,乘船前来奉告。岂知今天果然刮起一股奇风,安抵此浦,与梦中神灵所示完全相符。我想贵处或许也有预兆,亦未可知。敢烦以此转达公子,唐突之处,不胜惶恐。"

良清回来,将此情悄悄禀告源氏公子。公子左思右想,觉得梦境与现实,都是不可思议之事,都是显然的神谕。他把过去未来之事考虑一番之后,想道:"我倘一味顾虑今后世人的诽议,而辜负神明真心的佑护,

---

〔1〕 即良清。

〔2〕 指殷王武丁。武丁三年不言,政治决于冢宰。后以梦求得傅说,以为相,国大治。

则世人对我的讥笑,恐将更甚于目前。辜负现世人的好意,尚且于心不安,何况神意。我已身受种种悲惨教训,现在应当听从这个年长位尊、德隆望重之人,遵照他的指示。古人有言:'退则无咎。'我实在已被逼得濒于死亡,身受了世无其例的苦楚。今后即使不顾身后浮名,也无甚大碍了。况且梦中亦曾受父皇教谕,命我离去此地。我还有什么疑虑呢?"他下决心之后,便命答复明石道人:"我身飘泊来此异乡,身受莫大苦楚,而京都并无一人前来慰问。惟有仰望缥缈行空的日月光华,视为故乡之亲友。今天想不到'好风吹送钓舟来'[1]。你那明石浦上可有容我隐遁之处?"明石道人欢喜无限,感激不尽。

随从人等便向公子劝请:"无论如何,请在天明以前上船。"源氏公子照例只带亲信四五人,登舟出发。和来时一样又是一阵奇风,轻舟飞也似地到达了明石浦。须磨与明石近在咫尺,本来就片时可到,而今天特别迅速,竟像神风吹将过去似的。

明石的海边气象,的确和别处不同。只是来往行人太多,不称源氏公子之心。明石道人的领地甚多,有的在海边,有的在山脚上。海岸各处建有茅屋,可助四时游眺佳兴。适于冥想来世的山脚水边,建有庄严的佛堂,可供修行三昧[2]。为今世生活,则有良田沃土,秋收稻谷;为晚年安乐,则有仓廪无数,积蓄丰富。一年四季,都有种种设备,可以安乐度日。为防近日的海啸,此时女眷均已迁居山边内宅中,源氏公子可在这海滨的本邸中从容息足。

源氏公子舍舟登陆,改乘车子的时候,正值朝日初升。明石道人在

---

〔1〕 古歌:"泪眼未晴逢喜讯,好风吹送钓舟来。"见《后撰集》。

〔2〕 三昧是佛教用语,意思是使心神平静,杂念止息,是佛教的重要修行方法之一。

阳光之下望见源氏公子的神态，竟忘记了自身年老，似觉寿命延长了，笑容满面，只管合掌礼拜住吉明神。他仿佛获得了一颗夜明珠，当然尽心竭力地关心照拂源氏公子了。

此地风景之优美，自不必说。这邸宅的构造也很有趣致：庭院里的花木和假山，海里导入的泉水，布置都很巧妙。如果要画下来，缺乏修养的画家还画不像呢。这里与数月来须磨浦的住屋相比，明爽可爱得多。室内装饰也尽善尽美。其富丽堂皇，与京中高贵之家无异。不但如此，其绚焕灿烂，竟胜于京中邸宅。

源氏公子在这邸内静息一会之后，就写信给京中诸人。紫姬派来的使者，途中受尽了狂风暴雨的威胁，到此又逢雷雨袭击，满怀忧虑，吞声饮泣地留在须磨。源氏公子召唤他来此，赏赐他额外丰富的物品，遣他回京。托他带信去，把近来种种情状详细告知亲信的祈祷师及一切知己。对师姑藤壶皇后，又叙述最近因梦而免于危难的奇迹。对紫姬那封哀怨的来书的回信，他不能顺利地写下去，写了数行，便放笔拭泪。看了这模样，可知毕竟与对他人不同。信中有云："我身历尽种种艰辛，常思舍此浊世，出家为僧。但因你临别吟咏'对此菱花即慰心'时的面影，常常闪现在我眼前，永无消失之时，则我又安能决然舍去？每念及此，便觉此间种种苦痛，都不足道了。正是：

渐行渐远皆荒渚，
从此思君路更遥。

一切都像做梦，永无醒时。茫然执笔作书，胸中愁恨不知多少也！"这信写得很零乱，但在旁人看来非常美观。他们都看出公子对紫姬特别宠爱。随从诸人也各自写信托使者带去,向故乡亲友诉说须磨生活凄凉。

片刻不停的风雨,现已影迹全无,天空明澄如水。渔夫出海捕鱼,神态亦甚得意。那须磨地方实在太荒凉了,连渔人的石屋也甚寥寥。这明石地方虽然居人太多,稍感烦杂,但自有异于他方的佳趣,处处皆可慰人心目。

主人明石道人勤修佛法,十分专心,只是为了这一个女儿的前途,不免劳心苦思,常在人前泄露愁情。在源氏公子心中,只因久闻这美人之名,觉得此次不期而遇,似有前世宿缘。然而心念在此沉沦期间,除了勤修佛法而外,不应另起妄念。况且紫姬闻知了,亦将怪他言行不符,而不相信他以前信上种种情话。因此觉得不好意思,并不向明石道人表示心愿。然而屡次听说这位小姐品质与容貌都不寻常,则又不无恋慕之念。

明石道人尊敬源氏公子,自己不敢接近他,住在隔远的一间边屋里。然而心中希望朝夕亲近他,觉得如此疏远很不快意。他总想找个机会向他提出心中夙愿,因此更加虔诚地向神佛祈祷。这位道人虽然年已六十,身体却很清健。为了朝夕勤修佛法,形容略见消瘦。虽然有时不免顽固昏愦,但想是出身高贵之故吧,见闻广博,懂得许多古代掌故。并且态度大方,毫无猥琐之相。有时源氏公子召见,他便向公子讲述种种古代逸事,亦可稍慰公子之岑寂。源氏公子年来公私都很忙碌,无暇听取世间种种掌故,今有明石道人娓娓话旧,颇感兴趣,他想:“我倘不到这地方,不遇见这个人,倒很可惜了。”明石道人虽然渐渐与源氏公子熟悉,但因公子气宇尊严,令人望而生畏,所以胸中纵有打算,见了面却勇气全无,不能随心所欲地将愿望说出。因此常常焦虑痛惜,只能与夫人共话,相对叹息。小姐本人呢,生在这穷乡僻壤,即使要找一个普通身份的夫婿,也没有看得上眼的人物。如今看见世间竟有这等高贵英俊的美男子,但觉自己身世微贱,决没有高攀的资格。她听见父母作此打算,认为这是妄想,反比没有这件事以前更加悲伤了。

到了四月里,明石道人为源氏公子置办夏衣,以及夏令用的帐幕垂布,都富有雅趣。明石道人照料源氏公子,如此诚恳周到,公子觉得不好意思,并且认为太过分了。但念这位道人人品优越,身份高贵,也就老实不客气地生受了。京中也常常有人送物品来。

有一天闲静的月夜,源氏公子眺望澄碧无际的海面,觉得很像从前住惯的二条院庭中的池塘,胸中便涌起无限乡思。然而寂寞寡欢,无以自慰,眼前望见的只是一个淡路岛。便吟唱古歌:"昔居淡路岛,遥遥望月宫。今宵月近身,莫非境不同。"〔1〕又赋诗道:

"无边月色溶溶夜,
疑是身居淡路山。"

兴之所至,便把久不染指的七弦琴从囊中取出,随意弹奏一曲。左右诸人听了,都伤心感怀,悲不自胜。源氏公子又使尽平生秘技,弹一曲《广陵散》〔2〕。那山边内宅里的多情善感的青年女子,听见琴声合着松声随风飘来,都深深地感动。岂但如此,连各处无知无识的衰朽庶民,也都走到海边来迎风倾听,因而伤风咳嗽。明石道人闻此琴声,也忍不住了,便抛舍了三宝供养,走来听赏。

他说:"我听了这琴声,重新想念起曾经抛弃的尘世来了。我所愿望

〔1〕 此古歌见《凡河内躬恒集》。

〔2〕 三国时嵇康游洛西,暮宿华阳亭,引琴而弹。忽有客来,索琴弹《广陵散》,以授嵇康,声调绝伦,殊不传人。事见《晋书·嵇康传》。

的极乐净土,大概就是今宵这模样吧。"说着流下泪来,赞赏不已。源氏公子也回想起种种旧事来:宫中一年四季的管弦游乐、此人的琴与那人的笛、美妙的歌声、世人对我的赞誉、父皇以下一切人等对我的重视——别人之事、自己之事,一时都回想起来,恍如身入梦境。感慨之余,援琴再鼓一曲,其音异常凄凉。

明石道人老泪流个不住,便命人到山边的内宅里去把琵琶和筝取来,自己做了琵琶法师〔1〕,弹出一两个稀有的乐曲,手法非常美妙。然后劝请源氏公子弹筝。公子也略弹了一会,听者又受到种种深刻的感动。原来音乐不论手法是否十分精湛,只要环境优美,则曲趣自然增色。现在这里是水天一望无际的海边,嘉木繁茂,葱茏可爱,比春天的樱花与秋天的红叶更加优美。其时秧鸡像敲门一般叫响,令人想起古歌"黄昏秧鸡来叩门,谁肯关门不放行?"〔2〕的情景。

此时明石道人弹起那音色特别美好的筝来,技法非常高明,源氏公子深为感动。他随意地说:"筝这乐器,若教女子从容不迫、自由自在地弹奏,真好听呢。"明石道人不觉莞尔而笑,答道:"听了公子的演奏之后,哪里还有女子弹得更好听呢?实不相瞒:弹筝之道,我家受延喜帝〔3〕嫡传,至今已历三代了。我身命运不济,早已屏除世俗之事。但偶逢心情不快之时,也常弹筝遣怀。不料小女也来模仿,听其自习,弹得竟与已故亲王殿下手法相似呢。——呀,失言了,想是我这'山僧'耳钝,把琴声当

---

〔1〕 平安时代里巷间弹琵琶的盲僧,称为琵琶法师。后世以弹琵琶说《平家物语》为业的盲人,亦称为琵琶法师。

〔2〕 此古歌见《河海抄》所引。

〔3〕 延喜是醍醐天皇的年号。

作‘松风音’[1],故尔胡言乱道罢了。不过我总想找个机会,教公子悄悄地听一听小女弹筝呢。”他说到这里,全身发抖,几乎流出眼泪来。

源氏公子道:“有高手在此,我弹的真是所谓‘闻琴不知是琴声’,惭愧死了!”他把筝推开,又说:“奇怪得很:筝这个东西,从古以来女子弹得最好。嵯峨天皇的第五位公主,受天皇嫡传,是世间最高明的弹筝家。此后这系统就失传。今世号称专家的人,都只是皮毛功夫而已。这浦上却隐藏着此道的能手,真是意想不到的快事!但不知可否让我听一听令嫒的妙技?”

明石道人说:“岂敢!公子要听,只管吩咐,我叫她到尊前来弹奏就是了。在古昔,‘商人妇’[2]弹琵琶也曾感动贵人呢。讲到弹琵琶,真能弹出妙音的人,在古代也不易多得。我那小女却一上手就流畅,高深的曲调也能微妙地表演,不知道她是怎样学得的。让她处在这涛声咆哮的地方,实在怪可怜的。不过每当心思郁结的时候,有这个女儿也可聊以慰情。”话中含有风趣,源氏公子颇感兴味,便把手头的筝推过去请明石道人弹奏。明石道人果然弹得非常出色,迥异凡响。今世失传的技法,他都熟悉,手法也都照古风。那左手摇弦而发的音,尤其弹得清澄可听。这里不是伊势,源氏公子却教嗓子较好的随从者歌唱催马乐《伊势海》,其词云:“伊势渚清海潮退,摘海藻欤拾海贝?”自己也时时按拍,与他们齐声合唱。明石道人停止了弹筝而赞赏。他教人备办种种茶点果品,都极珍贵,又殷勤劝随从诸人饮酒。大家几乎忘记了人世忧患,欢度了这一宵。

---

〔1〕 古歌:“山僧听惯松风音,闻琴不知是琴声。”见《花鸟余情》所引。

〔2〕 白居易《琵琶行》中有云:“老大嫁作商人妇。”

夜色越来越深。海风送凉,残月西沉,天空明净如水,人间肃静无声。明石道人便与源氏公子开怀畅叙,无所不谈。先谈初住此浦时的心情,次述频年为来世修福的功行。琐琐屑屑,娓娓不倦,最后连女儿的情况也不问自告了。源氏公子觉得可笑,然而话中也有深可同情之处。明石道人说:"真不好意思开口:公子降临到这梦想不到的穷乡僻壤来,虽然为期短暂,毕竟是我这老道人频年修行积福,蒙神佛垂怜,故尔暂时奉屈来此受苦的。我有一事向住吉明神祈愿,至今已十八年了。我那小女,年幼时我就寄与厚望,每年春秋二度,带她到住吉神社去参拜明神。我昼夜六时[1]诵经礼佛,常把我自己往生极乐之愿放在其次,而首先求神保佑我这女儿,使她嫁得贵婿,成遂夙愿。我前世作孽,今生做了个可怜的乡村贱民,但我的父亲也曾身居大臣之位。我这一代已经是田舍平民了。今后长此下去,一代不如一代,势将永远沉沦,想起了好不悲伤!惟此小女,堕地之后我就寄与厚望,誓愿她将来嫁与京中达官贵人。因此之故,我得罪了许多身份相应的求婚人,对我自身亦多不利,然而并不引以为苦。只要我一息尚存,虽然腕力薄弱,誓必爱护到底。万一良缘未得,而我身先死,则我早有遗命:与其嫁与庸夫,不如投身海底,长与波臣为伍。"说时声泪俱下。种种伤心之言,难于尽述。

源氏公子当此心事重重、耽于愁思的时候,听了这些话也很悲伤,频频以手拭泪。回答他说:"我蒙了无实之罪,飘泊到这个意想不到的地方,不知前生犯了何种罪孽,百思不得其解。今夜听了你这番话,恍悟此乃前世注定一大因缘!你既有此宏誓大愿,何不早早告我?我自离京以来,痛念人世无常,每觉心灰意懒。故除勤修佛法之外,一概不作他想。

---

〔1〕 昼夜六时,即晨朝、日中、日没、初夜、中夜、后夜。

空度岁月,意气消沉。君家有此美眷,我亦略有所闻。但念自身乃一罪犯,岂敢冒昧妄想?因此断念,自甘寂寞。尊意既然如此,即请红丝引导,不胜感激。好事成就,亦可慰我孤眠也。"明石道人闻言,欢喜无量,答道:

"暗尽孤眠滋味者,
应怜荒浦独居人。

务请体谅父母长年切望之苦心。"说时全身战慄,但亦不失体统。源氏公子说:"你那住惯荒浦之人,岂能如我这般寂寥。"遂答吟道:

"离居长夜如年永,
旅枕孤单梦不成。"

那推心置腹的样子,异常优雅,美不可言。明石道人又向公子发了许多牢骚,为避免烦冗,恕不尽述。又恐笔者记载失实,过分显露了道人性情的乖僻与顽固。

且说明石道人既已完成夙愿,心中如释重负。翌日近午,源氏公子遣人送一封信到山边的内宅里。从道人的话听来,这大概是个腼腆的姑娘,源氏公子心想:此种偏僻地方,或许隐藏着意外优秀的佳人,便悠然神往,在一张胡桃色的高丽纸上用心地写道:

"怅望长空迷远近,
渔人指点访仙源。

本当'暗藏相思情',但终于'欲抑不能抑'[1]了!"信上写的似乎只此数字而已。明石道人悄悄地等候着源氏公子的消息,走到山边的内宅里来一看,果然送信的使者来了。他就竭诚招待,殷勤劝酒,灌得他面孔通红。但小姐的回信只管不送出来。明石道人便走进女儿房间里,催她快写。女儿还是不听。她看见了这封教人受之有愧的情书,羞耻得手也伸不出来。她拿对方的身份和自己的身份比较一下,觉得相去太远,不敢高攀。便推说"心绪不好",横靠着躺下了。明石道人无可奈何,只得代她写回信:"承赐华函,不胜感激。惟小女生长蓬门,少见世面,想是'今宵大喜袖难容'[2]之故吧,竟惶恐得不能拜读来书。朽人猜度其心,正是:

双方怅望同天宇,
两地相思共此心。

未免说得太香艳吧?"写在一张陆奥纸上,书体十分古雅,笔法饶有趣致。源氏公子看了,觉得异常风流,甚是吃惊。明石道人犒赏使者的是一件特别精致的女衫。

翌日,源氏公子又写一封信去。先说:"代笔的情书,我生平尚未见过。"又说:

"未闻亲笔佳音至,

---

[1] 古歌:"暗藏相思情,勿使露声色。岂知心如焚,欲抑不能抑。"见《古今和歌集》。
[2] 古歌:"昔日有喜藏袖中,今宵大喜袖难容。"见《新勅撰集》。

只索垂头独自伤。

正是‘未曾相识难言恋’[1]了。”这回写在一张极柔软的薄纸上，书法实甚优美。明石姬[2]看了，心念自己是个少女，看了这优美的情书若不动心，未免太畏缩了。源氏公子的俊俏是可爱的，但身份相差太远，即使动心也是枉然。如今竟蒙青眼，特地寄书，念之不禁泪盈于睫。她又不肯写回信了。经老父多方劝勉，方始援笔作复。写在一张浓香薰透的紫色纸上，墨色忽浓忽淡，似乎故意做作。诗云：

“试问君思我，情缘几许深？
闻名未见面，安得恼君心？”

笔迹与书法都很出色，丝毫不劣于京中贵族女子。源氏公子看了这明石姬的书柬，想起京中的情况来，觉得和此人通信颇有兴趣。但往还太勤，深恐外人注目，散布流言。于是隔两三天通信一次。例如寂寞无聊的黄昏，多愁多感的黎明，便借口作书。或者推量女的亦有同感的时候，寄信慰问。明石姬每次回信，都不无适当之语。源氏公子想象这女子的风韵娴雅的品质，觉得不见一面不甘罢休。然而良清每次说起这女子，总表示“此人属我”的神情，令人不快。况且他已经苦心追求了多年，今我当面攫取，使他失望，又觉对他不起。左思右想，最好对方主动，移尊就教，我不得已而接受，如此最为妥当。然而那女的比故作姿态的贵族女子更

[1] 古歌：“未曾相识难言恋，惟有芳心暗自伤。”见《孟津抄》。
[2] 以下称明石道人的女儿为明石姬。

为高傲,决不肯毛遂自荐,教人奈何不得。于是双方对垒,竞赛耐性,如此因循度日。

忽然想起了京中的紫姬,如今西出阳关,隔离更远,思慕之心更切了。有时心绪不佳,想道:"怎么办呢? 真是古歌所谓'方知戏不得'[1]了。索性悄悄地把她迎接到这里来吧。"继而又想:"无论如何,总不会经年累月地离居。如今岂可再做引人物议之事?"便镇静下来。

且说这一年,宫中常常发生不祥之兆,变异之事接连而起。三月十三日,雷电交加、风雨狂暴之夜,朱雀帝做一个梦,看见桐壶上皇站在清凉殿正面的阶下,脸色非常不快,两眼注视朱雀帝,朱雀帝默不做声,肃立听命。桐壶上皇晓谕的话甚多,主要的似乎是关于源氏公子之事。朱雀帝醒来,非常恐怖,又很悲痛,便把这梦禀告弘徽殿太后。太后说:"风雨交作、天气险恶之夜,昼间所思之事,往往入梦。此乃寻常之事,不必担心。"大约是梦中与父皇四目相射之故,朱雀帝忽然患了眼疾,痛苦不堪。宫中及弘徽殿内便大办法事,祈祷眼疾早愈。

正在此时,太政大臣[2]亡故了。照年龄而论,此人之死原不足怪。然而除了此人,死亡疾病等事接踵而起,四境人口不宁。弘徽殿太后想不到也生起病来,身体日益衰弱。朱雀帝不胜忧伤。他想:"源氏公子蒙无实之罪,受沉沦之苦。此天灾定是政令不公的报应了。"便屡次向母后启请:"如今可以赐还源氏的官爵了。"太后答道:"现在就恢复官爵,世间必说此举轻率。凡获罪去京的人,不满三年即便赦罪,必遭世人非议。"她坚意谏阻。但在这多方顾虑的期间,她的病势日渐深重了。

---

〔1〕 古歌:"欲试忍耐心,戏作小离别;暂别心如焚,方知戏不得。"见《古今和歌集》。

〔2〕 即前右大臣,弘徽殿太后的父亲。

且说明石浦上,年年每届秋季,海风异常凄厉。源氏公子独处孤眠,痛感寂寥之苦,便时时向明石道人催促:"好歹想个办法,赚你家小姐到这里来吧。"他自己不肯前往求见。而明石姬亦决不愿自动来访。她想:"身份极卑的乡下姑娘,才会受暂时下乡的京都男子的诱惑,而轻率地委身求爱。我岂是此等人可比?像源氏公子那样的人,本来不把我们这种人看在眼里。我若与他苟合,将来定多痛苦。父母抱着高不可攀的愿望,因而在我深闺待字之年,不管是否门当户对,一味好高,希图将来幸福;但倘真成事实,一定反而悲哀,后悔莫及。"又想:"我所希望的,只是当他客居此浦期间,互通音信,倒是风流韵事。年来久闻源氏公子大名,常思有缘遥见一面。今因意外之事,来此意外之海滨,我等虽然隔远,亦得隐约拜仰颜色。他那盖世无双的琴声,我等亦得因风听赏。他那晨夕起居之状,我等亦得确实闻知。而像我这样微不足道之人,亦得猥蒙存问。——但能如此,在我这个厕身渔樵之间而将与草木同朽的人看来,已是莫大之幸福了。"这样一想,更加觉得自身低微可耻,决不梦想进一步亲近源氏公子了。

她的父母呢,迎接公子来此之后,似觉年来祈愿已经成遂。但倘贸然将女儿嫁与,而结果公子看她不起,此时做父母的将何等悲伤!如此一想,又觉深可担心。对方虽是杰出之人物,但女儿倘做了弃妇,何等悲痛,何等不幸!盲目信仰眼睛看不见的神佛,而不考虑对方的性情与女儿的宿命,真乃孟浪之举!——如此反复思量,但觉心迷意乱。

源氏公子常常对明石道人说:"我听了近来的涛声,便想听赏令嫒的琴音。不是这个季节,琴音再妙,也觉索然乏味。"明石道人听了这话,忽然下了决心。他悄悄地拣个吉日,不管夫人犹豫不决,也不教众徒弟知道,独自用心设计,把房室装饰得辉煌灿烂。于十三之夜皓月初升之时,吟着古歌“良宵花月真堪惜,只合多情慧眼看”[1],请公子驾往山边内宅。源氏公子觉得他有些风流自得,但仍换上常礼服,整饰一番,于夜深时出发。道人早已准备着华丽的车辆。但公子嫌其招摇,不坐车子,乘马而行。随从的只有惟光等数人。赴内宅须绕道海边,转入山路,行程稍远。一路上赏玩浦上各处景色,眺望应与恋人共看的海湾月影,首先想起了可爱的紫姬,但愿就此策马直赴京都。便独自吟诗:

“我马应随秋夜月,
暂游玉宇见嫦娥。”

明石道人山边的内宅,庭中花木繁茂,布置富有雅趣,是一所很漂亮的住屋。海滨的本邸建造得富丽堂皇,这山边的内宅则精致而幽静。源氏公子推想这位小姐住在这地方,风雨晦明定多感慨,不禁深为同情。附近建着一所“三昧堂”,是居士修行之所。钟声随着松风之声飘来,有哀怨之感。生在岩石上的松树,亦多优美之姿。庭前苍草丛中,秋虫唧唧齐鸣。源氏公子各处都看到了。

小姐所居之屋,建造得特别讲究。一旁的板门略开一缝,以便月光射入。源氏公子便走进去,说了一些话。明石姬不愿意如此迫近地接见,狼狈起来,只是唉声叹气而并无亲近之色。源氏公子想:“架子好大呵!从来很难说服的千金小姐,一经我如此迫近地求爱,没有不软下来服从我的。现在我倒了霉,所以要受女人侮辱了。”心中好生悲伤!但念如若蛮不讲理,强要求欢,则违背自己的本意;倘说不动她的心,认输退

---

〔1〕 此古歌载《后撰集》。

却,则又被人取笑。此时他那逡巡愁恨的模样,真是明石道人所谓"只合多情慧眼看"了。

近处帷屏上的带子触碰了筝弦,铮铮有声。想见她刚才随意弹筝时室内零乱的模样。源氏公子觉得很有意思,便隔帘对小姐开言道:"久闻小姐弹筝妙手,但愿一饱耳福,不知能赐金诺否?"接着又说了许多话,并吟诗道:

"痴心欲得多情侣,
慰我浮生若梦身。"

明石姬答道:

"侬心幽暗如长夜,
是梦是真辨不清。"

那幽静娴雅的音调,非常肖似伊势的六条妃子。她正在无心无思、随意不拘的时候,源氏公子突然走进内室,使她感到非常狼狈。她便从附近的一扇门里逃进更里面的房间里,不知怎么一来,把门紧闭了。源氏公子并不用力推门。然而这局面岂能持久?不久自然与小姐直接会面了。但见这位小姐仪容高雅,体态苗条,令人一见倾心。这段意外因缘,源氏公子本不敢希望其成就。今日居然能成事实,便觉此人格外可爱。大概他对于女人,一经接近,爱情便会油然而生吧。平日每恨长夜如年,今日只觉秋宵苦短。但深恐外人得知,不免有所顾忌,便对她立下山盟海誓,于黎明前匆匆退出。

这一天派人送慰问书,行动比往常更加秘密。大约是由于心中负疚之故吧。明石道人也深恐此事泄露,因此对送信使者的招待,排场并不体面,然而心中颇觉对他不起。此后源氏公子常常偷偷地来内宅和明石姬幽会。两处相距稍远,频频来往,自然要防爱管闲事的渔夫撞见,因此足迹不得不稍疏。此时明石姬便悲叹:"果然不出我之所料!"明石道人也怀疑源氏公子变心,他忘记了对西方极乐世界的宏愿,只管专心等候源氏公子的光临。本已看破红尘,今又堕入尘劳,实在也很可怜!

源氏公子仔细寻思:如果风声泄露,这件事被紫姬闻知,我虽然是逢场作戏,她一定恨我欺瞒她,因而疏远我,这倒是对她不起的,并且在我也是可耻的。由此可知他对紫姬爱情特别深厚。他回想过去:"那时我常做不端之事,使得这位宽宏大量的夫人也时时为我而懊恼。我为什么要做这种无聊消遣,使她如此受气呢?"后悔之余,虽然面对明石姬的芳姿,也不能慰藉对紫姬的恋慕。便写一封比平常更加详细的信给她,信中有云:"我真无颜启口:往日疏狂成性,做下种种不端行为,屡屡劳君忧恼。回想起来,已觉痛心难堪,岂知今日在此远浦,又做了这个无聊的噩梦!今我不问自招,先将此事奉告,务请体察我这点诚实之心,委屈原谅!正如古歌所云:'我心倘背白头誓,天地神明请共诛。'[1]"后面又写道:"总之,我是

远浦寻花柳,逢场作戏看。
思君肠欲断,夜夜泪汍澜。"

---

〔1〕此古歌见《河海抄》所引。

紫姬的回信中并不何等介怀,却写得语气非常和蔼。末了写道:“承蒙不欺,以梦情见告,闻讯之下,胸中顿起无限思量。须知

山盟海誓如磐石,
海水安能漫过山?”[1]

大体语气和缓。但字里行间,显然含有言外之意。源氏公子读了这信,深为感动,一时不忍释手。为欲对紫姬表示忠诚,此后许久不与明石姬幽会。

明石姬看见源氏公子许久不来,认为果然不出所料,便觉十分悲伤,现在真恨不得投海了事。以前单靠残年的父母照拂,不知何时始能像别人一样享受幸福。但在这春花秋月等闲度的期间,倒也并不感到何等痛苦。当时虽然也曾推想恋爱结婚生活难免种种忧恼,但料不到如此之可悲。然而她在源氏公子面前,并不泄露苦情,依旧和颜悦色。源氏公子与明石姬相处日久,爱情日深。然而想起家中紫姬独守空床,为丈夫薄情而伤心,便觉十分抱歉。因此独眠之日甚多。

源氏公子作了许多画,把日常感想题在画上,倘若寄与紫姬,必将得到她的回信。这些画中情思缠绵,见者无不感动。说也希奇:大约是两人灵犀相通,同心相应之故吧,紫姬于寂寞无聊之时,也作了许多画,并将日常生活状况写在画上,集成一册日记。想象这两种书画,定然非常富有意趣吧。

匆匆过了年关。是年春,今上朱雀帝患病。传位之事,引起世间种

---

〔1〕 此诗引用古歌:“我生倘作负心汉,海水亦应漫松山。”见《古今和歌集》。

种议论。朱雀帝的后宫,即右大臣[1]的女儿承香殿女御,曾经生下一位皇子。但年仅二岁,未免太幼稚了。因此皇位应该传给藤壶皇后所生皇太子。选定新帝的辅相者时,朱雀帝屈指计算,认为只有源氏公子最为适当。但此人现正流放在外,实甚可惜,乃是朝廷一大损失。因此他就顾不得弘徽殿太后的反对,决定赦免源氏之罪。

自从去年以来,弘徽殿太后被妖魔缠身,时时患病。宫中又出现种种不祥之兆,人心惶惶。朱雀帝的眼疾,曾因虔诚斋戒祈祷而一度好转,但此时又严重起来。圣心恼乱,便于七月二十过后再度降下圣旨,催促源氏从速返京。

源氏公子知道将来终有返京之一日。然而人世无常,变化不测,结局如何,安能逆料？因此常常愁叹。正在此时,突然接到了催促归京的圣旨。他一方面欢庆喜慰,另一方面想起了今当告辞此浦,又不免惜别伤离。明石道人呢,明知源氏公子返京乃当然之事,然而闻此消息,立刻胸怀郁结,不胜悲伤。既而转念一想:"只要公子青云得意,我便可如愿以偿。"

这期间源氏公子与明石姬夜夜欢聚。从六月起,明石姬怀了孕,身体常感不适。源氏公子到了即将与明石姬分别的时候,对她的爱情竟比以前更加深厚了。他想:"真奇怪呵！我是命里注定必须受苦的。"便觉心乱如麻。明石姬呢,不消说异常悲伤。这原是理之当然。源氏公子前年曾从京都身登意外可悲之旅途,当时但念将来终可返京,全赖如此,方得自慰。那么此次启程返京,应该欢欣鼓舞,可是一想起何年方得重游此地,便不胜感慨。

---

〔1〕此右大臣非弘徽殿太后之父,乃另一人。

随从诸人闻知即可返京，将与父母妻小团聚，各自欢欣。京中派来迎接的人也到了。人人喜形于色，只有主人明石道人涕泪满襟。匆匆到了仲秋八月，天地也带了哀愁之色。源氏公子怅望长空，方寸缭乱，想道："我为什么自寻烦恼，以致自昔至今，常为无聊之事而折磨身心？"几个知心的随从者看到这般光景，相与叹道："怎么办呢？老毛病又发作了。"又私下议论："几个月以来，绝不让人注目，有时难得悄悄地前去，关系本是淡然的；岂料近来不顾一切，频频往来，这反教那女的受苦呢。"他们又谈到此事的起因，都说是少纳言良清昔年在北山首先提及这个女子。良清听了心中好生不快。

启程之期就在明后天了。今天和往常不同，不到夜深，源氏公子便到明石姬家去了。往日都因夜深，不曾细看明石姬的容颜。今天仔细端相，觉得这女子品貌端妍，气度高雅，竟是一个意外优越的美人，就此抛舍，实在万分可惜！总得考虑办法，迎接她到京都。他便用这话来慰藉明石姬。在明石姬看来，这个男子相貌之优美，自然不消多说。年来由于长期斋戒修行，面庞稍稍瘦了些，然而相貌反而更加清秀，非言语所能形容。现在这个俏郎君愁容可掬，热泪频流，怀着无限柔情而对我伤离惜别，在我这女子看来，竟觉得仅乎享受这点情爱，已经十分幸福，此外岂敢更有奢望？然而想起了此人如此优越，而我身如此微贱，又觉得无限伤心。此时秋风送来的浪涛之声，异常凄惨。渔夫们烧盐的灶上青烟飘飖在空中，也带着哀愁之相。源氏公子吟道：

"此度分携暂，他年必相逢。
正如盐灶上，烟缕方向同。"

明石姬答诗云：

“惜别愁无限，心如灶火烧。
今生悲命薄，怨恨亦徒劳。”

吟罢嘤嘤啜泣。她此时言语很少，但应有的答话也尽情罄述。

源氏公子常常倾慕明石姬的琴艺，一度也不曾听赏，引为恨事。此时便对她说：“分携在即，可否为我弹奏一曲，以为临别纪念？”便派人将京中带来的七弦琴取来，自己先轻轻地弹出一个趣味幽深的曲调。深夜肃静无声，琴音优美无比。明石道人听到了，不能自制，也携着筝走进女儿房中来了。明石姬听了琴筝，竟泪如雨下，无法抑止。感动之余，也取过琴来，轻轻地弹出一调，曲趣高雅之极。源氏公子以前听到藤壶皇后弹琴，认为今世独一无二。她的手法艳丽入时，牵惹人心，使听者闻音而想象弹者的美貌，真是高雅无比的妙技。现在这位明石姬的表演呢，风流蕴藉，典雅清幽，令人听了心生妒羡。她所弹的乐曲从来少有人知。长于斯道的源氏公子，也从来不曾听到过如此优美可爱而沁人心肺的曲调。弹到美妙动人之处，忽然停手。源氏公子尚未餍足，心中后悔：“数月以来，为什么始终不曾强请她弹奏呢？”于是一心一意地向她申述永不相忘的誓愿。又对她说：“谨将此琴奉赠，在我俩将来合奏以前，请视此为纪念物。”明石姬即席口占，不加修饰地吟道：

“信口开河说，我姑记在心。
从今琴韵里，和泪苦思君。”

源氏公子抱怨地答道：

“临别留遗念，宫弦不变音[1]。
愿卿心似此，永不忘前情。

在这根弦线没有变音以前，我俩必定相逢。”他以此向明石姬保证。但明石姬顾不得将来，只管为目前的别离而伤心饮泣，这原也是人情之常。

动身那一天黎明时分，天还未大亮，就准备出发。京中派来迎接的人都来了，人声嘈杂，源氏公子心情迷惘，还是找个人少的机会，赋诗赠明石姬：

“别卿离此浦，对景感伤多。
知我东行后，余波复如何？”

明石姬答诗云：

“君行经岁月，茅舍亦荒芜。
不惯离忧苦，纵身投逝波。”

源氏公子见她直率道出心事，不禁悲从中来。虽然竭力忍耐，终于泪如泉涌。不悉详情的人猜想：“虽然是穷乡僻壤，二三年来住惯了，一旦匆匆离去，当然不免悲伤。”只有良清心中不快，想道：“一定是同那女的打

---

〔1〕 宫弦是七弦琴中央的一弦。

得火热了。”随从者大家欢喜雀跃,但想起今天为限,即将离去这明石浦,又不免口口声声地伤离惜别。然而这些也毋庸细说了。

明石道人今天的送别,实在体面之极!凡随从人等,直至最低位的仆役,都受赠珍贵的旅行服装。这等体面的赠品,不知道他是什么时候准备好的。源氏公子的旅行服装自不必说,此外又抬了好几只衣箱来,一并奉赠。给他带回京都去的正式礼物,更加丰富多彩,并且用意十分周到。明石姬在公子今天备用的旅行服装上附一首诗:

“旅衫亲手制,热泪未曾干。
只恐襟太湿,郎君不要穿。”

源氏公子读了这诗,便在嘈杂声中匆匆答道:

“屈指重逢日,相思苦不禁。
从今披此服,睹物怀斯人。”

他想此乃一片诚意,便换上了这旅装,并将平时常穿的那件衣服送给了明石姬。这又使她增添了一种引起悲伤的纪念物。这衣服上浓香不散,安得不教人相思刻骨呢?

明石道人对公子说:“我乃遁世之身,今日不能远送了!”那愁眉苦脸的样子,十分可怜。那些年轻女子看了他的脸,都抿着嘴窃笑。道人吟诗道:

“遁世长年栖海角,

痴心犹不舍红尘。

只因爱子情深,以致心思迷乱,竟不能亲送出境了!”又向公子请一个安,央求道:“请恕我谈及儿女之情:公子倘有思念小女之时,务请惠赐玉音!”公子听了这话十分伤心,两颊都哭红了,容姿美不可言。答道:“已结不解之缘,岂能忘怀?不久你自会明白我的心迹。只是这个住处,使我难于舍弃,如之奈何!”便吟诗道:

“久居此浦悲秋别,
一似前春去国时。”

吟时频频举手拭泪。明石道人听了这诗,更加颓丧,几乎不省人事。自从源氏公子去后,他竟变得起居困难,行步蹒跚了。

明石姬本人的悲伤之情,更加不可言喻。她不欲被人看出,努力镇静。她觉得自己身份的低微,是这悲伤的主因。公子的返京原是不得已之事,但此身竟被遗弃,此恨难以自慰。加之公子的面影常在眼前,永不能忘,因此除了哭泣,别无办法。母夫人也无话可安慰她,只是埋怨丈夫:“亏你想得出这种倒霉的办法!总而言之,是我疏忽大意,轻信了你这老顽固的话,以致铸成大错!”明石道人答道:“罢了,不要噜苏了!公子决不会抛弃她,其中自有缘故[1]。目前虽然别去,定然会考虑办法。叫她放心,吃点补药吧。啼啼哭哭是不祥的呵!”说罢,将身子靠在屋角里了。乳母和母夫人等还在议论明石道人的顽固与失策,她们说:“几年

〔1〕 指明石姬已怀孕。

来一直巴望她早些嫁个如意郎。今番总以为如愿以偿了,岂知才得开始,即便遭逢不幸!”明石道人听了这些叹声,更加可怜这女儿,心情越发烦乱了。白天,他昏昏沉沉地睡一天,到了夜间,骨碌爬起来。说着:“念珠也不知哪里去了。”就合掌拜佛。徒弟们怪他懈怠,他就在月夜出门,想走到佛堂里去做功课。岂知途中一个失脚,掉进池塘里,又被那些棱角突兀的假山石撞伤了腰。卧病期间,稍稍忘怀了女儿之事。

且说源氏公子辞别明石浦,道经难波浦时,举行祓禊。又派人到住吉明神神社,说明此次因旅途匆促,未能参拜,且待诸事停当以后,当即专诚前来还愿,酬谢一切神恩。此次之事,确系突如其来,以致十分仓促,不能亲自前往。途中也不游览,急急返都。

到了二条院,在都迎候的人与从明石浦回来的随从者久别重逢,如在梦中,欢喜之极,相向而哭,声音极其嘈杂。紫姬久被遗弃,自伤命薄,今日重得团圆,其乐可想而知。她在这阔别期间,长得越发标致了。只因长期愁苦,本来密密丛丛的头发稍稍薄了些,反而更加美丽可爱了。源氏公子想道:“从今以后,我将永远伴着这个人儿。”觉得十分心满意足。然而明石浦上那个惜别伤离的人儿的面影,又痛苦地浮现在眼前。总之,为了恋情,源氏公子一生一世不得安宁。

他把明石姬的事一五一十地告诉了紫姬。他谈到明石姬时神情十分激动,紫姬看了心中定然不快。但她装作若无其事,信口吟诵古歌:“我身被遗忘,区区不足惜,却怜弃我者,背誓受天殛。”[1]借此聊以寄恨。源氏公子听了,觉得非常可爱,又非常可怜。“这样百看不厌的一个美人,我怎么竟然经年累月地与她离别了?”这么一想,自己也觉得诧异。

---

〔1〕 此古歌见《拾遗集》。

因此更加痛恨这个残酷的世间了。

不久源氏公子恢复了官爵,又升任了权大纳言[1]。凡以前因公子而贬斥的人,都恢复了原官位。其欣欣向荣之状,正如枯木逢春,实甚可喜。有一天,朱雀帝召见,源氏公子入觐,帝于玉座前赐坐。左右众宫女等,尤其是桐壶帝时代以来侍奉至今的老年宫女等,看见了源氏公子,都觉得他的相貌长得更加堂皇了。想起了他几年来怎么能久居在那荒凉的海边,大家不胜悲戚,不免号哭了一番,并叹赏公子的美貌。朱雀帝对于公子自觉有愧,此次隆重召见,服装特别讲究。他近来心情不佳,身体十分衰弱。但昨今两日以来,略觉好些,便与源氏公子纵谈各事,直至入夜。

这一天正是八月十五,月光皎洁,夜色清幽。朱雀帝历历回思往事,感慨无穷,不禁悄然而悲。对公子言道:"迩来久无管弦之兴。昔日常闻皇弟雅奏,多年未得再赏了!"源氏公子慨然赋诗道:

"落魄彷徨窜海角,
倏经蛭子跛瘫年。"[2]

朱雀帝听了这诗,又是怜悯,又是惭愧,便答吟道:

---

[1] 大纳言人数,各时代有定额。额外增封者,曰"权大纳言"。

[2] 此诗根据日本神话:伊奘诺、伊奘冉,是日本创造天地的夫妇二神。所生第一子名叫"蛭子",长到三岁,两足瘫痪,不能起立。故"倏经蛭子跛瘫年",即"倏经三年"之意。蛭子曾乘苇船泛海,故源氏以此自比。又,此夫妇二神在天上时本是兄妹,后来下凡,在一岛上绕柱相会,互相求爱,遂成为夫妇。下面的诗中提及此事。

"二神绕柱终相会，
莫忆前春去国悲。"

吟时神采焕发，风姿亦很优美。

源氏公子复官以后，第一件急务是准备举办法华八讲佛事，以追荐桐壶上皇。他先去参谒皇太子冷泉院。皇太子年方十岁，长得异常健美，看见源氏公子回来，兴奋而又欢喜。源氏公子看了他也感到无限怜爱。皇太子才学非常优越，为人贤明正直，将来君临天下，的确可以无愧。源氏公子等到心情稍定之后，又去参见出家的藤壶皇后。久别重逢，感慨之深可想而知了。

作者应该补叙一笔：明石浦上护送公子返京的人回浦之时，公子曾托带一封信给明石姬。这封信是瞒过了紫姬而偷偷地写的，缠绵悱恻。信中有云："夜夜波涛声中，心绪如何排遣？

遥知浦上无眠夜，
叹息应如朝雾升。"

还有那个太宰大弍的女儿五节小姐，偷偷地恋慕源氏公子，曾经寄信到明石浦来。现在公子离浦返京，她的恋情也灰心了，便派一个使者送一封信到二条院。吩咐他只须使个眼色，不必言明是谁的信。信中有诗云：

"一自须磨通信后，
罗襟常湿盼君看。"

源氏公子看见笔迹异常优美,料知是五节的信,便答诗道:

“自闻音信襟常湿,
我欲向卿诉怨情。”

他以前曾经热爱这五节小姐,现在收到她的信,觉得这个人越发可爱了。然而此时他已经规行矩步,恭谨处世,不再有浪漫的举动了。对于花散里等,也只致信问候,并不去访。她们只收到信,反而增添了怨恨。

第十四回　航　标[1]

源氏公子谪居须磨时，做了那个清楚的梦之后，心中常常挂念已故的桐壶上皇，屡屡忧愁叹息，总想做些佛事，以拯救父皇在阴世受罪之苦。现在他已归京，便赶紧准备超荐。就在十月中举办法华八讲。世人对源氏公子的倾慕，全同从前一样。太后病势依然沉重。她无法摈斥源氏公子，心中甚是不乐。朱雀帝呢，以前违背了父皇遗命，常恐身受恶报。如今已经遵命召回源氏，心中便觉快慰。他的眼疾以前常常发作，如今也痊愈了。然而他总担心自己不能长生，这皇位不能久居。因此常常宣召源氏公子入宫，同他商量国事。他毫无顾虑，把一切政务向源氏公子谘询。现今他可以依照自己意旨而发号施令了。因此世间一切臣民，也都欢喜赞善。

朱雀帝让位的决心渐渐成熟。但尚侍胧月夜常常愁叹今后身世之寂寥，帝心很可怜她，对她说道："你的父亲太政大臣已经故世。你的大姐皇太后病势沉重，已经少有希望。我也觉得自己在世之日不会久长。将来你孤苦伶仃地留在世间，确是怪可怜的啊！你以前爱我不及爱别人之深。但我的爱情向来专一，钟情只在你一人身上。我死之后，自有比我优秀的人依照你的愿望再来爱你。然而他的爱情决不及我的深。我

[1] 本回写源氏二十八岁十月至二十九岁岁暮之事。

单想这一点,也就觉得伤心。"说到这里,掩面而泣。胧月夜红晕满颊,那泛溢着娇羞的脸上流满了眼泪。朱雀帝看了,浑忘了她一切罪过,只觉得可爱可怜。又说:"你怎么不给我生个皇子呢?真是遗憾了!恐怕你将来会替与你宿缘深厚的那个人生的吧!想到这里,我又觉得遗憾。因为那人所生的儿子,身份限定,只是一个臣下呢。"他竟在想象身后之事,因而说出这话。胧月夜听了,不胜羞惭,又觉得伤心。

胧月夜原也知道:朱雀帝容貌堂皇而清秀,对她的爱情无可限量,有增无已;源氏公子呢,相貌固然漂亮,然而态度与感情都不及朱雀帝的真挚。因此她回想当初,常常痛悔前情:"为什么我在年幼无知之时任情而动,以致惹起滔天大祸。自己声名狼藉且不必说,竟又连累那个人受尽了折磨……"觉得自己真是一个薄倖女子!

次年二月,皇太子冷泉院举行冠礼。皇太子年方十一,然而长得比年龄更大。举止端详,容貌清丽,酷肖源氏大纳言,竟像一个模子里印出来的。这一对人物互相照映,光彩焕发,世人盛传,以为美谈。然而藤壶皇后听了甚是难当,只觉得心中隐隐作痛。朱雀帝看了皇太子的容姿,也深为赞美,便亲切地把让位之事对他说了。到了是月二十过后,让位的消息突然发表,皇太后吃了一惊。朱雀帝安慰她道:"我虽辞去尊位,但今后可得安闲地孝养母后,务请放心。"皇太子即位之后,承香殿女御所生的皇子立为皇太子。

时代改换,万象更新,繁华热闹之事甚多。源氏权大纳言升任了内大臣。这是因为左右大臣人数规定,目前没有空位,所以用内大臣的名称,作为额外的大臣。源氏内大臣应当兼任摄政,但他说:"此乃繁重之职,我实不能胜任。"要把摄政之职让给早已告退的左大臣,即他的岳父。左大臣不肯接受,他说:"我本因病告退,况今年老力衰,未能受此重任。"

然而朝中百官和世间臣民都认为外国亦有此例:每当时势变易,世乱未定之时,即使是遁迹深山、不问政治之人,一旦天下太平,亦必不耻白发高龄,毅然出山从政[1]。此等人正是可尊敬的圣贤。左大臣昔曾因病告退,但今时移势迁,恢复旧职,有何不可?且在日本,亦有此例。左大臣不便坚辞,便当了太政大臣,此时高龄六十三岁。他昔年为了时局不利而去官辞职,笼闭在家,今日又恢复了荣华富贵。他家诸公子以前沉沦宦海,今日也都升官晋爵了。特别是宰相中将升任了权中纳言[2]。他的正夫人——已故右大臣家的四女公子——所生的女儿,年方十二,准备送她入宫当新帝的女御,故尔倍加珍爱。他的儿子,即以前在二条院唱催马乐《高砂》的红梅,也已行过冠礼。真可谓万事如意称心了。此外他的许多如夫人接连地生育,子女成群,家庭热闹非常。源氏内大臣看了不胜羡慕。

源氏内大臣只有正夫人葵姬所生一个儿子夕雾,长得比别人特别俊美,特许在御前和东宫上殿。[3]葵姬短命而死,太政大臣和老夫人至今犹有余哀。然而葵姬逝世后的今日,全靠源氏内大臣的威光而重振家声,多年来的晦气尽行消除,万事欣欣向荣了。源氏内大臣和从前一样,每逢有事,必亲赴太政大臣私邸。对于小公子夕雾的乳母及其他侍女,凡这几年来不曾散去的人,每逢适当机会,必然留意照拂。因此交运之人甚多。二条院方面亦复如是:凡忍苦等待公子归京的人,都蒙公子优遇。对于中将、中务君等曾蒙宠幸的侍女,适当地加以怜爱,以慰多年来孤寂之苦。因此内务多忙,无暇出外游逛了。二条院东面的宫殿,原是

---

〔1〕暗指汉高祖时的商山四皓。

〔2〕宰相中将即以前的头中将,葵姬之兄。权中纳言,即额外的中纳言。

〔3〕为使公卿的儿子自幼学会宫中规矩,特许其上殿服务。

桐壶上皇的遗产。此次大加改筑,壮丽无比。为欲使花散里等境况清寒的人住在这里,因而兴工修缮也。

还有一个人不可忘记说了:那明石姬怀孕在身,不知近况如何?源氏公子时时挂念在心。只因回京以来,公私两忙,以致不克随时问讯。到了三月初头,推算起来已届产期。公子心中悄悄地怜爱她,便派个使者前去探问。使者立刻回来,报道:“已于三月十六日分娩,产一女婴,大小平安。”源氏公子初次生女,觉得甚可珍爱,因而更加重视明石姬了。他觉得后悔:为什么不迎接她到京中来做产呢?以前有个算命先生断定:“当生子女三人,其中必兼有天子与皇后。最低者太政大臣,亦位极人臣。”又说:“夫人中身份最低者,产的是女孩。”现在这句话已经应验了。以前有许多极高明的相面先生,异口同声地说:“源氏公子必然身登上位,统治天下。”这几年来只因时运不济,这句话似乎落了空。但此次冷泉帝即位,源氏公子宿愿以偿,心中欢喜。他自身呢,原是与帝位无缘的,决不作此妄想。以前桐壶父皇在许多皇子中特别偏爱他,却又把他降为臣下,回想父皇这点用心,可知自己没有登帝位的宿缘。但他暗自寻思:此次冷泉帝即位,外人虽然不知真相,相面先生那句话却证实了。——他仔细思量未来种种情况之后,确信“此次明石浦之行,定是住吉明神的引导。那明石姬一定有生育皇后的宿缘,所以她那乖僻的父亲胆敢向我高攀身份不称的姻亲。如此说来,这个身份高贵的皇后,教她诞生在这穷乡僻壤,实在委屈了她,亵渎了她!目前暂且让她住在那里,将来一定迎她入京。”想定之后,立刻派人催促修筑东院的人从速竣工。

源氏公子又考虑到:明石浦那种地方,一定不容易找到良好的乳母。

忽然想起已故的桐壶父皇有一个叫做宣旨[1]的女官,生有一个女儿。这女儿的父亲是宫内卿兼宰相,现已亡故。母亲宣旨不久也死去,现在这女儿度着孤苦的生活。她搭上了一个没有什么前途的人,生下一个婴儿。和这女儿熟识的某人曾经乘便将此事告诉源氏公子。现在源氏公子召唤这个人前来,托他设法请这女儿来替明石姬的婴儿当乳母。

这人便把源氏公子的意思告诉了宣旨的女儿。宣旨的女儿年纪还轻,是个无心无思的人。她住在一所终朝无人顾问的陋屋里,经年度送孤苦寂寥的生涯。她听了这话,并不仔细考虑自己的前程,只觉得源氏公子的事情总是好的,便一口答应了。源氏公子半为可怜这个女子的身世,便决定打发她赴明石浦。他想看看这个人,便找个机会,非常秘密地前去访问她。这女子虽然已经答应,却不知将来如何,心中不免烦乱。但念公子一片好意,便放怀一切,言道:“但凭尊意差遣。”这一天正是黄道吉日,便赶紧准备出发。公子对她说:“我派你远赴他乡,你或许怨我太忍心吧。然而其中自有重大原由,将来你自知道。而且这地方我也去过,曾在那里度送长年的沉寂生涯。请你以我为前例,暂时忍耐一下。”便把明石浦上的情况详细告诉她。

宣旨这个女儿,以前曾经在桐壶上皇御前伺候,源氏公子见过几次。但此次重见,觉得她消瘦得多了。那住宅也荒芜不堪,只是广大还似旧时。庭中古木参天,阴气逼人,不知她在这里如何过日子的。然而这个人的模样很可爱,花信年华,桃李芳姿,使源氏公子看了难于舍弃。便同她说笑:“我舍不得你远行,很想接你到我那里去,不知你意下如何?”这女子想道:“若得在这个人身边侍候,我这不幸之身也有福了。”她默默地

---

〔1〕 此女在君侧掌管宣旨,这里将职衔用作人名。类此用法,本书颇多。

仰望源氏公子。公子便赠诗道：

“往日交情虽泛泛，
今朝惜别亦依依。

我很想跟你同行呢。”那女的嫣然一笑，答道：

“惜别何妨当口实，
同车共访意中人。”

吟得很流畅，但觉锋芒太露了。

乳母出发了，在京都市内是乘车的。陪行的只有她所亲信的一个侍女。公子叮嘱乳母千万不可泄露此事，然后打发她上道。托乳母带去守护婴儿的佩刀，以及其他应有之物，不计其数，考虑无微不至。赠送乳母的物品，也很讲究而周到。源氏公子想象明石道人对这婴儿的重视与疼爱之状，脸上时时露出笑容。同时想起了生在偏僻地方的婴儿，又觉得很可怜，因此对她念念不忘，可知前生宿缘不浅！在书函中，也再三叮嘱他们悉心照料婴儿。附诗一首：

“朝朝祝福长生女，
早早相逢入我怀。”

乳母乘车出京城之后，改乘船舶，来到摄津国的难波，再改乘马匹，迅速到达了明石浦。明石道人欢迎乳母，如获至宝。承蒙源氏公子美意，感谢不尽。他向着公子所在的京都方面,合掌礼拜。看见公子如此关怀这婴儿,便觉更加可爱,更加委屈她了。这女婴生得异常美丽,真是世无其匹。乳母看了想道:公子如此重视她,再三叮嘱悉心抚育,确有道理。这么一想,刚才一路上荒山野水所引起的噩梦一般的哀愁,便消失了。她觉得这婴儿的确美丽可爱,便用心抚育她。

做了母亲的明石姬,自与公子别后,数月来悲伤愁叹,身心日渐衰弱,几乎不想活下去了。现在看到公子如此关心爱护,心情略感欣慰,便在病床上抬起头来,殷勤犒赏京中来使。使者想早日返京,急欲告辞。明石姬便托他转呈诗一首,借以略表心事:

“单身抚幼女,袖狭不周身。
欲蒙朝衣荫,朝朝待使君。”

源氏公子得了回音,异常想念这个婴儿,但望早日见面。

明石姬怀孕之事,源氏公子向未对紫姬明言。但恐她将来会从别处听到,反而不好,因此争先向她告白了:“不瞒你说,确有此事。天公真作怪:巴望生育的,偏偏不生,而无心于此的,反而生了,真乃一大遗憾啊!加之是个女孩,更不足道。即使放弃不管,亦无不可。然而这毕竟不是办法。不久我想接她到这里来,给你看看。但愿你不要嫉妒!”紫姬听了,涨红了脸,答道:“怪哉!你常常说我嫉妒。我若是个嫉妒女子,自己想想也觉得讨厌。我是什么时候学会嫉妒的呢?正是你教我的呀!”她说时满腹怨恨。源氏公子莞尔而笑,说道:“喏喏,你又嫉妒了!是谁教你的,不得而知。我只觉得你这态度完全出我意外。你胡乱猜测我所意想不到的事,因而怨恨我,教我想起了好不悲伤呵!”说着流下泪来。紫姬回想年来日夜恋慕的这丈夫的关怀怜爱之心，以及屡次收到的情书，疑窦渐释，觉得他那种种行为的确都是逢场作戏，心中的怨恨也就消失了。

源氏公子又说："我之所以挂念那个人，又和她通问，其中自有缘故。但现在对你说了，怕又引起误会。所以暂且不说。"便把话题转向别处："此人之所以可爱，全是环境所使然。在那偏僻地方，这样的人便觉难得了。"接着便告诉她那天共对海边暮烟而唱和的诗句、那天晚上约略看到的那人的容貌，以及她弹琴的高明手法。语气之中，表示恋恋不忘。紫姬听了想道："那时候我空房独守，无限凄凉。他虽说逢场作戏，却在别处寻欢作乐！"心中非常不快，便把身子转向一旁，茫然地望着别处，表示我自为我。后来自言自语地叹道："为人在世，真好苦啊！"接着口占一绝：

"爱侣如烟缕，方向尽相同。
我独先消散，似梦一场空。"[1]

源氏公子答道："你说什么？教我好伤心啊！你可知道：

海角天涯客，浮沉身世哀。
青衫终岁湿，毕竟为谁来？

罢了罢了，我总想有一天教你看看我的真心，但恐我的寿命不长！我常想不做无聊之事，以免受人怨恨，为来为去只为了你一人啊！"说着，取过筝来，调整弦线，弹奏一曲。弹毕，捧过筝去，劝紫姬也弹一曲。紫姬碰

---

〔1〕此诗根据上回《明石》中源氏与明石姬唱和之诗。

也不碰,想是听说明石姬长于弹筝,因而妒恨吧。紫姬原是一个温柔敦厚的美人,但看到源氏公子放荡不羁时,也不免愤怒怨恨。这倒反而使她的神情越发娇艳。源氏公子觉得紫姬生气时非常可爱,最宜欣赏。

源氏公子偷偷地计算,到五月初五日,明石姬所生的女孩就该过五十朝[1]了。他想起这孩子可爱的样子,越发想早日看到她。他想:"若是她生在京中,今天万事都可随意安排,何等欢喜啊!可惜她生在穷乡僻壤,也算得命苦了!若是个男孩,倒不必如此担心;但她是个前程远大的女孩,真是万分委屈她了!我此次的颠沛流离,大约正是为了这女孩的诞生而命中注定的吧。"他就派使者赴明石浦,叮嘱他必须在过五十朝那一天赶到。使者果然于初五日到达。

使者送去的礼物,都是公子用心置办的稀世珍品,也有适于实用的物件。致明石姬的信中有云:

"可惜名花生涧底,
虽逢佳节也凄凉。

我今身在京都,神往明石。长此离居,令人难堪。务望早作决心,来此相聚。此间万事妥善,一切无须顾虑。"明石道人照例喜极而泣。际此时机,感激太甚,难怪他要哭的。他家里也正在庆祝五十朝,排场十分体面。倘没有京中使者看到,便似衣锦夜行,太可惜了。

那乳母看见明石姬为人亲切可爱,就做了她的话伴,忘却了一切尘劳,在宅内欢笑度日。前此明石道人也曾托人物色了几个身份不低于这

---

〔1〕 按当时习俗,婴儿生后五十日,将米糕含其口中,举办庆贺之事。

乳母的女人来使唤。然而她们都是年事衰老的旧宫人，或者意欲入山为尼而偶尔来此者。这京中来的乳母比较起她们来，人品优越得多了。她把世间珍奇的传说轶话讲给她们听，又从女子的见解，描摹源氏内大臣人品之优越，以及世人对他崇敬之真诚。明石姬听了，便觉她能替他产下这个名贵的种子，自身也很可骄傲。与明石姬一同看了源氏公子的来信，乳母心中想道："天呵！她倒交了这意想不到的好运道，吃苦的只是我这一身！"后来看见信中写着"乳母近况如何"等殷勤挂念的话，自己也觉得万分欣慰。明石姬的回信中有云：

"可怜仙鹤栖荒岛，
佳节无人过访来。

闲愁万种无可排遣之时，忽逢来使殷勤慰问，心虽感激，命实困穷。务请早日善为处置，以图日后安身之计。"措辞十分恳切。

源氏公子接得回信，反复阅读，然后长叹一声，自言自语地说："可怜呵！"紫姬回头向他瞟了一眼，也自言自语地低声唱起古歌来："人似孤舟离浦岸，渐行渐远渐生疏。"[1]唱罢耽入沉思。源氏公子恨恨地说："你的误解真太深了。我说可怜，也只是顺口说出的。我回想那地方的情状时，往往觉得旧事难忘，就不免自言自语。你却句句都听在心里。"他仅将明石姬来信的封面给紫姬一看。紫姬看见笔迹非常优美，为贵族女子所不及，心中不免惭愧，妒恨地想道："原来如此呵！怪不得……"

源氏公子回京以来，专心在二条院奉承紫姬，竟不曾去访问花散里，

---

〔1〕 此古歌见《古今和歌六帖》。紫姬暗伤自己失宠。

觉得很对她不起。他公事很忙,身份又高,行动不免有所顾忌。加之这花散里并无何等牵惹心目之处,因此不甚介怀。五月里淫雨连绵,公私都很空闲,寂寞无聊之时,有一天他忽然想起了她,便出门去访问。源氏公子虽然疏远花散里,然而关心她的一切日常生活,花散里全靠他的照顾度日。因此久别重逢,花散里态度仍很亲切,并无怨恨之色,源氏公子便觉安心。她的屋子年来更加荒芜了,住在那里想必凄凉。源氏公子先和她的姐姐丽景殿女御晤谈,到了夜深时分,才去西厅访问花散里。天空偶然放晴,朦胧月色射入室内,把源氏公子的姿态照得十分艳丽,俊美无比。花散里见了不觉肃然起敬。但她原来坐在窗前眺望月色,也就从容地坐在那里接待公子,那模样甚是端详。听见近旁秧鸡的叫声像敲门一样,花散里便吟诗道:

"听得秧鸡叫,开门月上廊。
不然荒邸里,哪得见清光?"

她吟时脉脉含情,娇羞无限。源氏公子想道:"世间女子个个可爱,教我难于舍弃。这便苦死我也!"答道:

"听得秧鸡叫,蓬门立刻开。
窃疑香闺里,夜夜月光来。[1]

倒教我不放心了。"这是同她开玩笑,并非真个疑心花散里有外情。她这

〔1〕 戏言她另有情夫。

几年来独守空闺,静候公子驾返,其坚贞之操,源氏公子决不轻视。她说起前年临别时公子吟“后日终当重见月,云天暂暗不须忧”之句,约她誓必重逢时的情状。接着又说:“其实那时惜别何必如此悲伤?你重返京城也不来看我,反正我这薄命之身,现在还是一样悲伤。”说时娇嗔之相甚是可爱。源氏公子照例用一大套甜言蜜语来安慰她,这些话不知道他是从哪里学来的。

此时,他又记起那五节小姐来。他始终不忘记这个人,总想再见一面。然而相见机会难得,又不能偷偷地去访。那女的也始终不忘记源氏公子。父母屡次劝她结婚,她却绝不动心。源氏公子想建造几座舒适的邸宅,把五节之类的人邀集过来,如果要教养明石那个前程远大的女儿,可请这些人当保姆。他那东院的建筑,比二条院更加讲究,全是现代风格。他选定几个熟识的国守,叫他们分担这些建筑工事,要克日完成。

对于尚侍胧月夜,他还是没有断念。为她闯了大祸,犹不自惩,总想和她再会一次。但那女的自从遭此忧患之后,深自警戒,不敢像从前那样与他交往了。源氏公子一筹莫展,觉得这世间太不自由了。

且说朱雀帝自从让位以后,身心安逸,每逢春秋佳节,必有管弦之乐,生涯甚是风雅悠闲。以前的女御与更衣,照旧伺候他。其中皇太子的母亲承香殿女御,以前并不承宠,反被尚侍胧月夜所压倒。现在儿子立了太子,她就走了红运,迥非昔比了。她不与众女御共处,却陪伴皇太子住在别殿。源氏内大臣的宫中值宿所,依旧是淑景舍,即桐壶院。皇太子则住在梨壶院。两院相邻,往来甚便,万事可以互相通问。因此源氏内大臣自然而然地又成了皇太子的保护者。

藤壶皇后是今上的母亲,但因已经出家,不能升任皇太后。于是依照上皇的标准赐与封赠[1],又任命专职侍卫,宫中规模之盛大,非昔日可比了。皇后每日诵经礼佛,勤修法事。长时期来为忌惮弘徽殿太后,不便出入宫禁,不能常常看到冷泉帝,引以为恨。现在她可以随意进出,无所顾虑,甚是快意。反之,弘徽殿太后却在悲叹时运不济了。源氏内大臣每有机会,必关怀弘徽殿太后,对她表示敬意。世人不平,都认为这太后不该受这善报。

紫姬的父亲兵部卿亲王过去几年来并不同情于源氏公子流放之苦,而一味趋炎附势,因此现在源氏内大臣对他不快,依旧交情不睦。他对世间一般人普施恩惠,无求不应。只有对于兵部卿亲王一家漠不关情。藤壶皇后可怜这哥哥,认为此乃一大憾事。此时天下大权,平分为二,由太政大臣与内大臣翁婿二人协力同心,随意管领。

权中纳言的女儿于本年八月入宫,为冷泉帝之女御。其祖父太政大臣躬亲照料一切,仪式十分隆重。兵部卿亲王家的二女公子[2]亦有入宫之志,父母悉心教养,美名盛传于世。但源氏内大臣不相信这二女公子胜于别人。亲王无可奈何。

是年秋,源氏内大臣参拜住吉明神神社。此行为了还愿,仪仗非常壮丽,举世盛传,轰动一时。满朝公卿及殿上人争先参加。正在此时,明石姬也赴神社参拜。她向来每年去参拜一次。去年为了怀孕,今年为了生育,都不曾去,现在便将两次并作一次。她是乘船去的。船靠岸时,但见岸上异常热闹,挤满了参拜的人,珍贵的供品络绎不绝地运来。乐人和十个舞手的装束非常华丽,而且一概选用相貌漂亮的人。明石姬船上

---

〔1〕 上皇的封赠是二千户。

〔2〕 紫姬的异母姐妹。

的人向岸上人问讯:“请问,是谁来参拜?”岸上人答道:“源氏内大臣来还愿!世间竟还有不知道的人呢。”说罢,连那些身份极低的仆从也都得意扬扬地笑起来。明石姬想道:“真不凑巧,偏偏拣这个时候来!教我遥望他的风姿,愈加显得我身世不幸了。我和他毕竟已结不解之缘。连那些下贱之人都得兴高采烈地追随左右,得意扬扬。只有我这个人,不知前世作了多少孽,一向关心他的行动,而偏偏不知道今天这件大事,贸然地来到此地。”想到这里,十分悲伤,偷偷地流下泪来。

源氏内大臣的行列走进深绿色的松林中,穿着浓浓淡淡的艳丽的官袍的人不计其数,好比撒了满地樱花与红叶。六位的官员中,藏人的青袍特别显著。前年流放时在途中赋诗怨恨贺茂社神的那个右近将监,现已升任卫门佐,俨然是个前拥后随的藏人大员[1]了。良清也升任了卫门佐,此人比别人更加神气,身穿红袍,风姿十分俊俏。凡在明石浦见过的人,样子都全然改变,大家穿着红红绿绿的官袍,喜气洋洋地散布在这行列中。其中年轻的公卿和殿上人,尤其争俏竞艳,连马鞍也装饰得绚焕灿烂。明石浦来的乡下人看了,真是吃惊!

源氏内大臣的车子远远地来了。明石姬一见,更加伤心,竟不能抬起眼来眺望这意中人的面影。朱雀帝依照河原左大臣的先例,特赐源氏内大臣随身童子一队。这十个童子装束非常华丽,发作童装,左右耳旁结成两环。结发的紫色带子浓淡配合,非常优美。身材一样高低,相貌都很漂亮,姿态十分可爱。葵姬所生小公子夕雾,由大队人员簇拥而来,随马的童子个个一样打扮,服装显然与众不同。明石姬看见夕雾如此高

---

〔1〕 卫门佐、藏人,都是在天皇御前供职的。爵位是六位或五位。六位者穿青袍,五位者穿红袍。

贵尊严,想起自己的女儿藐不足数,不胜悲伤。便向着住吉神社合掌礼拜,为女儿祝福。

摄津国的国守来迎接了,其招待之隆重,远非其他大臣参拜神社时可比。明石姬颇感困窘:如果照旧去参拜,则我这微贱之身所献菲薄供品,毫不足数,一定不入神明之目;如果就此折回,则又不成体统。考虑之下,今天还不如先在难波浦停泊,至少举行一下祓禊也好。便命将船开向难波浦。

源氏公子做梦也不曾想到明石姬也来了。这一晚通宵飨宴歌舞,举行种种仪式,以取悦神心。其隆重超过了以前所许的愿。神前奏乐规模盛大,直至天明。惟光等以前曾共患难之人,深深地感谢神明的恩德。源氏公子偶尔外出,惟光便上前求见,献奉诗篇:

“答谢神恩还愿毕,
回思往事感伤多。”

源氏公子正有同感,便答诗道:

“回思浪险风狂日,
感谢神恩永不忘。

果然灵验!”说时喜形于色。惟光便把明石姬的船被这里的盛况所吓退之事告诉了公子。公子吃惊道:“我全然不知呀!”十分可怜她。他回想神明引导他到明石浦之事,便觉这明石姬异常可爱。料想她此时必然悲伤,总须给她一信,以慰其心。

源氏公子告辞住吉神社后，到处逍遥游览。他在难波浦举行祓禊，在七濑举行的特别庄严隆重。他眺望难波的堀江一带，不知不觉地吟诵古歌："刻骨相思苦，至今已不胜。誓当图相见，纵使舍身命。"[1]流露了对明石姬思念的心事。近在车旁的惟光听了吟诵，立刻会意，便从怀中取出旅中备用的短管毛笔来，于停车时呈上。源氏公子接了笔，心念这惟光真机灵，便在一张便条纸上写道：

"但得'图相见'，不惜'舍身命'。
赖此宿缘深，今日得相近。"

写好之后，把纸条交与惟光。惟光便派一个知道详情的仆人把这诗送交明石姬。

明石姬望见源氏公子等并马而过，心中悲伤。正在此时，忽接来书。虽然寥寥数语，亦觉甚可喜慰，感激之余，流下泪来。便答诗云：

"我身无足道，万事不随心。
哪得通情素，为君舍此身？"

把诗附在她在田蓑岛上祓禊时当作供品用的布条上，交使者复呈公子。

日色渐暮，晚潮上涨。海湾里的鹤引颈长鸣，其声清厉，催人哀思。

---

〔1〕 此古歌见《拾遗集》。"舍身"与"航标"，日语读音相同，都读作 miotsukushi。难波地方海中航标特别有名。此古歌乃就目前所见"航标"而咏为恋爱"舍身"之意。犹如中国诗"东边日出西边雨，道是无晴却有晴"，亦因"晴"与"情"同音而指东说西也。以下源氏与明石姬唱和的诗，也都根据此古歌。

源氏公子感伤之余,几乎想不避人目,前去与明石姬相会了。便赋诗道:

“青衫常湿透,犹似旅中情。
闻道田蓑好,此蓑不掩身。”

回京时一路上逍遥游览,但心中念念不忘明石姬。地方上的妓女都集拢来逢迎。那些虽为公卿而年轻好事之人,对这些妓女颇感兴趣。但源氏公子想道:“风月之事,情感之发,亦须对方人品可敬可爱,方有意趣。即使逢场作戏,倘对方略有轻薄之态,也就失却牵惹心目的价值了。”因此那些妓女人人装模作样,撒娇撒痴,而源氏公子只觉得讨厌。

明石姬等候源氏公子去后,次日适逢吉日,便赴住吉神社奉献供品。这才完成了与她身份相称的祈愿。然而此行反而增加了她的哀思,此后朝朝暮暮愁叹自身的不幸。有一天,算来是公子抵京后不多天,就有一个使者来到明石浦,带来公子的信,言最近即将迎接明石姬入京。明石姬想道:“这确是一片诚意,他对我也很重视了。然而使不得吧,我离去此浦,到了京中,如果环境不佳,弄得进退两难,这便怎么办呢?”她颇有顾虑。明石道人也觉得把女儿和外孙女放走很可担心。但倘让她们埋没在这乡间,又觉得比未识源氏公子以前更加辛酸了。父女二人顾虑重重,结果托使者上复公子:入京之事一时未能决定。

话分两头,且说朱雀院让位之后,朝代改变,派赴伊势修行的斋宫照例必须易人,故六条妃子和女儿斋宫都回京了。此后源氏公子对这母女二人依旧万事照顾,情谊深厚无比。但六条妃子想:“从前他对我爱情早已冷淡,现在我决不再讨没趣。”她对公子已经断念。公子也不特地去访。他想:“我倘强要与她重圆旧梦,则能否持久,自己亦不得而知。况且东奔西走、怜香惜玉之事,我现在的身份亦颇多不便。”因此他并不勉强亲近六条妃子。只是想起她那女儿前斋宫,不知现在长得何等美丽了,倒很想看一看。

六条妃子回京之后,依旧住在六条的旧宫邸中。屋宇大加修饰,崭然一新,生活十分悠闲风雅。她那温柔雅致之态依旧不变,邸内用了许多美貌侍女,自然变成了风流男子麇集之所。她自身虽然孤寂,但有种种趣事可以慰情。岂料在这期间,忽然身患重病,心情异常忧惧。她推想此乃近几年来因在伊势神宫不得勤修佛法,以至罪孽深重之故,悔恨之余,竟然落发做了尼姑。源氏内大臣闻此消息,心念我对此人情缘虽已断绝,但每逢兴会,她总是一个谈话良伴。如今她决然遁入空门,实甚可惜。吃惊之余,便赴六条宫邸拜访,殷勤慰问,情深无限。

六条妃子在枕畔设置源氏公子的座位,自己坐起身来靠在矮几上,隔着帷屏与公子谈话。源氏公子推察她身体已经十分衰弱,想道:“自昔至今,我始终怜爱她。此心尚未向她表白,难道就此诀别了么?”痛惜之下,伤心地哭泣起来。六条妃子看见公子对她如此多情,心中万分感动,便把女儿前斋宫向他托付:“我死之后,此女定然孤苦。务请将她放在心上,凡遇事故,勿忘照拂。因为她别无保护者,身世异常不幸也。我身虽一女流,但教一息尚存,总想悉心抚育,直到她知情达理之年……”说到这里,泣不成声,仿佛命在须臾了。源氏公子答道:“即使你不叮嘱,我也决无遗忘之理。今既承嘱,自当尽心竭力,多方照顾。务请勿以后事为念。”六条妃子说:“如此说来,多多有劳了!但她即使有个确实可靠的父亲悉心照顾,无母之女,总是最可怜的。不过,你倘过分爱怜,将她列入恋侣,则深恐引人妒忌,反遭意外之殃。此虽我之过虑,但请决勿妄动此念。我有亲身经历,痛感女子身罹情网,必多意外之苦。故我决心要她屏绝情思,以处女终其身。”源氏公子听了,觉得这话说得好直率!便答道:“年来我已倍尝酸楚,深通世故。你还以为我像昔年一样易动好色之情么?此真乃出我意外!罢了罢了,我今不必多说,日久自见人心。”

此时外面天色已黑,里面点着幽暗的灯火。隔着帷屏,隐约可见里面情状。源氏公子心念或可略见姿色,便从帷屏的隙缝间向内窥探。但见六条妃子坐在半明半暗的灯火旁边,一手靠在矮几上,那剪短了的头发非常雅致。这光景竟像一幅图画,实在美丽可爱!并卧在寝台东边的,想必是她的女儿前斋宫了。源氏公子在帷屏上拣个隙缝较大的地方,用心仔细张望,但见前斋宫手托香腮,容颜十分悲戚。虽然约略窥见,亦觉异常美丽。那光泽的鬓发、端正的头面,以及全身姿态,都很高尚雅致。娇小玲珑、天真烂漫之趣,历历可观。源氏公子不禁看得神往,颇想接近她。但想起了妃子刚才的话,也就回心转意,不再妄想。六条妃子说:“哎呀,我好难过呵!恕我失礼了,请大驾早归吧。”众侍女便扶她躺下了。源氏公子说:“我今特地前来慰问。贵恙若得好转,我心无限欢喜。如今见此模样,教我好生担心!你现在好过些么?”他想探进头来看看,六条妃子便对他说:“我已衰弱得可怕了。在此病势垂危之际,得蒙大驾枉顾,真乃宿缘不浅。我平生操心之事,今已约略奉告,若蒙鼎力照拂,我便死也瞑目了。”源氏公子答道:“我虽无状,亦得亲聆遗言,心中实甚感激!已故父皇所生皇子皇女甚多,但与我亲睦者,实无一人。父皇视斋宫为皇女,我亦当视斋宫为妹,尽力抚养。况我已届为父之年龄,眼前尚无可抚养之子女,生涯亦不免枯寂也。”说罢,告辞退出。

自此以后,源氏公子不断派人前来殷勤慰问。不料别后七八日,六条妃子就逝世了。源氏公子遭此意外之变,痛感人世无常,顿觉心灰意懒。他也不去上朝,专心安排葬仪与佛事。六条宫邸方面并无特别可信赖之人。只有前斋宫的几个年老的旧宫官,勉勉强强地料理着事务。源氏公子亲自来到六条宫邸,向前斋宫吊慰。前斋宫命侍女长代致答辞:"惨遭大故,方寸迷乱,不知所答了!"源氏公子说:"我对太夫人曾有诺言,太夫人对我亦有遗命。今后倘蒙开诚相待,委以万事,则幸甚矣。"他就召集邸内所有人员,吩咐一切应有事宜。用心之忠诚周到,足以抵偿近年来疏阔之罪了。六条妃子的葬仪备极隆重,二条院内所有人员,悉数前来服役。

此后源氏公子郁郁寡欢。戒荤茹素,笼闭一室,终日不卷珠帘,一心诵经念佛。他常常派人去慰问前斋宫。前斋宫心情渐渐安静,也常亲自作复。她起初怕羞,但乳母等劝导她,说央人代复是失礼的,她只得自己动笔了。

冬季有一天,雨雪纷飞,朔风凛冽。源氏公子想象前斋宫模样,不知她此时何等悲伤,便遣使慰问。送去的信中说:"对此天色,不知卿心作何感想?

雨雪纷飞荒邸上,
亡灵萦绕我心悲。"

写在像阴天一般灰色的纸上。为欲牵引这少年女子的注目,字迹写得特别秀美,教人看了赏心悦目。前斋宫得了信不敢作复,十分狼狈。旁人都督促她,说代笔是不成体统的。便用一张灰色纸,浓重地熏透了香,又把墨色调得浓淡恰好,然后写上一首答诗:

"泪如雨雪身如梦,
饮恨偷生自可悲。"

笔迹虽然拘谨,却稳静而大方。算不得优越之作,倒也高雅可爱。

这位前斋宫昔年初赴伊势修行之时,源氏公子早已留情,认为这如花如玉之人,长年修行岂不可惜！现在她已返京,而且失却了慈母,正可设法向她求爱了。然而此念一萌,照例立刻回心转意,觉得这是对人不起的。他想:“六条妃子临终前担心我与前斋宫今后的关系而谆谆告诫,确是有道理的。世人一定猜量我爱上了这女孩,我倒偏偏相反,要清清白白地照顾她。且待今上年事稍长,略解人事之时,我便送她进后宫去当女御。我膝下子女不多,生涯常感寂寥,就把她当作养女抚育,岂不甚好!”如此决心之后,他便真心诚意地照顾这前斋宫。有机会就亲赴六条宫邸省视。并且常对她说:“恕我老实不客气了:你应该把我当作父母看待,万事毫无顾忌地同我商量,这才符合我的本意。”然而这前斋宫生性异常腼腆,万事退缩不前,因此不敢回答。自己的声音略微被源氏公子听到一点,便认为稀世怪事。众侍女多方劝她作答,总归无效,大家为她这习性十分担心。

前斋宫身边的人,是侍女长、斋宫寮的女官之类的人,或者关系较深的亲王家的女儿等,都是富有教养的人。因此源氏公子想:“她有这优良环境,那么照我心中的打算,将来进入后宫,一定不会比别的妃嫔逊色。但她的容貌如何,我总想看个清楚才好。”然而这恐怕不见得纯粹是清清白白的父母爱子之心吧？源氏公子自己也知道自己的心变化不定,所以送她入后宫当女御的打算,对人秘而不宣。他现在只管用尽心计为六条妃子营奠营斋,因此伺候前斋宫的人对他这种深情厚谊都很赞善。

光阴迅逝,岁月空度,六条宫邸内日渐冷落萧条,众侍女也逐渐散去了。加之这地方是偏近东郊的京极一带,各处山寺的晚钟都可听见。前斋宫住在这里,每闻钟声,时常嘤嘤啜泣。同样是母女关系,而这前斋宫对母亲特别亲热:母亲在世之日,她几乎片刻不离膝下,两人相依为命。斋宫带母亲同行,是史无前例的,但她不顾破例,与母亲同赴伊势。惟有此次母亲独赴冥途,她终于不能追随！因此日夜悲伤,泪眼始终不干。假手侍女而向前斋宫求爱的人,或贵或贱,不计其数。源氏内大臣告诫乳母等人:“你等切不可自作主张,做出有失体统的事情来!”竟是为父母的口吻。乳母等都畏敬源氏内大臣的尊严,互相警戒:不可教内大臣听到不快之事。她们便绝不染指牵丝引线之事。

朱雀院自从斋宫下伊势那天在大极殿举行庄严仪式时看到了她的美貌之后,至今不能忘怀。后来斋宫返京,他曾对六条妃子说:“让她进宫来,和斋院[1]等姐妹们住在一起吧。”但六条妃子不敢答应,她想:“宫中身份高贵的妃嫔甚多,而我这边没有忠诚的保护人,如何去得?”并且她还有顾虑:“朱雀院身体很不好,也是可担心的。设有不讳,岂不教我女儿和我一样守寡么?”因此迟疑不决,因循度日。但现在六条妃子死了,众侍女都替前斋宫担忧:现在更加没有保护人了。正在此时,朱雀院又诚恳地提出他的愿望。源氏内大臣闻此消息,心念违背了朱雀院的愿望而夺取这女子,是对人不起的。而放弃这个绝色美人,又甚可惜。他就去和师姑藤壶皇后商量。

对她言道:“现有朱雀院意欲接纳前斋宫一事,教我难于处理。她母亲为人端庄自重,用心深远。只因我任情妄为,薄倖名传,害得她忧愁苦恼,抱恨长终。思想起来,真乃后悔莫及！在世期间,我终于不曾解除她心头之恨。而弥留之际,犹蒙以女儿之事相托。可知她毕竟信任于我,故肯以心事相告,这真教我不胜感激！即使是萍水之人,设有不幸,我也

〔1〕 此斋院乃朱雀帝之妹,桐壶帝之三公主。

不忍弃置不顾,何况是她呢！故我必须尽忠竭力,使她虽在九泉之下,亦能恕我之罪。因念今上虽已长成,年事毕竟尚幼,若有一年龄稍长而略解事理之女御随身伺候,岂不甚好？此计是否有当,尚请母后尊裁。”藤壶皇后答道:“你这计划甚好。拒绝朱雀院的要求,固然委屈了他,又很对他不起。然而不妨以亡母遗言为由,只当不知道朱雀院之事,径将前斋宫送入宫中。朱雀院现在专心于诵经礼佛,对此等事已不甚执着,即使闻知此事,想亦不致深怪。”源氏内大臣说:“那么,对外就说您母后要她入宫参加女御之列,我只作从旁赞助就是了。我左思右想之后,现在只是把愚见尽情禀告而已。但不知世人对此有何评议,却甚担心呢。”他心中想:“我只作不知,再过几天,先迎接她到二条院去,然后送她入宫吧。”

源氏内大臣回到二条院,便将此事告知紫姬:“我想把前斋宫迎接到这里来,你和她两人共话,倒是很好的一对伴侣。”紫姬很高兴,连忙准备迎接。

且说藤壶皇后的哥哥兵部卿亲王费尽心计教养女儿,巴望她早日入宫。但因源氏内大臣与他有隙,迄未如愿。藤壶皇后设法调解,煞费苦心。权中纳言的女儿现已成为弘徽殿女御,她的祖父太政大臣把她当作女儿一般爱护。冷泉帝也把这女御当作最亲昵的游伴。藤壶皇后想道:“兵部卿亲王的女儿与冷泉帝年龄相仿佛,将来即使入宫,也不过是多了个弄玩偶的游伴而已。能有一个年纪稍长的人来照管宫闱,真乃可喜之事。”她这么想,就把此意告知冷泉帝。源氏内大臣对冷泉帝关怀无微不至:辅相朝廷政治,自不必说,连冷泉帝朝夕起居种种细事,也都用心照顾。藤壶皇后睹此情状,甚是放心。她近来体弱多病,即使入宫,亦难于安心照料皇上。故物色一年纪稍长的女御随侍御侧,确是必不可少之事。

第十五回　蓬　生[1]

源氏公子谪居须磨,茹苦含辛的期间,在京都也有不少女人惦念他,为他忧伤悲叹。其中境况优裕的人,则别无痛苦,专为恋情而愁恨。例如二条院的紫姬,生活富足,不时可以和旅居的公子互通音问。又可替他制备失官后暂用的无纹服装,按时按节派人送去,聊以慰藉相思之苦。然而还有许多人,外人并不知道她们是公子的情侣,公子离京之时她们也只能像陌路人一般旁观,心中却痛苦不堪。

常陆亲王家的小姐末摘花正是其中之一人。自从父王死后,她就成了无依无靠的孤苦之身,生涯甚是凄凉。后来想不到结识了源氏公子,蒙他源源不绝地周济照拂。在尊荣富厚的公子看来,这算不得一回事,只是小小情意。但在贫困的末摘花看来,就好比大空中的繁星映在一只水盆里,只觉光彩甚多,从此可以安乐度日了。不料正在此时,公子忽遭大难,忧生厌世,心绪缭乱,除了情缘特别深厚之人,一概都已忘却。远赴须磨之后,亦复音信全无。末摘花多年受恩之余,暂时之间还可啼啼哭哭地苦度光阴,但年月渐久,生涯便潦倒了。几个老年侍女都悲愤愁叹,相与告道:"可怜啊,真是前世不修今世苦! 年来忽然交运,竟像神佛出现,承蒙大慈大悲源氏公子的照拂,我等正在庆幸她能获如此福报哩。

[1] 本回与前回同一时期,是写源氏二十八岁至二十九岁四月之事。

为官含冤受罪,原是世间常有之事。但我们这位小姐别无依靠,这光景真可悲啊!”在从前孤苦伶仃的年代,虽然寒酸无比,过惯了也便因循度日。但在略尝幸福滋味之后再遭贫困,反而觉得痛苦不堪了。因此侍女等都悲叹。当年多少有所用心而自然而然地围集在她身边的侍女,此时也都逐渐散去。无家可归的侍女中,有的患病而死。日月既久,上下人数竟寥若晨星了。

本已荒芜的宫邸,现在渐渐变成了狐狸的居处。阴森可怕的老树上,朝朝暮暮都有鸱枭的啼声,大家已经听惯。人来人往热闹之时,此等不祥之物大都隐形匿迹。现在则树精等怪异之物得其所哉,都渐渐现形。可惊可怖之事,不胜枚举。因此残留在此的寥寥无几的侍仆,也都觉得不堪久居。

当时有些地方官之类的人,想在京中物色饶有风趣的邸宅,看中了这宫邸内的参天古木,便央人介绍,来问此邸宅肯否出卖。侍女们听到了,都向小姐劝说:“据我们看来,不如就此卖掉,迁居到不似这般可怕的宅子里。长此下去,我们这些留下来伺候您的人也难于忍受了。”末摘花流泪答道:“哎呀,你们这话好忍心呵!出卖祖居,教人听见了岂不笑话?在我生存期间,怎么可做这离根忘本的行径呢?这宅子虽然荒凉可怕,但想起了此乃父母面影长留的旧居,亦可慰我孤苦之情。”她不加考虑,断然拒绝。

邸内器具什物,都是上代用惯了的,古色古香,精致华丽。有几个一知半解的暴发户,垂涎这些器物,特地探听出某物为某名匠所作,某物为某专家所造,托人介绍,希图购取。自然是看不起这贫困人家,故敢肆意侮辱。那些侍女有时就说:“无可奈何了!出卖器物,也是世间常有之事。”想胡乱成就交易,以救燃眉之急。末摘花说:“这些器具是老大人留给我使用的,岂可作为下等人家的饰物?违背先人本意,是罪过的!”她决不让她们卖。

这位小姐异常孤独,即使略微相助的人也没有。只有她的哥哥,是个禅师,难得从醍醐来到京都时,还乘便到这宫邸里来望望她。然而这禅师是个世间少有的守旧派。僧人固然大都是清贫的,但他这位法师穷得全无依靠,竟是一个脱离尘世的仙人。所以他来宫邸访问时,看见庭中杂草滋蔓,蓬蒿丛生[1],亦毫不介意。因此之故,这宫邸里的杂草异常繁茂,埋没了整个庭院。蓬蒿到处乱生,欲与屋檐争高。那些猪秧秧长得极密,封锁了东西两头的门,门户倒很谨严。然而四周围墙处处坍塌,牛马都可取路而入。每逢春夏,牧童竟然驱牲口进来放牧,真是太放肆了!有一年八月里,秋风特别厉害,把走廊都吹倒。仆役所住的板顶旁屋,都被吹得仅存房架。仆役无处容身,都走散了。有时炊烟断绝,炉灶尘生。可悲可怜之事,多不胜数。那些凶暴的盗贼,望见这宅院荒凉沉寂,料想里面都是无用之物,因此过门不入。虽然如同荒山野外,正厅里的陈设布置还是同从前一样,毫无变更。只是无人打扫,到处灰尘堆积。但大致看来,也是一所秩序井然的住屋。末摘花就住在这里独数晨夕。

照此生涯,不妨读读简易的古歌,看看小说故事,以取笑乐,倒可解除寂寞,慰藉孤栖。但末摘花对此等事不感兴趣。再说,闲暇无事之时,不妨和志同道合的朋友通通信,虽非有益之事,但青年女子寄怀春花秋月,亦可陶情养性。然而末摘花恪守父母遗训,对世间戒备森严,虽然略有几个她所认为不妨通信的女友,但对她们也交淡如水。她只是偶尔打

〔1〕 本回题名“蓬生”,根据此意。

开那个古旧的橱子,取出旧藏的《唐守》《藐姑射老妪》、赫映姬的故事[1]等的插图本来,随意翻阅,聊供消遣。要读古歌,也该置备精选的善本,里面刊明歌题及作者姓名的,这才有意味。但末摘花所用的只是用纸屋纸[2]或陆奥纸印的通俗版本,里面刊载的也只是些尽人皆知的陈腐古歌,真是太杀风景了。末摘花每逢百无聊赖之时,也就翻开来念念。当时的人竞尚诵经礼佛,末摘花却怕难为情。因为无人替她置备,她的手不曾接触过念珠。总之,她的生涯全然枯燥无味。

且说末摘花有一个侍女,是她的乳母的女儿,叫做侍从。近几年来,这侍从始终服侍她,不曾离去。侍从在此供职期间,常常到一位斋院那里走动。现在这斋院亡故了,侍从失却了一处依靠,甚是伤心。末摘花的母亲的妹妹,由于家运衰落,嫁给了一个地方官,家里有好几个女儿,珍爱备至,正在找求良好的青年侍女。侍从的母亲曾经和这人家往来,侍从觉得这人家比不相识的人家亲近些,便也常去走动。末摘花则因性情孤僻,一向疏远这姨母,与她不相往来。姨母便对侍从说些气话:“我姐姐为了我只是个地方官太太,看我不起,说是丢了她的脸。现在她的女儿境况穷困,我也无心照顾她。”话虽如此说,也常常来信慰问。

本来出身低微的寻常人,往往刻意模仿身份高贵的人而自尊自大。末摘花的姨母呢,虽然出身于高贵世家,恐怕前生注定沦落为地方官太太,故其性情有些卑鄙。她想:“姐姐为我身份低微而侮辱我,现在她自

---

〔1〕《唐守》与《藐姑射老妪》皆古代小说,今已不传。赫映姬是《竹取物语》中的女主角的名字。《竹取物语》是日本最古的故事小说,作于平安朝初期(九世纪)。作者不详。大意:竹取老翁劈竹,发现竹筒中有一三寸长美女,不久长大,取名赫映姬。阿部御主人、车持皇子等五人向她求婚,她都出难题拒绝。皇帝要娶她,她亦不允。终于八月十五之夜升入月宫。

〔2〕纸屋纸是京都北郊纸屋川畔一个官办的造纸厂所产的纸。

已家里弄得这么困窘,也是报应。我要趁此机会叫她的女儿来替我的女儿当侍女呢。这妮子性情虽然古板,倒是个很可靠的管家。”便命人传语:“请你常到我家来玩玩,这里的姑娘要听你弹琴呢。”又时常催促侍从,要她陪小姐来。末摘花呢,倒并非有意骄人,只是异常怕羞,终于不曾前去亲近姨母。姨母便怨恨她。

在这期间,姨父升任了太宰大弍。夫妻两人安顿了女儿的婚嫁事宜之后,便欲赴筑紫的太宰府就任。他们还是巴望邀末摘花同去。叫人对她说:“我等即将离京远行了。你独处寂寥,我等甚是挂念。年来我们虽未经常往来,只因近在咫尺,也就放心。但今后远赴他乡,实在怜惜你,放心不下,所以……”措辞十分巧妙,但末摘花如同不闻。姨母生气了,骂道:“哼,真可恶,架子好大啊!任凭你多么骄傲,住在这蓬蒿丛中的人,源氏大将也不会看重的吧!”

正在此际,源氏大将得赦,驾返京都了。普天之下,欢呼之声载道。不论男女,都争先恐后地要向大将表明自己的心迹。大将观察了这高高下下许多男女的用心,但觉人情厚薄不同,不禁感慨无量。由于事绪纷忙,他竟不曾想起末摘花来,不觉过了许多日月。末摘花想道:“现在还有什么指望呢?两三年来,我一直为公子的飞来横祸而悲伤,日夜祷祝他像枯木逢春一般地再兴。他返都之后,瓦砾一般的下贱之人都欣欣向荣,共庆公子升官晋爵,而我只得风闻而已。他当年获罪流放,忧伤离京,我只当作‘恐是我身命独乖’[1]之故呢。唉,天道无知啊!”她怨天尤人,心碎肠断,只管偷偷地哭泣。

她的姨母大弍夫人闻知此事,想道:“果然不出我之所料!那样孤苦

---

〔1〕 古歌:“莫非人世古来苦,恐是我身命独乖?”见《古今和歌集》。

命穷而不体面的人,有谁肯来爱她?佛菩萨也要挑罪孽较轻的人才肯接引呢。境况如此穷困,而神气如此十足,竟同父母在世之时一样骄傲,真可怜啊!"她更加觉得末摘花太傻了,教人对她说道:"还是打定主意跟我走吧!须知身受'世间苦'的人,'窜入深山'[1]都不辞劳呢。你以为乡间生活不舒服么?我管教你不吃苦头。"话说得很好听。几个侍女都已垂头丧气,私下愤愤不平地议论:"听了姨母的话多么好呢!此生不会交运了。她这么顽固,不知道是什么意思。"

此时那个侍从已经嫁了大弐的一个亲戚,大约是外甥。丈夫是要赴筑紫的,当然不肯让她留在京都。她虽非心愿,也只得随丈夫离京。她对末摘花说:"教我抛开小姐,多么伤心呵!"想劝小姐同行。但末摘花还是把希望寄托在离绝已久的源氏公子身上。她心中一直这样想:"今虽如此,但再过几时,他总有一天会想起我来的吧?他对我曾有真心诚意的誓约,只因我身命运不济,以致一时被他遗忘。将来设有好风吹送消息,他闻知了我的窘况,一定会来访我。"她住宅中一切情况,比从前更加荒凉,简直不成样子了。但她竭力忍受,所有器物,一草一木也不变卖。其坚贞不拔之志,始终如一。然而终日啼啼哭哭,悲伤愁叹,弄得容颜憔悴,好比山中的樵夫脸上粘住了一粒红果实,其侧影之古怪,即使普通人看了也觉难当。呀,不该再详说了!对不起这位小姐,笔者的口过也太重了。不久秋尽冬来,生活更加无依无靠了。末摘花只在悲叹中茫然度日。

此时源氏公子的宫邸内,正在为追荐桐壶院而举办法华八讲,规模之盛大,轰动一时。选聘法师时,普通的僧人都不要,专选学识丰富、道

---

[1] 古歌:"欲窜入深山,脱却世间苦。只因恋斯人,此行受挠阻。"见《古今和歌集》。

行高深的圣僧。末摘花的哥哥禅师也参与其间。功德圆满之后,禅师将回山时,乘便到常陆宫邸来访问妹妹,对她言道:"为追荐桐壶院,我来参与源氏权大纳言的法华八讲。这法会好盛大啊!那庄严妙相,几疑此乃现世的极乐净土。音乐舞蹈等等,无不尽善尽美。源氏公子正是佛菩萨化身!在这五浊[1]根深的娑婆世界中,怎么会生出如此端庄美妙的人物来呢?"略谈片刻,立即辞去。原来这两人不像世间普通兄妹,他们相见时无话可说,连拉拉杂杂的闲话也不谈。

末摘花听了哥哥的话,想道:"抛弃了如此困穷的苦命人而置之不理,是个无情的佛菩萨吧!"她觉得可恨,渐渐感到灰心,眼见得情缘已经断绝了。正在此时,太宰大弍的夫人忽然来访。

这夫人平素并不同她亲睦,此次因欲劝诱她同赴筑紫,置备了几件衣服来送给她。此时乘坐一辆华丽的牛车,满面春风,无忧无虑,突如其来地上门了。她叫开门,一看,四周荒芜零落,无限凄凉。左右两扇门都已坍损,夫人的车夫帮着那阍人,乱了一阵,好容易打开。这住屋虽然荒凉,想来总有人足踏开的三径[2]。但这里乱草丛生,很难寻找路径。好容易找到一所向南开窗的屋子,便把车子靠到廊前。末摘花闻讯,心念这等行为太不礼貌了。只得把煤烟熏得污秽不堪的帷屏张起来,自己坐在帷屏后面,叫侍从出去应对。

侍从近来容貌也衰减了。由于长年辛苦,身体甚是消瘦,然而风韵还很清雅。说句不客气的话:小姐应该和她交换个相貌才好。姨母对末摘花开言道:"我们马上就要动身了。你孤苦伶仃地独居在此,教我难于

---

〔1〕 五浊是佛教用语,指劫浊、见浊、命浊、烦恼浊、众生浊。

〔2〕 陶渊明《归去来辞》中说:"三径就荒,松菊犹存。"三径指通门、通井、通厕的径。

抛舍。今天我是来迎接侍从的。你讨厌我,不亲近我,片刻也不肯到我家来。但这个人请你允许我带去。不过你在这里,这凄凉的日子怎么过呢?"说到这里,似乎应该滴下几点眼泪了。然而她正在预想此去前途的光荣,心中甚是欢欣,哪里挤得出眼泪呢?她又说:"你家常陆亲王在世之时,嫌我丢了你们的脸,不要我上门,因此我们就疏远起来。但我一向绝不介意。后来呢,因为你身份高贵,骄傲自满,宿命又好,结识了源氏大将。我这身份低贱的人就有所顾忌,不敢前来亲近,直到今朝。然而人世之事,原无一定。我这微不足道的人,现在反而安乐。而你这高不可攀的贵府,如今只落得悲惨荒凉,至于此极。一向因为近在咫尺,虽然不常往来,亦可放心。现在即将远赴他乡,将你抛弃在此,心中甚是挂念呢!"

她说了一大套话,但末摘花并没有真心的答辞,只是勉强应对道:"承蒙关念,无任欣幸。妾身藐不足齿,岂能随驾远行?今后惟有与草木同朽耳。"姨母又说:"你这样想,确也难怪。但把一个活活的身体埋没在此,苦度岁月,恐是世人所不为的吧。倘得源氏大将替你修理装潢,保管你这邸宅变成琼楼玉宇。可是现在他除兵部卿亲王的女儿紫姬之外,别无分心相爱的人了。从前由于生性风流,为求一时慰藉而私通的那些女人,现在都绝交了。何况像你那样褴褛龌龊地住在这荒草丛中的人,要他顾念你坚贞不拔地为他守节而惠然来访,恐是难乎其难之事了。"末摘花听了这话,觉得确有道理,悲上心来,便嘤嘤地哭个不住。然而她的心绝不动摇。姨母千言万语,终于劝她不服,只得说道:"那么侍从总得让我带去。"看看日色已暮,急欲告辞动身。侍从周章狼狈,啼啼哭哭,悄悄地向小姐言道:"夫人今天如此诚恳,我就且去送个行吧。夫人之言,当然有理;小姐踌躇不决,亦非无因。倒教我这中间人心烦意乱了!"

末摘花想起连侍从都要离开她,心中甚是懊恼,又觉十分可惜。然而无法挽留,惟有扬声号哭。想送她一件衣裳作纪念物,然而衣裳都是污旧的,拿不出去。总想送她一点东西,以报长年服务之劳,然而无物可送。她头上掉下来的头发,一直攒在一起,理成一束发绺,长达九尺以上,非常美观。就把它装在一只精致的盒子里,送给侍从作为纪念物。此外又添加一瓶薰衣香,是家中旧藏之物,香气非常浓烈。还有临别赠言:

“发绺常随青鬓在,
谁知今日也离身![1]

你妈妈曾有遗言,要你照顾我。我虽如此困顿,总以为你会一直跟着我的。你今舍我而去,也是理之当然。但是你去之后,谁能代你伴我?教我安得不伤心!”说到这里,哭得更悲戚了。侍从也已泣不成声,勉强答道:“就别提妈妈的遗嘱了。多年以来,我与小姐共尝千辛万苦,相依为命。如今蓦地要我上道,流浪远方,真教我……”又答诗道:

“发绺虽离终不绝,
每逢关塞誓神明。

但教一息尚存,决不相忘。”此时那大贰夫人已在埋怨了:“你在哪儿呀?天快黑了呢!”侍从心绪烦乱,只得匆匆上车,只管回头凝望。多年来,即

---

〔1〕 用发绺比侍从。

使在忧患之时,侍从亦不离开小姐一步。如今匆匆别去,小姐不免感到孤寂。侍从走后,连几个不中用了的老侍女也发起牢骚来:“对啊,早该走了。年纪轻轻的,怎么可以长留在此呢?我们这些老太婆也忍受不下去了!”便各自考虑亲眷朋友,准备另找去处。末摘花只得闷闷地听着。

到了十一月,连日雨雪纷飞。别人家的积雪有时消融,但这里蓬蒿及猪秧秧等长得又高又密,遮住了朝夕的阳光,因此积雪不消,仿佛越国的白山[1]。进进出出的仆役也没有,末摘花只得凝望着雪景,枯坐沉思。侍从在日,还能说东说西,以资慰乐;或泣或笑,给她解闷。如今连这个人也去了。一到晚上,她只有钻进灰尘堆积的寝台里,备尝孤眠滋味,独自悲伤而已。

此时二条院内,源氏公子由于好不容易重返京都,格外疼爱可怜的紫姬,这里那里的正忙个不停。因此凡是他所不甚重视的人,都不曾特地去访。末摘花自不必说了。公子有时记起她,也只推想此人大约无恙而已,并不急于前去访问。转瞬之间,这一年又告终了。

翌年四月间,源氏公子想起了花散里,便向紫姬招呼了一声,悄悄地前去访问。连日天雨,至今犹有余滴。但天色渐霁,云间露出月亮来。源氏公子想起了昔日微行时的光景,便在这清艳的月夜一路上追思种种往事。忽然经过一所邸宅,已经荒芜得不成样子,庭中树木丛茂,竟像一座森林。一株高大的松树上挂着藤花,映着月光,随风飘过一阵幽香,引人怀念。这香气与橘花又不相同,另有一种情趣。公子从车窗中探头一望,但见那些杨柳挂着长条,坍塌的垣墙遮挡它不住,让它自由自在地披在上面。他觉得这些树木似乎是曾经见过的,原来这便是末摘花的宫

---

〔1〕 越国(北陆道的古称)的白山,以积雪著名。

邸。源氏公子深觉可怜,便命停车。每次微行,总少不了惟光。此次这个人也在身边。公子便问他:“这是已故常陆亲王的宫邸么?”惟光答道:“正是。”公子说:“他家那个人,想必依旧寂寞无聊地住在里面吧?我想去探访一下。特地前来,也太费事。今日乘便,你替我进去通报一下吧。要问清楚了,然后说出我的名字来!倘使弄错了人家,太冒失了。”

且说住在这里面的末摘花,只因近来连日阴雨,心情越发不佳,镇日垂头丧气地枯坐着。今天昼寝时做一个梦,看见已故的父亲常陆亲王,醒后更加悲伤了。便命老侍女将漏湿的檐前揩拭干净,整理一下各处的坐具,暂时打叠平日的忧思,像常人一样悠然地在檐前坐憩一会,独自吟诗道:

“亡人时入梦,红泪浸衣罗。
漏滴荒檐下,青衫湿更多。”

这模样真太可怜!正在此时,惟光走进来了。他东回西绕,找寻有人声的地方,然而不见一个人影。他想:“我往日路过,向里面张望,总不见有人。现在进来一看,果然是无人住的。”正想回去,忽然月光明亮起来,照见一所屋子,两架的格子窗都开着,那帘子正在荡动。找了许久突然发现有人,心中反而觉得有些恐怖。但他还是走过去,扬声叫问。但闻里面的人用非常衰老的声音,先咳嗽几声,然后问道:“谁来了?是哪一位?”惟光说了自己的姓名,告道:“找一位名叫侍从的姐姐,我想拜见一下。”里面答道:“她已经往别处去了。但有一个与她不分彼此的人[1]

〔1〕 指此老侍女——侍从的叔母。

呢。”说这话的人分明年纪已经很老,但这声音却是以前听到过的。

里面的人突然看见一个穿便服的男子肃静无声、一派斯文地出现在眼前,只因一向不曾见惯,竟疑心他是狐狸化身。但见这男人走过来,开口言道:“我是来探听你家小姐情况的。如果小姐不变初心,则我家公子至今也还有心来看她。今宵亦不忍空过,车驾停在门前。应该如何禀复,务请明以告我。我非狐鬼,不须恐惧!”侍女们都笑起来。那老侍女答道:“我家小姐如果变心,早已乔迁别处,不会住在这荒草丛中了。请你推察实情,善为禀复。我们活了一把年纪的人,从来不曾见过如此可怜的生涯!”便不问自语,将种种困苦情状一五一十地告诉惟光。惟光觉得厌烦,说道:“好了好了。我立刻将此情况禀告公子就是了。”说着,便走出去向公子回话。

源氏公子见惟光出来,怪道:“你为何去得如此长久?那个人到底怎么样?荒草长得这么繁茂,从前的迹象全然看不出了!”惟光告道:只因如此如此,好容易找到了人。又说:“说话的老侍女,是侍从的叔母,叫做少将。她的声音我从前听到过,是熟悉的。”便把末摘花的近况一一禀告。源氏公子听了,想道:“真可怜呵!在这荒草丛中度日子,多么悲惨!为什么我不早点来访问呢?”他埋怨自己无情,说道:“那么怎么办呢?我这样微行出门,是不容易的。今晚若非乘便,还不会来呢。小姐矢志不变,便可推想她的性情多么坚贞。”然而立刻进去,又觉得唐突,总得先派人送一首诗进去才像样子。又念如果她同以前相见时一样默不作声,要使者久久等候她的答诗,对不起使者。便决定不先送诗,立即进去。

惟光拦阻道:“里面满地荒草,草上露水极多,插不进足。必须把露水扫除一下,才好进去。”公子自言自语地吟着:

"不辞涉足蓬蒿路,
来访坚贞不拔人。"

跨下车来。惟光用马鞭拂除草上的露水,走在前面引路。但树木上水点纷纷落下,像秋天的霖雨一般,随从者便替公子撑伞。惟光说:"真如'东歌'所谓'敬告贵人请加笠,树下水点比雨密'[1]了。"源氏公子的裙裾全被露水湿透。那中门从前早就坍损得不成样子,现在竟已形迹全无。走进里面一看,更是大杀风景。此时源氏公子的狼狈相,幸而没有外人看见,还可放心。

末摘花痴心妄想地等候源氏公子,果然等着了,自然不胜欣喜。然而打扮得如此寒伧,怎么见得人来?日前大弍夫人送她的衣服,她因为厌恶这个人,看也不曾看过,侍女们便拿去收藏在一只薰香的衣柜里。她们现在把这衣服拿出来,香气非常馥郁,便劝小姐快穿。末摘花心里讨厌,然而无可奈何,只得换上了。然后把那煤烟熏黑的帷屏移过来,坐在帷屏后面接待公子。

源氏公子走进室内,对她言道:"别来已隔多年,我心始终不变,常常思念于你。但你不来睬我,教我心中怨恨。为欲试探你心,一直挨到今天。你家门前的树木虽非杉树[2],但我望见了不能过门不入。拗你不过,我认输了。"他把帷屏上的垂布略微拉开些,向内张望,但见末摘花照旧斯文地坐着,并不立刻答话。但她想起公子不惮冒霜犯露,亲来荒邸访问,觉得这盛情深可感激,便振作起来,回答了寥寥数语。源氏公子

〔1〕 此古歌见《古今和歌集》。东歌是东国的风俗歌之意。
〔2〕 古歌:"妾在三轮山下住,茅庵一室常独处。君若恋我请光临,记取门前有杉树。"

说:“你躲在这荒草丛中,度送了长年的辛酸生涯,我很能体谅你这点苦心。我自己一向不变初心,因此不问你心是否变易,贸然冒霜犯露而来,不知你对我作何感想?这几年来,我对世人一概疏远,想你定能原谅。今后倘有辜负你心之处,我应负背誓之罪。”说的这些情深意密的话,怕也有点言过其实吧。至于泊宿,则因邸内一切简陋,实不堪留,只得巧设借口,起身告辞。

庭院中的松树,虽非源氏公子手植[1],但见其已比昔年高大得多,不免痛感年月之流逝,慨叹此身沉浮若梦。便口占诗句,对末摘花吟道:

“藤花密密留人住,
松树青青待我来。”[2]

吟罢又说:“屈指数来,一别至今,已积年累月。京中变迁甚多,处处令人感慨。今后稍得闲暇,当将年来颠沛流离之状,向你详细诉说。你在此间,这几年来春花秋月,如何等闲度送,想除我之外亦无人可告。我妄自作此猜想,但恐未必有当吧。”末摘花便答诗道:

“经年盼待无音信,
只为看花乘便来?”

源氏公子细看她吟诗时的态度神情,闻到随风飘来的衣香,觉得此人比

---

〔1〕 古歌:“莫怪种松人渐老,手植之松已合抱。”见《后撰集》。

〔2〕 日语“松”与“待”同音,皆读作 matsu。故此句双关。

从前老练得多了。

凉月即将西沉。西面边门外的过廊早已坍塌,屋檐亦不留剩,毫无遮蔽,月光明晃晃地射入,把室内照得洞然若昼。但见其中一切布置陈设,与昔年毫无变异,比较起蓬蒿丛生的外貌来,另有一种优雅之趣。源氏公子想起古代故事中,有用帷屏上的垂布做成衣服的贫女〔1〕。末摘花大约曾与这贫女同样地度过多年的痛苦生涯,实甚可悯。此人向来一味谦让退逊,毕竟是品质高尚之故,亦属优雅可喜。源氏公子一直未能忘情于她。只因年来忧患频仍,以致心绪昏乱,与她音问隔绝,谅她必然怨恨自己,便十分可怜她。源氏公子又去访了花散里,她也并无显然迎合时世的娇艳模样,两相比较,并无多少差异,因而末摘花的短处便隐晦得多了。

到了贺茂祭及斋院祓禊的时节,朝中上下人等,皆借此名义,馈赠源氏公子种种礼品,为数甚多。公子便将此种物品分送一切心目中人。就中对末摘花格外体贴入微,叮咛嘱咐几个心腹人员,派遣仆役前往割除庭中杂草。四周太不雅观,又命筑一道板垣,将宅子围起来。但恐外间谣传,说源氏公子如此这般地找到了一个女人,倒是有伤体面之事。因此自己不去访问,只是送去的信,写得非常详细周至。信中有言:"正在二条院附近修筑房屋,将来接你来此居住。先物色几个优秀女童供你使唤。"竟连侍女之事也都操心关怀。因此住在那荒草丛中的人,喜不自胜,众侍女都仰望长空,向二条院方面合掌礼拜。

大家都以为:源氏公子对世间寻常女子,即使一时逢场作戏,亦不屑一顾,不肯一问;必须是在世间略有好评而确有惹人心目之处的人,他才

---

〔1〕 此句诸本不一,今据河内本,指《桂中纳言物语》中所述名叫小大辅的贫女。

肯追求。但如今恰恰相反,把一个毫不足取的末摘花看做了不起的人物,究竟出于何心?想必是前世的宿缘了。常陆宫邸内上下诸人中,以前有不少人以为小姐永无翻身之日,因此看她不起,各自纷纷散去。现在又争先恐后地回来了。这位小姐谦虚恭谨,是个好主人,替她当侍女真好安乐。后来她们转到庸庸碌碌的暴发的地方官家里当侍女,便觉处处都看不惯,事事都不称心,虽然显得有些趋炎附势,也都回来了。源氏公子的权势比从前更加隆盛,待人接物也比从前更加亲切了。末摘花家,万事都由公子亲自仔细调度,那宫邸就骤见光彩,邸内人手也渐渐众多了。庭院中本来树木芜杂,蔓草丛生,荒凉满目,阴森可怕;现在池塘都打捞清楚,树木都修剪齐整,气象焕然一新。那些不得源氏公子重用的下仆,都希图露露脸。他们看见主人如此宠爱末摘花,都来讨好她,伺候她。

此后末摘花在这旧邸里住了两年,然后迁居二条院的东院。源氏公子虽然极少与她聚谈,但因近在咫尺,故出入之便,亦常探望一下,待她并不简慢。她的姨母大弍夫人返京,闻知此事,大为吃惊。侍从庆幸小姐得宠,又悔不当时耐性等待,自愧眼光短浅可耻。——凡此种种,笔者本当不问自告,但因今日头痛,心绪烦恼,懒于执笔。且待将来另有机会,再行追忆详情,奉告列位看官。

第十六回　关　屋[1]

前文所述的伊豫介,在桐壶帝驾崩后之次年,改官常陆介,赴常陆国就任。他的夫人,即咏“帚木”之诗的空蝉,随夫前往任地。这空蝉住在常陆,遥闻源氏公子流放须磨,心中也不免偷偷地惋惜。欲寄相思,苦无方便。从筑波山到京都,并非没有便人,但总觉得不当稳便。因此多年以来,一点消息也不通。源氏公子谪居须磨,原无定期。后来忽然获赦,仍返京都。次年秋,常陆介也任满返京了。他率领眷属在逢坂入关那一天,正值源氏公子赴石山寺还愿。他的儿子纪伊守等从京中到关上来迎接他,将此消息报告了他。常陆守闻讯,心念在路上相逢,未免嘈杂混乱,因此在天色未晓之前就赶早动身。然而女眷所乘车子太多,迤逦前行,不觉已日高三丈了。

行至打出[2]海边,传闻源氏公子一行已经越过粟田山。这里还来不及避让,公子的前驱者已经蜂拥而至了。于是常陆守一行人等只得在关山地方下车,把车子驱进各处的杉木林中,卸了牛,支起车辕,人都躲在杉木底下,仰望源氏公子一行经过。伊豫介一行人的车子,有的还在后面,有的已经先行。然而眷属为数甚多,这里也还有十辆车子,各色各

[1] 本回写源氏二十九岁秋天之事。

[2] 打出是地名,即今大津附近、琵琶湖沿岸。

样的女衫襟袖，露出在车帘底下，一望而知乘在车里的不是乡下女子。源氏公子看了，觉得这很像斋宫下伊势时出来看热闹的游览车。源氏公子重新获得了世所罕有的尊荣富贵，因此前驱之人多不胜数。他们都注目这十辆女车。

这一天正是九月底，红叶满林，浓淡相间，秋草经霜，斑驳多彩，好一片清秋美景啊！源氏公子一行人员从关口[1]上出来，随从穿着各种各样的旅行服装，式样与花纹各尽其美。这群人物出现在这片秋景中，分外美观。源氏公子车上挂着帘子，他从常陆介一行人员中召唤昔年的小君——现已身任右卫门佐——前来，叫他向其姐空蝉传言："我今特来关口相迎，此心能蒙谅解否？"公子回思往事，感慨无穷。但此时人目众多，不便详说，心甚怏怏。空蝉也不忘那件隐秘的往事，暗想前情，独自悲伤。她在心中吟道：

"去日泪如雨，来时泪若川。
行人见此泪，错认是清泉。"

但此情无由教公子得知，独吟也是枉然。

源氏公子在石山寺礼拜完毕，即将离寺之时，右卫门佐又从京中来寺迎接，并且向公子谢罪，说那天不曾随公子赴石山寺，甚是抱歉。这小君在童子年代，曾经深蒙公子怜爱，官居五位，备受恩宠。但当公子突遭横祸，流放须磨之时，他因忌惮当时权势，不敢随公子赴须磨，却跟姐夫到了常陆。因此近几年来，公子对他略感不快，但亦不形于色。虽然不

---

〔1〕 原文是"关屋"，本回用作题名。关口有屋，犹如城楼，供守关人居住。

及往年那样亲信,但也将他归入心腹人之列。常陆介的儿子纪伊守,现已调任,但仍只是个河内守。其弟右近将监,当时曾被削去官职,随公子流放须磨,现在便走了红运。小君和纪伊守等人看了,都很眼热,痛悔当时不该产生趋炎附势之心。

源氏公子召右卫门佐前来,叫他送信与空蝉。右卫门佐想道:"事隔多年,我以为他早已忘记了。真好长心啊!"公子寄空蝉的信上写道:"前日关口相逢,足证宿缘非浅。不知你亦有此感否?只是

地名逢坂虽堪喜,
不得相逢也枉然。

你家那个守关人[1],真教我又羡又妒呢!"又对右卫门佐说:"我和她隔绝多年,现在好像是初初相识。但因时刻不忘,我惯把昔日的旧情看做今日的新欢。说到风情,只怕她又将生气了?"说罢将信交付。右卫门佐深感荣幸,连忙将去送与姐姐,又对她说:"你还是应该写回信的。我原以为公子对你总该疏远了些,但他的心全同昔年一样亲切,盛情真可感谢。充当这等送信的使者,也自觉无聊乏味,多此一举。但感于公子的亲切,难以断然拒绝。何况你是女人,情动于中而屈节作复,此罪亦可原宥。"空蝉现在比前更加怕羞了,总觉得难以为情。但念公子赐信,实甚难得。想是不胜感动之极,终于援笔作复:

"关名逢坂知何用?

〔1〕 戏指其夫常陆守。

人叹生离永不逢!

往事犹如一梦。"源氏公子觉得空蝉之可爱与可恨,都有不能忘怀之处,因此以后时常去信试她的心。

却说那常陆介想是身体衰老之故,此时正疾病缠绵。自知性命垂危,挂念这年轻的妻子,时常向几个儿子谆谆嘱咐:"我死之后,万事由她自己做主。你等必须处处照顾她,同我生前一样。"朝朝夜夜反复说这几句话。空蝉想起自身本已命苦,今若丧夫,此后孤苦伶仃,生涯何等凄凉!因此日夜愁叹。常陆介看了十分伤心。但人生寿命有限,留恋亦是徒然。他担心身后之事,常作可悲的妄想:"我的儿子心地究竟如何,不得而知。为了照顾此人,我总得设法把灵魂留在这世间才好。"他心中如此想,口上也说了出来。然而大限到时,无法挽留,终于一命呜呼了。

初死期间,儿子等因父亲遗命言犹在耳,事继母必恭必敬。但也只是表面之事,实际上使空蝉伤心之处甚多。她明知人情冷暖,乃世间必然之事。因此并不怨天尤人,只管悲叹自身命苦。诸子之中,惟有那河内守,只因自昔恋慕于她,待她较别人稍亲切些。他对这继母说:"父亲谆切叮嘱,我岂敢违背遗命?我虽微不足数,尚请随时使唤,勿存疏远之心。"形似亲近孝顺,实则存心不良。空蝉想道:"我因前世作孽,今世做了寡妇。长此下去,结果那儿子恐将对我说出世间罕有的讨厌话来。"她悄悄地自伤薄命,便不告诉人,削发做了尼姑。她的随身侍女,都悲叹这不可挽回之事。河内守闻讯,恨恨地说:"她嫌恶我,故尔出家。来日方长,看她如何过得。此种贤良,毋乃太乏味了!"

第十七回　赛　画[1]

六条妃子的女儿前斋宫入宫之事,藤壶母后甚为关心,常常催促,盼望早日成就。源氏内大臣呢,为了前斋宫没有体贴入微的保护人,不免替她担心。以前本想迎接她到二条院,但恐朱雀院见怪,就打消了这念头。他表面上装作不知,实际上安排入宫一切事宜,像父母一样操心。

朱雀院闻前斋宫将入宫为冷泉帝女御,心中十分惋惜。但深恐外人说长道短,绝不和她通信。只是到了入宫那一天,遣使致送许多名贵礼品到六条宫邸中去。其中有华丽无比的衣服,有世间难得的梳具箱、假发箱、香壶箱,还有种种名香,就中熏衣香尤为希罕,乃精工调制之珍品,百步之外亦能闻得香气。大约预料源氏内大臣会看到这些礼品,所以早就用心准备,故意装潢得特别触目。正好源氏内大臣来了,侍女长就将此事奉告,并请观看礼品。源氏内大臣一看梳具箱的箱盖,便觉精美绝伦,可知是名贵物品。在一个装栉[2]的小盒的盒盖上装饰着沉香木做的花朵,但见那上面题着一首诗:

“昔年加栉送君时,曾祝君行‘勿再回’。

〔1〕 本回写源氏三十一岁春天之事。

〔2〕 原文为“插栉”,插在头上作装饰品用的一种梳子。

岂是神明闻此语，故教聚首永无期？”

源氏内大臣看了这首诗，深为感动，觉得这件事实在太对不起朱雀院了。他回想自己在情场上固执的性情，越发觉得深可怜悯。心想：“朱雀院自从斋宫下伊势之日起，即寄与相思。好容易挨过多年，盼到斋宫归京，方谓得遂初志，岂料又遭此变，其伤心盖可想见。何况他现已让位，闲居静处，未免妒羡世事。若教我身处其境，定然心情郁勃。”如此想来，便觉对他十分抱歉。深悔自己何必多此一举，害得别人悲伤懊恼。他对朱雀院，虽然以前一度觉得可恨，但另一方面又觉得可亲。因此心绪纷乱，一时茫然若失。

后来他教侍女长传话给前斋宫说：“那么这首诗如何回答呢？大概还有信吧，写的是什么？”前斋宫认为有所不便，没有把信给他看。她心中懊恼，很不高兴作复。众侍女劝道：“若不作复，太不知情，而且对不起朱雀爷。”源氏内大臣听见了，也说：“不作复的确不好。略微表示一点，也就算了。”前斋宫觉得很难为情。她回想昔年下伊势时情状，记得朱雀院容貌十分清秀，为了惜别而伤心饮泣。那时她年纪还小，童心中无端地觉得恋恋不舍。往事如在目前，深为感慨，不禁回想起亡母六条妃子在世时种种情状来。她只答复了一首短诗：

“当年告别亲聆旨，
今日回思特地悲。”

犒赏了来使种种物品。

源氏内大臣极想看看这复信，但觉未便启口。他想：“朱雀院容貌姣好,宛若处女;前斋宫也妩媚多姿,与他不相上下。真乃一对天生佳偶。冷泉帝年纪太小了[1]。我这样乱点鸳鸯谱,生怕她心中怨恨呢。”他体察到细微之处,不觉胸中异常懊丧。但时至今日,事已无可挽回,只得教人筹备入宫之事,务使齐全周到。他吩咐素来信任的那个修理大夫兼宰相,叫他照料一切,不得有误。自己就先进宫去了。深恐朱雀院见怪,他自然不露出代替前斋宫父母照拂一切的样子,只表示请安的态度。

六条宫邸内本来有许多优秀的侍女。六条妃子死后,有几个暂回娘家去,现在又都聚集在一起了。邸内景象繁荣无比。源氏内大臣设想六条妃子如果在世,就会觉得抚养这女儿成人,心血毕竟没有白费,必定兴高采烈地料理一切。他回想六条妃子的性情,觉得她在这广大世间,实在是不易多得的人。普通人决不可能有这样的品质。就风雅方面而论,此人也特别优越,所以每逢机缘,必然想起她来。

藤壶母后也进宫来了。前斋宫入宫之夜,冷泉帝听说有个新女御要来了,颇感兴味,提起了精神等候着。就年龄而论,冷泉帝是个非常懂事而老成的人。不过藤壶母后还是告诫他道:“有一个优秀的女御来陪伴你了,你要好好地对待她啊!”冷泉帝想:“和大人做伴,也许是很难为情的吧?”到了十分夜深的时候,新女御才进宫来。冷泉帝一看,这个人生得身材小巧,容貌温雅,举止端详,实在非常可爱,他和弘徽殿女御[2]已经伴熟,认为这个人可亲可爱,无须顾忌。现在这个新女御呢,态度庄重,令人起敬。加之源氏内大臣对她十分重视,照顾优厚,因此冷泉帝觉得对她不可怠慢。晚上侍寝,由两女御轮流值班。白昼欲随意不拘地玩

〔1〕 此时冷泉帝十三岁,前斋宫二十二岁。

〔2〕 权中纳言(即以前的头中将)的女儿。

耍,则大都往弘徽殿女御那里去。权中纳言遣女儿入宫,原是希望她将来立为皇后的。现在又来了这前斋宫,和他女儿相竞争,他心中便觉多方不安。

且说朱雀院看了前斋宫对栉盒盖上的诗的答诗之后,对她的恋慕之情始终不离心怀。此时源氏内大臣前来参见了,与他闲话种种往事,顺便谈到了昔年斋宫下伊势时的情况。他们以前亦常谈起此事,今日重又提及。但朱雀院并不明显表示自己曾经有心欲得此人。源氏内大臣也装作不知道他曾有此心,只是想试探他对此女的恋情深浅如何,从各方面讲了前斋宫的一些事。看他的神情,相思之心不浅,便对他深感同情。他想:“朱雀院如此念念不忘,想见此人一定生得异常美丽,但不知究竟如何。”他很想见她一面,然而这是办不到的[1],因此心中焦灼。原来这前斋宫生性异常稳重。假如她略有轻佻举动,自然总有机会给人窥见颜面。无如她年纪越是长大,性情越是端庄。所以源氏内大臣只能在隔着帘帷相见之时想象她是个温恭贤良的淑女而已。

冷泉帝身边有两个女御紧紧地夹侍左右,那兵部卿亲王便不能顺利地将女儿送进宫来。他相信皇上长大起来,虽然有了这两个女御,也不会抛弃他的女儿的,便静静地等候着。那两个女御便各尽所能,以争取宠幸。

冷泉帝在一切艺事中,最感兴味的是绘画。想是由于爱好之故,自己也画得一手好画。梅壶女御[2]最擅长于绘事,因此帝心向往于她,常常到她院中去,与她一同作画。殿上的青年人中,凡是学画的,皇上必然

---

〔1〕 当时习惯:普通男女相会,必隔帷屏,不易见面。

〔2〕 前斋宫住在梅壶院,故称梅壶女御。

另眼看待,何况这个美人。她作画时神情雅致,不拘主题,随意挥洒。有时斜倚案几,搁笔凝思,姿态十分美妙,皇上看了深觉可爱,便更加常来梅壶院,比前越发宠幸她了。权中纳言生性是个逞强好胜的人,闻得了这消息,大为不平,定要自己女儿不让他人。便召集许多优秀的画家,郑重嘱咐。并选取各种美妙无比的画材,特备最上等的纸张,叫他们分头作画。他认为故事画最富趣味,最宜欣赏,便尽量选取美妙动人的题材来叫他们画。此外描写一年内每月的节日、活动和景物的画,也加上特别新颖的题词。他把这些画给皇上看了。

这些画都特别富有意趣,因此皇上又到弘徽殿来看画了。但权中纳言不肯轻易拿出去给他看。他舍不得让皇上拿去给梅壶女御看,因此藏得很好。源氏内大臣闻知此事,笑道:“权中纳言的孩子脾气还是不改呢!”又向冷泉帝奏道:“他只管把画藏好,不肯爽爽快快地呈请御览,以致恼乱圣心,实甚不该!臣有家藏古画,当即取来奉献。”便回到二条院,把保藏新旧画幅的橱子打开,与紫姬二人共同选择。凡新颖可喜之种种作品,尽行取出。惟描写《长恨歌》与王昭君的画,虽然富有趣味,意义未免不祥,故此次决定不予选用。源氏内大臣乘此机会,把保藏须磨、明石旅中图画日记的箱子也打开,好让紫姬也看看这些画。

这些画实甚动人。观者即使不知根由,初次看到,只要其人略解情趣,也未有不感动流泪者。何况这夫妇二人身受苦难,永远难忘当年之事,心中的旧梦无时或醒。他们看到这些画,痛定思痛,安得不悲?紫姬埋怨他以前不早给她看,吟道:

“图写渔樵乐,离人可忘忧。

岂知空闺里,独抱影儿愁。

你倒可以借此自慰寂寥呀!”源氏内大臣听了她这诗,不胜同情,便答道:

“抚今思昔虽堪泣,
胜似当年蒙难时。”

忽然想起:这些画不妨给藤壶母后一看。便从其中选出不甚触目伤心者各一帖,准备送给她看。但选到分明写出须磨、明石各浦风物的图画时,心中便浮现出明石姬家中的情景来,一时难于忘怀。权中纳言闻知源氏内大臣正在搜集画幅,便更加聚精会神,把画轴、裱纸、带子等装潢得越发精美了。

时值三月初十左右,天气晴朗,人意悠闲,正是风光明媚的季节。宫中此时恰好没有重大的节会,大家很空闲,每日只是以竞相搜集欣赏书画为消遣。源氏内大臣想道:“同样竞赛,何不扩大规模,让陛下多欣赏些?”便特别用心搜集佳作,尽数送入梅壶女御宫中。于是两女御都有了各式各样的许多画。故事画内容最为丰富,构图最吸引人,所以梅壶女御选的尽是古代故事的名画杰作。弘徽殿女御所选绘的,都是当世珍奇情景及趣味丰富之题材。讲到表面的新颖与华丽,则弘徽殿较胜一筹。此时皇上左右诸宫女,凡具有修养者,每日品短评长,以绘画鉴赏为事。

藤壶母后也进宫来了。她酷爱绘画,惟此难于舍弃,诵经礼佛也懈怠了。她看见众宫女各抒论见,便把她们分为左右两方:梅壶女御的左方,有平典侍、侍从内侍、少将命妇等人;弘徽殿女御的右方,有大弐典侍、中将命妇、后卫命妇等人。这些人都是当今有名的女鉴识家。她们互相争论,各有理由,藤壶母后听了颇感兴趣。她出主意:先将左方所出品的物语鼻祖《竹取物语》中的老翁和右方所出品的《空穗物语》中的俊荫[1]这两卷画并列起来,教两方辩论其优劣。

左方的人说:“这古代故事与赫映姬本人一样不朽。情节虽然并无风趣,但其主角赫映姬不染浊世尘垢,怀抱清高之志,终于升入月宫,足见宿缘非浅。这原是神明治世时节的故事,我等世俗女子,真乃望尘莫及了。”

右方的人驳道:“赫映姬升入月宫,此乃天上之事,下界无法探悉,故其结局如何,谁也不能知道。照她在这世间的缘分而论,投胎在竹筒之内,可知是身份低微之人。她的光辉虽然照耀了竹取老翁一家,但未能入宫为妃,以照耀九重宫阙。那安部多[2]为欲娶她,不惜千金买了一件火鼠裘[3],但忽然烧掉了,真乃乏味之至。那车持皇子明知蓬莱山不可到达,假造一根玉枝来骗她,结果自己受辱,也可谓无聊之极了。”这《竹取物语》画卷是名画家巨势相览所绘,由名诗人纪贯之题字。用的纸是纸屋纸,用中国薄绫镶边。裱纸是紫红色的,轴是紫檀的。这是寻常的装潢。

右方的人便称赞起自己的《空穗物语》画卷来:“俊荫远游中国,途遇风波,飘泊到人地生疏的波斯国。然而不屈不挠,定要成遂初志。终于学得了旷世无比的弹琴妙技,名闻于外国朝廷及日本国内,又传之于后世。真可谓远大之才!这画的笔法也兼备中国、日本两国风格,趣味之

---

〔1〕《空穗物语》,又名《宇津保物语》,作于平安朝中期。作者不详。大意:俊荫乘舟访中国,途遇暴风,飘泊到波斯国,遇七仙人,授以弹琴妙曲。归国后将琴技传授其外孙仲忠。仲忠恋美女贵宫。后来贵宫当了东宫妃子,在朝争权,等等。

〔2〕疑即阿部御主人。

〔3〕火鼠毛长寸许,其皮为裘,入火不焚。见中国《古今注》。

丰富,无可比拟了。"这画卷用白色纸,裱纸是青色的,轴用黄玉。画是当代名人飞鸟部常则所绘,字是大书法家小野道风所书。全体新颖多趣,光彩耀目。左方无法反驳,于是右方得胜了。

其次比赛的是左方的《伊势物语》[1]画卷和右方的《正三位物语》[2]画卷。两者优劣,亦甚难于判定。但一般以为《正三位物语》画卷华丽多趣,自宫中情景以至近世种种风习,都画得美妙动人。左方的平典侍辩护道:

"不知伊势千寻海,
岂可胡言是浅滩?

怎能以凡庸虚饰的色情之作,来贬低业平的盛名?"右方的大弍典侍反驳道:

"身登云汉低头望,
海水虽深实甚卑。"

藤壶母后袒护左方,说道:"兵卫大君[3]气度之高,固然不可忽视;但是在五中将的盛名亦不可侮辱。"又吟诗道:

---

〔1〕《伊势物语》是以诗歌为中心的歌物语,作于平安时代。内容凡百二十五则,大都叙述男女爱情。据说是以在原业平所作歌稿为中心而编成的。在原业平是平安初期的歌人。是六歌仙之一,又是三十六歌仙之一。别称"在五中将"。故《伊势物语》又名《在五物语》《在五中将日记》。此书对后世日本文学影响甚大。

〔2〕《正三位物语》早已不传。

〔3〕想是《正三位物语》中女主角之名。

“一朝初见虽疑旧，
自古芳名岂可轻?”

众女子如此抗声争辩，终于不能决定两画卷孰优孰劣。学识较浅的青年宫女，拼命想知道这比赛的结果。然而此事非常秘密，皇上的宫女与母后的宫女都一点也不让看。正在此时，源氏内大臣进宫来了。他看她们争论得如此热烈，颇感兴趣，便说道:“既然要争论，就在陛下御前决定胜负吧。”他预料到将有大规模比赛，因此特别优越的作品，起初不拿出来。现在计上心来，便将须磨、明石二卷加入其中，一并取出来了。权中纳言的用心不让于源氏内大臣。因此在这时代，举世之人都热中于此，以制作美妙画幅为急务了。源氏内大臣声言道:“特地新作的，无甚意味;此次赛画，当以旧藏者为限。”原来权中纳言特设一密室，教人在内作画，不令人见。朱雀院也闻知此事，便将所藏佳作送与梅壶女御。

朱雀院送来的作品中，有描写宫中一年内种种仪式的画，是前代诸优秀画家所作，画得非常精美而富有趣味，上有延喜帝亲笔题词。又有描写朱雀院治世种种事件的画卷，其中有当年斋宫下伊势时在大极殿举行加栉仪式之状。此乃朱雀院所最关情之事，曾将当时种种情状详细叮嘱名画家巨势公茂，叫他用心描绘，画得十分出色。这些画装在一只非常华丽的透雕沉香木箱中，箱盖上装饰着也用沉香木做的花朵，甚是新颖。朱雀院不写信，但命使者口头传言，那使者是在禁中兼职的左近卫中将。那画卷中描写大极殿前前斋宫将上轿出发时的庄严情景之处，题着一首诗:

“身居禁外无由见，

不忘当年加栉时。”

此外别无书信。梅壶女御收到了这些画,觉得不写回信太无礼貌。她沉思多时,便将当年所用的那把栉子折断一端,在这一端上写一首诗:

“禁中情景全非昔,
却恋当年奉神时。”

用宝蓝色中国纸包了这栉端,交使者复呈朱雀院。又将种种优美礼品犒赏使者。

朱雀院读了栉端上的诗,无限感慨,恨不得教年光倒流,回复到在位的当年。他心中不免怨恨源氏内大臣不替他玉成斋宫之事。但这恐怕是昔年放逐源氏的报应了。朱雀院所藏画幅,经过前太后[1]之手而转入弘徽殿女御宫中者,亦复不少。还有尚侍胧月夜,也是热爱书画的雅人,所藏精品甚多。

赛画的日子决定了。时间虽然匆促,却布置得十分精致而风雅。左右两方的画都送上来。在清凉殿旁宫女们的值事房中临时设一玉座,玉座北侧为左方,南侧为右方。其余许可上殿的人,都坐在后凉殿的廊上,各自袒护一方。左方的画放在一只紫檀箱中,搁在一个苏枋木的雕花的台座上。上面铺的是紫地中国织锦,下面铺的是红褐色中国绫绸。当差童女六人,身穿红色上衣和白色汗衫,里面衬的衫子是红色的,有的人是

〔1〕 此前太后指朱雀院之母,即早先的弘徽殿女御。现在的弘徽殿女御是她四妹的女儿。

紫色的。相貌与神情都矫矫不群。右方的画放在一只沉香木箱中,搁在一只嫩沉香木的桌台上,下面铺着蓝地的高丽织锦台布。桌台脚上扎台布的丝涤及桌台脚上的雕刻,都非常新颖。童女身穿蓝色上衣和柳色汗衫,里面衬的是棣棠色的衫子。双方童女各把画箱抬到皇上面前。皇上方面的宫女,属左方的在前,属右方的在后,服装颜色两方各不相同。

皇上宣召源氏内大臣及权中纳言上殿。这一天源氏的皇弟帅皇子也来觐见。这位皇子生性爱好风雅,对绘画尤感兴趣。大约是源氏内大臣预先暗中劝他来的,故并无正式宣召,恰巧于此时入觐。皇上便召他上殿,任命他为评判人。

左右两方所出品的画,全都精妙无比,一时难于判定优劣。朱雀院送给梅壶女御的那些四季景色画,都由古代大画家精选优美题材,笔致流畅,全无滞涩,其美妙无可比喻。只是由于这是单张的纸画,画纸幅面有限,不能尽情写出山水绵延浩瀚之趣。而右方新作的画,虽然只是勉尽笔力,肆意粉饰,因而气品浅薄,但是画面华丽热闹,令人一见不觉叹美,似乎并不逊于古画。如此多方争论,今日的赛画便丰富多彩,趣味无穷。

藤壶母后也打开了御膳堂的纸隔扇,在一旁观赏。这位母后深通画道,她今天出席,源氏内大臣甚感欣慰。帅皇子每逢难于判断之时,便时时向她请教,得益甚多。

评判尚未总结,天色已入黑夜。赛画轮到最后一次时,左方捧出了须磨画卷,权中纳言看了,不觉心中发怔。右方也曾煞费苦心,精选最优秀者作为最后一卷。谁知源氏公子画技异常高明,况且是在蛰居时专心一志、从容不迫地仔细画成的,故其优秀无可比拟。自帅皇子以下,都感动得流下泪来。众人看了这画卷,但觉孤栖独处之状,伤心落魄之情,历历如在目前,比当年遥念他流放须磨之苦楚,为他怜惜悲伤时感动更深。那地方的光景,见所未见的各浦各矶,历尽无遗地画出。各处写着变体的草书汉字和假名[1]的题词。不是用汉文写的正式的详细日记,而是在记叙中夹着富有风趣的诗歌,令人百看不厌。看了这画,谁也没有考虑他事的余暇了。刚才过目的所有画卷便觉无味,众人兴致全然集中于须磨画卷,深感兴味津津。结果这画压倒一切,左方得胜。

夜色将近黎明之时,四周沉寂,气象清幽。赛画既毕,开筵共饮。源氏内大臣一面把盏,一面纵谈往事,对帅皇子说道:“我自幼耽好学问。大约父皇预料我的才能将来略能伸展,所以有一次训诫我道:‘才能与学问,世人过分尊重。恐是因此之故,才学高深之人,能兼备寿命与福分者,实甚少有。汝今生长富贵之家,即使无才无学,亦不劣于他人,所以不须深入此道。’因此父皇不教我修习学问,只教我玩弄技艺。我于技艺,虽然不算笨拙,但并无特别专长。惟绘画一道,虽乃雕虫小技,我却常想设法磨练,务求其能画得如意称心。想不到后来做了渔樵之人,亲眼看到了各处海边的真情实景,历尽无遗地观察了种种风物。然而笔力有限,不能随心所欲地表达其深奥的风趣。因此倘无机缘,不敢出以示人。今日贸然请教,深恐世人将讥我为好事耳。”

帅皇子答道:“不论何种技艺,若不专心研习,总无成就之望。但各种技艺,均有师匠,均有法则。若能从师如法研习,深浅姑置不论,总可模拟师匠,多少有所成就。惟有书画之道与下围棋之事,甚是奇特,全凭天才做主。常见庸碌之人,并不深刻钻研,只是富有天才,便能擅长书画,精通棋道。富贵子弟之中,亦有超类拔群之人,百般技艺皆能通晓。

---

〔1〕 假名即日本字母。用变体的草书汉字代替假名,称为“变体假名”。

父皇膝下我等皇子、皇女,无不研习各种技艺。惟吾兄最为父皇所重视,又最善于承受教益。因而文才之丰富,自不必说。其他诸艺之中,弹琴首屈一指,其次横笛、琵琶、筝,无不擅长。父皇亦曾如此评定。世人也都同此见解。至于绘画,大家以为非吾兄所专精,仅乃偶尔兴到之时弄笔戏墨而已。又谁知如此高明,直教古代名家退避三舍,竟令人不敢置信,反而觉得岂有此理了!”说到这里,已经语无伦次。大约是酒后好哭吧,所以说起桐壶院的往事,他便流着泪,颓丧不堪了。

这时候是二十日过后,月亮才出来。月光虽然照不到室内,但天色清幽可爱。便命人取来由书司[1]保管的乐器,将和琴授与权中纳言。源氏内大臣自是此道能手,但权中纳言也弹得比别人高明。于是帅皇子弹筝,源氏内大臣操七弦琴,命少将命妇弹琵琶,又在殿上人中选定一个才能优越的,叫他按拍子,这合奏实在饶有风趣。天色向晓,庭前花色与尊前人影,都渐渐清楚起来。鸟声清脆,朝气蓬勃。此时便分赏福物,概由藤壶母后颁赐。帅皇子偏劳了,另赐御衣一袭。

此后数日之内,宫中上下,皆以品评须磨画卷为事。源氏内大臣说:“这须磨画卷请留存在母后处。”藤壶母后也很想从头至尾细看这画卷,便接受了,回答说:“让我慢慢地欣赏。”源氏内大臣看见冷泉帝对这次赛画感到十分满意,心中非常欢喜。权中纳言看见源氏内大臣在赛画这些小事情上也如此袒护梅壶女御,深恐自己的女儿弘徽殿女御失宠,不免担心。但念皇上一向亲近弘徽殿,又窥察情况,看见皇上对她还是顾念周至,便觉得即使源氏袒护梅壶,也不怕了。

源氏内大臣一心要在朝廷重要节会仪式中增加一些新例,教后世之

---

[1] 书司为后宫十二司之一,掌管后宫的书籍、文具、乐器等。

人传述,此乃冷泉帝时代所创始。因此即使是赛画那种非正式的娱乐小事,也用心设计,务求美善。这真可说是全盛之世了!然而源氏内大臣还是痛感人世之无常,闲时常常深思远虑:等到冷泉帝年事稍长之后,自己定当撒手遁入空门。他想:“试看古人前例:凡年华鼎盛、官位尊荣、出人头地之人,大都不能长享富贵。我在当代,尊荣已属过分。全靠中间惨遭灾祸,沦落多时,故得长生至今。今后倘再留恋高位,难保寿命不永。倒不如入寺掩关,勤修佛法,既可为后世增福,又可使今生消灾延寿。”便在郊外嵯峨山乡看定地区,建造佛堂。同时命人雕塑佛像,置备经卷。但他一面又想按照己意抚育夕雾及明石姬所生女孩,看他们成长。因此出家之事,一时难于实行。究竟作何打算,那就难以猜测预言了。

第十八回 松 风[1]

二条院的东院修建工事已毕,源氏内大臣教花散里迁居在这东院中的西殿和廊房里。家务办事处及家臣住所,也都做了应有的安置。东殿拟供明石姬居住。北殿特别宽广,凡以前一时结缘而许以终身赡养的女人,他准备教她们集中在这北殿里,因此隔成许多房间。但也设备得非常周到,处处精雅可爱。正殿空着,作为自已偶尔来住时休息之所,故也有种种适当的设备。

他时常有信给明石姬,劝她早日入京。但明石姬自知身份低微,未敢冒昧。她想:“听说京中身份高贵之人,公子对她们也不即不离,似爱非爱,反而教她们增加痛苦。我身上究有多少恩宠,胆敢入京参与其列呢?我倘入京,只能显示我身的微贱,教这孩子丢脸而已。料想他的降临一定难得,我在那里专诚等候,给人耻笑,难免弄得老大没趣。”她心中好生烦恼。但又转念:倘教这孩子从此做个乡下姑娘,不得同别人一样享受富贵,也太委屈了她。因此她又不敢埋怨公子而断然拒绝。

她的父母也认为她的顾虑确有道理,亦惟有互相悲叹,一筹莫展。明石道人忽然想起:他夫人的已故的祖父,叫做中务亲王的,在京郊嵯峨地方大堰河附近有一所宫邸。这亲王的后裔零落,没有一个继承人,因

---

[1] 本回与前回同年,写源氏三十一岁秋天之事,其内容与第十三回“明石”相连接。

此这宫邸年来久已荒芜。有一个前代传下来的管家之类的人,现正代管着这领地。明石道人便叫这个人来,同他商谈:“我已看破红尘,决意长此隐居在乡下了。岂知到了晚年,又逢到一件意外之事,想再在京中找求一所住宅。但倘立刻迁往繁华热闹之区,又觉不甚相宜。因为住惯乡村的人,在那里心情不安。为此想起了你所管领的那所宫邸。一切费用由我送上,如果修理下来还可住人,即请动工,不知可否?”那人答道:“这座宅子多年无人管领,现已荒芜得像草原一般了。我把那几间旁屋略加修理,胡乱住在里头。今年春间,源氏内大臣老爷在那地方建造佛堂,附近一带便有许多人夫来来往往,十分嘈杂。这佛堂造得非常讲究,营造工人异常众多。倘欲找求清静之所,则我那地方甚不相宜。”明石道人说:“这倒不妨。不瞒你说,我们是与内大臣有缘,正欲托他荫庇的。房屋内部的修饰,我们自会逐渐安排。首先只要赶快把房屋大体加以修缮。”那人答道:“这不是我的产业,亲王家又没有继承人。我过惯了乡间闲静生涯,所以长年隐居在那里。领内的田地,久已荒芜不堪。我曾向已故的民部大辅[1]请求,蒙他赏赐了我,但也送了他不少礼物。我便作为自己的产业耕作了。”他生怕田地里的产物被没收,所以那张毛发蓬松的脸变了相,鼻子红起来,嘴巴噘起来了。明石道人连忙答道:“你可放心,那田地之事,我们一概不问,照旧由你管领就是了。那些地契房契还保存在我手中,只因我已谢绝世事,那里土地房产多年来不曾勘查过。此事且待以后细细清理。”这管家在话语中听出他家与源氏内大臣有缘,知道事情不易对付,此后便向明石道人领得了一大批修缮费,赶紧修理那邸宅了。

---

〔1〕 想是明石姬之外祖父。

源氏内大臣并不知道明石道人有这打算,只是想不通明石姬为何不肯入京。又念让小女公子孤苦伶仃地在乡下长大起来,深恐后世之人议论纷纷,成了她一生的瑕疵。大堰邸宅修理完竣以后,明石道人把发现此屋后的经过情况报告源氏内大臣,这时他才恍然大悟:明石姬以前一直不肯迁到东院来和众人同居,原来是有此打算之故。他觉得这件事用心周到,很有意思,心中十分喜慰。那个惟光朝臣,一向是所有秘密行径的照料都少他不得的人。这回也就派他到大堰河去,命令他用心办理邸内各处应有的设备。惟光回来报道:"那地方风景甚好,与明石浦海边相似。"源氏内大臣想:这样的地方,给这个人住倒很相宜。源氏公子所建造的佛堂,位在嵯峨大觉寺之南,面对瀑布,风趣之雅,不亚于大觉寺。大堰的明石邸则面临河流,建造在一所美妙不可言喻的松林中。其正殿简单朴素,却另有山乡风味。内部装饰布置,均由源氏内大臣设计。

源氏内大臣派几个亲信人员,偷偷地赴明石浦迎接明石姬。明石姬这回已无可推托,只得下决心动身。但要离开这多年住惯的浦滨,又觉依依不舍,想起了父亲今后将凄凉寂寞地独居浦上,更觉心绪烦乱,悲伤不已。她自怜此身何以如此多愁多恨,却羡慕那些未曾接受过源氏爱情的人。她的父母呢,近年来日夜盼望源氏内大臣迎接女儿入京,今已如愿以偿,自然欢喜无量。但念夫人随女儿入京,今后老夫妇不得相见,则又悲痛难堪。明石道人日夜茫然若失,嘴里反反复复地说同一句话:"那么我以后不能再见这小宝贝了么?"此外没有别的言语。夫人也很悲伤,她想:"我俩都出家修行,多年来不曾同室而居。今后教他独留浦上,有谁照顾他呢?即使是邂逅相逢、暂叙露情之人,但在'彼此已熟识'[1]之

---

〔1〕古歌:"彼此已熟识,蓦地生离别。试问此别离,可惜不可惜?"见《河海抄》所引。

后忽然离别,也不免伤心;何况我俩是正式夫妇。我夫虽然禀性顽强,难于亲近,但这又作别论。既已结缡,选定此浦为终老之地,总想在'修短不可知'[1]的存命期间共享余年。如今忽然分手,怎不教人肠断?"那些青年侍女,住在这乡间常嫌寂寞,现在即将迁居京都,大家欢天喜地。但念今后不能再见这海边美景,又觉依依难舍,看看那去而复返的波浪,不觉泪沾襟袖。

此时适逢秋天,人心正多哀怨。出发那天早晨,秋风萧瑟,虫声烦乱,明石姬向海那边望去,只见明石道人比照例的后夜诵经时刻起得还早,于暗夜起身,啜着鼻子诵经拜佛。此乃喜庆之事,不该有不吉利的言行,然而谁也忍不住流下泪来。小女公子长得异常可爱,外公把她看做夜明珠一般,常常抱着不肯放手。小外孙女也就喜爱他,缠着他。他想起自己是异于常人的出家之身,应该有所顾忌,不可过分亲昵这小女公子。然而片刻不见,便觉过不下去,难于忍受。便吟诗道:

"遥祝前程多幸福,
临歧老泪苦难禁。

哎呀,这话太不祥了!"连忙把眼泪揩干净。他的尼姑夫人接着吟道:

"当年联袂辞京阙,
今日独行路途迷。"

---

〔1〕古歌:"我命本无常,修短不可知。但愿在世时,忧患莫频催。"见《古今和歌集》。

吟罢禁不住哭泣起来,这也是难怪的。她回想过去多年来夫妇之谊,觉得今朝一旦抛舍,凭仗了这不甚可靠的因缘而重新回到曾经厌弃的京都,实在不是妥善之计。明石姬也吟诗道:

“此去何时重拜见,
无常世事渺难知。

据女儿之意,父亲最好陪送我们进京。”她恳切劝驾。但明石道人说:“有种种原因,不便离去。”然而他想起了女眷一路上不便之处,又非常担心。

他说:“我以前辞去京都而退居到这乡间,都是为了你。实指望在此当国守,可以早晚随心所欲地教养你。岂知就任之后,由于时运不济,身逢种种患难。若再返京都,只是一个潦倒的老国守,无法改善蓬门陋室的贫苦生涯。在公私两方,都赢得了一个笨伯的恶名;而辱及先人令名,尤可痛心。我辞去京都之时,人都预料我将出家。我自己也觉得世间名利恭敬都已不惜放弃。但目睹你年事渐长,知识渐开,又觉得我岂可将此美锦藏在暗中。为子女而悲痛的父母之心,永无晴朗之时。于是求神拜佛,但愿自身虽然命穷,切勿连累子女,听其沦落在山乡之中。长抱此志,以待将来。果然事出意外,与源氏公子结了良缘,真乃可喜之事。但因身份相去太远,念及汝身前程,又不免东顾西虑,徒增悲叹。后来生了这小宝贝,方信姻缘前定,宿根不浅。教她在这海边过日子,太委屈了。我想这孩子的命运一定与众不同。我今后不能见她虽觉可悲,但我身既已决心与世长遗,也就顾不得许多了。我这小外孙女身上有荣华富贵之福相。她偶尔生在这乡间,暂时惑乱我这村夫的心目,也是前世因缘吧。

我好比天上神仙偶尔堕入三途恶道[1]，暂时生受一番痛苦，今天便要与你们永别了。将来你们听到我的死耗，也不须为我追荐。古语云：'大限不可逃'[2]，切勿为此伤心！"他说得语气很坚决。后来又说："我在化为灰烟以前，在昼夜六时的祈祷中，还要附带为我这小宝贝祝福。我这一点尘心尚未断绝呢。"说到小外孙女，他又要哭了。

倘走陆路，则车辆太多，十分招摇。倘分为水陆两路，则又太麻烦。由于京中来使也非常注意避免人目，于是决定全部乘船，悄悄地前进。

辰时出发，一行船舶向古人所咏叹的"浦上朝雾"[3]中渐渐远去。明石道人目送行舟，心中异常悲伤，久久不能自解，终至茫然若失。船里的尼姑夫人离开了这长年住惯的乡居而重返京都，也有无量感慨，泪流满面，对女儿吟道：

"欲登彼岸心如矢，
船到中流又折回。"[4]

明石姬答诗云：

"浦滨几度春秋更，
忽上浮搓入帝京。"

---

〔1〕 据佛教中说：天人果报尽时，暂堕三恶道，即地狱道、饿鬼道、畜生道。经此苦恼，再生天界。

〔2〕 古歌："大限不可逃，人人欲永生。子女慕父母，为亲祝千春。"见《伊势物语》。

〔3〕 古歌："天色渐向晓，浦上多朝雾。行舟向岛阴，不知往何处？"见《古今和歌集》。

〔4〕 彼岸是佛教用语，指阴司，即所谓西方极乐世界。

这一天正值顺风。舍舟登陆,乘车到达京都,不曾延误时日。为欲避免外人议论,一路上谨慎小心。

大堰的邸宅也颇有风趣,很像那多年来住惯的浦上,令人不觉得改变了住处。只是回思往事,感慨甚多。新筑的廊房式样新颖,庭中的池塘也雅致可爱。内部设备虽未十分周全,但住惯了也并无不便。源氏内大臣吩咐几个亲信的家臣,赴邸内举办安抵贺筵。他自己何日来访,只因有所不便,尚须考虑安排。不觉匆匆地过了几天。明石姬不见源氏内大臣来到,心中一直悲伤。她思慕离别了的故乡,镇日寂寞无聊,便取出当年公子当作纪念品送她的那张琴来,独自弹奏。时值衰秋,景物凄凉。独居一室,恣意操奏。略弹片刻,便觉松风飒然而至,与琴声相和。那尼姑母夫人正斜倚着忧伤悲叹,听见琴声,便坐起身来,即兴吟道:

“祝发独寻山里静,
松风〔1〕犹是旧时音。”

明石姬和诗云:

“拟托琴心怀故友,
他乡何处觅知音?”

明石姬如此蹉跎光阴,又过了数日。源氏内大臣很不安心,便顾不得人目注视,决心赴大堰访问。他以前不曾将此事明确告知紫姬,但深恐她

〔1〕 本回题名据此。

照例会从别人处听到,反而不好,故这回如实告诉了她。又对她说:“桂院[1]有些事,必须亲往料理,我不觉已搁置很久了。还有约定来京访我的人,正在那附近等待,不去也不好意思。再则嵯峨佛堂里的佛像,装饰尚未完成,也得去照料一下。总须在那里耽搁两三天呢。”紫姬以前曾听人说过他突然营造桂院,现在料想是要给明石姬住的了,心中很不高兴,答道:“你去那边两三天,怕连斧头柄也烂光[2]吧?教人等杀呢!”脸上露出不快之色。源氏内大臣说:“你又多心了!大家都说我和从前完全不同了,只有你……”花言巧语地安慰了她一番之后,太阳已经很高了。

这一次出门是微行,前驱者也只是几个心腹人。悄悄地前行,到达大堰已是黄昏时分。从前流寓明石浦时,身穿旅装便服,明石姬已赞叹他的风姿之美,乃见所未见。何况现在身穿官袍,加之用心打扮,其神情之艳丽竟是盖世无双,她见了心惊目眩,心头的愁云忽然消散,不觉喜形于色。源氏公子到了邸内,觉得一切都可喜可爱。看见了小女公子,尤为感动,深悔以前多时隔绝,何等可惜!他想:“葵姬所生的夕雾,世人盛称其为美男子,不过是为了他是太政大臣的外孙,权势所关,不得不颂扬耳。这小女公子年仅三岁,便已长得如此美丽,将来可想而知了。”但见她向人天真烂漫地微笑,那娇痴模样实在教人爱杀!那乳母从前下乡之时,形容甚是憔悴,现已养得很丰丽了。她叨叨絮絮地把年来小女公子的情状告诉源氏公子。公子想象她在那盐灶旁边的村居生涯,甚觉可怜,便用善言抚慰。又对明石姬说:“这地方也很偏僻,我来去不甚方便。

---

[1] 是源氏在嵯峨的别墅。

[2] 《述异记》所载:“晋王质入山樵采,见二童子对弈,童子与质一物如枣核,食之不饥。局终,童子指示曰:‘汝柯烂矣。’质归乡里,已及百岁。”世称此山为“烂柯山”。柯即斧柄。

还是迁居到我原定的东院去吧。”明石姬答道:“现在初到,还很生疏,且过几时,再作道理。”此言亦属有理。这一晚两人娓娓话情,直至天明。

邸内有些地方还须修理。源氏公子召集本来留在这里的及新近增添的人员,吩咐他们分别办理。在附近领地内当差的人们听见公子要来桂院,聚集在院内恭候,现在都到这邸内来参见了。公子命他们整理庭院中损坏的树木。他说:“这院子里有好些装饰用的石头都滚下来不见了。若能整理得雅观,这也是个富有趣致的庭院。不过这种地方过分修得讲究,也是枉然。因为这不是久居之地,修得太好了,离去时依依难舍,反而增多痛苦。”他就追述谪居明石浦时的往事,忽而欢笑,忽而泣下,随意畅谈,神情轩昂潇洒。那尼姑窥见了他的风采,老也忘记了,忧也消解了,不禁笑逐颜开。

源氏公子叫工人重新疏导东边廊房下流出来的泉水,自己脱下官袍,仅穿内衣,亲去指示,其姿态异常优美。那尼姑看了欢喜赞叹不置。源氏公子看见一旁有佛前供净水的器具,想起了那尼姑,说道:“师姑老太太也住在这里么?我太不恭敬了。”便命取官袍来穿上,走到尼姑居处的帷屏旁边,言道:“小女能长得如此美好而无缺陷,全是太君修行积德之故。太君为了我等,舍弃了心爱的静修之处而重返尘世,此恩诚非浅鲜。而老大人独居浦上,对此间定多悬念。种种照拂,感谢不尽!”这番话说得情意缠绵。尼姑答道:“能蒙公子体谅我重返尘世之苦心,老身延命至今,也不算虚度光阴了。”说到这里,哭了。后来又说:“这一棵小小青松,生长在荒矶之上,实甚可怜。现在移植丰壤,定当欣欣向荣,诚可庆喜。但恨托根太浅[1],不知有否障碍,深可悬念耳。”这话说得很有风

[1] 指自家身份低微。

度。公子便和她话旧,追述尼姑的祖父中务亲王住在这邸宅里时的情况。此时那泉水已经修好,水声淙淙,仿佛泣诉旧情。尼姑便吟诗道:

“故主重来人不识,
泉声絮语旧时情。”

源氏公子听了,觉得她这诗并不做作,而语气谦逊,诗情甚雅。便答吟云:

“泉声不忘当年事,
故主音容异昔时。[1]

往事实在很可恋慕呵!”他一面沉思往昔,一面站起身来,姿态甚为优雅。尼姑觉得这真是个盖世无双的美男子。

源氏公子来到嵯峨佛堂。他规定,这里的佛事,每月十四日普贤讲,十五日阿弥陀讲,月底释迦讲。这是应有的,不消多说。此外他又增加了其他种种佛事。关于佛堂装饰及各种法器,亦各有指示。到了月色当空之时,才从佛堂回大堰邸。此时他想起了当年明石浦上月夜的情景。明石姬猜到他的心事,便乘机取出那张纪念品的琴来,放在他面前。这时源氏公子心中无端地顿感凄怆,难于忍受,便弹奏一曲。琴弦的调子还同从前一样,并无改变。因此弹奏之时,从前的情景仿佛就在目前。于是公子吟诗道:

---

〔1〕 指明石姬之母已出家为尼。

"弦音不负当年誓，
始信恩情无绝时。"

明石姬答道：

"弦音誓不变，聊慰相思情。
一曲舒愁绪，松风带泣声。"

这样与源氏公子对答吟唱，似乎并无不相称之处，明石姬为此感到分外欣幸。

明石姬的花容月貌，叫源氏公子难分难舍。小女公子的娇姿，也使他百看不厌。他想："这孩子叫我如何安排呢？让她在暗中生长，委屈了她，何等可惜！不如带她到二条院去，给紫姬当女儿，可以尽心竭力地教养她。将来送她入宫，也免得世人讥评。"然而又恐明石姬不肯，因此不便出口，只是对着这小娃娃垂泪。小女公子起初见父亲还怕羞，后来渐渐熟了，也对他说话，对他笑，与他亲近。源氏公子看了，越发觉得娇美可爱。他抱了她，这父女二人的姿态真漂亮！可知他们原有宿世因缘。

次日，预定回京都去，为了惜别，这一天早上起身稍迟。他准备从这里直接返京。但京中来了许多达官贵人，聚集在桂院。又有许多殿上人到这邸内来迎接他。源氏公子一面整理行装，一面懊恼地说："真不好意思！这里不容易找到，他们怎么会来的？"外面人声嘈杂，他就不得不走出去。临别无限伤心，脸上没精打采，走到明石姬房间门口，停下步来，正好乳母抱着小女公子出来了。源氏公子看见这孩子非常可爱，伸手摸摸她的头发,说道:“我不看见她,心中便难过,实在爱得太过分了。这便如何是好呢?这地方真是‘君家何太远’[1]了。”乳母答道:“从前住在乡下,想念得好痛苦!如今到了京中,倘再不得照顾,那真是比从前更加痛苦了!”小女公子伸出两手,扑向站着的父亲,要他抱。源氏公子便坐下来抱了她,说道:“怪哉,我一生忧患,竟无尽头!一刻不见这孩子便觉痛苦。夫人在哪里?何不与小女公子一同出来送别?再见一面,亦可聊以慰情啊。”乳母笑着,进去告知了明石姬。明石姬此时芳心缭乱,倒在床上,一时起不得身。源氏公子觉得未免太高贵了。众侍女都劝她快快出去,不应该叫公子久候,她才勉强起身,膝行而前,把半身隐在帷屏后面,姿态非常优美高雅。如此娇艳模样,即便说她是个皇女,也无不称之处。源氏公子便把帷屏的垂布撩起,与她细说离情。

终于只得起身告别。走了几步,回头一看,但见这个一向羞涩不前的人,居然走出门来送别了。明石姬举目一望,觉得这真是一个相貌堂堂的美男子!他的身体本来瘦长,现在略胖了些,便更加匀称了。服装也都称体,十足具有内大臣的风度,连裙裾上也泛溢出风流高雅的气息来。这也未免有点情人眼里出西施吧。

昔年削职去官的那个右近将监,早已恢复藏人之位,并兼卫门尉之职,今年又晋了爵。他那模样与昔年流寓明石浦时大不相同,威武堂皇,神气十足。此刻他来拿源氏内大臣的佩刀,走过来侍立在他身旁。右近将监看见这里有一个熟识的侍女,便话里有话地说:“我决不忘记昔年浦上的厚意。但此次多多失礼了:我早上醒来,觉得此地很像明石浦,却无法给你写信请安。”那侍女答道:“这山乡僻壤,荒凉不减于朝雾弥漫的明

---

〔1〕 古歌:“君家何太远,欲见苦无由。暂见也难得,教人怎不愁?”见《元真集》。

石浦。况且亲友凋零,连苍松也已非故人[1]了。承蒙你这不忘旧情的人前来问候,不胜欣慰。"右近将监觉得这个侍女误会太甚。原来他以前曾经有意于明石姬,所以说这番话来暗示心事。这侍女却误认为他看中了她自己。右近将监觉得出乎意外,便淡然地告别道:"改日再来拜访吧。"就跟着公子出去了。

源氏内大臣打扮得齐齐整整,走出门去时,前驱者高声喝道。头中将与兵卫督坐在车子后面奉陪。源氏内大臣对他们说:"我这个简陋不堪的隐避所被你们找到了,真遗憾!"样子很不高兴。头中将答道:"昨晚好月亮,我们不曾来奉陪,抱歉之至。因此今天冒着朝雾前来迎接。山中的红叶时候还早,野间的秋花此刻正茂盛呢。昨天同来的某某朝臣,在途中放鹰猎取鸟兽,落在后面,现在不知怎么样了。"

源氏内大臣决定今日游玩桂院,命车驾转赴其地。桂院的管理人仓皇置办筵席,奔走骚扰,手忙脚乱。源氏内大臣召见鸬鹚船[2]上的渔夫。他听到这些渔夫的口音,回想起了须磨浦上的渔夫的土话。昨夜在嵯峨野中放鹰猎取鸟兽的某某朝臣,送上用荻枝穿好的一串小鸟,作为礼物,以证明其曾经狩猎。传杯劝酒,不觉过量。川边散步,有失足之虞。然而酒醉兴浓,在川边盘桓了一日。诸人皆赋绝句。到了晚上月光皎洁之时,大开音乐之会,繁弦急管,热闹非常。弦乐只用琵琶与和琴,笛类则命长于此道之人吹奏。笛中所吹的,都是适合秋天时令的曲调。水面风来,与曲调相和,更觉富有雅趣。此时月亮升入高空,乐音响彻云霄。

夜色渐深之时,京中来了四五个殿上人。这些人皆在御前侍候,宫

---

〔1〕 古歌:"谁与话当年?亲友尽凋零。苍松虽长寿,亦已非故人。"见《古今和歌集》。

〔2〕 这附近桂川上的鸬鹚船自古著名。

中举行管弦之会时,皇上曾言:“六天斋戒,今已圆满,源氏内大臣必来参与奏乐,何以不见他到?”有人启奏:大臣正游嵯峨桂院。皇上便遣使前来存问。同来的钦差是藏人弁,带来冷泉帝的信中有云:

“院居接近蟾宫桂,
料得清光分外明。

我好羡慕呵!”源氏内大臣对使者申述未能参与宫中奏乐的歉意。但他觉得此间奏乐,因环境不同,故有凄清之感,反比宫中饶有意趣。便洗盏更酌,又添了醉意。

此间不曾准备犒赏品,便派人到大堰邸内去取,嘱咐明石姬:不须特别丰盛。明石姬即将手头现成之物交使者送上,计有衣箱两担。钦差藏人弁急欲返宫,源氏内大臣便从衣箱中取出女装一袭,赠与钦差,并答诗云:

“空有嘉名称月桂,
朝朝苦雾满山乡。”

言外之意是盼望日光照临,即盼望冷泉帝行幸到此也。钦差去后,源氏内大臣于席上闲吟古歌:“我乡名桂里,桂是蟾宫生。为此盼明月,惠然来照临。”[1]因此想起了淡路岛,便谈到躬恒怀疑“莫非境不同?”那曲古歌,席上便有人不胜感慨,带醉而泣。源氏公子吟诗道:

---

〔1〕 此古歌见《古今和歌集》。

“否去泰来日，月华在手旁。
当年窜淡路，遥望此清光。”

头中将接着吟道：

“月明暂被浮云掩，
此夜清光普万方。”

右大弁年纪较长，桐壶帝时代早就在朝，圣眷优厚。此时他追怀故主，便吟诗道：

“月明遽舍天宫去，
落入深山何处边？”

席上诸人赋诗甚多，为免烦冗，恕不尽述。源氏内大臣恣情谈笑，庄谐杂作，众人皆想听他千年，看他万载，真是斧头柄要烂光了。但逗留已有四天，今日必须返都。便将各种衣服分别赏赐众人。他们把这些衣服搭在肩上，在雾中忽隐忽现，五彩缤纷，望去几疑是庭中的花草，景象异常美观。近卫府中以擅长神乐、催马乐或东游等歌曲著名的舍人，有几个此时亦随侍在侧。这些人游兴尚未餍足，便唱着神乐歌《此马》之章[1]，跳起舞来。源氏内大臣以下，许多人从身上脱下衣服来赏赐他，那些衣服

〔1〕 神乐歌《此马》全文“吁嗟此马，向我求草。卸其衔辔，饲以草料。亦取水来，自彼池沼。”

披在肩上,红紫错综,仿佛秋风中翻飞的红叶。如此大队人马喧嚣扰攘地返京,大堰邸中的人遥闻声息,颇有落寞之感,大家惘然若失。源氏内大臣不曾再度向明石姬告别,亦觉于心不安。

源氏内大臣回到二条院,休息片刻。然后将嵯峨山中情状讲给紫姬听。他说:"我回家延迟了一天,心里很懊恼。只因那些好事者来找我,硬把我留住了。今天疲劳得很呢。"就进去睡觉了。

紫姬心中照例很不高兴。源氏内大臣装作不知,开导她说:"你与她身份悬殊,同她比较是不行的。你应该想:尔为尔,我为我。不同她计较才是。"预定这天晚上入宫。此时他转向一旁,忙着写信,大概是给明石姬的。从旁望去,但见写得十分详细。又对使者耳语多时。众侍女看了都感不快。晚上本来想宿在宫中,但因紫姬心绪不佳,终于深夜回家了。明石姬的回信早已送到。源氏内大臣并不隐藏,就在紫姬面前拆阅。信中并无特别使她懊恼的文句,源氏内大臣便对紫姬说:"你把这信撕毁了吧!这种东西很讨厌,放在这里,和我的年纪很不相称。"说着,将身靠在矮几上了,心中却念念不忘地记挂明石姬,只管望着灯火出神,别无话说。

那封信展开在桌子上,但紫姬装作并不想看的模样。源氏内大臣说:"你硬装不要看,却又偷看。你那眼色才教我不安呢。"说着莞尔而笑,脸上娇憨之色可掬。他靠近紫姬身旁,对她言道:"不瞒你说,她已经生下一个可爱的女孩,可见前世宿缘不浅。然而这母亲身份低微,我公然把这孩子当作女儿抚养,又恐惹人议论。因此我很烦恼。请你体谅我,代我想个办法,一切由你做主吧。你道如何是好?接她到这里来由你抚育,好不好?现在已是蛭子之年,这无辜的孩子,我不忍抛弃她。我想给她那小小的腰身上穿一条裙子,如果你不嫌亵渎,请你替她打结,好么?”紫姬答道:“你如此不了解我,竟出我意料之外。你倘如此,我也只得不管你的事了。你该知道,我最喜欢天真烂漫的孩子。这孩子当这年龄,该是何等可爱呵!”她脸上微微露出笑容。原来紫姬生性爱好小儿,她很想取得这女孩,抱在手里抚育她。源氏内大臣心中迟疑不决:究竟如何是好?真个迎接她来此么?

大堰邸内,他不便常去。只有赴嵯峨佛堂念佛之时,乘便去访,每月欢会两次而已。比较起牛郎织女来,差胜一筹。明石姬虽然不敢再有奢望,但心中安得不伤离怨别?

第十九回　薄　云[1]

转瞬之间,秋尽冬来,大堰河畔的邸宅里越发冷落萧条,明石姬母女寂寞无聊,空度岁月。源氏公子劝道:“在这里到底过不下去,不如迁居到我近旁来吧。”但明石姬想:“迁居到那边去,生怕‘轗轲多苦辛’[2]。若在那边彻底看透了他那薄情的心,我就会大失所望,这时真所谓‘再来哭诉有何言’[3]了。”因此踌躇不决。源氏公子便和她婉言商量:“既然如此,这孩子长住在此终非善策。我正在安排她的前程,如果任她埋没在此,岂不委屈了她?那边紫夫人早已闻知你有这孩子,常想看看她。让她暂时到那边去,和紫夫人熟了些,我想公开地替她举行隆重的穿裙仪式。”明石姬早已担心公子作此打算,如今闻言,更觉痛心,答道:“她虽然变成了贵人的女儿,身份抬高了,但倘知道实情的人把风声泄露出去,这事情反而不妙。”她总不肯放手。源氏公子说:“你这话也说得有理。但紫夫人这边的事,你尽可放心。她出嫁多年,不曾生过一男半女,常叹身边寂寞。她生性喜欢孩子。像前斋宫那样年纪很大的女孩,她也强要当作女儿疼爱她。何况你这个无疵无瑕的小宝贝,她岂肯轻易舍弃?”便向她叙述紫姬的品性如何善良。明石姬听了,想道:“以前约略听到世人

---

〔1〕 本回写源氏三十一岁冬天至三十二岁秋天之事。

〔2〕 古歌:“地僻君难到,迁地以待君。待君君不来,轗轲多苦辛。”见《后撰集》。

〔3〕 古歌:“痛数薄情终不改,再来哭诉有何言?”见《拾遗集》。

传说:这源氏公子东钻西营,拈花惹草,不知要遇到怎样的人才能安定。原来其人就是这紫姬,他已经死心塌地地奉她为正夫人了,可见他们的宿缘不浅。而这位夫人的品性比别人更加优越,也可想而知了。像我这样微不足数的人,当然不能和她并肩争宠。如果贸然迁居东院,参与其列,岂不被她耻笑?我身利害,且不计较,倒是这孩子来日方长,恐怕将来终须靠她照拂。如此说来,还不如趁这无知无识的童稚之年把她让给了她吧。"既而又想:"倘若这孩子离开了我,我不知要怎样挂念她。而且寂寞无聊之时无以慰情,教我如何度日?这孩子一去,更有何物可以引逗公子偶尔降临呢?"她左思右想,方寸迷乱,但觉此身忧患无穷。

尼姑母夫人是个深思远虑的人,对女儿说道:"你这种顾虑毫无道理!你今后见不到这孩子,也许痛苦甚多,但你应该为这孩子的利益着想。公子定是再三考虑之后才对你宣说的。你只管信赖他,将孩子送过去吧。你看:皇帝的儿子,也根据母亲的身份而有高下之别。就像这位源氏内大臣,人品虽然盖世无双,但终于降为臣籍,不得身为亲王,只能当个朝廷命官。何以故?只因他的外公——已故的按察大纳言——官位比别的女御的父亲低一级,所以他母亲只能当个更衣,而他就被人称为更衣生的皇子,差别就在于此啊!皇帝的儿子尚且如此,何况一般臣下,更不可相提并论了。再就一般家庭而言,同是亲王或大臣的女儿,但倘这亲王或大臣官位较低,这女儿又非正夫人,她所生之子女就为人所轻视,父亲对这子女的待遇也就不同。何况我们这种人家,如果公子的别的夫人中有一个身份高于我们的人生了子女,那么我们这孩子就全被压倒了。再说,凡女子不论身份高下,能得双亲重视,便是受人尊敬的起因。这孩子的穿裙仪式,倘由我们举行,即使尽心竭力,在这深山僻处有何体面可言?终不如完全交给他们,看他们如何排场。"她把女儿教训了一番之后,又与见解高明之人商量,再请算命先生卜筮,都说送二条院大吉。明石姬的心也就软下来了。

源氏内大臣虽为小女公子作此打算,但也深恐明石姬心情不快,所以并不强请。他写信去问:“穿裙仪式之事,应如何举行?”明石姬复道:“想来想去,教她住在我这一无可取的人身边,对她的前程终是不利的。然而教她参与贵人之列,又恐被人耻笑。……”源氏内大臣看了这回信,很可怜她,但也无可奈何。

就选定了一个黄道吉日,悄悄地命人准备一切应有事宜。明石姬到底舍不得放弃这孩子。但念孩子的前程要紧,也只得忍受痛苦。不但孩子而已,乳母也非同去不可。多年以来,她与这乳母晨昏相伴,忧愁之日,寂寞之时,全靠二人互相慰藉。如今这乳母也走了,她更形孤单,安得不伤心痛哭?乳母安慰她道:“这也是前定之事。我因意外之缘,幸得侍奉左右。多年以来,常感盛情,念念不忘,岂料有分手之日?虽然今后会面机会甚多,但一旦离去左右,前往逢迎素不相识之人,心中好生不安呵!”说着也哭起来了。

过不多天,已是严冬腊月,霰雪纷飞。明石姬更觉孤寂。她想起此身忧患频仍,异乎常人,不禁悲伤叹息。她比平常更加疼爱这小宝贝了。有一天大雪竟日,次日早晨,积雪满院。她平日难得到檐前闲坐,这一天回思往事,预想将来,偶尔来到檐前,坐眺池面冰雪。她身上穿着好几层柔软的白色衣衫,对景沉思,姿态娴雅。试看那鬟髻和背影,无论何等身份高贵的女子,其美貌也不过如此。她举起手来揩拭眼泪,叹道:“今后再逢着这样的日子,更不知何等凄凉也!”便娇声哭泣起来。继而吟道:

“深山雪满无晴日,

鱼雁盼随足迹来。”

乳母哭泣着安慰她道:

“深山雪满人孤寂,
意气相投信自通。”

到了这雪渐渐融解之时,源氏公子来了。若是平日,公子驾临不胜欢迎。但想起了他今天所为何来,便觉心如刀割。明石姬固然知道此事并非别人强迫她做,全是出于自己心愿。如果自己断然拒绝,别人决不勉强。她深悔做错了事。但今天再拒绝,未免太轻率了。源氏公子看见这孩子娇痴可爱地坐在母亲膝前,觉得自己与明石姬之间宿缘非浅!这孩子今年春天开始蓄发,现已长得像尼姑的短发一般,茸茸地挂到肩上,非常美丽。相貌端正,眉目清秀,更不必说了。源氏公子推想做母亲的把这孩子送给别人之后悲伤悬念之情,觉得异常对不起明石姬,便对她反复说明自己的用意,多方安慰。明石姬答道:“但愿不把她看做微贱之人的女儿,好好地抚育她……”说到这里,忍不住流下泪来。

小女公子还不识甘苦,只管催促快快上车。母亲亲自抱了她来到车子旁边,她拉住了母亲的衣袖,咿咿哑哑地娇声喊道:“妈妈也上来!”明石姬肝肠断绝,吟道:

“小松自有参天日,
别后何时见丽姿?”

未曾吟毕,已经泣不成声。源氏公子对她深感同情,觉得此事的确使她痛苦,便安慰她道:

“翠叶柔条根柢固,
千秋永伴武隈松。[1]

但请徐徐等待。”明石姬也觉得此言甚是,心情稍安,然而终于悲伤不堪。乳母和一个叫做少将的上级侍女,拿着佩刀和天儿[2]与小女公子同乘。其他几个相貌美好的青年侍女和女童,另乘车子相送。源氏公子一路上纪念留在邸内的明石姬,痛感自身犯了何等深重的罪恶!

到达二条院时,天色已黑。车子赶近殿前,那些乡村里出来的侍女们,看见灯烛辉煌,繁华热闹,气象迥异他处,觉得到这里来当差有些不惯呢。源氏公子派定向西的一间为小女公子的居室,内有特殊设备,小型的器具布置得异常美观。西边廊房靠北的一间,是乳母的居室。小女公子在途中睡着了。抱她下车时并不哭泣。侍女们带她到紫夫人房中,给她吃些饼饵。她渐渐发觉四周景象不同,又不见了母亲,便向各处寻找,脸上显出要哭的模样。紫夫人便喊乳母过来安慰她。

源氏公子想起山中大堰邸内的明石姬,失去了孩子之后何等寂寞,觉得很对她不起。但见紫姬朝夜爱抚这孩子,又觉十分如意称心。所可惜者,这孩子不是她亲生的。倘是亲生,外人便无可非议。这真是美中不足了。小女公子初来的几天内,有时啼啼哭哭,要找一向熟悉的人。

〔1〕 武隈地方,以产夫妇松(双松并生者)著名。此诗以夫妇松喻自己及明石姬,并谓不久迎接她去同居。

〔2〕 天儿是一种布娃娃,小儿带在身边,认为可以避凶灾。

但这孩子本性温和驯良,对紫姬十分亲昵,因此紫姬很疼爱她,仿佛获得了一件宝贝。她终日抱她,逗引她。那乳母便自然而然地和夫人熟悉起来。他们又另外物色一个身份高贵而有乳的人,相帮哺育这孩子。

小女公子的穿裙仪式,虽未特别准备,但也十分讲究。按照小女公子身材做的服装和用具,小巧玲珑,竟像玩偶游戏,非常可爱。当天贺客甚多,但因平日亦常车马盈门,所以并不特别惹人注目。只是小女公子的裙带,像背带那样通过双肩在胸前打了一个结,样子比以前更加美丽了。

大堰邸内的人,怀念小女公子,终无已时。明石姬越发痛悔自己的错失了。尼姑母夫人那天虽然如此教训女儿,现在也不免常常流泪。但闻那边如此爱惜这小女公子,心中也自欢欣。小女公子身上,那边供奉周到,此间不须操心。只是备办了许多色彩非常华美的衣服,送给乳母以及小女公子贴身的众侍女。源氏公子想起:若久不去访,明石姬定会疑心:果如所料,从今我抛弃她了,因而更加恨我,这倒对她不起。于是在年内某日悄悄地前往访问了一次。邸内本已非常岑寂,再加失去了那朝夕宝爱的孩子,其悲伤可想而知。源氏公子想到这里,也觉得痛苦,因此不绝地去信慰问。紫姬如今也不甚妒恨明石姬了。看这可爱的孩子面上,饶恕了她的母亲。

不久岁历更新。天空明丽,二条院内万事如意,百福骈臻。各处殿宇,装饰得分外华丽。贺年客人络绎不绝。年辈较长的人,都在初七吃七菜粥[1]的节日赶来庆祝。门前车马若市。那些青年贵公子,个个无忧无虑,喜气洋洋。身份较次的人,心中虽有思虑,脸上怡然自得。看这

---

〔1〕 七菜是指春天的七种菜,即芹菜、荠菜、鼠曲草、繁缕、佛座、芜菁、萝卜。正月初七把这七种菜剁碎后放入粥里,叫做七菜粥。当时认为吃了能治百病。

光景,真可谓太平盛世。住在东院西殿里的花散里,日子也过得很舒服。众侍女及女童等的服装,也照顾得很周到,生涯十分丰裕。住在源氏公子近旁,自然便宜得多。公子每逢闲暇无事之时,常常散步过来和她会面。至于特地来此宿夜,则甚难得。但花散里性情谦恭温顺,她认为自己命中注定,对公子的缘分止于如此,所以心满意足地悠闲度日。因此源氏公子很放心,每逢四时佳节,对她待遇之丰厚,不亚于紫姬。上下诸人,都不敢看轻她。愿意伺候她的侍女也不少于紫姬。家臣也都不敢怠慢于她。境况之佳,也无可指摘了。

源氏公子时时挂念大堰邸内明石姬的寂寥,等到正月里公私诸事忙过以后,就前往访问。这一天他打扮得特别讲究:身穿表白里红的常礼服,里面是色泽华丽的衬衣,衣香熏得十分浓烈。向紫姬告别之时,正好映着绯红的夕阳,全身光彩绚赫。紫姬目送他出门时,不觉目眩心移。小女公子不知不识,拉住了父亲的裙裾,要跟他同去,竟想走出室外来。源氏公子站定了脚,心中可怜她。说了一番安抚她的话,然后信口唱着催马乐中"明朝一定可回来"〔1〕之句,出门而去。紫姬便叫侍女中将到廊房口去守候,等他出来时赠他一首诗:

"若无人系行舟住,
明日翘盼荡子归。"

中将吟时,音调十分流畅,源氏公子笑容可掬地答道:

〔1〕 催马乐《樱人》全文:"(男唱)樱人樱人快停船,载我前往看岛田。我种岛田共十区,察看一遍就回来。明朝一定可回来。(女唱)口头说话是空言,明朝回来难上难。你在那边有妻房,明朝一定不回来,明朝一定不回来。"樱人是摇船的本地人。

"匆匆一泊明朝返,
不为伊人片刻留。"

小女公子听他们唱和,全然不懂,只管跳跳蹦蹦地戏耍。紫姬看了觉得非常可爱,对明石姬的醋意也消减了。她推想明石姬一定非常想念这孩子。倘使换了她自己,该是何等伤心呵!她对这孩子注视了一会,抱她到怀里,摸出自己那个莹洁可爱的乳房来,给她含在口中,以为戏耍。旁人看了觉得这光景真是有趣!侍女们互相告道:"夫人怎么没有生育?这孩子倘是自己生的,多好呢!"

大堰邸内,光景十分优裕。房屋形式也与众不同,别饶雅趣。加之明石姬的容颜举止,每次看见,都比上次优越。比较起身份高贵的女子来,实在并不逊色。源氏公子想:"她的品行倘若同别人一样,并无特别优越之处,我不会如此怜爱她。她父亲性行乖僻,确是一大憾事。至于女儿身份低下,又有何妨?"源氏公子每次来访,都只是匆匆一叙,常感不满。此次又是急忙归去,他觉得虽然相会,仍是痛苦,心中一直慨叹"好似梦中渡雀桥"[1]。身边正好有筝,源氏公子取了过来。想起了那年在明石浦上深夜合奏之事,便劝明石姬弹琵琶。明石姬同他合奏了一会。源氏公子深深赞叹她技巧的高明,觉得无瑕可指。奏罢之后,他就把小女公子的近况详细告诉她。

大堰邸原是个寂寞的居处。但源氏公子时时来此泊宿,有时也就在这里吃些点心或便饭。他来此时,对外往往借口赴佛堂或桂院,并不明

[1] 古歌:"世间情爱本飘摇,好似梦中渡雀桥。渡过雀桥相见日,心头忧恨也难消。"见《河海抄》。

言专诚来访。他对明石姬虽非过度迷恋,但也没有轻蔑之色,绝不把她当作一般人看待,足见对她的宠爱是与众不同的。明石姬也深知公子对她异常宠爱,所以她对公子并不作僭越的要求,但也不过分自卑,凡事不违背公子的欲愿,真可谓不亢不卑,恰到好处。明石姬早就听人说:源氏公子在身份高贵的女人家里,从来不如此开诚相待,总是趾高气扬的。因此她想:“我倘迁居东院,住在太接近公子的地方,倒反而与她们同化,难免受人种种侮辱。现在住在这里,虽然他来的次数不多,但总是特地为我而来,在我更有面子。”明石道人送女儿入京时虽然言语决绝,但毕竟也很挂念,不知公子对她们待遇如何,常常派使者来探问。听到了消息,有时忧伤叹息;但感到光荣、欢欣鼓舞之时亦复不少。

正在此时,太政大臣逝世了。这老大臣是天下之柱石,一旦殂落,皇上亦不胜悲叹。昔年暂时隐退,笼闭邸内,尚且引起朝中骚扰;何况今日与世长遗,悲伤之人自然甚多。源氏内大臣亦非常惋惜。以前一切政务均可依赖太政大臣主裁,内大臣甚是安闲。今后势必独任其艰,因此更增愁叹。冷泉帝年仅十四,然而稳重老成,似乎远在这年龄之上,躬亲政务,圣明善断,源氏内大臣颇可放心。然而太政大臣逝世之后,除了他自己以外,别无可托之后援人。谁能代他负此重任,而让他成遂出家修行之夙愿呢?想到这里,便觉太政大臣之早逝甚可痛心。因此大办追荐佛事,比太政大臣的子孙们办得更加隆重。又殷勤吊慰,多方照拂。

这一年世间疫疠流行。禁中屡次发生异兆,上下人心不安。天空也多怪变:日月星辰,常见异光,云霞运行,亦示凶兆。世间惊人之事甚多。各地天文、卜易专家纷纷上书申报,其中记载着种种教人吃惊的怪事。惟有源氏内大臣心中特别烦恼,认为此乃自身罪恶深重所致。

出家的藤壶母后于今年春初患病,到了三月里,病势十分沉重。冷泉帝行幸三条院,向母后问病。桐壶帝驾崩之时,冷泉帝还只五岁,尚未深解世事。如今母后病重,帝心异常忧虑,愁容满面。藤壶母后亦甚悲伤,对他言道:“我预知今年大限难逃。但也并不觉得特别痛苦,倘明言自知死期,深恐外人笑我故意装腔,所以并不额外多做功德。我早想入宫,从容地对你谈谈当年旧事。然而少有精神舒畅的日子,以致因循蹉跎,迄未如愿,实甚遗憾。”说时声音十分微弱。她今年三十七岁,然而还是青春盛年的模样,冷泉帝觉得非常可惜,心中更加悲伤了。便答道:“今年是母后应当万事谨慎小心的厄年[1],孩儿听说母后近数月来玉体违和,甚是担心。然而并未特别多做法事,实甚后悔。”他心中异常痛苦,只得在此危急之际,大规模举行法事,以祈祷母后复健。源氏内大臣以前也只当作她所患的是寻常小病,不甚介意。现在也深为担忧了。冷泉帝因身份关系,未便勾留,不久告辞返宫,心中无限悲伤。

藤壶母后非常痛苦,说话也很困难,只是心中寻思:“此身因有宿世深缘,故在这世间享尽尊荣富贵,人莫能及。然而我心中无限痛苦,亦复世无其匹!冷泉帝做梦也不曾想到此种秘密,实在对他不起。惟有此恨,使我死不瞑目。海枯石烂,永无消解之一日了!”源氏内大臣为朝廷着想,太政大臣新丧,藤壶母后垂危,连遭不幸,实甚可悲。而想起了自己与藤壶母后的秘密私情,又觉无限伤心。于是尽心竭力,大办佛事,祈祷母后早日恢复健康。他对藤壶母后的恋情,年来久已断绝。想起了今生永无再续鸾胶之一日,心中非常悲痛。便走近病床前的帷屏旁边,向知情的侍女探询母后病状。母后身边的侍女,都是亲信之人,察知源氏内大臣衷情,便将母后近状详细奉告。又道:“近几月来,即使身体不适,

---

〔1〕 古时迷信:女子十九、三十三、三十七岁为“厄年”,必遭灾难。

礼佛诵经之事亦不间断。积劳既久，身体更形衰弱。近日橘子汁也绝不进口，看来已无希望了。”众侍女无不掩面而泣。藤壶母后命侍女传言道：“你恪守父皇遗命，为今上效忠，不遗余力。年来受惠甚多，我常思俟有良机，向你表达感谢之忱。静候至今，岂料病势沉重至此，遗憾在心，夫复何言！”源氏内大臣在帷屏外微闻声息，伤心之极，不能作答，只是吞声痛哭。自念心情何以如此脆弱，应该顾忌他人注目，振作起来。但又想起藤壶母后从前的美貌，世间一般人见了也不胜怜惜。岂料如今即将香消玉殒，无法挽留，真乃抱恨终天之事！终于收泪答道：“驽钝之材，诚不足道。惟受命以来，竭力效忠，不敢怠慢。月前太政大臣遽尔逝世，此后身荷政务重任，益增惶恐。岂料母后今又患病，更觉心乱如麻。深恐此身亦不能久居人世也。”在这期间，藤壶母后就像油干火绝一般悄悄地断气了。源氏内大臣的悲伤不可言喻。

藤壶母后在一切贵人之中，心肠最为慈悲，对世人普遍爱护。从来豪门贵族，总不免倚仗势力，欺压平民，藤壶母后则绝无此种行为。四方有所贡献，凡劳师动众之事，一概谢绝。在佛法功德方面，她也十分撙节：从来富贵之人，经人劝请，往往穷极豪华地大做功德，即在圣明天子时代，亦不乏其例。惟有藤壶母后绝不做此等奢侈之事，她只用上代传下来的财宝，以及应得的年俸爵禄，在不妨碍其他用项的限度内，尽量普遍地斋僧供佛。因此无知无识的山僧，也都悼惜她的逝世。葬仪的消息，轰动全国，闻者无不悲伤。凡殿上官员，一律身穿黑色丧服，使得这莺花三月暗淡无光。

源氏公子看了二条院庭中的樱花，回想起当年花宴的情状，自言自语地吟唱古歌中“今岁应开墨色花”之句[1]。深恐惹人议论，只得笼闭

〔1〕 古歌：“山樱若是多情种，今岁应开墨色花。”见《古今和歌集》。

在佛堂中,天天背人偷泣。夕阳如火,山间树梢毕露。而横亘在岭上的薄云,映成灰色。际此百无聊赖之时,这灰色的薄云分外惹人哀思。源氏公子吟道:

“岭上薄云含夕照,
也同丧服色深黝。”〔1〕

无人闻知,独吟也是枉然。

七七佛事次第圆满之后,暂无举动。宫中闲静,皇上顿感寂寞无聊。且说有一个僧都,藤壶母后的母后〔2〕在世时就入宫供职,一直当祈祷师。藤壶母后也很尊敬他,当他亲信人。皇上亦重视他,常常教他举办隆重的法事。这确是一个道行高深的圣僧,世间少有。他今年约七十岁,近年来笼闭山中,勤修佛法,为自己晚年积福。此次专为藤壶母后祈病,来到京都,被召入宫,常侍皇上左右。源氏内大臣也劝他:“今后你就同昔日一样,常住宫中,为皇上供职。”僧都答道:“贫僧年老,本已不堪夜课。惟大臣有命,岂敢违反。况长年身蒙厚恩,理应报答。”便留住宫中了。

有一天,沉静的黎明时分,伺候人都不在身旁,值宿人员也都退去了,这僧都一面用老人特有的稳静声音咳嗽,一面为冷泉帝讲述人世无常之理。乘机言道:“贫僧有言,欲启奏陛下。因恐反获谎报之罪,故踌躇不决者久矣。但陛下若不知此事,罪孽甚大,贫僧恐受天罚。贫僧若

〔1〕 本回题名“薄云”据此诗。因此藤壶又名“薄云皇后”。
〔2〕 此乃桐壶帝前代的皇后。

将此事隐藏胸中,直至命终,则又有何益?佛菩萨亦将呵斥贫僧之不忠。”他讲到这里,说不出口了。冷泉帝想:“到底是什么事情?莫非他死后在这世间犹有余恨么?做和尚的,无论何等清高,往往贪馋嫉妒,实在讨厌。”便对他说:“我从幼年时候就亲信你,你却有事隐忍不说,教我好恨啊!”僧都续说道:“阿弥陀佛!佛菩萨所严禁泄露的真言秘诀,贫僧均已绝不保留地传授陛下。贫僧自身,尚有何事隐忍在心?惟有这一件,乃牵连过去未来之大事,如果隐瞒,只恐反而以恶名传闻于世,于已故桐壶院和藤壶母后、以及当今执政之源氏内大臣,皆多不利。贫僧此老朽之身,毫不足惜,即使获罪,决不后悔。今当仰承神佛之意,向陛下奏闻:陛下尚在胎内之时,母后便已悲伤忧恼,曾密嘱贫僧多方祈祷。其中详情,出家之人当然不得而知。后来内大臣身蒙无实之罪,谪戍海隅,母后更加恐惧,又嘱贫僧举行祈祷。内大臣闻知此事,亦曾命贫僧向佛忏悔。陛下即位以前,贫僧不绝地为陛下祈求安泰也。据贫僧所知……”便将事实详细奏闻。冷泉帝听了他的话,如闻青天霹雳,恐惧悲伤,方寸缭乱,一时不能作答。僧都自念唐突启奏,恼乱圣心,深恐获罪,便想悄悄退出。冷泉帝留住了他,言道:“我倘不知此事而度送一生,深恐来世亦当受罪。惟你隐忍至今方始告我,反教我怨你不忠了。我且问你:除你以外,有否别人知道此事而泄露于外?”僧都答道:“除贫僧及王命妇之外,并无他人知此情由。贫僧今日奏闻,心中实甚恐惧。近来天变频仍,疫疠流行,其原因即在于此。陛下年幼之时,尚未通达世事,故神佛亦不计较。今陛下年事渐长,万事已能明辨是非,神佛即降灾殃,以示惩罚不孝之罪也。世间万事吉凶,其起因皆与父母有关。陛下若不自知其罪,贫僧不胜忧惧。因此敢将深藏心底之事宣之于口。”说时嘘唏不已。此时天色已明,僧都即便告退。

冷泉帝闻此惊人消息，如在梦中。左思右想，心绪恼乱。他觉得此事对不起桐壶院在天之灵。而使生父屈居臣下之位，实甚不孝。多方考虑，直到日晏之时，犹未起身。源氏内大臣闻知圣躬不豫，甚是吃惊，便前来探视。冷泉帝一见其面，悲伤更难忍受，簌簌地掉下泪来。源氏内大臣以为他悼念母后，泪眼至今未干也。

这一天，桃园式部卿亲王[1]逝世了。噩耗传来，冷泉帝又吃一惊，觉得这世间凶灾接踵而生，越发可忧了。源氏内大臣看见皇上如此忧伤，便不返二条院去，常住宫中，与皇上亲密谈心。皇上对他言道："我恐寿命不永了，何以近来心情如此颓丧，天下又如此不太平。万方多难，教我不胜忧惧。我颇思引退，母后在世之时，我恐使她伤心，不敢提及。今已无所顾虑，我欲及早让位，以便安心度日。"源氏内大臣骇然答道："此事如何使得！天下之太平与否，未必由于政治之长短。自古圣代明时，亦难免有凶恶之事。圣明天子时代发生意外变乱，在中国也有其例，在我国亦复如是。何况最近逝世之人，多半是高龄长寿，享尽天年者。陛下不须忧惧也。"便列举种种事例，多方劝慰。作者女流之辈，不敢侈谈天下大事。略举一端，亦不免越俎之嫌。

冷泉帝常穿墨色丧服，其清秀之容姿，与源氏内大臣毫无差异。他以前揽镜自照，亦常有此感想。自从听了僧都的话以后，再行细看源氏内大臣的相貌，越发深切地感到父子之爱了。他总想找个机会，向他隐约提到此事。然而又恐源氏内大臣难以为情，幼小的心中便鼓不起勇气。因此这期间他们只谈些寻常闲话，不过比以前更加亲昵了。冷泉帝对他态度异常恭敬，与从前迥不相同，源氏内大臣眼明心慧，早已看出，

---

〔1〕 桐壶院之弟，槿姬之父。

暗中觉得惊异,然而料不到他已经详悉底蕴了。

冷泉帝想向王命妇探问详情。然而他又不愿教王命妇知道母后严守秘密之事已经被他得悉。他只想设法将此事隐约告知源氏内大臣,问他古来有否此种前例。然而终无适当机会。于是他更加勤修学问,浏览种种书籍。他在书中发现:帝王血统混乱之事,在中国实例甚多,有公开者,有秘密者;但在日本则史无前例。即使亦有实例,但如此秘密,怎能见之史传?当然不会传之后世了。他只在史传中发现:皇子降为臣籍,身任纳言或大臣之后,又恢复为亲王,并即帝位者,则其例甚多。于是他想援用此种前例,以源氏内大臣贤能为理由,让位与他。便作种种考虑。

此时正值秋季京官任免之期。朝廷决定任命源氏为太政大臣。冷泉帝预先将此事告知源氏内大臣,乘便向他说起最近所考虑的让位之事。源氏内大臣闻言,诚惶诚恐,认为此事万不可行,坚决反对。奏道:"桐壶父皇在世之时,于众多皇子之中,特别宠爱小臣,但绝不考虑传位之事。今日岂可违背父皇遗志,贸然身登帝位?小臣但愿恪守遗命,为朝廷尽辅相之责。直待年龄渐老之时,出家离俗,闭关修行,静度残生而已。"他照常用臣下的口气奏闻,冷皇帝听了深感歉憾。至于太政大臣之职。源氏内大臣亦谓尚须考虑,暂不受命。结果只是晋升官位,特许乘牛车出入宫禁。冷泉帝深感不满,还要恢复源氏内大臣为亲王。但按定例,亲王不得兼太政大臣,源氏倘恢复为亲王,则别无适当人物可当太政大臣而为朝廷后援人,故此事又未能实行。于是晋封权中纳言[1]为大纳言兼大将。源氏内大臣想:"等待此人再升一级,成为内大臣以后,万事皆可委任此人,我多少总安闲些。"但回思冷泉帝此次言行,又甚担心。

---

〔1〕 葵姬之兄,即以前之头中将。

万一他已知道这秘密,则对不起藤壶母后之灵。而使冷泉帝如此忧恼,又万分抱歉。他很诧异:究竟是谁泄露这秘密的?

王命妇已迁任栉笥殿[1]职务,在那里有她的房室。源氏内大臣便去访晤,探问她:"那桩事情,母后在世之时是否曾向皇上泄露口风?"王命妇答道:"哪有此事!母后非常恐惧,生怕皇上听到风声。一方面她又替皇上担心,深恐他不识亲父,蒙不孝之罪,而受神佛惩罚。"源氏内大臣听了这话,回思藤壶母后那温厚周谨、深思远虑的模样,私心恋慕不已。

且说梅壶女御在宫中,果如源氏内大臣所指望,照料冷泉帝异常周到,身受无上的宠爱。这位女御的性情与容貌,十全其美,无瑕可指。故源氏内大臣对她十分重视,用心照拂。时值秋季,梅壶女御暂回二条院歇息。源氏内大臣为欢迎女御,把正殿装饰得辉煌耀目。现在他用父母一般的纯洁心肠来爱护她了。

有一天,秋雨霏霏,庭前花草色彩斑斓,露满绿叶。源氏内大臣回想起梅壶的母亲六条妃子在世时种种往事,泪下沾襟,便走到女御的居室里来探望。他身穿墨色常礼服,借口时势不太平,故尔洁身斋戒,实则为藤壶母后祈祷冥福也。他把念珠藏入袖中,走进帘内来,姿态异常优雅。梅壶女御隔着帷屏亲口和他谈话。源氏内大臣说:"庭前秋花盛开了。今年年头不佳,而草木无知,依旧及时开颜发艳,真可怜啊!"说着,把身子靠在柱上,映着夕照,神彩焕发。接着谈到昔年旧事,谈到那天赴野宫访问六条妃子后黎明时依依惜别之状,言下不胜感慨。梅壶女御正如古歌所咏"回思往事袖更湿"[2],也嘤嘤地哭泣起来,样子甚是可怜。源氏

---

〔1〕 掌管御衣之所。

〔2〕 古歌:"罗袖本来无干日,回思往事袖更湿。"见《拾遗集》。

内大臣在帷屏外听她因哭泣而颤动的声音,想见她是个非常温柔优雅的美人。可惜不能见面,胸中焦灼难堪。此种恶癖实甚讨厌!

源氏内大臣又开言道:“回想当年,并无何等可悲可恼之事,理应安闲度日。只因我心耽好风流,以致终年忧患不绝。有许多女子,我和她发生了不应该的恋爱,使我至今犹觉痛苦。其中至死不能谅解而抱恨长终者,计有二人,其一便是你家已过的母夫人。她怨我薄倖,直至最后终不谅解,此乃我终身一大恨事。我竭诚照顾你这遗孤,指望借此聊慰寸心。无奈‘旧恨余烬犹未消’[1],看来这是永世的业障了。”至于另一人姑置不谈[2]。话头转向他处:“中间我惨遭谪戍,常思回京之后,应做之事甚多。现在总算逐渐如愿以偿了。住在东院的那人[3],以前孤苦伶仃,现在安居纳福,无所顾虑了。这个人性情温和,我与她互相谅解,亲密无间。我回京以后,复官晋爵,身为帝室屏藩,但我对富贵并不深感兴趣,惟有风月情怀,始终难于抑制。当你入宫之际,我努力抑制对你的恋情而当了你的保护人,不知你能谅解我此心否?如果你不寄与同情,我真是枉费苦心了!”梅壶女御觉得厌烦,默默不答。源氏内大臣说:“你不回答,可见不同情我,我好伤心啊!”

连忙岔开话头,继续言道:“自今以后,我总想永不再做疚心之事,静掩禅关,专心修持,为来世积福。只是回思过去,我毫无勋业值得一生怀念,不免遗憾耳。惟膝下有小女一人,现仅四岁,成长之日尚远。我今不揣冒昧,欲以此女奉托,指望靠她光大门第。我死之后,务请多多栽培。”梅壶女御态度异常文雅,只是隐隐约约地回答了一言两语。源氏内大臣

---

〔1〕 古歌:“旧恨余烬犹未消,惟有与汝永缔交。”见《源氏物语注释》所引。

〔2〕 另一人显然是藤壶。

〔3〕 指花散里。

听了觉得十分可亲,便静静地坐在那里,直到日暮。又继续言道:"光大门第之望,姑且不谈。目前我所企望的,一年四时流转之中,春花秋叶,风雨晦明,应有赏心悦目之景。春日林花烂漫,秋天郊野绮丽,孰优孰劣,古人各持一说,争论已久。毕竟何者最可赏心悦目,未有定论。在中国,诗人都说春花如锦,其美无比;而在日本的和歌中,则又谓'春天只见群花放,不及清秋逸兴长。'〔1〕我等面对四时景色,但觉神移目眩。至于花色鸟声,孰优孰劣,实难分辨。我想在这狭小的庭院内,广栽春花,移植秋草,并养些不知名的鸣虫,以点缀四时景色,供你等欣赏。但不知你对于春和秋,喜爱哪一季节?"梅壶女御觉得难于奉复。但闭口不答,又觉太不知趣,只得勉强答道:"此事古人都难于判别,何况我等。诚如尊见:四时景色,皆有可观。但昔人有云:'秋夜相思特地深'〔2〕;我每当秋夜,便思念如朝露般消失的我母,故我觉得秋天更为可爱。"〔3〕这话似乎没有多少理由,信口道来,但源氏内大臣觉得非常可爱。他情不自禁,赠诗一绝:

"君怜秋景好,我爱秋宵清。
既是同心侣,请君谅我心。

我常有相思难禁之时呢。"梅壶女御对此岂能作答?她只觉得莫名其妙。源氏内大臣颇想乘此机会,发泄胸中关闭不住的怨恨。或竟更进一步,做非礼之事。但念梅壶女御如此嫌恶他,亦属有理。而自己如此轻佻,

---

〔1〕见《拾遗集》。

〔2〕古歌:"无时不念意中人,秋夜相思特地深。"见《古今和歌集》。

〔3〕梅壶女御后来称为"秋好皇后",即根据她这段话。

也太不成样子。于是回心转意,只是长叹数声。此时他的姿态异常优美。但女御只觉得讨厌。她渐渐向后退却,想躲进内室里去。源氏内大臣对她说:“想不到你如此讨厌我!真正深解情趣的人,不应该如此呢。罢了罢了,今后请你勿再恨我。你若恨我,我很伤心啊!”便告辞退出。他起身退出后,衣香留在室中,梅壶女御觉得连这香气也很讨厌。侍女们一面关窗,一面相与言道:“这坐垫上留着的香气,香得好厉害啊!这个人怎么会长得这样漂亮?竟是‘樱花兼有梅花香,开在杨柳柔条上’[1]呢。真正教人爱杀呵!”

源氏内大臣回到西殿,暂不走进内室去,却在窗前躺下,耽入沉思。他教人把灯笼挂在远处,命几个侍女在旁侍候,和她们闲谈。他自己也感觉到:“我作乱伦之恋而自寻烦恼的老毛病,还是照旧呢。”又想:“向梅壶女御求爱,实在太不应该!从前那桩事,讲到罪过,比这件事深重得多。然而那时年幼无知,神佛亦原谅我。但现在岂可再犯?”想到这里,又觉得自己于此道已可放心,毕竟修养加深,不会再蹈覆辙了。

梅壶女御作出深知秋天风趣的样子,回答源氏内大臣说爱好秋景,过后回想,懊悔莫及,深觉可耻。颓丧之余,竟成忧恼。但源氏内大臣斩断了这一缕情丝,比以前更加亲切地照拂她了。他走进内室,对紫姬说道:“梅壶女御爱好秋夜,亦甚可喜;而你喜欢春晨,更是有理。今后赏玩四时花草之时,亦当按照你的欢心而安排。我身为公私事务所羁绊,不能任情游乐。常想依照夙愿,遁入禅门。但不忍教你独守孤寂,不免怅惘耳。”

源氏内大臣时刻挂念嵯峨山中大堰邸内那个人。但因身份高贵,不便轻易去访。他想:“明石姬为了自己出身低微,所以嫌恶人世,避免交

---

〔1〕 此古歌见《后拾遗集》。

游，其实何必如此自卑呢？但她不肯轻易迁居东院，低头与众人共处，则又未免太高傲了。”推察她的心情，实甚可怜。于是照例借口嵯峨佛堂必须不断念佛，赴大堰邸访问了。

明石姬在这大堰邸内，越是住得长久，越是觉得凄凉。平居无事，也频添忧恼。何况与难得降临的源氏内大臣结了痛苦的不解之缘，见面时只是匆匆一叙，反而徒增悲叹。因此源氏内大臣只得尽心竭力地抚慰她。透过异常繁茂的树木，远远望见大堰河鸬鹚船的篝灯明灭，火光反映在池塘里，好像点点流萤。源氏内大臣说："此种住宅的情景，若非在明石浦看惯，看了定然觉得希奇。"明石姬便吟道：

"篝灯映水如渔火，
伴着愁人到此乡。

我的愁思也与住在渔火之乡时一样。"源氏内大臣答道：

"只缘不解余怀抱，
心似篝灯影动摇。

正如古歌所咏：'谁教君心似此愁？'[1]"意思是反而恨明石姬不谅解他的心。此时公私各方均甚闲暇，源氏内大臣为欲专心修习庄严佛法，常常到嵯峨佛堂来作长期滞留。想是因此之故，明石姬的愁怀也稍得宽解。

---

〔1〕 古歌："情如泡沫原堪恨，谁教君心似此愁？"见《古今和歌六帖》。

第二十回　槿　　姬[1]

却说在贺茂神社当斋院的槿姬,为了父亲桃园式部卿亲王逝世,辞职移居他处守孝。源氏内大臣向有一旦钟情、永不忘怀之癖,故自闻讯后屡次去信吊慰。槿姬回思以前曾经被他爱慕,受他烦扰,故并不给他诚恳的复信,源氏内大臣大为遗憾。到了九月里,槿姬迁居旧宅桃园宫邸。源氏内大臣闻此消息,心念姑母五公主[2]也住在桃园宫邸,便以探望五公主为借口,前去访问。

桐壶院在世时,特别重视这妹妹五公主,所以直到现在,源氏内大臣还很亲近这姑母,常常有书信往来。五公主与槿姬分居正殿东西两侧。亲王逝世未久,邸内已有荒凉之感,光景异常岑寂。五公主亲自接见源氏内大臣,和他对面谈话。她的样子十分衰老,常常咳嗽。三公主,即已故太政大臣的夫人[3]是她的姐姐,然而全无老相,至今还很清健。这五公主却和她姐姐不同,声音嘶嗄,样子有些龙钟了。这也是境遇所使然。她对源氏内大臣说:"桐壶院驾崩之后,我便觉万事意兴索然。加之年事衰迈,平居每易堕泪。如今这位兄长也舍我而去,更觉得我这个人留在世间虽生犹死了。幸而有你这个好侄儿前来慰问,使我忘记了一切痛

---

〔1〕 本回写源氏三十二岁秋天至冬天之事。

〔2〕 桐壶院与桃园式部卿亲王之妹,亦即葵姬之母三公主之妹。

〔3〕 即葵姬之母。

苦。"源氏内大臣觉得这个人老得厉害,便对她表示尊敬,答道:"父皇驾崩以后,世间的确万事全非了。前年侄儿又蒙无实之罪,流离他方。不图又获赦免,重归朝廷,滥竽政务。只是公事烦忙,少有暇晷。年来颇思常来请安,以便共话旧事,并多多请教。而未能如愿,实甚遗憾。"五公主说:"啊呀呀,这世间真是变化多端啊!我阅尽沧桑,老而不死,自己常觉得此身可厌。然而今天看到你重返京都,荣登高位,又觉得当年我若只见你惨遭横祸,那时便轗轲而死,才真是不幸呢!"她的声音发抖。接着又说:"你长得真漂亮啊!你童年时候,我看见了你总是惊讶:这世间怎么会生出这样光彩夺目的人来?以后每次看到你,觉得越长越美,简直教人疑心神仙下凡,反而恐惧起来呢。世人都说今上相貌与你十分肖似。但据我推想,无论如何也赶不上你吧。"便滔滔不绝地讲下去。源氏内大臣想:哪有特地当着人面,极口赞誉美貌的呢。他觉得有趣,答道:"哪里的话!侄儿年来流落风尘,身经苦患之后,衰老得多了。今上容姿之美,历代帝王无人能及,真是盖世无双。姑母这推想太奇怪了。"五公主说:"不管怎样,我但得常常看见你,这残命也会延长。今天我老也忘记,忧患都消释,心情好畅快呵!"说过之后又哭起来,继续言道:"三姐真好福气,招了你这个女婿,常常好和你亲近,我真羡慕呵!这里已过的亲王,也常常懊悔不曾把女儿配给你呢。"源氏内大臣觉得这句话很中听,答道:"若能如此,大家常常亲近,我何等幸福呵!可惜他们都疏远我呀!"他恨恨地说,透露出心事来了。他望望槿姬所住的那一边,看见庭前草木虽已枯黄,却别有风趣。想象槿姬闲眺这景色时的容姿,一定优美可爱。心痒难忍,便开言道:"侄儿今天前来拜访,理应乘便去那边望望槿姐,否则太不礼貌了。"便告辞五公主,顺着廊檐走到那边去。

此时天色已黑。槿姬室内,透过灰色包边的帘子,隐约窥见里面张着黑色的帷屏[1],令人感到凄凉。微风飘送出迷人的衣香来,芬芳扑鼻,内室景象又觉美不可言。侍女们认为在廊檐上招待大臣,太不像样,便请他进南厢来坐地,由一个叫做宣旨的侍女代小姐应对。源氏内大臣颇不满意,言道:"难道现在还把我当作年轻人,叫我坐在帘外么?我之企仰姐姐,已积年累月。我以为有这点功劳,可蒙允许出入帘帷了呢。"槿姬叫侍女传言答道:"往日之事,全同一梦。如今虽已梦醒,但这世间是否真实可靠,现在我还模糊难辨。故你有否功劳,容我仔细考虑再定。"源氏内大臣觉得人世的确无常。细微之事,亦足发人深省。便赠诗道:

"偷待神明容汝返,
甘心首疾已经年。

如今神明已容汝返都,还有何借口回避我?我自惨遭谪戍,历尽艰辛之后,种种忧恼,积集胸中,极想向你申诉一二呢。"那殷勤恳切之状,比从前更加优美潇洒了。他年纪虽然大了些,但从内大臣这职位来说,颇不相称,过于年轻了。槿姬答诗云:

"寻常一句风情话,
背誓神前获罪多。"

源氏内大臣说:"这誓谈它则甚?过去之罪,早已被天风吹散了。"说时神

[1] 因有丧事,故用灰色、黑色。

态风流潇洒。宣旨同情他，打趣地说道：“如此说来，‘此誓神明不要听’[1]了！”一本正经的槿姬听了这些话很不高兴。这位小姐性情向来古板，年纪越大，越发谨慎小心了，连答话也懒得多说。众侍女看了都替她着急。源氏内大臣扫兴地说：“想不到我此来变成了调戏！”长叹一声，便起身告辞。一面走出去，一面言道：“唉，年纪一大，便受人奚落。我为了小姐，憔悴至此。小姐却待我如此冷淡，使我连‘请君出看憔悴身’[2]也吟不得了！”众侍女照例极口赞誉源氏内大臣的美貌。此时秋夜澄碧如水，众侍女听了风吹落叶之声，都回想起以前住在贺茂神社时饶有风趣的光景，那时源氏公子来信求爱，有时可喜，有时可叹。她们历历回思此等旧事，相与共话。

源氏内大臣回家，满腹懊恼，一夜不能入睡，只管胡思乱想。早晨起来，叫人把格子窗打开，坐在窗前闲看早晨的雾景。但见霜枯的秋草之中，有许多槿花到处攀缠着。这些花都已形容枯萎，颜色衰褪了。他就叫人折取一枝，送给槿姬，并附信道：“昨日过蒙冷遇，教我无以为颜。你看了我狼狈归去的后影，可曾取笑？我好恨呀！不过我且问你：

昔年曾赠槿[3]，永不忘当初；

久别无由见，花容减色无？

但我尚有一点指望：我长年相思之苦，至少要请你体谅！”槿姬觉得这封信措词谦恭可怜，倘置之不复，未免太乏情趣。众侍女便取过笔砚来，劝

---

[1] 古歌：“立誓永不谈恋情，此誓神明不要听。”见《伊势物语》。

[2] 古歌：“我今行过君家门，请君出看憔悴身。”见《住吉物语》。

[3] 日文的“槿”亦作牵牛花解释。槿姬之名即由此而来。

她作复。复书上写道：

“秋深篱落畔，苦雾降临初；
槿色凋伤甚，花容有若无。

将我比作此花，实甚肖似，使我不禁堕泪。”书中仅此数语，并无何等深情。但源氏内大臣不知何故，捧书细读，手不忍释。信纸青灰色，笔致柔嫩，非常美观。凡赠答之诗歌函牍，往往因人物之品格及笔墨之风趣得以遮丑，在当时似乎无甚缺陷；但后来一经照样传抄，有的令人看了就要颦眉。因此作者自作聪明地引用在本书中的诗歌函牍，有伤大雅的想必甚多。

源氏公子自己觉得：现在再像青年时代那样写情书，甚不相称。但回想槿姬向来取不即不离的态度，终于至今不曾玉成好事，又觉得决不肯就此罢手。便恢复勇气，重新向她热烈求爱。他独自离居在东殿里，召唤宣旨前来，和她商量办法。槿姬身边的侍女个个多情，看见毫不足道的男子都要倾心，何况对源氏公子。看那极口赞誉的样子，简直要铸成大错呢。至于槿姬自己呢，从前年轻时代尚且凛不可犯，何况现在双方年龄增长，地位也高了，岂肯做那种风流韵事？她觉得即使偶尔在通信中吟风弄月，亦恐世人讥评为轻薄。源氏公子觉得这位小姐的性情全同昔年一样，毫无改变，实在异乎寻常。这真是希罕，又是可恨！

此事终于泄露出去。世人纷纷议论：“源氏内大臣爱上前斋院了。五公主也说这二人是天生一对。这真是一段门当户对的好因缘呵！”这些话传入紫姬耳中，起初她想：“如果真有此事，他总不会瞒我。”后来仔细观察，发现公子神色大变，常常若有所思，神不守舍。她这才担心起来:“原来他已相思刻骨,在我面前却装作若无其事,说起时也用戏言蒙混过去。”又想:“这槿姬与我同是亲王血统,但她的声望特别高,一向受人重视。如果公子的心偏向了她,于我甚是不利呢。我多年来备受公子宠爱,无人能与我比肩,幸福已经享惯了。如今若果被他人压倒,岂不伤心!”她暗自悲叹。继而又想:“那时即使不完全忘却旧情而与我绝交,也一定很看轻我。他那自幼爱护我、多年来照顾我的深情厚意,必将成为无足轻重,有无皆可了。”她左思右想,心绪恼乱。倘是寻常小事,不妨向他发泄几句不伤感情的怨言。但这是一件关系重大的恨事,所以不便形之于色。源氏公子只管枯坐窗前,沉思冥想,又常常在宫中住宿。一有空闲,便埋头写信,好像这就是他的公务。紫姬想:“外间的传说果然不是虚言!他的心事也该多少透露一点给我才是。”为此心绪一直不宁。

是年冬天,因在尼姑藤壶母后丧服之后,宫中神事一概停止。源氏公子寂寞无聊之极,照例出门去访问五公主。此时瑞雪纷飞,暮景异常艳丽。日常穿惯的衣裳上,今天衣香熏得特别浓重,周身打扮也特别讲究。心情脆弱的女子看见了,安得不爱慕呢?他毕竟还得向紫夫人告辞,对她言道:“五姑母身上不好,我想去探望一下。”他略坐一会,但紫姬对他看也不看一眼。她管自和小女公子玩耍,那侧影的神色异乎寻常。源氏公子对她说:“近来你的神色很古怪。我又不曾得罪你。只是想起‘彼此不宜太亲昵’〔1〕这句古话,所以常常离家往宫中住宿。你又多心了。”紫姬只回答一声“太亲昵了的确多痛苦”,便背转身去躺下了。源氏公子不忍离开她而出门去。但是已经有信通知五公主,只得出去了。紫姬躺着寻思:“我一向信任他,想不到夫妻之间会发生这种事情。”源氏公

---

〔1〕 古歌:“彼此不宜太亲昵,太亲昵时反疏阔。”见《源氏物语注释》所引。

子穿的虽然是灰色的丧服,但是色彩调和,式样称体,非常美观。映着雪光,更是艳丽。紫姬目送他的后影,心念今后这个人倘使真个舍我而去,何等可悲呵！便觉忧伤不堪。

源氏公子仅用几个不甚触目的家臣为前驱。对左右说:"我到了这年纪,除了宫中以外,竟懒得走动了。只是桃园邸内的五公主,近来境遇孤寂。式部卿亲王在世之时,曾经托我照顾她。现在她自己也曾请求我。这也确是难怪的。"左右之人私下诽议:"天哪！他那多情多爱的老毛病始终难改呢。真是白璧之瑕了！但愿不要闯祸啊!"

桃园宫邸的北门,杂人进出频繁。公子倘也走这门,似乎太轻率了。他想走西门进去,但西门一向紧闭。便派人进去通报五公主,请她开西门。五公主以为源氏公子今天不会来访,闻讯吃了一惊,立刻叫人去开门。管门的人冷得缩头缩脚,慌慌张张地前往开门。那门偏偏不易打开。这里没有别的男佣人,他只得独自用力推拉,嘴里发牢骚:"这个锁锈得好厉害！怎么也开不开!"源氏公子听了,不胜感慨。他想:"亲王逝世,还是昨今之事,却似乎已历三年了。眼看世变如此无常,但终于舍不了这电光石火之身,而留恋着四时风物之美,人生实甚可哀!"便即景漫吟:

"曾几何时荒草长,
蓬门积雪断垣倾。"

许久门才打开,公子便进去访问。

照例先访问五公主,和她闲谈往事。五公主从无聊的往事讲起,琐琐屑屑,噜哩噜苏。源氏公子但觉毫无兴趣,只是昏昏欲睡。五公主也打个呵欠,说道:“上了年纪,晚上只想睡,话也说不好了。”才得说完,便发出一种奇怪的声音,大概是打眠鼾了。源氏公子求之不得,连忙起身告辞。正欲出门,但见另一个年纪很大的老婆婆咳嗽着走进来了。开言道:“说句对不起您的话。我想您是知道我在这里的,我还静等您来看我呢。原来您已经不把我这个人放在心上了！桐壶爷常常喊着‘老祖母’和我说笑呢!”她自道姓名,源氏公子便也记起了。这个人以前称为源内侍。公子曾经听说她后来做了尼姑,当五公主的徒弟,在这里修行,想不到她还活着。源氏公子一向不想起这个人,今天突然看到,全然出乎意外。便答道:“父皇在世时的事,都已经变成古话了;我回想当年,不胜感慨。今天能听到你的声音,我很高兴。请你把我看做‘没有父母亲而饿倒在地的旅人’〔1〕,多多照顾我吧。”便走近她身旁来坐下。源内侍看看他的风姿,越发恋念往昔,照旧装出撒娇撒痴的姿态来。她口中齿牙零落,讲话已很吃力,然而声音还是娇滴滴地,态度还是嘻皮笑脸。她对着公子唱起古歌来:“惯说他人老可憎,今知老已到我身。”〔2〕公子觉得讨厌,苦笑着想道:“这个人仿佛自以为以前一直不老,是现在忽然老起来的。”然而反过来一想,又觉得此人很可怜。他回思往事:在这老婆婆青春时代,宫中争宠竞爱的女御和更衣,现在有的早已亡故,有的零落飘泊,生趣全无了。就中像尼姑藤壶妃子那样盛年夭逝,更是意料不到之事。像五公主和这源内侍之类的人,残年所余无几,人品又毫不足道,却长生在世间,悠然自得地诵经念佛。可知世事不定,天道无知！他想到这里,脸上显出感慨的神色来。源内侍以为他在怀念昔年对她的旧情

---

〔1〕 古歌:“片冈山上有旅人,又饥又渴倒地昏。可怜的旅人！你是否没有父母亲?你是否没有好主人?可怜的旅人,又饥又渴倒地昏。”见《拾遗集》,是圣德太子所作。

〔2〕 此古歌见《源氏物语注释》所引。

了,便兴致勃然地吟道:

“经年不忘当时谊,
犹忆一言‘亲之亲’。”〔1〕

源氏公子觉得无聊,勉强答道:

“长忆亲恩深如海,
生生世世不能忘。

情谊确是很深啊!我们以后再谈吧。”便起身告辞。

西边槿姬的房室,格子窗虽已关上,但如做出不欢迎源氏公子来访的样子,也不礼貌,所以有一两处还开着。此时凉月初升,照着薄薄的积雪,夜景非常美丽。源氏公子想起刚才这老婆婆的娇态,觉得正如俗语所说:“何物最难当?老太婆化妆,冬天的月亮。”回想她那模样,实甚可笑。

这天晚上源氏公子态度十分认真,他强迫槿姬答复:“只求你不用侍女传达,亲口回答我一句话。即使你说讨厌我,我也可从此死了这条心。”槿姬想道:“从前,我和他都年轻,一时做错了事,世人也会原谅。加之父亲也看重他。那时我尚且认为不当,觉得可耻,其后一直坚决拒绝。何况现在事隔多时,年龄早已过期,已经不是那种岁数了,岂可亲口和他

〔1〕古歌:“若念亲之亲,应即来探视。若不来探视,非我子之子。”见《拾遗集》。“亲”在日文中是指父母亲。亲之亲,即祖母,指前文桐壶帝戏称她为“老祖母”。

答话?”她的心坚定不动。源氏公子大失所望,满怀怨恨。然而槿姬也不愿过分强硬,以致失礼于人,她照旧叫侍女传言。但这反而使得源氏公子焦急。此时夜已甚深,寒风凛冽,光景实甚凄凉。源氏公子感伤之极,两泪夺眶而出。举袖拭泪,姿态优美动人。他吟诗道:

“昔日伤心心不死,
今朝失意意添愁。

真是‘愁苦无时不缠身’[1]啊!”他的语气很强烈。侍女们照例苦劝小姐,说不答复是失礼的。槿姬只得叫宣旨传言:

“闻人改节心犹恨,
岂有今朝自变心?

我不能改变初心。”源氏公子无可奈何,真心怨恨槿姬;但倘就此怀着满腹怨恨而归去,又觉得像个渔色青年,太不成样子。便对宣旨等说:“我今如此受人奚落,外人知道了定然当作笑柄,你们切不可将此事泄露出去!正像古歌所说:‘若有人问答不知,切勿透露我姓氏!’[2]我就不客气拜托了。”又同她们交头接耳,不知道说些什么。但闻侍女们相与谈论:“啊呀,太对人不起了!小姐待他如此薄情,真想不到呵!他并没有轻佻浮薄之相,真冤枉了他。”

---

〔1〕 古歌:“相思若从心中起,愁苦无时不缠身。”见《河海抄》。
〔2〕 此古歌见《古今和歌集》。

槿姬并非不识源氏公子风度之优美与情感之丰富。但她认为:如果向他表示好感,势必被他看做与世间一般夸赞他的女子同等模样,且我这轻飘的内心必将被她看穿,又觉可耻。所以对他万万不可表示爱慕。她只能在收到来信时作无关紧要的复信,保持不即不离的关系。或者当他来访时叫侍女传言答话,但求不失礼貌。她自念近年来怠于佛事,常思出家修行,以赎罪愆。但倘在此时立刻出家,和他决绝,则又类似情场失意的行径,势必惹起世人纷纷议论。她深知人言可畏,所以非常小心,对身边的侍女也不泄露真情。只在自己心中秘密打算,逐渐准备修行之事。她有许多兄弟,但皆非同母,一向疏远。近来他们这宫邸里境况日渐萧条。当此之时,有源氏公子那样的红人诚恳地上门来求爱,邸内的人无不巴望其成功,几乎都同源氏公子一条心。

源氏公子也并非魂梦颠倒地强欲求爱。只因槿姬的冷淡出乎意外,教他就此罢休,终不甘心。况且他的人品与威望异常优越,对世情物理无不精通,对人情冷暖积有经验,自己也觉得比从前阅世更深了。如今到了这年龄,还要东钻西营地求爱,已经应该顾忌世间诽议了。然而若再空无所得,岂不更被世人当作笑话?他心绪混乱,不知如何是好,多天不曾回二条院宿夜。因此紫姬便如古歌所咏:“暂别心如焚,方知戏不得。”她竭力忍耐,然而有时禁不住流出眼泪来。源氏公子对她说:“你的神色和往常不同,是什么道理?教我想不通了。”他伸手抚摸她的头发,着意温存。这一对恩爱夫妻的姿态,真是画也画不出来。源氏公子又说:“母后弃养之后,皇上一直悲伤愁叹,我看他十分可怜。加之太政大臣逝世,代理乏人,而政务纷繁,我不得不常居宫中,因此好几天没有回家。你觉得不惯,怨恨我,也自难怪。但现在我决不像从前那样浮薄了,你可放心。你虽然已是大人,但是还像小孩一样不能体谅人,不能了解我的心情,真是遗憾!”一面说着,一面替她整理额发。紫姬越发撒娇了,背转了头,一直默不作声。源氏公子说:“你这种孩子脾气,不知道是谁养成你的。”心中却想道:“世事无常,人寿几何! 连这个人也和我两条心肠,真教我伤心呵!”左思右想,闷闷不乐良久。后来又对她说:“近来我对槿姬偶有交往,大约你又在疑心我了。这全是瞎猜,不久你自会明白真相。此人脾气向来孤僻,不喜交游。我只是在寂寞无聊之时,偶尔写封信去和她开开玩笑,教她懊恼一下而已。她在家里空闲无事,有时也难得复我一信。并不是认真的恋爱,所以没有什么事实值得向你讲。你应该想转来,切勿为此事懊恼。”这一天他镇日在家抚慰她。

有一天,瑞雪纷飞。雪积得很厚了,晚来犹自不停。雪中苍松翠竹,各有风姿,夜景异常清幽。两人映着雪光,姿态更增艳丽。源氏公子说:“四季风物之中,春天的樱花,秋天的红叶,都可赏心悦目。但冬夜明月照积雪之景,虽无彩色,却反而沁人心肺,令人神游物外。意味之浓厚与情趣之隽永,未有胜于此时者。古人说冬月五味,真乃浅薄之见。”便命侍女将帘子卷起。但见月光普照,一白无际。庭前木叶尽脱,萧条满目;溪水冻结不流,池面冰封如镜,景色十分凄艳! 源氏公子便命女童们走下庭中去滚雪球。许多娇小玲珑的女孩映着月光,景象异常鲜妍。就中年龄较大而一向熟悉的几个女孩,身上随意不拘地披着各种各样的衫子,带子也胡乱系着,这值宿打扮也很娇媚。最是那长长的垂发,衬着庭中的白雪,分外触目,鲜丽无比。几个幼年的女童,欢天喜地,东奔西走,连扇子〔1〕都掉落,那天真烂漫的姿态非常好看。雪球已经滚得很大,女孩们还不肯罢休,更欲推动,可是气力不够了。不曾下去的几个女童,挤

〔1〕 这扇子是装饰的,故冬天也用。

在东面的边门口观看,笑着替她们着急。

源氏公子对紫姬说:“前年藤壶母后曾在庭院中造一个雪山。这原是世间寻常游戏,但出于母后之意,便成了风流韵事。我每逢四时佳兴,想起了母后夭逝,便觉得遗恨无穷,不胜悼惜。母后总是异常疏远我,因此,我不能接近她,详悉细情。然每次在宫中谒见,母后总视我为可以信赖之人。我也多多仰仗于她,凡事必向她请教。她对人虽不能言善辩,然而言必有中。即使寻常细事,亦必安排妥帖。如此英明之人,世间岂能再得!她秉性温柔沉着,其敦厚周谨与风韵娴雅之处,无人可与并比。只有你和她血缘最近,颇有几分相似。然而有点嫉妒的样子,略有些儿固执,做人太不圆通,真乃美中不足了。前斋院槿姬呢,又另是一种人物。彼此寂寞无聊之时,便互通音信,谈些无关紧要的话。但我也得随时留心,不敢略有放肆。如此高雅之人,现今世上恐只剩她一人了。”紫姬说:“那末我倒要问你:那位尚侍胧月夜,做事周到,人品也很高雅,绝不像一个轻佻之人,怎么和你之间也有了风言风语的传闻?我真想不通了。”源氏公子答道:“你说得是。讲到容颜美丽,她是数一数二的人。至于那件事,我对她不起,想起了后悔莫及。大凡风流之人,年纪越大起来,懊悔之事越多。我自问比别人稳重得多,尚且如此。”说起胧月夜,源氏公子掉了几点眼泪。接着又谈到明石姬,源氏公子说:“这个乡下人,微不足数,被人看轻。不过出身虽然低微,却懂得道理。只是由于出身不如别人,反而气度过分高傲,也终是美中不足。我还没有会过身份十分低微的人。然而十分优越的女子,在这世间也真难得。东院里那个孤居独处的人,心情始终不变,真可赞佩。这也是很难做到的事。我当初赏识她那谦虚恭谨的美德,因而与她结识。自此以后,她一直是那样谦虚恭谨地安度岁月呢。到了现在,我越发赏识她的厚道,从此不会抛弃她。”两人共话过去现在种种事情,直到夜深。

月色更加明澄了,万籁无声,幽静可爱。紫姬即景吟道:

“塘水冰封凝石隙,
碧天凉月自西沉。”

她的头略微倾侧,向帘外闲眺,姿态美丽无比。她的发髻和颜貌酷肖源氏公子所恋慕的藤壶母后,妩媚动人。对槿姬的恋慕之情便收了几分回来。此时忽闻鸳鸯叫声。源氏公子即兴吟道:

“雪夜话沧桑,惺惺惜逝光。
鸳鸯栖不稳,喋喋恼人肠。”

入室就寝之后,还是念念不忘藤壶母后。似梦非梦、似醒非醒之间,恍惚看见藤壶母后出现眼前。她愁容满面,恨恨地言道:“你说决不泄露秘密,然而我们的恶名终于不能隐藏,教我在阴间又是羞耻,又是痛苦,我好恨啊!”源氏公子想回答,然而好像着了梦魇,说不出话,只是呻吟。紫姬怪道:“哎呀,你为什么?怎么样了?”源氏公子醒来,不见了藤壶母后,非常可惜。心绪缭乱,不知所措。努力隐忍,不觉两泪夺眶而出,后来竟濡湿了枕袖。紫姬弄得莫名其妙,百般慰问,源氏公子只是一动不动地躺着,后来吟道:

“冬夜愁多眠不稳,
梦回人去渺难寻。”

无法续梦,心甚悲伤。次日一早起身,不说原由,只管吩咐各处寺院诵经礼忏。他想:“梦见她恨我,说‘教我在阴间痛苦’,想来事实确是如此。她生前勤修佛法,其他一切罪孽都已消除,只有这一件事,使她在这世间染上了污浊,无法洗刷。”他想象藤壶母后来世受苦之状,心中更觉悲伤。便仔细考虑:有何办法可到这渺茫的幽冥界中去找到她而代她受罪呢?然而公然为藤壶母后举办法事,又恐引起世人议论。况且冷泉帝正在烦恼,闻知了得不怀疑?于是只得专心祷祝阿弥陀佛,祈求往生极乐世界,与藤壶母后同坐莲台。只是:

“渴慕亡人寻逝迹,
迷离冥途影无踪。”

这恐怕又是迷恋俗缘的尘襟了。